安魂

周大新/著

作家出版社

献给我英年早逝的儿子周宁

献给天下所有因疾病和意外灾难而失去儿女的父母

目　录
CONTENTS

己未　1

庚申　7

　辛酉　20

　壬戌　27

　癸亥　42

　　　48　甲子

　　　54　乙丑

　　　58　丙寅

　　　60　丁卯

　　　77　戊辰

　　　83　己巳

　　　94　庚午

　　　104　辛未

　　　110　壬申

　　　119　癸酉

　　　129　甲戌

137　乙亥

144　丙子

157　丁丑

165　戊寅

168　己卯

192　庚辰

204　辛巳

221　壬午

225　癸未

239　甲申

259　乙酉

276　丙戌

291　丁亥

310　戊子

己 未

宁儿，爸爸怎么也想不到，从二〇〇八年八月三日这天起，就再也见不到你了。

八月三日，这是我们家最黑暗的日子。

从这天开始，你与我们便被彻底地隔开了。爸妈再也看不见你穿着背心在篮球场上打球，再也看不见你穿着毛衣在电脑前上网，再也看不见你穿着羽绒服在雪地上嬉闹，再也看不见你光着膀子靠在床头读书了……

我们和你真的不在一个世界上了！

八月三日，这是我和你妈痛彻心肺的日子。

从这天开始，我们再也听不到你的声音了。再也听不到你在厨房门口的喊叫：爸，开饭！再也听不到你在书房里对我的抱怨：爸真笨，在电脑上就只会打字。再也听不到你同我们常开的玩笑：老爸，老妈，再支援我点钱……

八月三日，这是我和你妈最绝望的日子。

从这天开始，我们再也闻不到你身上的汗味，闻不到你用洗面奶洗脸后发出的香味，闻不到你身上特有的那种掺点茶香的体味。再也揉不到你的头发，再也抚不到你的肩膀，再也拍不到你的后背，再也不能指望你帮我们搬沙发、买大米、挪花盆、拎提箱……

生死界河，已永远地把我们分开了。

上天为何要将一个二十九岁的生命决绝地拖走？

我们没有做过任何该遭惩罚的事。

凭什么要给我们这样的回报？！

这有违常理！

这不公平！

爸爸，平静下来，接受事实吧。我已经离开了人间，再也回不到你和妈妈的身旁，事实无法更改了。你要让自己尽快接受这个结果，你的心智必须适应我已不在的现实。你和妈妈要慢慢把对我的感情往回收，要改变原来的生活期待，学会在筹划生活时别再把我算进去。不能总是伤心、抱怨、难受，那对你和妈妈的健康无益。医学已经发现，过度悲伤会增加患心脏病和心肌梗死的危险，你和妈妈要警惕。人生就是一个向死的过程，我的人生过程不过是缩短些罢了。缩短些也不一定就是坏事，你想想，假若我再多活几十年，你尝过的那些生存压力之苦、撑持家庭之苦、人生奋斗之苦我不也要去一一品尝？少尝一点人生之苦又有何不好？你可以这样想：另一个世界也需要年轻人，让我儿子早点过去是天国之神的一种眷顾。如此想你可能就会好受点。人们面对自己的亲人死亡时，不难受的几乎没有，能想通的很少，抱怨造物主的也有很多，但他们最后都不得不平心静气。这是因为，大家最终都承认，造物主在死亡这个问题上真正做到了公平，他不收任何人的贿赂，不徇任何私情，不给任何人额外照顾，不让任何人的细胞端粒完全停止变短，没有让任何人免死，大家的结局都完全一样。不同的只是谁早到终点谁晚到终点。既然都要到终点，晚到终点就一定比早到终点好？同一代的人可能还彼此比比谁早到谁晚到，过几代以后，就没谁关心你到得早还是到得晚了。想开吧，爸爸。你说过你不是有雄心有霸气的男人，不是有权利有势力的男人，不是有钱财有风度的男人，但是一个坚强的男人，你现在就应该坚强起来，撑住我们这个家。还在我很小的时候，你就教我学说"再见"这个词，现在该是我提醒你要对我说"再见"了，爸爸，再见了，请劝告妈妈也对我说"再见"吧，再见了，再见了……

孩子，哪还有再见呀？我能去哪里和你再见？回河南邓州老家？去南阳、西安、郑州你读过书的学校？到山东济南咱们住过的军区大院？还是就在北京万寿路上？不可能了，爸爸、妈妈永远见不到你了，见不到了！明代的吕坤说过：人"呼吸一过，万古无轮回之时；形神一离，千年无再生之我"。

我们这是永别！

没有谁还能让我们再见了……

爸爸，别说得那样绝望。绝望通常都是绝望者自己制造出来的。我和你们在当下的人间是不会见面了，即使我去见你们，你们也不会感知到。但我们见面的空间不会就这一个。科学不是已经发现宇宙有十一个维度吗？除了时间维度和三个空间维度之外，还有七个维度。记得有个著名的理论物理学家说过，当我们创造一个场所，使其旋转的速度比光速高出许多之后，我们就可以回到过去，时光隧道是可以存在的。日后那样的场所真要建立起来，我们不就可以再见了？还有，就是天国的存在，你和妈妈不是都听说过有天国有西天极乐世界存在吗？天国和西天极乐世界这两个地方，只是说法上的不同，其实都是指的同一个空间。当有朝一日你们都来到了不同于人间的空间里，我们为什么不能再见面？你一定要坚信，我与你和妈妈只是暂时分别，你把我的离去想象成一次出差，去北美或非洲国家出差，因任务艰巨很长时间不能回来，而且由于环境特殊连电话也不能打,这样想你就不会难受了。

相信吧,我们还有再见的一天……

儿子,我现在常常在想,如果你爷爷奶奶当初不生我那该多好,他们不生我,我不成为人,我不来到人世,这世界上没有我,我不会有意识,我就不会爱,不会娶你妈,就不会生下你,我也就不会失去你,就不会体验这丧子之痛!谁知道失去儿子的痛苦是怎样的吗?那不仅仅是心口疼,那是一种无可言说的疼,是一种难以忍受的空茫之痛,是五脏六腑都在搅呀!

我后悔来到人世上,如果有谁能预先告诉我,我到人世的代价之一,是尝失子之痛,我一定会告诉他:饶了我,我不想来到人世上!我不想!

我不曾选择来这人世上,却又不得不存在于此,还要我尝受如此的苦痛,这是为什么?

爸爸,其实你仔细想想,上天对我们已算不薄,他曾经给过我们很多快乐。我小时候你让我骑到你的脖子上,在屋里跑来跑去,我们父子俩笑得多么开心;过春节的时候,我们一家三口回到爷爷奶奶那里,放鞭炮,喝黄酒,吃饺子,一屋子都是欢乐;我在篮球场上打比赛时投球得分,你为我鼓掌欢呼……一个人、一对父子和一家人能够得到的快乐大概都不是很多,我们已经得到了一些,也许就该满足了。有人说,人生就是三种状态的轮替,一会儿是笑,一会儿是哭,一会儿是哭笑不得。我们笑过,也哭笑不得过,现在轮到哭了,轮到了有什么办法?

爸爸,还在我很小的时候,我就常梦见一个头罩白色丝巾的女人站在我的床头,不说话,也不让我看清她的脸,只是向我招手。因为这个梦反复多次,我就记住了,我记得我还跟你和妈妈说起过它，问你们这是怎么一回事。你们当时笑着说：人的梦境都稀奇古怪，啥样的事都会梦到，没必要放在心上。长大后，再梦见她时，我会用弗洛伊德的释梦理论来安慰自己：可能在自己的潜意识深处，是希望有女人站在自己床头的。但我没想到，当我要启程离开你们远走时，她又一次出现了。她就站在我的床头，对我招手，示意我随她走。在前往另一个世界的途中，始终是她陪在我的身边，是她引领着我，待我抵达冥河岸边时，我才明白，每一个离世的灵魂都有一个头罩白色丝巾的女子相陪，她就是天国之神的使者……她很早就光顾我的梦境，是不是说明还在我很小的时候，我的名字已被圈定，天国之神便派使者跟在了我的身边，就想把我带去另一个世界？我能活到二十九岁，能把远走的日期推迟到二〇〇八年八月三日，已经是一个胜利了。

这样想是不是更好一些？

我们得学会安慰自己……

孩子，尽管每个人从出生的那一天起，死也就开始伴随他了，但大多数情况下，天国之神是应该按照年龄顺序派使者来领人的，年大者先走，年小者后行。所以我怎么也没想到，我此生经历的第一次死亡会是你的死亡。在你之前，我还从没亲眼见识过死亡。我爷爷奶奶也就是你祖爷爷祖奶奶死时，我很小，记不太清当时的情景。在你走之前，我也很少想到死，总认为死亡离我还有很远很远的距离，偶尔想到死亡，也是想我自己的死：再活多少年会死？会得什么样的病致死？死后骨灰葬在哪里？而且在我想到自己死亡的时候，心里是有仗恃的，总觉得我有儿子，到我死时，儿子会替我料理一切。可突然间，上天把我从没想过的事情推到了我的眼前，让事情来了个颠倒，让本该先死的我，来面对你的死亡。为何要这样颠倒顺序？上帝，真主，基督，祖师爷，佛祖，老天爷，造物主，天国之神，你们总要给个理由吧？

给个理由呀!

爸爸，世上事情的发生，我们并不都能找到理由。一九七六年七月二十八日的唐山和二〇〇八年五月十二日的汶川，那么多万人突然在地震中丧生，理由是什么？印尼和日本沿海那么多人，突然在海啸中丧生，理由又是什么？为何要一次剥夺那么多人的生命？其中有多少婴儿和小学生，他们刚刚来到这个世界上，什么事都还没来得及做，为何又突然将他们的生命收走了？他们为何要遭这种报应？有道理吗？有理由吗？唯一能够给活着的人以安慰的答案就是：上天需要他们，另一个世界需要他们。这世上突然、偶然、意外出现的事情还有很多很多，要不然，谁还去信神灵信宗教？谁还会对造物主保持一份敬畏？人的死亡，大多时候都是突然发生的，就是这种突然性，让我们相信人有命运，让我们对命运的不确定性有了恐惧感。你是搞文学的，知道恐惧感对于人类的重要，要是人类不知道恐惧，那肯定会出现非常可怕的后果。好了，爸爸，别再去追问我走的理由，没有谁会回答你。你应该自己告诉自己，我儿子走是有理由的，理由之一，就是他年轻，另一个世界需要年轻的灵魂去做事情……

庚申

儿子，考虑到你病后靠读《心经》抵抗病魔，和佛家已结下了缘分，你走后我和你妈商量，去丰台请来了一位皈依佛门在家当居士的老奶奶为你诵经超度安魂。她来后就坐在咱家你常坐的那张沙发上，望着窗外的天空，先是无声地诵着经文，随后低声哼唱了起来：

放下你所有的收获，
收回你所有的期待，
忘掉你所有的失去，
抛开你所有的不快。

记住爱你的亲人，
感激帮你的邻居，
向你的朋友作揖，
跪谢养你的土地。

安息，将不舍扔开，
安息，把不甘丢弃，

安息，将不满消掉，
安息，把不安抹去。
…………

孩子，你听到了吗？如果听到了，就照这位老奶奶唱的那样做，远走安息吧……

宁儿，你是来得艰难，走得急呀！你一九七九年十一月四日凌晨来人世报到时，就遇到了不顺利。

那时节的中国中原，已是初冬了。那天的天又阴着，还刮着风，有点冷。

我和你妈选择这个月份让你登岸有点不太妥当，可我们那时不懂。那个年代不教给我们任何关于生育的知识，我们一点都不懂优生，更不懂设计你出生的月份，那时谁敢谈论和关注生育的细节问题，谁就是一个"无耻的流氓"。

你抵达人世的码头在中原南阳。在南阳市医院一间小小的产房里，你妈妈开始了痛楚地喊叫——我们遇到了难产。

还算好，你终于睁眼看见了人世的风景。大约人世的喧闹太令你吃惊，据你奶奶说，你当时哭得很凶，比别的孩子哭的时间都长，且声音极大。

你艰难上岸时爸爸没有能迎接你。其时，我正心急火燎地坐在由山东济南返家的火车上。因为只请了半月假，故我不敢早离部队，早离队就得早归队。我算的是到家的那一天送你妈妈去医院生你，没想到载你的船提前到达了。我记得我坐的那趟火车到达南阳车站时，是早上四点多。我下车就雇了个人力三轮车往家赶，到了家一敲门，没人应声，我心里一咯噔，就估摸你妈已经去了医院。那时天还黑着，风刮得紧，邻居们都还没有起床，好在有一家的保姆刚起床要做饭，我匆匆把行李放到她那儿，便急忙向市医院跑。待找到产房，天已经蒙蒙亮了。我看见你妈妈躺在一个三人房间的中间一张床上，你奶奶正在床前让她喝着什么。我知道是已经生了，兴奋至极地走过去，刚想问生的是儿子还是闺女，你奶奶已先开口高兴地说：是个胖小子，八斤多，一个时辰前生的……

那时候医院的规矩是婴儿不放在妈妈身边，喂奶时刻到了再由护士抱过来。我握着你妈妈的手，愧疚地说明回来晚了的理由。你妈妈苦苦一笑，没说什么，更没有埋怨我。几天后我才知道，因为我的迟归，你妈妈是单位里的人帮助送到医院的，你的个头大，生你遇到了极大的困难，生了很长时间也生不出来，你奶奶按照农村产妇遇到这种情况的办法，让你妈妈一连吃了五六个煮熟的鸡蛋以增加力气，没料到你妈受不了这个补法，一下子呕吐起来，直吐得胃里空空，浑身没有了一点力气。这就使生你遇到了更大的难处，没办法，医生是用产钳夹住你的头拉出来的。也许，就是这一拉，使你的头部受了伤？为后来的疾病埋下了最早的祸根？听说医生当时可能也有些担心伤着你，还为你打了抗菌素。我们那时怎懂这些处置的后果？我为何不早早请假回家？倘我早到了家，我亲自把你妈送到医院，遇到难产时我可能会要求剖腹产，不再坚持自然分娩，那样就不会对你使用产钳呀！

我好后悔！

一九七九年是个多事的年份。年初，中国军队在南部边境自卫还击，和另一个国家打了一仗，我们有数万名军人牺牲。年中，知识界为要不要改革起了纷争。年末，经济状况并没有大的好转，老百姓的吃穿依然得凭粮票、油票、鸡蛋票和布票。让你在这一年来人世实在不该。今天回想起来，倘若让你晚到两年，生在八十年代初而不是七十年代末可能就会好些，人出生的年代、月份和时辰，都可能影响人的命运呀！

我第一次见到你是早晨的喂奶时间。护士把你抱过来，我看见你还在闭着眼睛睡觉，个头不小，脸盘挺大。你妈妈把你揽到怀里时，你醒了，你本能地用嘴寻找着奶头。我静静地看着你吃奶，心里涌满了欢喜：我有儿子了！那间产房的三个产妇生的都是儿子，我当时最担心的是护士把你们三个婴儿弄混，把你当成别人的儿子。

我因此还问了护士，问她有没有弄错的时候，护士笑着答我：放心吧你，我们给每个孩子都绑了号牌，错不了！

那天喂完奶我第一次抱起了你，我不会抱孩子，我差不多是双手捧着你。看着你娇嫩的脸庞，我觉得生命真是神奇，忽然间就从无到有了。看着你，我心里有一种莫名的踏实感和幸福感，我有后代了！那同时，又觉得肩上的责任重了许多，我得挣更多的钱好把儿子养壮养大。

从当天上午起，我开始去东关的市场上买鲫鱼，回来让你奶奶给你妈妈炖鱼汤喝，好下奶给你吃。那阵子自由市场才悄然恢复，市场上卖鱼的并不多，去晚了就可能买不到鲫鱼，所以每天我都去得很早。令我惭愧的是，我那时的工资太少，每次都不敢买多，也就勉强够你妈一天吃，实在对不起你妈妈和你，我那时应该每天都多买一些，好让你妈妈吃得更好，把你养得更壮，使你的身体能抵抗疾病的侵袭。

你和你妈妈还在医院的那几天，我除了买鱼买菜给你妈送汤送饭之外，就是紧张地收拾房子和床，打扫卫生，好迎接你们回家。

那一年我们家只有一间房和门口搭的一小间灶屋，把你们娘儿俩由医院接回家后，我就只能睡地铺了。可睡地铺我也高兴，因为有了你，我有了吃苦的动力。回家不久，你夜里睡到半夜总爱哭。我和你妈一直弄不清原因，直到许久之后才明白，你妈妈的奶水属于清水奶，表面上看你每天吃了不少奶水，可是不耐饿，你夜里哭其实是因为饿得难受。我们那时不懂，根本不知道给你再加点奶粉，致使你在最需要营养的时候受了亏，也许，这也是你以后得病的根源之一？如果那时把你的身体养得壮壮的，使你的免疫力增强，大约就没有以后的问题了？我当时为何就不多找人请教或看看书呢，这点事都弄不明白。我真蠢！

半个月的假期很快就过完了，我得回部队。你妈妈想让我拍电报给部队领导以延长假期，但那时部队在管理上一再提倡牺牲个人利益，何况我那时正年轻正是想做一番事业的时候，怕延长假期会让人说我个人利益至上，惹领导不高兴，影响以后的进步和提升，便不想延长。只答应你妈妈推迟一天返队，把家里需要的东西都买齐。我蹬上借来的三轮车去煤场买了两车煤球，去买了面买了菜和鲫鱼，然后才去了火车站。我原来估计推迟一天归队问题不大，领导可以宽宥，没想到回到军区机关后，还是因此而被勒令做了检查。几个月后我才得知，我归队后不久你就病了一场，是同楼的邻居老李在夜里用三轮车送你们娘儿俩去医院的。今天想想，我那时完全应该再延长半月假期，侍候你长到满月再走。我傻呀，不懂得出生的第一个月对婴儿是多么重要。很可能，我不续假也是导致你后来得病的一个原因……

爸爸，我听到了，那位老奶奶哼唱的安魂谣我听到了。你放心吧，我会心甘情愿地放下尘世给我的一切，轻轻松松离开人间。你别再自怨自责了，让情绪安定下来吧，也别再哭了，哭久了会把眼睛哭坏的。其实，离开人世并不像你们想象的那样痛苦，死真的不可怕，最可怕的是濒死。我被疾病反复折磨的那个濒死阶段才是最痛苦的。我当时双手双脚都不能动，只能静静地躺在病床上，头裂开似的疼，手上和腿上插满了输液管子，心电、血压和血氧监视装置使我难受至极，尤其是那个血氧监视器，响得人烦躁不堪，吸氧的胶管弄得我的鼻子痒痛难忍，高烧使得我整日昏昏沉沉，吃东西喝水全靠你们鼻饲，又不能上厕所，大小便全靠你们帮忙，那可真是度日如年啊。可一当上天决定让我走时，我闭上嘴不再呼吸，一下子就轻松地离开了我的躯体。我站在几米之外看着我的躯体，真的很庆幸离开了它。我感到了从未有过的轻松，我不必再扎针，不必再吃药，不必再听其他病人们的呻吟，不必再听医生的欺哄和护士的责备，不必再去做核磁共振检查，不必再去抽血化验，不必再尝开颅的剧痛，不必再受放疗的折磨，不必再输那种可怕的化疗药物，不必再让你们帮我翻身，不必再闻消毒水的气味，我自由了……

爸爸，那真是一种获得解放的感觉。

当然，我知道，我的走会让你和妈妈痛不欲生，毕竟，按正常的人生安排，我还不到退场的时候。我应该在你们老境到来时，守在你们的身边，给你们以慰藉和依靠。这是我唯一的不安，你们养育了我，我却没有给予任何回报就先走了，这不应该。这是我要请你们原谅的。我实在是受不了那份病苦了！上天没按常理安排我们家人撤走的顺序，这固然不怪我，可不管怎么说，我对不起你和妈妈。一想到当你们日后卧病在床时，我不能端水送饭，心里就愧得厉害。

爸爸，你不必再提我出生时的事，那些事我没有记忆。再说，即使我出生时你就待在产房门外，你又能做什么？你那时不也才二十多岁？那年头又没有这方面的书籍可读，你对接生能懂啥？你这个门外汉敢替医生做决定？别自责了，认命吧，要把一切都看成命运的安排，这样你就不难受了，你说是不是？……

宁儿，你第一次远行是在你半岁多的时候。我希望你们母子来山东济南看看，写信回去跟你妈商量。你妈犹豫了一阵后表示同意。今天回想起来，我的决定并不是明智之举，按优育学的说法，孩子在一岁之内不应出远门，因为他的身体还没有完全发育好，还不能适应环境的急剧改变。可我那时哪懂这个？

那是春末夏初的季节，你妈一手抱着你一手提个提包上了路。那时我们还买不起卧铺车票，你们母子两人挤坐在硬座车厢里，经过两天一夜的辛苦旅行才到了济南。那一路的苦累我虽然没看见，但我从你妈下车时的倦态里想象得出来。在济南我那一卧一厨的宿舍里，我给你妈准备了当时最好的饭食，这样她才能有更多的奶水来喂你。我还请来军区著名的摄影记者李士文给你照了一张很精彩的照片，当时你还不能坐，是我低下身子从一侧扶住你照的，仔细看，照片上能显出我的几个手指。你李叔叔的摄影本领名不虚传，把你一瞬间的面部表情精确地抓住了，你天真的眼睛里分明含有一丝不安和嘲弄。"不安"我能理解,乍从气候温润的南阳来到多风干燥的济南,你不可能马上适应;我惊奇的是:你小子在嘲弄什么?是嘲弄我和你妈让你远行的决定还是嘲弄这个热闹而陌生的省城?

这一次济南之行我和你妈抱你看了大明湖和趵突泉。在大明湖畔我给你讲了咱们的老乡铁铉,那位在明朝做了山东布政使和兵部尚书的邓州人,在靖难之变时如何忠义不屈至死不降;在趵突泉边我给你讲了我喜欢的词人李清照,讲她写的"生当作人杰,死亦为鬼雄。至今思项羽,不肯过江东"的词,我想让你从小就懂得做人要有骨气和才气,可惜你还太小,你听得糊里糊涂还很不耐烦,你只对湖里滑动的游船和泉水里游动的红鲤鱼感兴趣,你只管朝它们呀呀地喊……

你这次济南之行并不都是快乐,我们父子之间还发生了一次冲突。那是一个上午,我在机关里接受一个任务:收集部队干部战士对国家批准在广东的深圳、珠海、汕头和福建的厦门试办经济特区的反映。部队里关于这件事的各种说法都有,有说这是改革开放的重要步骤,有说这是向资本主义倒退的开始。年轻的我不知哪种说法有道理,怕把情况反映写错了会惹来麻烦——那年头政治上的麻烦会随时找上你。我的心里很烦,中午下班到家时,恰巧看见你把我的一瓶墨汁从桌上摔到了地上,弄得地板和墙上都是黑点,我顿时恼了,扬起巴掌照你屁股上就来了一下。你哇的一声哭了。你妈见状也恼了,哭着说:孩子这样小,懂什么?碰掉你一瓶墨水你就打他?那是我第一次打你,打完我就后悔了:嗨,我干吗把火发到儿子身上?

这一巴掌打下去,你开始怕我、烦我和恨我。有好几天时间,你都拒绝让我抱你,宁愿一个人躺在那儿无聊地吃着自己的手指也不让我抱,我一伸手想抱你就哇哇大哭着表示抗议。你妈妈幸灾乐祸地说我:你这是自作自受!

我叹息:这小子气性还不小哩!

你当时那样小,我竟然把气撒到你身上,竟然动手去打你,这能算是一个好父亲的作为?!

我到现在想起来还后悔!

爸爸,你第一次打我的事还用放在心上?打一巴掌伤不了身体。我小时候跟妈妈多次去过济南,如今印象深刻的,好像就是在洛阳火车站转车时的几个场景:妈妈提个提包在前边走,让我跟在后边跑,过地下通道时,她可能怕误了火车,加快步子跑了起来,我跟不上,人又那么多,我怕跟妈妈跑散了,吓得赶紧叫:妈妈,等等我!妈妈等等我!妈妈听到我的喊声,忙又停下步子,回身抱起我再重新向前跑。提包的重量加上我的重量,使得妈妈跑得很慢很艰难,也喘得厉害,呼哧呼哧的,到如今回想起那场景,我似乎还能听到那喘息声。人的童年记忆最真切最深刻,一旦记住了一件事,终生都很难忘记。俗话说"娃娃的记忆,胜过字迹",大概也说的是这个意思。

那年头我最害怕的是坐火车。不论是坐火车去济南看你还是后来坐火车去西安、郑州上学,每次买张票都很难,车上人多,挤得厉害,车厢里啥味道都有,熏得人头都疼。坐火车其实就是受罪,哪像我现在,飘然飞动,想去哪里就去哪里,不论去哪里都很方便,一飞就到。人有肉身实在是累赘,因为它能随时感知冷与热、疼与胀、累与困、渴与饥、甜与苦;人无肉身之后,那些制约都没了,有的就是轻快、舒服和惬意……

肉身的存活固然能给人带来一些快乐,但它也制约着灵魂去享受自由的乐趣!

仔细想想,那些临死前还在为权力、金钱、名声焦虑的人,其肉身难道不是煎熬他们的炼狱?

儿子,我现在常常看你在济南千佛山上照的那张照片。见不到你本人我就只能看照片了。那是我最喜欢的一张照片。每次看到那张照片，我都会想起那个初秋我们一家人攀登千佛山的情景。

千佛山那天秋阳高照，我和你妈轮流抱着你上山。上山拜完佛祖之后，到东侧的树下歇息，这时发现了旁边有棵不大的石榴树，你就是在这棵石榴树下照的那张照片。记不清那天是借的相机还是请山上的照相摊主给照的，那年头照相机还是稀罕之物，一个胶卷才能照十二张，照一张相要花不少钱。这张照片照得很好：你手扶树干，从树的一侧探出头来看着相机，黑亮的眼睛里充满了好奇和惊异。你那时还不会走，也不能久站，但照相那一刻却俨然站成一个军人的模样。我后来把这张照片放大了摆在床头、书桌和窗台上。

今天想起来，你半岁多那次随妈妈到济南，爸还有件事太对不起你：每天清晨五点来钟，你不肯再睡，哭着坐起身子，只有把饼干递到你手里，你大口吃时才会停了哭声。我不理解你为何这么早要醒，对你的这种习惯很生气，因为这时正是我最瞌睡的时候，也是因此，我每次在给你拿饼干时，常要训斥你几句，你那时还不会说话，但能看出你很委屈，常是含着眼泪吃饼干。直到很久之后我和你妈才明白，你那是因添加的食物量少，饿醒的。我和你妈真是太笨，只以为你是故意闹人，根本没往你饿处想。

我不是一个合格的父亲！

你四岁那年去济南，我领你们母子逛商场，路过玩具柜台时，你停下不走了。你看见有同龄的孩子在玩变形金刚，当年变形金刚这种玩具最火最诱人，你新奇地看了一阵，然后提出要买一个。我估计它不会便宜，和你妈拉你去柜台上一问，好家伙，一个金刚差不多得二三十块钱。那时，我的工资一月才六十块，我不敢买了，想拉你走，可你不干，任我和你妈怎样劝都不行，勉强拉你到店外马路边，你坚决扭着身子不走。我生气了，吓唬你说你再闹就不要你了，而且我和你妈装着不看你径直往前走去，一副真不想要你的样子，这下把你吓住了，你先还站在那里哭着，后见我们没有回头，就停了哭声慌慌地朝我们追了过来。现在想起，我非常非常后悔，二三十块钱都舍不得？为何要那样节省？买一个变形金刚就能使家里穷到哪里去了？吓唬孩子算啥本领?!

儿子，爸亏欠你的太多了！

爸爸，别再提那些陈谷子烂芝麻的旧事了，我知道我从小任性，你要全按着我的心意来办事，那还得了？对千佛山我几乎没有印象了，对济南还能记得的是它的动物园，我记得你领我去看过动物园里的熊猫、猴子和狗熊。我记得济南动物园里的狗熊很多，我们站在高处，看站在凹处的狗熊们很笨地接着人们投给它们的食物，我记得它们特别贪吃，不论接到什么东西都往嘴里塞，我先朝下扔了一个香蕉，一头狗熊很麻利地接住吃了，我手上没了香蕉，就又给它扔了一个香蕉皮，它竟也郑重其事地捡起来，塞进了嘴里，这让我很开心，我记得我为此笑了好久好久。那时的很多事情记不真切，只有一些轮廓和模糊的片段留在脑子里，但它们对我很宝贵，回忆起来感到特别美好。人在童年时得到的痛苦最少，造物主对这个阶段的人还算客气，一进入少年，就开始给你低价批发很多痛苦了，到了青年时代，痛苦的重量便开始成更多倍数地增加。爸爸，你不必自责，你和妈妈尽你们的力量给了我一个美好的童年。在人间，有不少人的童年缺吃少穿，有很多人的童年担惊受怕，有一些人的童年居无定所四处流浪，你给我的童年已经非常不错，别自责了。

爸爸，我觉得一个男人若当了父亲，他最应该做的，是给孩子们一份爱和温暖，这一点，你做到了，你只是个别时候有些粗暴。你需要改的，是脾气……

是的，孩子，爸的脾气很糟，你那样小就向你动巴掌，真对不起。你知道吗？我们一家分居两地时，我最高兴的事就是回南阳探亲。血缘关系真是一种神秘的联系，尽管我那么长时间没有见你，而且我还训过你、打过你，可我们见面没有几分钟你就会热切地扑到我的怀里，热情地向我介绍着家里的很多事情：奶奶给你煮鸡蛋了，妈妈给你买糖块了，你看见一只小猫了，邻居家的小狗来家里做客了。我好高兴，总是抱住你亲你好久。

在我探家的那些天里，你妈妈去上班之后，我们父子两个便一前一后去街上闲逛。我在闲逛中寻找着书店和书摊，你在闲逛中寻找着卖豆腐脑的担子，一旦看见卖豆腐脑的，立马就朝我喊：爸爸，看！我知道你特别想吃豆腐脑，喊我是让给你买豆腐脑吃。我为了逗你，故意装作没看见，问你：看啥子？逢了这时，你总会抱怨：真笨。然后拉了我的手径直走到豆腐脑摊子前对卖豆腐脑的喊：伯伯，给我来一碗！

摊主见状，总会笑着应道：好呀，小伙子，来一碗！

你吃得好香呀！吃完，自动地还上碗，说：谢谢。我这时开始掏钱，一碗一毛钱。每次交钱，我心里比自己吃了还舒坦。我那时不知道，其实这种加白糖的豆腐脑对你的胃并不好，吃的次数多了，会造成胃酸。

逢我探亲在家，我常在自行车的前杠上放上一个童座，让你坐在里面，带上你去卧龙岗看诸葛亮的草庐，看汉画像馆；带你去医圣祠看张仲景的塑像；带你去玉器厂看那些精美的玉雕；带你去烙画厂看那些烙在宣纸和丝帛上的人物、花鸟和山水。我知道你太小，还不能理解你看到的东西，但我想用那些美的东西引发你对美产生兴趣。

我和你妈还带你去东方红影剧院看过电影。可惜你的注意力只能集中很短的时间在银幕上，然后你就要闹着退场，要到影剧院门外去买甘蔗吃。逢了这时，特别喜欢看电影的我便不高兴，总要训你几句，你则用更大的哭声表示你的抗议，没办法，我只好认输，抱着你依依不舍地向影院大门外走。

你最喜欢的事情是看电视。我那年探家前办的最大一件事，就是买了一台上海产的十四英寸黑白电视机。这款电视机当时售价五百多块，我那阵子的月工资是六十块钱，我省吃俭用攒下了钱，又托济南军区文化工作站的技师到店里挑选，这是我为咱们家置下的第一件大型电器。在由济南坐硬座火车回南阳的路上，我一直把它放在我的两腿间，唯恐被别人碰坏。我还为它买了一个红丝绒的罩子，担心有灰落到它的身上。当我在咱家的小桌上将它摆好打开，屏幕上出现画面时，我感到无比的骄傲和自豪；而你，则高兴地叫了起来，还立刻出去叫了几个小伙伴来看。就是从那时起，你每天都想在奶奶的陪伴下看一会儿电视。我因为想有更多的时间去看书，也乐得你把注意力集中到电视上，不来缠我。我那时根本不知道，看电视时间长了会影响孩子的视力，待到后来发现你的眼睛有了近视的征兆后，我和你妈才开始着急，才去分析原因，才懂得去限制你看电视的时间。我们这一代做父母的，因了科学技术的快速发展，在育儿方面需要比你爷奶那一辈懂得更多的东西。可惜，我那时没有意识到。

　　我每次探家，日子总是在飞快地过去，返程的时间好像眨眼间就会到来，有时，我都怀疑是不是日历少印了页数。有一次，分别的时候到了，你和你妈还有一位邻居到火车站送我回部队。当我上车以后，你坚决地也要上车跟我走，这令我很意外。不管你妈妈怎么劝你哄你，你就是不依不理，挣着妈妈的胳臂哭得几次哽噎得没有声音，坐在车窗前的我被你的哭声弄得心里很乱、很酸、很疼，这是我第一次体验父子分别的那份难受。在此之前，在我的脑子里，你的存在只是令我觉得惊奇、新奇和喜欢，还没有体验到一种连心连肝的爱，可是在那一刻，我体验到了，原来父子俩的心是用看不见的线紧密连着的，分离会让两颗心因线的牵拉而感觉到一种锐疼。当我坐的火车启动而你的哭声渐远渐小时，我眼里也含满了泪水……

　　爸爸，我小时候和奶奶在一起看电视的景象我至今还记得。那时，逢你回部队之后，每当妈妈去上班时，我就闹着让奶奶打开电视机。奶奶有时想带我去街上买菜买面条，不想开电视机，可我不干，我就哭，我一哭奶奶就只好让步，她心疼我，只得按我的要求把电视机打开。她打开电视机后，选台就是我的权利了。我胡乱地按着按钮，选择我爱看的节目。奶奶不识字，我那时虽然识字不多，但有一些字妈妈是教过我的，奶奶说：宁呀，你给奶奶讲讲电视上说的都是些啥。我就根据我认识的一些字，来猜电视上的内容，然后来讲，讲得也不知对不对，奶奶却都听得很认真，一逢我讲完，奶奶就夸我：还是俺宁儿聪明，啥都懂，比奶奶强多了。每次听到奶奶夸自己，我就高兴，就觉得自己了不起，就觉得自己将来真能做成大事情。

　　可遗憾的是，你和妈妈却很少夸我。你俩看见我，总爱找我的毛病，不是：身上咋又搞脏了？就是：怎么又惹小朋友哭了？或者：为何不把字写好？总爱指出我这样做得不对，那样做得不好，老是批评，有时还挖苦，以为批评可以让我变得更好，其实不然，你们一批评我就不高兴，就很气馁，就有抵触情绪。我那时以为奶奶比你们文化水平高，她懂得怎样让我学好！后来我明白了，你们是和奶奶一样爱我的，甚至爱得更甚，可你们就是不爱夸人，不会夸人，不知道夸一个孩子能让他更精神更自信，这也是没办法的事，毕竟那时你们也年轻，又刚当上爸妈，不懂这个。

　　听说，当爸爸妈妈也是需要学习的……

辛酉

孩子，我和你妈对你的确是批评太多表扬太少，总是先看到你的毛病和不足，总爱说你不如这个不如那个，心上总认为"严"对你好，从来没意识到在人的成长过程中，表扬其实才威力无比，才是父母手里最重要的武器。你小时不爱吃青菜，我怎么喂你你也不吃，我就很着急，就不停地批评你太傻太任性，有时气得把碗都扔了。后来有次看见你奶奶喂你吃饭，她夹起一筷子青菜，先表扬说：俺宁儿最听话，一向是让吃啥就吃啥，今天奶奶想让他吃点青菜，我想他一定会吃的。果然，你很痛快地张开嘴就吃起青菜来。这件事当时曾让我心里一动，觉得你奶奶有办法，却没有去细想这正是表扬在起作用，没有意识到该向你奶奶学习，去使用表扬的武器。你长大后做事总担心做不好，总不喜欢挑头，大概就与我们的养育方式有关系。唉，当父亲这门学问我缺课太多懂得太少！

宁儿，一九八五年我奉命去云南老山前线采访时，曾给你留了一封遗书。当时你还不到六岁。因为前线战场上的态势是两军在拉锯，一会儿，是我方夺了敌方的一个阵地；一会儿，是敌方又夺了我方一个阵地。战场上的情况又极其复杂，山高、林密、草深，敌方的特工队活动频繁，谁也不知敌人会在什么时候什么地方突然出现，也是因此，我们这些采访的人也得随时准备和敌人遭遇。何况我们坐车经过的某些路段是敌方直瞄火炮的封锁区，不断有我方的车辆被敌人的八五加农炮击中。就是因为这些原因，我给你留了那封遗书，为的是我万一死了，你不抱怨我啥话也没留给你。

我在那封遗书上说了三件事：第一，爸这是上战场，上战场死了是为国捐躯，你不能埋怨爸爸丢下你们母子不管，也不能抱怨谁让我上了战场。第二，我是长子你是长孙，记住要好好读书，你长大成人后要能撑起周家的门面，把周家的老屋翻修翻修，替我养活你妈妈和爷爷奶奶。第三，记着每年清明节给我烧几张火纸，好让我在那边有点钱花……

我把遗书寄给你妈后就由山东直接去了云南战场。

所幸我没死，活着回到了后方，这封遗书后来就没给你看。可我怎么也没想到，我们父子后来的情况会来个大翻转，会是你在临终前给我留下遗言，会是你叮嘱我：爸，我死后不管出现什么情况，你都不能不管我妈，你要照顾好她；爸，别把我走的消息告诉我爷奶，他们年纪大了，不可能承受住这个打击，就说我出国了；爸，对不起，在你老了得病的时候，我不能送你去医院照顾你了，你们可以提前找个好保姆……

怎么会是你来叮嘱我？

造物主，你为何这样安排？！

爸爸，你当年去前线给我留遗书的事，妈妈后来给我说了。她没有细说遗书的内容，但这件事本身让我吃了一惊，让我意识到，我们一家人相互之间在某一个时候是有可能被迫分开的。此前，我一直以为，我们既然是一家人，就会一直生活在一起。

随着我年龄的增大，我逐渐明白了生老病死的人生规律，但总觉得，死这件事离我们家还有很远很远，远到还根本不必去做应对的准备。我怎么也没想到，死亡会猝不及防地袭击我们一家，而且袭击的对象竟然是最强壮的我。到了这时我才明白，我的修行太差，根本无缘获得"无疾而终"这份奖赏。

因为事情来得太突然，我连一封遗书也没给你们留下。其实，真让我写遗书，我能写的内容也很少很少。我工作之后还没领几个月的工资，没有积攒下任何财富，没有给你们留下养老的钱财，相反，因为治病，还把你们的积蓄耗干了。我没来得及结婚，没有留下儿女，不需要叮嘱谁。我的研究事业还没来得及展开，只是刚刚开了个头，也没有要跟谁交代的。不给我写遗书的机会也对。

我唯一放不下心的是你和妈妈。我平日回家晚一会儿妈妈都要忧虑不安，如今我永远不再回家了她该怎样痛苦？你比妈妈还要强些，你有写作这门专业，你可以钻到你的小说里暂时忘却失去我的苦痛，妈妈可怎么办？爸，你要把我所有的照片和所有的遗物都收起来，不要让她再睹物思人，衣服和物品也可以全部烧掉。你可以多领她出去走走，让她尽快忘掉我。她不是喜欢读《心经》吗？你支持她读吧，那可能会给她一些心理支撑。你们还可以收养一个孩子，最好是个女孩，有一个女孩在家里来回跑动，也许有助于她忘掉伤痛……

我最担心晚上，平日晚上妈妈总要到我的卧室里看我睡了没有，现在她看不到我了可怎么办？爸你应该把我的卧室门锁上。

你们想办法搬一次家吧。

搬一次吧……

孩子，我们搬家啦。搬到了同院的另一栋楼里。搬完之后，你妈怕你万一真有回家的机会找不到我们，还在纸上写了我们新搬的楼号和房号，然后在原来的住处门前烧了。她想用这个法子通知你，但愿你能收到。

孩子，我现在常常忆起你上小学时的事情。回忆能让我心里得到短暂的安慰。

你是六岁半上小学的。

我和你妈那时决心送你上最好的小学。南阳城当时最好的小学是十五小，城里几乎所有的人家都想把自己的小孩送进这所学校。我和你妈到处求人，费了九牛二虎之力才算把你送了进去。进去之后才知道，因为学生太多，一年级新生一个班里竟有七十多个学生，大大超过了国家教育部门的规定，应该坐两个学生的课桌，要坐三到四人，孩子们不得不侧着身子写字做作业。也是因此，你后来养成了半侧着身子写字的习惯，而且写字时笔尖下斜，字有些歪。直到很久以后我才明白，我这是在从众心理支配下做事情。其实，同是南阳市的小学，彼此的区别能有多大？为何一定要去挤在同一所学校？好学校里也有素质不高的老师，差学校里也有素质高的老师。

你的小学生活充满了欢乐和笑声，可也有眼泪相伴。

我记得你第一次流泪是因为你擅自请客。那天早饭后你上学时说，学校让每个学生交五块钱，你妈妈当即去掏钱，因没有零钱，就给了你一张十元钱的大票，那时还没有五十元和一百元的大额钞票。你妈叮嘱你：记住把老师找回的五元钱在中午带回来。你答：好！我当时休假在家，也嘱你把钱放好。钱当时是我们家最欠缺最稀罕的东西。

但中午吃饭的时间到了，却不见你放学回来。我和你妈都有些诧异：为何没按时回家？是学校老师延时下课了？我们又等了一刻仍不见回来，才去问了邻居孩子。邻居孩子告诉我们，说学校是按时放学的，你没回来是因为在学校隔壁的饭店里请几个同学吃饭。我和你妈听后大吃一惊：这么小的孩子竟敢在饭店里请同学吃饭，这还得了？我当即下楼骑上自行车就往学校赶，骑到学校隔壁的小饭店一看，果然，一张小饭桌前坐着你和另外三个同学，四个人煞有介事地坐着，每个人面前放着一杯饮料和一碗面条，桌子中间还放着一盘炒鸡蛋。我当时气得厉害，那年头五块钱已是一个不小的数字，我的工资才刚刚升到七十块，每月的支出都是捉襟见肘，你竟然在这儿堂而皇之地请起客了！这么小就敢如此铺张浪费，将来长大了那还得了？不成败家子了？我忍着气站在门外看你们吃完，然后阴沉着脸走到了你们桌前，你一看我来，急忙不安地站起来叫一声：爸。其他几个同学也急忙打招呼：叔叔好。我没说别的，只对你说：走，跟我回去！你乖乖地坐在我的自行车后座上随我回家。一路上你看出了我在生气，故意找话跟我说，想让我高兴，可我一句也没理。到了家，一进屋，我就命令你：给我跪下！你委屈地问：为啥让我下跪？我不由分说就朝你屁股上打了一巴掌叫：跪下再说！你只得流着眼泪跪下了。

说，为啥自己做主请客？我喝问。

因为那几个同学平日都给过我吃的东西，有时是一个冰糕，有时是一块油饼，我没东西给人家，今天手里刚好有老师找回的五块钱，就想请他们吃顿饭，不欠人家情了。你理直气壮地答。

嗨，真是胆大包天，不给我和你妈说就敢一顿花五块钱？知道这是浪费吗？

那你们平日为啥也请客？你们请客也没给我先说！你义正词严地反驳我。

你的反驳惹得我起了更大的火气，我又打你一巴掌叫：你还敢顶嘴？你知道我平时坐火车，从不敢吃车上卖的一元一份的饭吗？再饿也就是啃点面包，我舍不得那一元钱哪，为的是省下钱给你读书，可你竟然如此大手大脚地花钱！你妈这时也劝你：快给你爸认个错，就说以后再不这样花钱了。你显然还不服气，但因害怕我的巴掌，也只好流着眼泪说：我错了，以后再不这样花钱了……

这是我又一次动手打你。今天回想起来，爸爸后悔得厉害：不就是五块钱嘛，用得着又是打又是逼着下跪？我这是什么管教方法？孩子那样小就懂得请有恩于己的同学吃饭，不正说明他懂得回报吗？为何要生那样大的气？为何要用那样激烈的手段？那样做对孩子的心灵不是很大的伤害？儿子，你还记得这件事吗？爸爸对不住你！

你在小学里第二次流泪是因为迷上了电子游戏。不知道从什么时候起，南阳城突然出现了许多电子游戏厅，很多上学的孩子被这个新奇的东西迷住了，自控能力强的孩子，只是在放学时去玩一阵；

自控能力不强的孩子，就忘了学习，把全部心思放在玩游戏上了。而你，可能因为我们忘了培养你的自控能力，你完全被电子游戏迷住了。有时在上学的路上，都要拐进游戏厅玩一会儿；放学后，在游戏厅玩得会忘了回家。老师给我和你妈发出了警告，说你的学习成绩在很快地下降。我们和你谈了一次又一次，你也表示不再玩了，可一从游戏厅门口过你就会不由自主地走进去。我当时心里很着急，我和你妈对你寄予很大的希望，我们这一生失去了上清华、北大的机会，我们希望你将来能成为北大或清华的学生，可你却正在让电子游戏毁掉自己的将来。有一天晚上，天都黑了还不见你回家，我估计你又打上了游戏，急忙骑上自行车去四处找你，最后在一个游戏厅里找到了你，你果然正在游戏机前打得高兴，连我站到你身边你都没有发现。直到我咳了一声，你才看见了我，才怯怯地收了手向门外走。那时我怒不可遏，决心吓吓你，一把将你抱放到自行车后座上就骑了走，但我没有驮你回家，而是把你往城外的白河河滩里驮。你见状胆怯地问：爸，你这是要去哪里？我气极地说：我和你妈管不住你了，我们不想要你了，我把你放到河滩里，你愿去哪里就去哪里，愿干啥就干啥吧！说着说着，我已把车骑到了河滩里，那时天已黑透，城外的河滩里更是黑得彻底，我不由分说把你抱放到了地上，然后扭头推了车子就走。你吓得哇一声哭了，急忙跑过来抓住我的自行车后架说：爸，我再也不玩游戏了，带我走吧，我再也不玩了……

今天回想起来，我那时用的是多么拙劣的管教手段。我是怎么当爸爸的呀？！孩子，那晚把你吓坏了吧？……

爸爸，上小学时的事我如今还能记得两件：一件是那次擅自请客。那时我根本体会不到家里的艰难，体会不到你养家的辛苦，钱到我手里我就想怎么把它全花出去。你们当时让我下跪我心里还很不服气，长大后才知道那时的不对。我花钱大手大脚的毛病其实一直没改多少，上大学时花钱也比别的同学都多。这大概与我不时看到有稿费单寄到家里有关，虽然那些稿费单上的数字都很小，可我觉得它会源源不断地寄来，这就让我花钱有了一种仗恃，我没去想那每一张稿费单都是你用血汗换来的，没去想只要你写不出稿子就不会有稿费单。这一点要请爸爸原谅。另一件就是我迷上电子游戏的事。那东西我第一眼看见就觉得太好玩了，我很快便被它迷得忘了一切，玩它时别说做作业了，就是饭都不想吃了。应该说，电子游戏毁了很多孩子的学业，也毁了很多孩子的人生，有一些年轻人辍学流浪与电子游戏是有关系的，个别孩子因长时间打游戏甚至就累死在电子游戏机前。这个东西的发明者的动机也许是好的，但它的负作用也实在惊人。看来，人类的每一项发明都有正作用和负作用，我们对人类的发明既该持欢迎之态，又不能不抱一定的警惕之心。我好像也很容易对新鲜事情着迷，而且一迷上就不能自拔，你当时的阻止让我非常生气，心里真是对你生了恨意，甚至在脑子里还生了疑问，认为你也许不是我的亲爸爸。什么是代际隔阂和矛盾？这大概就是。你认为电子游戏是洪水猛兽，我认为它奇妙无比；你想让我远离它，我却想亲近它。这种隔阂使我不能理解你对我的爱意，我当时以为，你就是不想让我快活……

壬 戌

宁儿，你上四年级那年有天晚上看电视，看见屏幕上正在播放一个葬礼，你问我：爸，这是在干啥？我答：他们这是在举办葬礼。你问：为啥要举办葬礼？我说：为了纪念，为了对死者表示尊重。你又问：人啥时候可以办葬礼？我说：死了以后。你紧跟着问：那你啥时候死？我一愣，说：可能在几十年后，不过说不准，也可能很快。你接着说：爸，你死了之后，我要为你举办葬礼！我记得当时我一惊之后又很高兴，一把将你搂到怀里说：谢谢儿子。父亲死了儿子来办葬礼，这本是顺理成章的事。可我怎么也没想到，这事在我身上竟然不能实现，相反的，让我来办你的葬礼！让我来替你选择墓地，让我来替你选择骨灰盒，让我来为你选择墓碑。

做这些事时我的心在滴血，造物主只要耳朵不聋，他应该能听到血的滴答声……

爸爸，你心如刀割地去为我选择骨灰盒、墓地、墓碑时我都看见了，我就跟在你的身边。你为我选了样子最好看设计最艺术的骨灰盒。你和妈妈跑了近郊和远郊的几乎所有公墓，才最终选择景致最美管理最好的天寿园来安葬我的骨灰。你在墓碑的设计上也费了苦心。你们为我举办葬礼时我多想上前去搀住你和妈妈。真是抱歉。让你来做这些事太残酷了。可又没人能替代你。这些事本该是我的儿女也就是你的孙子孙女来做的，可上天没给我这福气。罢，罢，罢，还是都承受下来吧，把这一切看成是你命里应该承受的，是你的命运给你的东西，只有这样你才能让心里的伤痛、委曲、怨愤慢慢消去。要不然怎么办？你曾经在你的小说里告诉读者要学会比，你现在也要学会和谁比。你如今不能和那些儿女双全的人比，和他们越比你心里会越不平衡，你会更加痛苦。你可以这样比：我失去儿子时上天总还给了我一段精神上的准备期，总还让我在他的病床前表达了我的爱意，可还有一些父亲，前一小时还和儿子在一起做事，后一小时就由于车祸永远和儿子分开了，像那辆在高速公路追尾翻车的大巴车，车上的十几个大学生猝然间去世，与那些学生的父母相比，上天对你不还是眷顾的？爸爸，就这样比吧，我想不出别的办法来安慰你了……

学会比吧，与比你的命还苦的人比……

孩子，在你上小学期间，我们家里出了一件大祸事：陷入了一桩可怕的官司中。

为了应对这件祸事，我和你妈不再有时间和精力来管你的学习和吃穿住行，而那几年，正是你身体发育的关键时期。我一直怀疑，就是这个时期，使你的身体受了伤害。官司刚缠上我们时，为了不让你受到惊吓，你秦阿姨和你振江叔专门来南阳接你到了北京。尽管你贾伯伯和你秦阿姨给了你无微不至的关怀，但那毕竟是你第一次远离父母远离家庭，你内心的感受虽从未给我说过，但我想你肯定会感觉痛苦，你又是一个极其敏感的孩子，家里出的事情你也隐约知道，你不可能不挂念和忧虑我们，你只是不说你的痛苦而已。后来，当官司正进行时，你忽然开始咳嗽，吃了好几种药都不见效，其时，有亲友说你可能是得了肺结核。按说这时该到大医院给你做个仔细检查，把你的病情弄明白。可我和你妈当时都忙于官司，没有时间也没有心绪来管你，只让亲友领着你去小医院查查。医院并没有给出一个明确答复，只说是有点像肺结核，于是接下来就让你吃起了治肺结核的药。治疗结核的药既伤胃又伤肝，你的身子很快瘦了下来。这肯定使你身体的免疫力遭到了破坏。更糟糕的是为了观察你的肺部情况，一个在医院放射科工作的朋友不定期地给你照X光，人家当然是好心，可这样频繁照射的结果不可能不伤你的身体。就是这样，当家里的官司打完打胜以后，你的身子已经很瘦很弱了。现在回想起来，我和你妈当时真是很蠢，官司和你的身体健康相比，哪个重要？为何要先忙着打官司？为啥不先把你的病治好？今天仔细追究起来可以看清，在我的脑海里，实际上是把自己的声誉和家庭的荣誉放在你的健康前边的。其实，只要你的身体不出毛病，我们家人即使被冤枉了又有什么了不起？无非是让家人坐几年监狱罢了。我那时竟然算不过来这笔账！

我竟然没意识到你才是最金贵的！

我恨我自己！

爸爸，家里遇到的那场官司我记得很清。我那时虽然小，但我能懂得事情的严重性。儿童懂事的时间因人而异，这话是对的。家里遭遇过大祸事的孩子，懂事肯定比过平安日子的孩子早。我记得那个夜晚，一些人突然来到我们家里；也记得那个中午，爷爷奶奶失声痛哭；还记得那个下午，你决定让我随秦阿姨和郑叔叔去北京。这次到北京，是我第一次出远门，也是我第一次独自离开你们尤其是长时间离开妈妈，虽有秦阿姨和郑叔叔作陪，可我心里明白，我是去避难而不是去做客，因此有说不出的难受。尤其是到了夜晚，胆量小的我一个人躺在床上，非常非常想念你和妈妈；有时上厕所小便，不小心把裤子弄湿了，怕给秦阿姨他们再添麻烦，就不好意思说出来，坚持着不换裤子，一直用身子再把湿处暖干……

打官司这桩事让我原先存在心里的优越感一下子没了，我开始有了严重的自卑心理，这就是我后来性格变为内向的原因。人的开朗性格的形成，是需要一个没有歧视存在且经常得到鼓励的宽松外部环境的，而此时，在南阳我们那个生活的圈子里，此种环境已不复存在了。我虽是小孩子，可我已开始注意观察别人的脸色，说话做事变得小心翼翼，唯恐惹住了谁。这种内向性格造成了人心里总有一种压抑感，长久的压抑对人的身体肯定不会有好作用。爸爸，我说这些不是为了抱怨，不是说我们不该陷入那场官司，只是想向你说明我性格变化的原因。好了，咱不谈这些了，如今再说这些还有什么意义？

人生中出现的任何事件都不会没有缘由。

那可能就是我命中应该经受的东西！

宁儿，你小时候，你和你妈常抱怨我的一件事，就是我很少陪你们母子外出游玩。我得承认，与其他做父亲的相比，这方面我做得最差。我总是觉得时间少，有点空闲就想看看书写点东西，将时间用在游玩上，我心里总觉得不值。我从没有想到带你外出旅游也是我当父亲的责任之一，没明白旅游会给你带来快乐带来眼界的开阔，没意识到休闲也是人生的重要内容。我那时总以为，以后时间有的是，待我闲下来了再带你们出去玩。我那阵哪知道我们父子相处的时间会这样短？如今，我竟再也不能带你出去玩了！现在回忆起来，你小时候我正式带你和你妈出去旅游也就两次。

一次是去西安。当时我在西安政治学院读书，我让你们母子还有你外公一起到西安看看古都。那一次，我领你们去看了半坡遗址，看了大雁塔和小雁塔，看了兵马俑坑，看了杨贵妃洗浴的华清池。在华清池边，你听了导游的解说后大声问：杨玉环在哪里？我和你妈相视一笑：华清池的水清澈依旧，丰腴美丽的杨玉环却再也不会出现在水中了，时间是如此可怕，它会让所有美好的东西都变成历史陈迹。在登骊山的山道上，我们一家三口赛跑，你跑得最快，我们三口人的笑声在山间回响，惊得树上的鸟都飞了起来。当年的唐明皇和杨玉环可能走过这条路，后来的蒋中正和他的卫士们也许也在这条路上走过，我们一家把脚印留在这条路上也算有点纪念意义。

另一次是去泰山。我们先坐车到中天门，车在盘山路上行驶时，你不时指着窗外的陡崖、深谷、溪水和奇树发着惊叹，生活在平原上的你，第一次和东岳泰山亲密接触处处觉得新奇。我们原想坐缆车上山顶的，因游客太多，等了很长时间没买到缆车票，加上同去的你外公感到很累，我和你妈就决定这次不上山顶了。我站在中天门指着远处的岱顶给你做了番介绍，哪里是南天门，哪里是天街，哪里是百丈崖，你认真眺望了一阵说：爸，下次我们一定上去。我说行，下次买不到缆车票了我们就步行爬上去！

我这个允诺并没有兑现，我总是在忙，不是忙这篇小说，就是忙那篇散文，就是没有为实现你的心愿去忙，我好后悔……

爸爸，到西安游览那次我只还记得一个场景：就是我们一家三口爬骊山前，你买了两瓶饮料。你的原意是我和妈妈一人一瓶，边喝边上山，可我当时因为渴，就把两瓶饮料都拿到了手里。你说：宁呀，给你妈妈一瓶。我不给。我说：两瓶都是我的。妈妈倒没说什么，只是一笑。你当时骂了我一句：这小子太自私！我当时很不高兴，抗议道：你不会再买一瓶给妈妈?！今天回想起来，我心里好愧。连妈妈都不心疼的孩子，还会心疼谁？孩子对爸爸妈妈爱的程度，远远赶不上爸爸妈妈对孩子爱意的一半。这是我后来才明白的。我得病之后，妈妈经常饿着肚子，四处去寻找可以给我补身子增强免疫力的食物和药品。妈妈，在我终于懂得尽孝的时候，却又永远地离开了你，已经无法再尽一点孝心了，对不起啊……

儿子，你上小学时，你妈妈有天急匆匆由办公室回家告诉我，说市体校的人到十五小挑学生，看上了宁儿，现已把他叫到市体育场测试他的跳远能力，如果测试合格，很可能让他上体校，问我行不行。我一听，当即眉头一皱说：咱儿子不能去搞体育，搞竞技体育的人三十岁以后就算老了，那时他怎么办？我希望他将来能当个科学家。说完，我骑上自行车就去了市体育场。到那里一看，果然有体校老师正在跳远坑前测试几个小学生的跳远能力，你排在被测的队伍里。当前边的一个学生跳完之后，我走到那位体育老师身边说：我的儿子周宁不想上体校，你让他回十五小上学吧。那位老师听了看定我，说：这对你儿子来说也是一个机会，并不是谁想上体校就能上的，我们有严格的挑选标准。我摇头道：我们不想要这个机会，谢谢你。他遗憾地叹口气，指着你的腿说：你看看这孩子的两条腿，比别的孩子都长，发育得也好，如果能到体校学跳远，肯定是个好苗子，日后极有可能出好成绩，说不定能为你们家争光呢，你最好再想一想。我再一次摇头坚持道：不用想了，我们不当运动员！那位老师这时对你说：周宁，跳一次。你听到这句话后，走到助跑线那儿，先挥胳臂踢腿地做点准备动作，然后快速助跑、起跳，跳得比前几个同学都远。我意外地看定你，没想到你真的能跳这样远。这时那位体校老师又对我说：周宁爸爸，你看你儿子跳得多好，不让他当跳远运动员真是亏了他。我这时仍没征求你的意见，断然地说：不用再讲了，他不当运动员！说完，拉着你就向体育场外走。我听见那位体校老师在身后遗憾地不停叹气。

在回去的路上，你问我：爸，我为啥不能当跳远运动员？我说：当运动员对年龄要求特别严，一般人活到六十岁才算老，可运动员活到三十岁就算老了，到那时，你想改行也难了。你说：到三十岁时我改行当跳远老师不就行了？我被你的话弄得一愣，摇头道：一个跳远老师有啥当头？这个社会谁能看得起你一个跳远老师？你没再回话，只不高兴地跟在我身后踢踢踏踏地走。今天回想起来，我所以不让你去学跳远，是因为在我的内心里，是看不起体育这门专业的，认为跳远算不上一种真本领，我真正看重的，不是身体技能的竞争，而是官场的智谋博弈。我搞了一辈子文学，研究了一辈子人的心理，我知道在中国这块土地上，人生的价值通常不是按你的人格和对文明发展的贡献来定，而是按官位大小来衡量的。我虽然想保持清高，想和官场拉开距离，想鄙视官场里的一些作为，可我内心里却也承认，当官才是男人的正业。想让你长大了去当官，想让你去为我们这个家族争得荣誉。我其实还是一个被中国官本位传统浸染透了的俗人！

若当初按你的兴趣去上体校，你整天在运动中锻炼着体魄，说不定会使身体强健起来从而不生疾病。唉，我为何会这样霸道？为何要执意抛弃改变你人生的重要机会？

没有我的这次干涉，你的生命完全可能留下另外的轨迹。在一定意义上说，是我强行改变了你的命运。

仅仅因为我是父亲，我就拥有了这种权力？！

人的兴趣所以会千奇百怪，归根结底和其生理心理状况是紧密联系着的，强行扭转人的兴趣，必会给人的生理和心理造成某种不平衡，从而给疾病的入侵留下机会……

爸爸，你既是帮我做了选择，就不要后悔。你也是为了我好嘛！今天想想，正是因为你帮我选择了读书，我才在以后见识了书海里的风景。才到了西安通信学院，结识了那么多的好老师和好同学；才到了郑州信息工程大学，接触了那么多与信息安全有关的知识。其实，我真要去搞体育，当运动员，难道就不会感受到压力了？运动员比赛前，为能不能出好成绩，也是思来想去，不能安眠哩；比赛中，一旦失误，就会后悔终生啊；比赛后，即使得了好成绩，也怕不能保持下去。专业运动员的生涯一点也不轻松。何况，以参加比赛为生的专业运动员，其运动强度极大，训练常会超过身体正常的承受能力，极限运动也很容易损害身体的零部件，我真要当了运动员，对我的身体就一定是好事？就一定能保证我不得病？不见得吧。爸爸，人生的每一次选择都是有失有得，有得有失，没有十全十美的事情，想开吧……

至于你说你未能免俗，也想让我去当官，这我能够理解，你也不必自责。社会上能有几个真正完全看开的雅人？中国真正不想当官的人能有几个？你没有高雅上去，你自己自然有责任，但责任肯定不全在你……

孩子，你小学毕业考试前，我和你妈就给你定了报考初中的目标学校：考上南阳城最好的两所初中里的一所——十三中。

十三中不仅优秀教师多，教育质量好，而且离家也近。

你有点胆怯，说：爸，妈，十三中录取的分数线很高，根据我平日的学习成绩，考上这所学校怕是有点难。

按说听了你的话我们应该问问你想考哪所学校，仔细听听你的意见，可我没有，我只是有些生气，挖苦你道：你小子连这点雄心都没有？世上哪有不难的事？考个十三中都怕了？那你将来还能干成啥大事？你难道愿当一个窝囊废让人看不起？只有考上好初中三年后才能考上好高中，这样才能保证日后考上好大学，一个小伙子应该给自己定一个高目标！考不上十三中，你不嫌丢人，爸爸我还嫌丢人哩！

不上十三中怎么就丢人了？南阳市还有那么多的初中，难道里边的学生都给他们父母丢人？你想驳倒我。

上不了好学校还能算光荣了？你为何不像我和你妈一样，有强烈的上进心？看你现在做事不求上游甘居中游的样子，我真怀疑当初在产院我们是不是抱错了你！你也许是别人家的儿子！不是我们的！

你妈见状急忙阻止我道：你胡说些什么？！

你被我挖苦得脸和脖子通红。

我的一番挖苦令你不敢再说别的话,你只好点点头说:行吧,我一定努力考,争取考上十三中。

我那番挖苦令你的精神压力大增,毕业考试的前几天晚上你就睡不着觉,常常是我们都要睡了而你还睡不着,没办法,你妈妈只好让你吃片安定。你那么小就让你靠吃安定睡眠,我心里当然也着急,可想想是为你的将来好,也就压下那股心疼,没有让你降低考学的目标。

你很快瘦下来了。

考试的结果出来,你被十三中录取了。我和你妈好高兴。我还对你妈表功道:看看,还是给他点压力好,人没压力不行,没有压力他不会考上十三中的!可你却没显出多少欢喜,只说:我想睡几天觉……

你后来得了那病之后,医生说,这种病的病因虽不清楚,但可以肯定人不是在短时间就能得此病的,它有一个发展过程,它和长期的精神压力不会没有关系。今天回想起来,我逼你考十三中,可能也是其中的原因之一。

原因之一呀!

我为什么要死死逼你?为何一定要把自己的孩子往死里逼?那其中固然有为你将来考虑的因素在,但归根结底是我的虚荣心和我的功名心在作怪呀!是我害怕你考不上重点初中我丢脸哪!

你上初中以后,我有时发现你爱吐痰,一次吐得也不多,就是一点点,但吐起来有点不由自主,常来不及吐到痰盂里,只好吐到地上。而且痰的黏度很大。我当时以为这是小毛病和坏习惯,便埋怨你不该乱吐。我竟从没去想你爱吐痰的原因,更没想到找个中医给你调理调理。其实南阳是张仲景的故乡,有许多名老中医,当时只要找一名老中医给你把把脉,开几服中药吃吃,可能就把这个问题解决了。粗心的我只偶尔买点西药让你吃,并没有从根本上解决问题。你得病后我请教中医才明白,人若气郁痰结,导致血运不畅,最后就会在颅内造成淤血成块,那便是肿瘤的早期形态。我真笨啊,竟对导致你得大病的萌芽视而不见!

还自以为是个负责任的父亲,经常在心里自我评价为好爸爸,呸!……

爸爸,上十三中的确对我是个挑战。把学习好的中学生都集中到一所学校,其实不是个好主意,学习好的学生集中到一起,又会比出好、中、差来,这里的差生比别的学校的好生成绩都好,可他们照样会感到自卑、羞愧和抑郁,心理会遭到扭曲从而影响他们以后的成才。我刚进十三中时,还能当个课代表,一学年下来,成绩就被别人比了下去。这时,精神上的压力也随之来了。不过在十三中也有快乐的时候,那就是和同学们去打篮球——我是在十三中才学会打篮球的。放学之后,和几个同学一起抱着篮球去到球场上,是我最快活的时候。我那时的身高长得很快,几乎每周都不一样,身子长高了,打篮球就会有优势,我能明显感到身子矮的同学对我的羡慕。那一段时间,我对打篮球又有些着迷,每逢抱起篮球,心里就快乐无比,每抢到一个篮板球,每一次跨步上篮,每投中一个球,我都会开心地笑起来。那时我最盼你和妈妈给我买双深勒球鞋,你后来从部队里给我带了一双军用深勒胶底鞋,穿上很舒服,弹性也好,适宜我跳起抓球,球友们羡慕得厉害,都叫道:周宁,你小子跳得高完全是因为你的鞋子好!

打篮球和打游戏一样,后来也让我迷得有些忘了学习,周末我们去南阳二高的球场上打篮球,直打得天都黑透了,还借着远处透过来的街灯光继续打,把做作业和吃晚饭忘得一干二净,直到你找到球场上,喊道:你们这几个学生还吃不吃饭了?我才意犹未尽地停下手跟你回家……

儿子，一九九五年，我们家搬到了北京。这一年，你已初中毕业长成了一个高高大大的小伙子。我至今还记得我去北京站接你们母子的情景。车到站时，别的乘客都下完了，才看见你来到门口焦虑地说：爸，我妈晕车，不能起身了。我有些意外而吃惊，急忙随你上车，边走边问你：不是坐的软卧车厢吗，怎么还会晕车？你说：妈在车上吃了个水果后开始吐，一直吐了很长时间，这会儿头晕得厉害，还老说心口难受。我走到你们的铺位前，见你妈果然还躺在那儿，脸色煞白。我搀起你妈，你背上几乎所有的行李，我们开始出站。看着你负重前行的样子，我第一次意识到，你已是一个我们在困难中可以依靠的男子汉了。

由河南南阳迁到北京，一开始你们母子都有些不适应。你的不适应首先是对气候的不适应，南阳气候温润，北京天气干燥，你觉得脸上的青春痘多了；然后是人际环境不适应，这边没有你熟悉的同学和朋友，在学校见到的都是生面孔，少人聊天，一时也没有球友，你觉得孤单；再就是北京的课程安排和作息时间也和南阳有异，这儿根本没有早自习和晚自习，上学要走很远的路，你觉得很不习惯；还有就是你的普通话说得不是很好，和同学们交流起来有点不好意思。人的流动迁徙是为了寻找幸福，但幸福是一个刁蛮的女人，你只要稍触一下她的身子就必须付出高额代价。你对北京的不适应可能就是代价之一。好在你很快就让自己融入了京城年轻人的生活中，也就是两三个月之后，你就有了要好的同学，有了能在一起痛快打篮球的球友，普通话也说得纯正起来，学习也跟上了北京的同学们。

你上高中时的家长会，基本上都是我去参加的。从家长会上我能感觉到，北京这边的高中老师，教学方法和咱南阳太不一样了，表现在对学生学习时间和学科分数的要求上，远不如咱们家乡高中老师来得严格，这边强调的是教给学生学习方法，然后靠学生自觉地去安排学习。这就使我暗暗有了一种担心：你能自觉地去安排各科的学习吗？我于是开始频繁地去督促你做作业和看书，开始干涉你的日常生活安排。

我变得啰唆起来，很像一个监工了。

更重要的是，这时你已到了人生的叛逆期，而我和你妈却一点也不懂得男孩子的这种生理和心理变异，根本没做迎接你这种生理心理变化的精神准备。结果我和你妈开始同你在一些很琐碎的问题上发生争执。

你说你想在周六周日看看电视。

我和你妈说：不看或少看最好，学习最重要，迎接考试最要紧！

你说你想在下午放学后先打一阵篮球，放松一会儿。

我和你妈说：放学后应先做作业，然后再去玩！

你说你晚上想读一阵课外书，比如小说什么的，换换脑筋。

我和你妈说：先搞好学业考上大学最要紧，等考上大学后再读小说不迟。

你说你晚上不想睡那么早。

我和你妈说：早点睡好，这样你明天学习才能有精力……

你开始抱怨：我太不自由了。

我开始埋怨：这孩子太不懂高考成功对人生的重要性了。

我们一开始只是互不满意。

渐渐开始有冲突发生了。

你下午放学之后，不理我们"先做作业"的规定，先抱个篮球去球场打起来了。

我一次两次三次警告你不听，气得我在你上学时把你的篮球用锥子扎漏气了，你放学回来看到瘪得打不成的篮球，伤心得流出了眼泪。

你不理我们关于"周一至周五晚上不准看电视"的规定，晚上做完作业后，把自己的房门关上，背对着房门偷偷打开电视并调低音量看起来，还用一把伞放在肩头以遮住电视机屏幕的闪光。

我和你妈以为你一直在房间里安静地学习，很高兴，后来推不开门了才估计有问题，于是我搬来凳子，在你卧室门外站在凳子上，透过门上边的玻璃先作一番侦察，然后才气急败坏地用钥匙打开门，同你大吵了一顿。

你不知从哪里借来了一部爱情小说，包上书皮放在课本之上看起来，我们以为你在聚精会神地温习课本，挺开心，后来无意中在你的书桌抽屉里才发现它是小说，于是又对你来了一顿训斥。

一连串的冲突让你很生气，也令我和你妈妈很伤心。

进入叛逆期的你不喜欢我们多管你的事，可我们却认为你到了人生的关键期，偏想过问你的所有事情。

你愤怒地提出：再这样下去我不参加高考了。

我带着火气反问：不参加高考你将来干什么？去哪里找工作？凭什么本领挣钱养活你自己？

你说：我可以去地铁口卖光盘。

我道：那能赚几个钱？

你说：够我吃就行了。

我道：你总得结婚，没有钱养自己的女人怎么可以？

你说：我打光棍……

争执迫使我做了些退让，给了你一点自主行事的空间。

做父亲是要懂孩子生理、心理变化规律的，可我不懂，我只知压服，只知使用强力，结果使你的青春期过得磕磕绊绊充满了苦痛，许久许久之后我才懂得，是我让你受苦了。是不是这一段日子让你的身体再次受到了损害？

应该是的！

要是当时有人教教我怎样当高中生的父亲那该多好！

我这又是想借责备社会来推卸自己的责任，其实归根结底是因为我的功名心太强！我一心想把你送入名校，有朋友说让周宁读个商学院很好，我颇不屑地答道：我们不读那种学校……

爸爸，上高中那段时间我心情不好的最大的原因是青春痘。我自己感觉，到北京之后我脸上的青春痘明显增多了，而我那时也开始注意自己的形象，知道爱美了，希望给人帅气的感觉。青春痘让我非常苦恼，我用了各种办法想减少它们的出现，把我的零花钱都用到买各种消痘的药品和化妆品上了，可还是没有奏效。在学校，我很害怕同学们尤其是女同学把目光凝聚在我的脸上；上学路上，我也害怕路边的人留意我的面孔。我开始低着头走路，说话的声音变低，不往人多的地方聚，怕引起人们对自己的注意，怕人家笑话我脸上的痘痘太多。我感觉到我的性格在变化，变得越来越内向了。有时候，班里的同学们为别的事哈哈大笑，我也会蓦然一惊，以为人家是在笑自己脸上的痘痘多。在上下学的路上，我若听到路边有人笑，也会疑神疑鬼地以为人家是在笑自己的脸。那段时间我非常苦恼，也是因此，我特别烦你和妈妈再干涉我做这做那，让我没有自由活动的空间。那些日子，你们关心的事情是我能不能考上大学，我关心的事情是能不能消去痘痘，两者相差十万八千里，冲突怎么可能避免？⋯⋯

宁儿，在你高中分科时，你说你想学文科，将来能读个历史专业最好。你很小就喜欢看些历史书，经常在饭桌上给我和你妈谈点对历史人物和历史事件的看法，曾让我很是意外。按说我应该尊重你的意见，按你的想法办，因为毕竟是你考学，按兴趣发展才能成就人。可我当时认为，史学是和政治靠得很近的一门学问，一个人懂历史太多，就会忍不住要对现实发表议论，这就很可能不由自主地被卷进政治漩涡，给自己带来麻烦，不如读理科，将来埋首科学研究，一辈子安安全全。"文革"时我虽然年轻，但看多了因政治问题惨遭迫害的案例，故对政治充满了恐惧，所以不想让你和政治靠得太近。再说国家的理科大学多，考上的几率大，而且将来毕业后也好找工作，就武断地替你做了决定：学理科。你心里不愿意，可拗不过我，只好报了理科。可以想见，你兴趣不在理科而强学理科，是多么难受的一件事。这也是我做的蠢事之一,使你随后的学习一直不很顺心。高考临近,我陪你复习时我才明白,理科的学习难度的确很大。我平时传给你的,更多的是形象思维的东西,现在让你完全沉浸在逻辑思维中,是一件很不轻松的事情。还好,你艰难地应付了下来,完成了高考。我后来想,如果按你的心意学文科,读历史,你的日子肯定会过得轻松多了,说不定出研究成绩也会早些。我为何要折腾自己的儿子?还不是自以为是?还不是刚愎自用?还不是把你当做什么都不懂的孩子?还不是不懂得尊重你?!

爸爸,别给自己戴那么多可怕的帽子。学理科的确不是我的兴趣所在,但兴趣是可以培养的。我后来慢慢也对理科有了兴趣,一个人要全面成长,理科知识是需要具备的。文科知识经过自学就可以获得,而理科知识不经过学校老师传授是很难弄懂的。不学理科,我后来就很难进入军队院校学习,更不可能和战友们一起参与军队科研并获得了奖励。我不后悔我走过的路,你也不要后悔。生病和学习理科不会有联系,那么多理科大学生都没有得病就是很好的证明。我得病一定另有原因,那原因虽然目前医学还不能给出答案,但极可能是在我的体内。我现在还记着你陪我参加高考时的情景。高考那三天,你专门请了假,帮我检查考试时应带的全部东西,然后和我一起骑车去学校,在校门口,你让我喝了自带的温开水后,目送我进校考试,自己就坐在校门外的街边等待。一直等到我考完,再陪我骑车回家吃饭。天非常热,三十多度的气温加上马路暴晒腾起的热度,让坐在街边的你大汗淋漓,一连三天你都是如此。骑车时,你总是让我靠街边骑,自己在汽车行驶的那一边骑,明显是想护着我。那时刻,我鼻子里也很酸,我当时想,待我将来工作了,我一定要报答爸爸妈妈的这份养育之恩,可没想到,上天没有给我时间⋯⋯

癸 亥

宁儿,送你去解放军西安通信学院报到的情景至今历历在目。我们头天晚上住在西安市内的一家军队招待所里,第二天要去学校报到时,你慌慌地说:爸爸,你教教我怎么洗手绢,我还不会洗哩。我一听哈哈笑了,说:看看你妈妈平时把你惯成啥了,连手绢都不会洗,可怎么独立生活?你说:现在教我也不算晚嘛。我于是拉你来到洗手间水池前,把我的一条手绢拿出来,告诉你怎么浸湿水,怎么打香皂,怎么揉搓,怎么在清水里冲干净,拧干,展平,晾晒。我示范完毕,又让你照样来了一遍,我们才坐车去学校。

在学校报完名,找到你们学员队的住地,把你的行李在你的床上放下,又和学员队领导见了面之后,我要走了。你分明有些不舍,说:爸,你这就要走了?我说:爸得回去上班。你只好点点头说:好吧,一路平安。我上车往校门口走,走出好远,回头还见你站在那儿看着我坐的车。我知道你平日很少离开我和你妈妈,乍一独立生活,肯定需要一个适应期。回到家,你妈也因担心你一下子适应不了离家的生活,说很想给你打个电话问问情况,我拦住她,说:男子汉终要走四方闯天下,不要紧,他自会适应的!果然没多久,就有消息传来,说你在军训阶段成绩很好,受到了学员队领导的表扬。第一学期结束你要回家过年，我托西安的一个朋友为你买了一张卧铺车票，你上车前还在电话里告诉了我车厢号，可当我去北京西客站的站台上接你时，却出了意外。我站到说定的那节卧铺车厢前等你下车，只见车厢里的人都走完了，还不见你下来，我好着急，四下里喊你的名字，这时，你提着行李气喘吁吁地由后边的硬座车厢跑过来。我问你：咋会没坐卧铺？你笑笑说：我在西安上车时，看到一个有病的老大爷被人搀着往硬座车厢走，问他要去哪里？说是到北京看病。我看他的病确实很重，在硬座车厢坐一夜肯定受不了，就把我的卧铺车票和他的硬座车票换了，也没有要他的钱。我听罢，心里先是涌起一股对你的心疼，随后，就为你懂得了爱他人而感到了由衷的高兴。我当时拍了一下你的肩膀说：好，我儿子真的长大了……

爸爸，去西安上大学才让我真正与少年生活告别。离开爸妈独自面对世界，最初心里是有些发慌的，我好像一切都跟不上学校的要求，不能按时洗漱完毕不能按时吃完饭，不能很快穿上军衣很快站进队列，不能按要求叠好军被不会打扫厕所。我这时才意识到，我在家是被娇惯坏了。我的军被在数次叠得达不到要求后，被班长一怒之下抓起扔到了窗外，我当然生气，可我知道我若连这件事都做不好，我就不可能成为一个军人。于是我开始努力。做事向其他人看齐。其实一个男人要是下了做好一件事的决心，是完全能够做好的。没用两个月，我就在各方面都跟上了其他的同学。

离开了父母庇护的孩子，才能更快地成熟。

在西安上学，我的另一个收获，是加深了对这座古都的了解。西安的古建筑、古遗址、古文物和古人的遗迹是太多了。逢了节假日，我会和几个同学一起去四处游览参观，喜欢历史的我，看这些东西觉得特别有味道有兴致。你给我说过，人，尤其是男人，一定要学会独立思考，学会独自对事情做出判断，不要盲从别人，更不要盲从众人。我在西安看那些古东西的时候，我没有别人的那份兴奋之情，也没有别人的那份骄傲之感，更没有别人的那份效仿之心，我只是觉得惊奇，原来争权夺利，尔虞我诈，贪财贪色，企望不朽，打打杀杀，很早就有了。我们今人所有的毛病，都是前人传下来的。我还有些悲哀，原来只有和皇帝、皇家相关的东西，才能流存下来，普通人活没活过，历史是不关心的。我在想，我们今天还要把自己身上的毛病，再传给后人？我们今天谈历史，还是只谈那些大人物吗？

儿子，你第一个学期结束从军校回家过寒假，我就发现你变了，变成了一个像模像样的军校学生，站有站相，坐有坐相，懂礼貌，讲仪表，不仅会洗衣服，还学会了体谅我和你妈。上中学时你从外边一回到家，总是往电脑前一坐，不喊你吃饭你很少站起来。如今知道帮我们做些家务，主动承担起倒垃圾、买菜、买面条这些杂事。我和你妈好高兴：我们的儿子长成一个男子汉了。

临近春节时我买了几盆鲜花，由楼下往四楼家里搬。没有电梯，搬重重的花盆上四楼对我并不轻松，往年我做这些事时，你是不管不问的，至多是在我把花摆好后你看一眼，说一句评价：老爸的眼光还行。可这次你在楼下看见我在搬花盆后立刻制止我：爸你快放下，我来搬！不由分说就从我手里把花盆端走了。你上下几趟，把那几盆花全搬到了楼上家里，我那天很享受地站在楼下，在心里感叹着：儿子知道心疼我了。

享受自己孩子的心疼，那种感觉太好了……

爸爸，我这个独生儿子，因为承受你和妈妈还有爷爷奶奶的爱太多，爱他人理解他人的能力反而低了。我后来从报纸上看到，有些七八岁和八九岁的乡村孩子，都已经知道替父母操心帮父母干活照顾父母了。可我，上高中时在家里当的还是甩手掌柜，过着衣来伸手饭来张口的日子。当时因为叛逆心作怪，总想跟你们作对，你们说上东，我偏想向西。看见你们辛苦劳作，我觉得那是天经地义的事情，并没在心里生出感动，很少想到去帮帮你们。今天想起来，那真是过分。出现这种结果，有你们对我娇生惯养的原因，也有独生子女政策本身的问题。一家只生一个孩子，几个老人只有这一个后代，那个孩子难免会自我骄纵起来。人类自然繁殖的规律不是这样的，几个孩子在一个家庭共同成长才是正常的。还有，从家庭安全的角度看，三口之家也不是一个妥当的组合，这好比用三根柱子支撑一座房子，只要有一根柱子出了问题，这座房子就可能倾倒。你和妈妈当初要是再给我生个弟弟、生个妹妹那该多好！那样的话，我走了，你们也好有个依靠，我也放心。而且我听说，妇女大间隔地生上四五个子女，对延长寿命还有好处，因为她们的怀里不断有孩子，心中的母爱有地方倾注，会使她们的心境相对宁静，内分泌不会失调，得乳腺病和子宫病的几率就小。我在咱们老家的那些村子里发现，那些生育了四五个、五六个甚至十来个子女的妇女，家庭条件并不好，甚至缺衣少穿，但她们都能轻轻松松地活到九十来岁；相反在城市里，那些只生一个孩子的母亲，生活条件很好，却早早得了乳腺病和子宫病。

但，历史走到了这个当口，需要你和妈妈这一代人在生育问题上也做出牺牲，这也是没有办法的事情。你们和我都想开吧。

现在想想，你们五十年代出生的人，其实活得很艰难。大饥馑影响了你们身体的正常发育；"文化大革命"影响了你们精神的正常成长；严格的计划生育规定影响了你们家庭的正常结构⋯⋯

也因此，你们这代人身上有很多毛病：由于尝过饥饿的滋味，就特别喜欢囤积食物，生活中节省成癖；由于尝过"文革"的苦头，就做事谨慎过分，一遇政治风险便想掉头而去；由于家庭结构不正常，就对孩子寄予过多的希望，给孩子施加过大的压力⋯⋯不过，后人也许会给予你们更多的同情，会在史书上写一句：二十世纪五十年代出生的人，活得不容易⋯⋯

孩子，读大学是你成长变化最快的时候，真可谓一学期一个样子，越来越懂事越来越成熟了。第二学期回来，你给我和你妈都买了礼物，给我买的是几个小兵马俑，你知道我喜欢这类东西；给你妈买的是头巾和一些西安好吃的食品。过去都是我们给你买礼物，这是你第一次给我们买礼物，你知道感恩了。第三学期回来，你看到你妈用冷水洗碗，水很凉，就自己决定去商场里买了一个电热水器，安到了厨房里，让你妈能用热水洗东西了。你妈感动地说，儿子知道我最需要什么。第四学期回来，你领了个需要在京转车的同学到家，安排他吃饭休息并帮他买票，我们很开心，你已经知道交朋友了。第五学期回来，你开始代替我们接待客人，帮爸爸处置用于写作的电脑出现的问题。第六学期回来，你说你想回老家看看爷爷奶奶，给他们买点滋补品带回去；还主动联系新东方学校，为提高自己的英语水平去努力，知道为自己的将来去谋划了。第七个学期回来，你说你想写篇论文，开始为论文的写作去查找资料……我看着你一天天成熟起来，笑着对你妈说，看来我剩下的任务，就是挣钱为儿子买一套房子，静待他结婚了。

"非典"过后，我真的用稿费给你买了一套房子。那时房价很低，加上"非典"让人们对未来有一种无法把握的感觉，买房子的人很少，到处都有空置的房子要卖，我就是在这种情况下给你买了房子。当时也不懂这房子会升值，只想着你研究生毕业后就要结婚，我不能让你没房子住。后来装修楼梯的时候，按常规，每个踏阶上只装一根立柱，可我特意给装修工说，楼梯扶手下的立柱太稀的话，将来我有了孙子，他在楼梯上玩，是会出危险的，建议每级踏阶上安两根立柱，让其间的空当变小，使小孩子不能将身子由空当间钻出来。装修工笑道：那样装，看起来会不美观，我们过去也没有那样装过。我说：实用最重要，这次一装就有先例了，你们就按我的意见装吧。楼梯后来装修得非常结实，可我没有了你，上哪里去找孙子？看来，人不能对未来设想得太好，当事情没有变成现实时不要就急急忙忙做好迎接的准备，你想得太好了上天就会不高兴并可能来干涉，使得你的所有设想落空，使得你徒然留下笑柄。从那之后，我对未来再不敢企望什么，所有的美好计划都不敢再做。我原本就有把事情向坏处想的习惯，从此我的这种习惯演变成了一种偏执的思维方式，每天起床后，我都会在心中无声地问：今天造物主会从我手中拿走什么？

我几乎每天都做好了最坏的准备：拿吧，把我手中的一切都取走吧，只要你忍心，你就来拿吧……

爸爸，对不起。我知道你非常希望有个孙子。我没生病时就注意到你看见别人的小孩总要满脸笑容地逗人家一阵，你一再说，你希望晚年的日子是读书、写作、逗孙子。记得我妈有次顺口说道：现如今的年轻人都不想生孩子，其实这也好，国家的人口数量能降下来。你听了勃然大怒，对我妈叫道：你净散布些歪理邪说，都不生孩子了咱们民族还能延续下去？咱们国家还能有人当兵卫国？这不是亡国亡种的宣传吗？把我妈弄得很意外，说你这人真是莫名其妙，我随口一句话值当你这样上纲上线吗？我当时一笑，我明白你是怕妈妈的言论影响到了我，让我也不想要孩子。其实你多虑了，我和你一样喜欢孩子。我那时想，我将来一定一结婚就要孩子，生儿生女说不定，但保证能让你有个孩子逗。可没想到，我没能来得及娶妻就走了，使你这个最普通的愿望也没能满足。临走前那段日子，每一想起这事我就心里难受。爸爸，妈妈，儿子对不起你们……

甲子

宁儿，我此生做的最蠢最不可饶恕的事情，就是拆散了你和小怡。

每一忆起此事，我都后悔得想捶自己的脑袋。

大约是在你上大四的上学期，你来电话告诉我们，一个姑娘爱上你了。我和你妈妈先是一惊后是一喜：你完全成熟了，已能赢得异性的爱慕，开始感受美好的爱情了。按当时你的年龄，和女孩来往是很正常的。但我们像大多数父母一样，对你的选择又担着心，怕你遇人不淑。我和你妈妈商量的结果是，亲自去看看那姑娘，替你把把关。你妈妈那段工作忙，不好请假，去看看那女孩的任务就落到了我身上。我后来想，假如是你妈妈去，可能事情就是另外一种结局了，就不会出现那么大的错误了，就不会给你造成那么大的伤害了。我后悔呀！在这件事的处理上，我是最劣等的父亲。在你和那姑娘看来，我可能也是最无情最冷酷的父亲吧？

我记得我到西安是一个周六，我在宾馆住下后给你打了个电话，你晚饭后请假由学校来了。你知道我此行的目的，能看出你心里有些不安，怕我不答应这件事，你再三说那姑娘很好，只是她家在农村。我说只要人好，家在农村没有关系，我就是农村出来的，你爷爷奶奶现在还在农村,我怎么会看不起农村人?我心里当时的想法是,只要人看着入眼,性格好,心地善良,就应允这件事向前发展。你随后给那个女孩打了电话,约好第二天早上请她过来吃饭见面。那天晚上,我俩住在一个房间里,看着你安然入睡的样子,我心里被一种奇特的满足感胀满:我的儿子真的长大了,就要拥有一个爱他的女人了。记得很清,我那晚还做了一个很虚荣的梦,梦见你找了一个非常漂亮的女朋友,回到咱们老家,受到了全村人的夸奖……

第二天早上,你早早醒了。我俩洗漱完毕后,就兴冲冲地向你和她约好的早点铺走。你高兴是因为要见到女朋友,我高兴是因为你有女朋友了。在早点铺门前,我们和那姑娘见面了,你为我和那女孩做了介绍。我脸上的笑容霎时凝固住了:这女孩的相貌和我想象中的那个儿媳的相貌差得太远,和我要选择的儿媳的形象完全不搭边。几年后我在反省这件事时才意识到,我当时不是以现实生活中的标准来衡量那女孩,而是以一个小说家头脑中想象出的美女形象来和那女孩对照的。这样一比,我当然会失望了。我可能是写小说时间太长了,常常会模糊现实世界和虚构世界的界限,经常生活在想象中,你妈常说我处理事情不近世情凭想象,这批评看来很对。那天早上与女孩见面之后我当时虽没有多说什么,只是客气地请那女孩进店吃饭,但我脸上一定有一股冷淡之色露了出来,你有些不安地看了我几眼。我们客气地吃饭,客气地说话,但你是能辨别出的,我的话中已无了热情和高兴。我原打算饭后打车载你们去商场给那女孩买礼物的,但吃完饭我说我先回宾馆,你只好送那女孩走。你再回到宾馆时,心情分明很沉重,你问我:爸,你是不是不满意那女孩?看不上她?我一点也没有考虑你的感受,一点也没考虑你的心情,就以我虚荣和愚蠢的标准这样回答你:这个女孩不适合你,凭你的条件,你完全可以找到比她更漂亮的姑娘,你应当机立断,和她断绝往来!

我至今还在后悔我当时的回答。我多么武断,不讲道理,完全是以貌取人,根本没了解她的心灵就下断语。现在想起来,那一刻,我和《茶花女》一书中那位破坏儿子幸福的父亲十分相似。你听了我的回答，面露痛苦说，爸，你最好先不要下结论，你仔细了解了解她再说。我不再说别的，但取消了原定在西安待两天的计划，也没给那女孩任何礼物，当晚就坐车返京了。

那一次，肯定给你造成了心理上的伤害。我们父子告别时我看出你闷闷不乐，可当时我心想，长痛不如短痛，你现在难受一点，将来就不会再难受。我是帮你做出了一个重大抉择。回到家，我给你妈妈说了我看那女孩后的感受，你妈说，既然你觉得她不适合咱儿子，那就罢了。

但你没有放弃，你给你妈妈打电话，细说那女孩的好处，坚持要把关系保持下去，希望你妈说服我。我也坚持我的看法，想再在电话上严厉训你一顿。你妈劝我：孩子一时丢不下，就让他们保持一段时间吧。

你放暑假时回来，可能是因为心情不好，明显瘦了。你悄悄和你妈妈商量，想让那女孩来北京一次，你的目的是想让你妈妈再看看她，想取得你妈妈的支持。你妈妈答应了你的要求，于是那女孩来到了北京，来到了家里。对她的到来我预先并不知道，看到她后也不好再发火，但我很不高兴，认为你这是固执己见，我冷冷地不再发言，没有表现出该有的热情。

你妈妈看见女孩，倒是挺喜欢，除了担心女孩身子有些瘦之外，觉得别的方面都可以。我依然没有改变态度，希望女孩从我不高兴的身体语言上明白应该离开你。在女孩来的那几天，我在家一直没有任何笑声，没有高兴的表示。女孩感受到了我的冷淡，说话做事都显得小心翼翼。今天回想起来，我当时就像旧时大家族中那种古董家长，在孩子找女人的事上想完全包办代替，全然不管孩子的幸福。

我记得那是一个周六的上午，我给你说好要和你妈妈还有那女孩一起坐车去中关村联系学英语的事，你不知因为什么耽误了一会儿，结果我们去得有些晚了，没有找到我们预先联系的人，我借这个由头，当着那女孩和司机的面，大发雷霆，在车上将你劈头盖脸地训了一顿，说你不操心学习，光知道忙些乱七八糟的事……说你不像个男子汉，像个纨绔子弟……说你应该向远处向大处看，不该只看眼前几个人……你妈妈拦我几次也没拦住，我把心里的不高兴通通发泄了出来，那女孩被我的举动惊得有些发呆，你则被气得面色煞白又无话可说。我当时只顾发泄，根本不顾及你的脸面和尊严，也许在我的潜意识里，就是想用这种办法来破坏你在那女孩心中的形象，从而让她主动离开你。我后来每一想起这天的事情，心中就愧悔不已，我简直就像一个蓄意的爱情破坏者，存心要拆开你们。也许，这种对你精神上的打击也会降低你的免疫力？成为你此后得病的一个原因？

　　我随后还开始了另一个行动，就是发动亲友来给你介绍新的女朋友，想让你从比较中看出那女孩的不漂亮来。于是一个个亲友上门来当介绍人，可你很反感我这种做法，坚持不见别的女孩。我们在这个问题上僵持下来。我拿定了主意不退让，自认这是为你好，认为你过了这个糊涂期，日后必会感谢我的干预。

　　我的不让步让你感到了绝望，你最终在爱女孩还是不让爸爸生气这两件事上做了痛苦的选择，你选择了后者，决定了让女孩离开。

　　那天女孩离京的场面我没有目睹，听说你给她买了礼物，两人都流下了眼泪。事后，你为了对付心中的不舍和难受，还执意用自己攒下的钱给她买了一台电脑。我当时根本没去想你的难受，根本没去关注你的痛苦，只为你终于回头高兴。几年后我才明白，我犯了一个多么严重的错误，我失去了一个多么好的儿媳妇，我强行使我儿子的生活再次拐了一个弯，使你失去了一个可以和你心心相印不离不弃的人生伴侣。也是在几年后，我在痛苦回忆往事时才看清自己在此事上的深层心理动因：我看上去是想为儿子找一个漂亮的妻子，其实内心里是想为周家找一个才貌双全可以向外人炫耀的儿媳妇。

　　我只是想让外人羡慕，想听人们说：看看人家老周家找了一个多么漂亮的儿媳妇！

在儿子的幸福和自己虚荣心的满足这两者之间,我选择了后者。我后来常想,假若我没有拆开你们,你病后有你妻子的悉心照顾和精神上的鼓励,你说不定真能战胜病魔。这不是没有例子——我们去看过的那对夫妻不就是前例?

可我的儿子在我的干预下,失去了最爱他的人,使他在最需要得到安慰的情况下,反受到最无情的打击。

我当的什么父亲?!

在这件事上,我显得执拗而凶恶,比我在小说中谴责的那些破坏爱情的人物还卑鄙和不可饶恕。我在文学世界里扮演的是一个赞美爱情自由主张爱情自主的清明人士,但在实际生活里却是一个破坏自由爱情的恶煞。

我这是怎么了?

爸爸,事情已经过去了,不必再想它了。当初我在西安所以看中小怡,是因为我想找一个中等姿色的姑娘当妻子。我看过一篇文章,那里边说,找妻子最好找中等姿色的女人。中等姿色的女人在和丈夫相处时不容易骄矜,不容易自我膨胀,也更重视和其他的亲人们搞好关系;中等姿色的女人,可以让其他男人忽视其存在,这反倒给了家庭以安全和开阔的发展空间;中等姿色的女人因没有美丽供仗恃,会更注重自己的姿态举止和知识修养,本能地愿从其他方面去完善自我,魅力折旧的速度反而慢些;中等姿色的女人也不容易让其他的女人盯视和嫉妒,在社会上做事反而容易成功。我当时是真心想娶她为妻的。我后来所以没有坚持自己的意见,主要是不想伤你的心。毕竟你是我的爸爸。

婚姻这事,俗话说有个命中注定,我看是因为有一只手在操纵。你看看这世上,有多少男女原本生活在千里万里之隔的两个地方,根本不可能做夫妻的,却因了各种巧妙的机会,让他们相识相爱,最后成了夫妻。而另有一些男女,他们住得很近,也相互了解,也两情相悦，彼此都想成为夫妻，但偏偏因了各种意外的耽搁，到最后反倒分开了。你说这都是巧合？都是偶然造成的？一对两对可以这样说，一百对两百对也可以这样说，但成千上万对都是这样，就该有另一种解释了。老百姓说两人能成婚是叫有缘分，不能成婚叫没缘分。我觉得一个男人能不能和一个女人成婚走到一起，得看那只看不见的手怎么拨动。那只手想让他俩成婚了，就会将他们越拨越近；不想让他们成婚了，就会想各种办法将他们越拨越远。至于事件的参与者，其实都是那只手中的棋子罢了。让这个参与者挡一下，让那个参与者推一下，表面上看是参与者的愿望，其实都是那只手的力量在起作用。我和小怡的分手，表面上看是因为你的参与你的反对，其实，还是那只手在起作用。那只手是谁的手，我不知道，但我确实发现了它的存在。这样想，你和我心里就都好受些了……

乙 丑

儿子，我知道你对人一向宽容，对爸爸的错误更是不愿指责，可在这件事上我真想听你对我发发脾气。唉！在这件事上，你反抗我的手段太少，你不愿跟我大吵不能对我开骂更不能对我动手，你是军人又不能和小怡私奔，你剩下的便只有把闷气憋在心里……

把气闷在心里才容易伤身子呀。

和小怡分手后，你在学校曾大病了一次，发烧发得很厉害，一个人摇摇晃晃地去校门诊部打针，险些跌倒在地。你怕我们为你担心，始终没给我和你妈说。我们是事后才知道的。每次打电话问你身体如何，你总是说：好呀，能吃能睡……

这件事过去后，我紧接着又办了一件错事。那就是在你大学本科毕业后，又催逼着你去读研究生。你的身体本来就不强健，四年的异乡生活和学业的压力让你显得挺瘦。如果此时让你先工作，过一段规律的生活，饮食上再让你妈妈给增加点营养，说不定身体就会强壮起来，免疫力也会提高。可我当时鬼迷了心窍，一心想让你再读研究生。连续的学业压力不可能不给你的身体造成伤害。如今分析起来，我坚持让你读研究生的心理动因有两个：一是为你将来的发展考虑，有研究生学历日后在部队里提升起来比较容易；二是为了自己脸面上好看，日后对人说起儿子的学历，研究生总比本科生好听些。我的学历不高，就总想让你的学历高起来，我没有实现的目标，便想让你替我去实现。我现在还记得送你去读研究生的情景。研究生是四个人一间宿舍，我们去时剩了一个上铺，房顶上的灯离铺位不远，你看见后说：晚上躺在床上看书方便。我当时想，反正你从小就不喜欢黑暗，离灯近了对你好。后来我才知道，同宿舍的同学都喜欢晚睡，房间里的灯每晚都关得很迟，很亮的灯光使你每天都不能早睡，有时即使在灯下睡过去了，但光亮使得你睡得很浅很不踏实，久之，就会影响到体内褪黑素的正常产生。而褪黑素对保障人体健康是很重要的。也许，这也是你后来得病的一个原因。我好后悔，要是不让你去读研究生那该多好。

爸爸，别再频频回头去找那些使你痛苦的原因了。其实，我很高兴有读研的机会。读研究生这三年时间对我很重要。我是在这三年时间里对生咱养咱的中原大地有了了解，在这之前，由于年龄小和学识少，我对中原的历史和文化并没有什么认识。在郑州读研那三年，课余时间，我以郑州为圆心，不断向四周扩大游历的范围。我先看了郑州的商都遗址，知道郑州历史上也是做过都城的；后看了黄帝故里，明白我们的先辈很早就在黄河中游繁衍生息了；再看了阔大的黄河滩和在黄河滩上生活的渔民，懂得了何以黄河屡屡给河南人带来灾难而河南人仍对其满怀着深情。接下来我去了洛阳，看了出土的汉墓，看了关林，看了白马寺和龙门石窟，汉、唐时代的遗迹让我这个河南人心里先是生出了一丝骄傲：原来今天并不富裕的中原，曾有过辉煌的过去；跟着又不由得发出了叹息：看来风水真是轮流转的，没有一直走红的人，也没有一直让人眼红的地域。随后我去了开封，看了龙亭、相国寺、铁塔、包拯祠堂和潘杨二湖，看了宋朝一条街，这个曾在《清明上河图》上被描绘过的美丽繁华城市，后来被宋朝的皇帝含泪放弃，这件事看上去是一个悲剧，但在宋朝南迁的过程中，一大批社会名流和文化精英随之南行，他们相继在江浙一带落脚，使我们民族的文化重心向南移动，从而让我们民族的文化影响力向南扩展得更远，这对我们民族后来的发展大有好处，这，也是一件坏事变成好事的例子……

我后来又去过安阳、周口、商丘、许昌等地，每到一处，每看到一个新的景点，我对中原的认识都加深了一点。而随着这种认识的加深，我对生养自己的中原大地的感情也变深了。尽管今天看起来她没有沿海那些省份有魅力，没进入贵族圈子，穿和戴都不时髦都欠时尚，还有人对她吹着口哨表示轻蔑，可历史给予她的那种大家气派和宽容胸怀，让人不能不爱……

儿子，在你读研究生期间，爸爸也对你发过几回脾气。主要是为你花钱的事，总觉得你花钱大手大脚，带薪读书竟然没有积蓄，有时你妈还偷偷给你钱。为此事我在电话上训了你几回，当时可能让你挺难堪的。今天想起来，也很后悔。家里又不是没钱，何必对你那样严格？我现在想让你花钱，你也花不了了……

爸爸，其实你批评得很对，读研那几年，我花钱是太多了。除了花完自己的工资，有时还向你和妈妈伸手，真可谓大手大脚。那几年花钱，主要是花在三个方面，一是同学聚餐买单——同学们中间，我的家境算是好的，所以聚完餐常争着买单，买完单觉得自己仗义，心里舒服。二是买学习参考书和其他学习用品，尤其是学习用的电子产品，我总是买最好的，想让别人看了羡慕。三是请女朋友吃饭并给她买礼物，和小怡分手之后谈的这个女朋友，长得很好，你也同意。我对她挺珍惜，所以就常请她吃饭，给她买些礼物，想让她高兴，想让她把我看成一个大方的人。我当时想，此生不折腾了，我的女人就是她了，毕业后就和她结婚过日子，花点钱也是应该的。就这样，钱在我手里很快便像水一样流走了。后来想想，我根本没去想攒钱过日子的事，没去想挣了工资后该为爸妈做点什么，没去想你们挣钱很不容易。我所以敢这样，还是因为内心里有仗恃，认为你写作可以挣钱，家里不缺钱。直到有一天我看到你的一张稿费汇单，上边写的是一百二十元钱，我问你怎么这样少，你说：一篇散文的稿费，还能高到哪里去？我又问，一篇散文得写多长时间？你说：一天或两天吧。我当时心里才一震：爸挣钱原来也不容易啊。

你不是怕我花你的钱，你是怕我养成胡乱花钱的纨绔习惯……

丙 寅

孩子,你研究生毕业的时候,你不知我多么高兴。特别是把你的工作安排好以后,我真的是松了一口气:你终于可以独立生活了,可以为家庭也为国家出力了,我也可以歇歇了。我记得你上班前一天晚上,我们全家搞了一次小小的庆祝,你妈妈做了一桌子菜,不喝酒的我那天破例开了一瓶红酒,我斟满三杯酒,递给你妈和你各一杯,然后说:为了周宁明天正式上班工作,干杯!

那天是你求学生涯结束的日子,也是我们家庭的节日。你那天敬了我一杯,笑着说:感谢老爸的栽培;也敬了你妈一杯,说:妈这些年辛苦了,往后我会让你和爸享福的。你妈高兴得泪水都流到了酒杯里。

我是真准备享福了。第二天我就给你妈说:以后家里有了搬搬运运的重活,包括购电器买家具做五年计划一类的大事,和倒垃圾及去邮局取东西这样中等重要的事情,都不要再叫我干,该儿子去干了!

你妈笑道:看把你美的!

我也准备把家里的理财事宜移交给你,我不愿再跑储蓄所了,不愿再打听哪个基金赚钱了,我想当个甩手掌柜。

我怎么也没料到，造物主接下来给我演了那出戏。

没想到呀！

爸爸，研究生毕业和到总后机关上班，是我人生中的大事，我比你们还高兴。正式上班那天，我在心里对自己说，从今天起，你人生的新阶段开始了，你头几步一定要走好！第一步是尽快熟悉并胜任工作，保证日常工作不出纰漏；第二步是根据工作需要进行创新性思考，争取在工作中能有新建议，让领导敢于把重要工作交给自己去完成；第三步，争取参加单位组织的重要科研活动，在科研中做出成绩来。为保证自己的愿望能够实现，我还给自己规定了锻炼身体的计划：早晨在操场跑三到五圈，下午做俯卧撑三十个，晚饭后去球场打四十分钟篮球。

我当时想，我是我们家学历最高的成员，我一定要干出个样子来，好不辜负你们的辛苦养育。我和你一样，不知道还有另外一场人生考验在等着我，不知道那个时刻乌云其实已朝我的头顶压过来了。

狂风的啸叫也已响起，可惜高兴中的我没有听到。

我没有丝毫警惕……

丁 卯

宁儿，爸爸现在常常想起二〇〇五年九月二十八日这一天。

这一天，原本是那年北京给我感觉最好的一天。秋天本来就是这座古都最美的季节，加上奥运会申办成功后，北京周边一些污染严重的企业相继被勒令停产，空气中的飘浮物大大减少，再加上前些天下过一场细雨，浮尘又被雨滴裹走了许多，所以空气就显得格外澄明。天蓝得彻底，除了几架训练的喷气式战斗机偶尔在远空划过几道白线之外，几乎看不到任何别的东西。那天还没有风，各色的鸟们尽情在营院上空翻飞嬉戏，先是箭一样地鸣叫着直插高空，然后又翅膀不动像断了线的风筝一样飘旋着落在高擎着头颅的杨树、银杏树、槐树和核桃树上。在长安街的西延长线上，树木最多管理最好的院子，当属我们住的这个巨大的营院，正是因为树多像个公园，这儿栖息的鸟儿也数量最多种类最全叫声最响亮。

这天我所以感觉好，除了天好之外，还因为你在早晨上班前，顺利完成了领导交给你的第一项重要任务：用了两天和两个大半夜的时间写完了一份事关科研的大材料。这表明你可以胜任你的工作了。做父亲最高兴的，是看到儿子真正成了一个可用之材。我那天上午想，过段时间让你和你的女朋友一完婚，我的养儿任务就算全部完成了。

从此，我就可以一边写我的小说，一边等着含饴弄孙安度我的晚年了。

这天我感觉好，还因为我已请好了假，预备和你们母子一起回河南老家看望你爷爷奶奶。且已给家里的亲友们打了电话，预告了到家的时间。这几年我忙这忙那，加上你也没毕业，一家三口一块回家看老人还没有过，如今终于可以利用国庆节回老家和二老团聚一回，能不高兴？

但造物主不喜欢人自顾自地做自己的人生计划，他总想让人们知道：他，只有他，才在掌握着人的命运，决定着人的一切。

他总会在人们意料不到的时刻显示他的存在。

我直到九月二十八日这一天还不明白这一点。

这天下午，大院礼堂里有一场迎国庆文艺演出，你和你们单位里的人一起去看。你妈照常在单位里上班。我因为想在回家前理理发而去了大院里的理发室。我安静地坐在理发室里边看着报纸边等着轮到我理发，一点也不知道一场命定的灾难很快就要到来，不知道冷酷的造物主要在这个下午和我摊牌。

一场灾难到来之前和一场战争到来之前在氛围上颇为相似：四周很安静，一点也没有要出事的样子。

大约再有一个人就要轮到我理发了，我的手机偏在这时响了起来，我看了一下号码，很陌生。理发在即，有心不接，又怕耽误了什么事，加上心情好，就按了接听键，像过去每次接电话那样轻松地应了一声：喂，哪位？

是周主任吗？我是你儿子周宁单位里的同事，周宁刚才在礼堂看节目的时候，突然倒地昏迷过去，现在已抬往门诊部急救，请你立即去门诊部急救室！

我惊在那儿，也愣在那儿。不相信这话是真的。可能吗？我儿子刚刚二十六岁，正是身强力壮的时候，平日常打篮球，今天午后去上班时还好好的，怎么会突然昏倒？是不是弄错了？但理智催促我急忙起身向大院门诊部跑去。是不是周宁，去一看不就清楚了？

理发室到门诊部也就三百多米，我一口气跑了过去，一头撞进了急救室。果然，是你躺在那儿，几个医生正围着你做着急救动作，我的心提到了嗓子眼里，还好，只听医生们说：醒了醒了。我挤到床前，看见你脸色煞白地慢慢睁开了眼睛，愣愣地望着我。我慌忙问：孩子，你是怎么回事？哪里感觉不好？你缓缓地说：我也不知道咋会躺到了这儿。这时，抬你来的你们单位里的一位同事向我说了事情的经过：我们正在礼堂里看节目，周宁坐在我旁边，音响声音很大，五彩的舞灯晃得厉害，就在这当儿，我忽然听周宁呀了一声，扭头一看，只见他双眼紧闭，身子在轻微地抽搐且已开始向座椅下滑去，我急忙抓住了他……

刚在单位接到电话的你妈妈这时也跑了进来，看到你已醒了，她抓住你的手说：你可把妈妈吓坏了。

我问医生：周宁昏倒的原因是什么？医生说，原因可能有两个，其一，是过度劳累；其二，是脑子里出了问题。究竟是哪种病因，需要到大医院里做进一步的检查。我立刻断定，是因为过度劳累。你那两天为写材料连着加班，总是坐在电脑前，没休息没睡好，吃得也不多。你妈也认为是这个原因。我们把你用车拉到家里，让你躺下歇息，然后给你做好吃的，想让你补补身体。

当晚，你睡得很好。我和你妈的心也有些轻松起来。但我们都想第二天到医院再给你做个检查，以便彻底放心。你睡熟之后，我和你妈依旧在收拾东西，做着回老家探亲的准备，我们一点也不明白，一场悲剧的序幕其实已经拉开，悲剧的主角——我、你妈和你，都很快要上场了。

导演正在等着我们。

爸爸，那天我的心情原本非常好。我刚完成了领导让写的一份大材料，浑身感到很轻松；回老家的行程已经确定，看望爷爷奶奶的心愿就要实现；和女朋友已经约好，回老家的途中可顺便见她一面。一切都合自己的心意，生活让人无可挑剔。那天下午进礼堂看节目前，我心里感到舒畅而惬意，一点也没有灾难要来的征兆。看来，灾难为了保持它实施打击的突然性，预先是做过伪装的。

随着队伍走进礼堂时，我的身子没来由的一悸，我一愣：怎么了？后来想可能是因为礼堂里的温度比室外低所致，就没想别的。坐到座位上，我忽然觉得有点烦躁，我自己也有点奇怪：你烦躁什么？看节目是艺术享受，好好享受这两个小时吧。我把心中的那丝烦躁硬压了下去。事后想想，那可能是身体向我发出的最早的报警信号。

节目在一个一个地演着，观众席上的掌声和笑声此起彼伏，我身体的感觉却越来越不好，先是觉着热，觉得灯光太刺眼，觉得空气中含有一种让人喘不上气的成分，随后就想站起来走出去，就在我想站还没有站起时，舞台上突然闪过一道蓝光，我明白那是营造舞台气氛的激光灯在闪烁，但倏然地，那蓝光好像子弹一样击中了我脑子里的一个什么地方，发出了砰的一响。我只来得及叫了一声，随后就啥也不知道了……

再醒过来我发现我已经躺在了门诊部里，我不明所以：何以会躺在这儿？我回想了一阵，才想起在礼堂看节目的事，才想起我好像去了一趟很远很静很暗的地方。这时，我听到了你的声音，看见了你，方明白自己刚才是晕过去了，明白现在是躺在大院门诊部的抢救室里。后来又看见了妈妈，看见妈妈受了惊吓的脸，听到了她一连串的追问：孩子，你这是怎么了？怎么了？……

刚醒过来时，我觉得浑身发软，动动胳臂都无力气，在床上躺了一阵，我渐渐感到力气又回到了身上，指尖和脚尖又暖和了过来。待我跟你和妈坐车回家以后，我身体的感觉就和过去一样了。我当时的判断和你们一样：我晕过去是因为连续写材料劳累所致，歇一歇就会没事，我一点也没意识到这是一场没顶之灾的开头，没明白我生命倒计时的开关就由此启动了……

孩子，第二天早饭后，我们早早去了医院，为你做了脑部CT检查。你这时已经完全恢复正常，谈笑风生地说不会有事，只是因为前几天累的。CT片子出来后，我让你们母子先回家歇息，我在一个朋友的陪同下去找神经内科的一位专家看片子。那位朋友也在这家医院工作，他边走边宽慰我：不会有事的，周宁那样壮实精神，一看就不像病人。我心里自然同意他的看法，话语和脚步都很轻松。

那位神经内科专家我两年前曾采访过他，为他写过一篇报告文学。他在日本北海道的一所医科大学留过学，对人的脑部病变有专门的研究。我把片子递到他手上，他很认真地看着，不大时间，抬起头问我：病人是你的什么人？我的心本能地一紧：儿子，是我儿子，怎么了——

情况不好！他边说边又看了看片子。

什么不好？我的脊背一凉，嗓音变了，眼瞪大了。

可能是脑部胶质瘤。他朝我指了指片子上一处很小的阴影。

胶质瘤？我的心一抖：这个病我听说过——几年前，河南南阳市委机关一位朋友的女儿得的就是这种病，那孩子住进天坛医院动手术时我去看过，这种病其实就是脑癌。天哪！天哪！

确定无疑？我感觉我的心在往下沉，身子也在往下沉，小腿哆嗦起来，我有点站不住的感觉，手不由自主地向后扶住了墙壁。

根据我的经验，可以确定。

他的话我不敢怀疑，他是这方面的权威。

这种病的病因是什么？我儿子他怎么会得这种病？我和他妈妈两个家族里，都没有得这种病的人呀！

这种病的病因目前还说不清楚，过去受过外伤，接触过放射物品，使用过什么化学药物，性格内向心理压力大，劳累过度免疫力降低，遗传基因有问题，都可能是原因，又都不能断定，得这种病的人群比例是十万分之一，而且得这病的多为青少年，尤其男性多。

我的天，十万分之一的事也让我摊上了？

我们应该怎么办？

他需要立刻住院，要不然，因脑压高，他可能还会抽搐昏倒的。住院后再做核磁共振检查，那会更清楚地确定肿瘤有多大，再据此拿出治疗方案。

好，好，那就住院吧。我已经有点乱了方寸。朋友帮我去办住院手续，我走到楼梯间，一个人靠着墙捂住脸无声地哭了。老天爷，我的命为何这样苦？为何要在我进入老境时夺走我的儿子？我就这一个孩子，你就忍心呀？……

我猛然想起一九九三年时别人给我算过的一次命。那年的春天，我陪一位朋友去洛阳关林游览，在关林的大门内，有一个卦摊，那卦摊前站了不少人看新鲜。我陪的那位朋友对算卦有兴趣，就到卦摊前起了一卦，他那一卦是吉是祸我已记不清了，只记得我们要走时，那位算命先生叫住我说：你这位先生何不也起一卦，卜算一下吉凶呢？我当时摇摇头笑道：我这人不想知道以后的命运，故不愿起卦。不想那算命先生执意拦住我说：起一卦吧，是祸是凶了我不要钱，是吉是福了你随便给点。我陪的那位朋友也劝我：人家这么热情，不管你信不信，就来一卦吧。我不好让那算命先生下不来台，就勉强低头说：好，那就算一卦吧。那算命先生在我报完了生辰八字之后，经过一番推算说：你命中在西方和北方有灾，此生以不去西方和北方为好，当然，若去西方和北方也不是完全不行，但需要先找人为你破一破灾。

我当时当然不信这话，只在脸上浮个笑，在卦摊上放了卦费之后，转身就要走。

怎么破？朋友拉住我，替我问卦师。

方法也简单，就是在月黑之夜，在自己目前的住处附近，找个十字路口，在朝西和朝北的方向各点三炷香，各烧一刀火纸，各叩三个头，各念一句话：神灵们多保佑。就行了！

回去就这样办吧。朋友叮嘱我。

我照旧是一笑，跟着就忘到了脑后。之后不久，我举家就从中原南阳迁到了北京。北京正在南阳的北方，难道如此就真的犯了大忌？触怒了神灵，招了祸灾？

我当时为何不就照那卦师的话去做呢？

也许，造物主就是安排那位洛阳关林的卦师来为我指点命之玄机哩。

我为何要不信呢？

你固执什么哩？……

住院手续办好后，我把脸洗洗，把哭过的痕迹抹去，然后装作平静地回到家，告诉你妈和你：CT片子上没有发现问题，但医生觉得毕竟晕倒过，还是要住院疗养些日子。我不敢把真情告诉你们，你妈不可能经受住这个突然到来的打击，你那样年轻，更不能接受这个结论。

我得先把这消息标上"机密"，放在我一个人的心里。

那我们国庆节不回老家了？你还在想着回去看爷爷奶奶的事。

先不回了，只要你恢复了健康，以后回老家的机会有的是。

那就赶紧给老家回个电话，告诉他们不回了，顺便给小韵也说一声，宁儿暂时不能去看她了。你妈嘱咐我。小韵是你的女朋友，你曾预先给她说好探家时顺路去看人家。我点点头，去打电话。老家里你爷奶本已做好了我们国庆回去的准备，现在听说又不回了，多少有些意外，但我怕他们担心你的病，把不回家的理由说成是因为公务，一听说是为工作，俩老人都说：好，好，你们先忙工作，公家的事重要，有空了再回来。

那天晚上，待你们母子睡熟之后，我忍着剧烈的头疼，开始去想治疗方案，去想怎样慢慢给你妈说明真相，去想那可怕的后果，想着想着，忍不住又用被子蒙住头哭了一阵。到这时我才明白，当我遇到了灾难之后，我其实并没有可以倾诉的人，你爷奶不能告诉，你妈不能告诉，你更不能告诉，亲戚朋友们都很忙，何况这种病，告诉他们也只会让他们干着急。所有的压力，只有我自己一个人扛了。

第二天，我开始找人商量治疗方案。你所住医院的医生们说，这种病，只有手术切除加放疗和化疗这一条途径。中医对这种繁殖很快的恶性瘤子，作用很小，尤其是头部，因为有血脑屏障存在，中药抵达脑部的难度很大，即使进去，量也很小，很难抑止住瘤子不长。

我觉得有道理，倾向于动手术。

你住院以后，再次感受到了头疼和恶心。我知道，这是瘤子在作怪。为了防止你妈和你从医护人员那里知道真情，不使你们的精神遭受猝然打击，影响治疗，我专门给主治医生和护士们交代，让他们暂时对你们母子隐瞒病情。

核磁共振片子出来后，瘤子的大小已清楚，专家告诉我们，这时发现还算早，瘤子虽属恶性，但级别应不高，是手术切除的时机。

那就尽快动手术。我对自己说。

决定了手术切除之后，我开始和朋友商量下一个问题：在哪里为你动手术。按说，这种病应该到天坛医院去动，天坛医院是专治脑病的医院，那儿的医生做此类手术的经验最丰富。可我最后否定了去天坛，原因是几年前我亲眼见过南阳那个朋友的女儿，在天坛医院因同样的病做了两次手术最终还是不治身亡的情景，我害怕那种结局在我们身上重演。

那就在你所住的医院做手术。找这儿最好的神经外科医生主刀。

事后想想，这个决定做得过于匆忙了。看病还是到专科医院好，不能因为一个病人的死，就否定一家医院的能力，同一所医院，不同的医生，水平是不一样的。

就在我忙着找人确定手术日期，找主刀医生、麻醉医生联系的当儿，你的女朋友小韵和她母亲来京看你了。我那时哪还有心接待她们？可人家既然来了，怎能不热情接待？其实这时我已经明白，你和小韵的关系，已不可能再发展下去，我有心把真相马上跟她们说明白，又怕小韵在这突然的变故面前不会掩饰，让你看出你的病是绝症来，那就会影响你的心情和心境，万一你精神垮了不能应对马上就要到来的手术可怎么办？想来想去，我决定待手术之后再向她们说明情况，先让你渡过手术关了再说。

因为国庆放假在即，最后手术定于节后第二天即十月九号做。

小韵母女在这儿住了几天。几天里，我一边紧张地就这种病的手术治疗和术后治疗请教有关医生和朋友，一边含泪在书上网上查阅有关治疗这种病的各种资料，一边努力带笑接待小韵母女。你妈不知真情，认为你的病没啥大不了的，全心接待着小韵母女，执意要为小韵住的房间插上鲜花，还要我开车带她们母女去郊区转一圈。我哪有这心情？可为了暂时替你的病情保密，不影响小韵和你的交往从而不影响你的心情病情，我只好咬着牙忍着痛苦和眼泪，开车带她们去郊区走了一圈。我人在开着车，心却在想着你不可知的将来，眼前不时晃过一幅幅可怕的情景。我那天能把她们平安拉去再拉回真是个奇迹，那种心境开车是最危险的，何况我当时学会开车还不久。事后每一想起那天的情况，我都在心里感到后怕。

小韵母女走了之后，我开始正式跟你妈说你手术的事。第一步，先告诉她：你的脑子里有个良性瘤子，需要动手术切除。她很吃惊，问：不是说没有大问题吗？为什么还要动手术？

没有大问题但有点小问题。良性瘤子切除了也好放心。

动手术有没有危险？她提出了她的担心。

这种手术这个医院经常做，应该没有问题。

要找这个医院最好的医生做。她要求道。

我点头，告诉她，已同最好的医生见过面了，人家答应亲手做。

和你妈谈过，在她有了精神准备之后，我开始和你谈。你对你的病情一无所知，你原本以为再过几天就可以出院回家上班了。该怎么跟你说才不至于吓住你？

我想了很久。

我最后坐到你床前说：宁儿，你那天所以会晕倒，除了那几天劳累之外，医生还在你的脑子里发现了一个小病灶。

哦？你瞪住我，啥病灶？

一个良性的小瘤子。

多大的瘤子？你是研究生毕业，很敏感。

很小。

不动手术不行吗？

不动也可以，但怕它以后会作怪，令你再次晕倒。

那就动吧，一劳永逸地解决问题。你说得很痛快。

我就知道你很勇敢！我拍着你的肩。

谈完的当天下午，就将你转到了神经外科病房。这是一个两人间的病房。病房里住着另外一个患血管瘤等待手术的老大爷。那位由东北来的老大爷虽然眼睛已看不见东西，但很乐观，他听说你要动脑部手术，怕你紧张，指着自己头上的手术疤痕告诉你：如今医院做脑部手术是轻车熟路，根本出不了问题，你看我，已经做了两次，马上要做第三次，我根本不当一回事，进到手术室，睡一觉就出来了。老人的话大大减轻了你对动手术的害怕之情，你说：好，向爷爷你学习，轻松上阵，去手术室里走一遭，长长见识！

你作好了做手术的精神准备。

我原本是想等手术过后再给你妈说真情的，没想到手术的前一晚主刀医生要找家长谈话并在手术单上签字，我因去送看你的同事不在病房里，你妈就被医生找了去，医生以为你妈已知道了真实病情，就直截了当地告诉她：这种病是癌症，手术并不能保证就切得很干净，而且以后还有复发的可能……医生的话还没说完，你妈就晕倒了过去。

我被紧急喊到了医生办公室，我进去时，你妈还身子滑在地上脸色煞白地没有醒过来。我惊问了原因之后气急地对医生叫道：不是说好由我来签字的吗？你们急什么？等我来就不行了？！我妻子再出事了可怎么办？所幸在医生的处置下你妈慢慢醒了。你妈一醒就抱住我放声哭了起来，我含着眼泪急忙轻声制止道：你现在不能哭，儿子明天就要上手术台，这儿离他的病房不远，你的哭声让他听见他会怎么想？那不要加重他的心理负担？现在最要紧的是让他轻轻松松上手术台，先把手术做好。你妈哽噎着止住了哭声，最后坚强地站起身子走出了医生办公室。

　　她后来去了洗手间，洗去了脸上的泪痕，才又去了你的病房。已被剃去头发的你看到妈妈眼睛有些红，知道她是哭了。就劝她说：妈，别为我做手术担心，我能行，我能闯过这一关！你妈不敢说更多的话，她怕一开口就又会哭出声来，她只是无声地拍着你的肩膀……

　　我看见她的身子在抖……

　　爸爸，手术前我注意到了你双眼中的沉郁，也留意到了妈妈的眼圈是红的，知道她是哭过，可我并没往更严重的地方想，只是以为你们为我即将到来的手术担心。我当时在心里劝自己：如今的开颅手术已不是难度很大的手术，自己又年轻，闯过这一关应该没有问题。另外，住在同一病房的那位辽宁来的大爷也给了我信心，经历了两次脑部手术的他还能那样开朗平静，我为何要惊慌失措，自己吓唬自己？不过想是这样想，手术前夜我还是没有睡好，我内心深处有些委屈：为何我刚毕业就让我遇到需要开颅这样的倒霉事？那天早上上了手术室派来的推床时，我心里生了一阵真正的恐慌：万一手术失败了可怎么办？毕竟是打开头颅啊！但你和妈妈的镇静给了我信心：爸妈不会让我去做对生命有威胁的事情，我完全可以放心。到达手术室时，我的心基本平静了下来，我边听着护士们的简单对话边进入了麻醉状态……

　　孩子，在你之前，爸爸还从未经历过做手术这种事情，所以我心里是非常紧张的。你动手术的那天早上，我和你妈相约，在你面前，不显露一点担忧和悲伤之情，要让你看出我们对你手术成功充满信心。你虽没睡好，但精神状态很好。我们和护士一起帮你做好术前准备，当手术室的护士推着推床来推你去手术室时，我走在推床一侧握着你的手直送你进了电梯，我和你妈妈努力笑着朝你挥手，直到电梯门关上，我们才在脸上浮现出痛心和焦虑，才忧心如焚地向手术病人家属等待区快步走去。

家属等待区在大楼的地下一层。这里有一部专线电话和手术室相连，一个值班员坐在电话机前，不时用麦克风传达着手术室里的通知。所有当日手术病人的家属，都焦虑地注视着那部电话和那个值班员。

这是一种充满不安和恐惧的等待。毕竟是打开头颅，麻醉师和手术医生的任何一点失误，都可能造成严重后果；再就是肿瘤能不能取干净，取不干净等于白做。我感觉我的心脏已离开原位，悬升到离喉咙很近的地方。你妈也很紧张，在闭眼默念着什么以平静自己。我想我也得想点什么，要不然自己会很难熬过这几个小时。想什么呢？就想想你得病这件事的源头，事情最初的源头肯定是我和你妈的结婚。如果我当初不和你妈相识结婚，那就不会生下你，没有生下你，那你就不会得这种奇怪的病，你也就不会受这种手术之苦。我想起当年你外公反对我和你妈结婚的情景，当时我很不理解，以为你外公是嫌我家穷，对他还有抱怨之心。现在想想，也许你外公那才是对我们的真正关心，会不会你外公那时就凭他的直觉感到我和你妈的婚事不妥当，会生出一个得重病的儿子？可惜你外公已经去世，已无法问清他当时反对我们结婚的真正理由了。假如我和你妈当时遵从你外公的意见，不结婚而只做朋友，各自再另外建立家庭，那就不会有今天的痛苦了。可叹人生不能从头再来，要是造物主当初造人时允许人生可以像乒乓球赛一样：重打一局，那该多好！那我和你妈的婚姻就可算做没有，我们重新回到没结婚的年龄和心境，重新生活，那就不会有今天的手术，我和你妈也不会再尝这撕心裂肺之痛了……

肖家月的家属在吗？肖家月的手术已经做完，请来看手术的切除物！

我的瞎想被陡然响起的值班员的通知打断，我惊得急忙跳起向值班室跑去。

你是肖家月的家属？值班员望着我。我这才明白不是叫我，慢慢地退到后边。这时，姓肖的病人家属上前问：哪是切除物？

值班员把一个玻璃器皿递到他脸前，我瞪眼看去，只见一团血乎乎的东西放在器皿里。

这是从肺上切下来的？那家属问。

那还有假，快上去吧，病人马上出手术室。值班员催他。

那人转身跑了。我重新回到了原来的座位上。那团血乎乎的东西还在我眼前晃。人体真是一台精密的机器，任何地方只要少一点都不行，运转起来就困难，人就要难受；同样的，多一点也不行，运转起来也困难，人也要难受，造物主需要多么高深的知识才能把人造得如此完美和精密呀！不过，细究起来，造物主造人时还是有些疏忽，没有想得更细造得更好，倘若能在人的肚子上和头上设一个拉链样的东西，人肚里或头里出了问题有了病，人自己拉开拉链，涂一点消炎药不就解决了问题？还用得着专门培养脑外科、胸外科和腹部外科的手术医生？这多耗了人类多少精力和钱财，而且给人增加了多少生命危险……

周宁的家属在吗？扩音器里的声音猛地把沉入胡想的我惊醒过来，你妈也霍地站起，我们俩几乎同时向值班员身边跑去。

周宁的手术已经顺利完成，马上要拉去监护室，请上去在电梯口等他吧。

没有手术切除物？我记起我刚才看到的东西。

胶质瘤是一种不怎么成型的东西，可能怕你们看了难受，手术室没有送下来。

我点点头，拉上你妈就走。在通往监护室的电梯口，我们见到了术后的你，你头上缠满绷带，还处在麻醉之中。我和你妈一人扶着推床的一侧，边走边急切地观察着你。跟在后边的医生告诉我们，手术很顺利，切得也干净，失血很少，没有输血，你应该能恢复得很不错。

我和你妈对视了一眼。我俩都略略松一口气。神灵啊,感谢你保佑我儿子过了一关……

爸爸,当我从麻醉状态中醒过来,确认自己还活着时,真是非常高兴。不过我随后便想去抓头部,头太疼了,而且被绷带缠得非常难受,可我发现我的手被拴着,两只手被分拴在两侧的床帮上。原来医生已经预见到了我会去抓头。我很生气,大叫了一声。护士走过来,才知道我醒了。你跟在医生身后进监护室看我时,我所以迫切地提出想回到普通病房,是因为一个人躺在监护室里太难受了,不仅要忍受刀口上的疼痛之苦,还要忍受独自面对一切的寂寞之苦。这次手术,让我感觉最难受的地方是两个:一个是小便,由于插尿管伤了我的尿道,每次小便对我都是一次酷刑,尿液一流进尿道,就疼得我倒抽冷气,不得不止住尿,可止住尿小肚子又被憋得难受,没办法只有尿了,一次小便下来,内衣都能疼得被汗浸透。再一个是静脉滴注那瓶包了黑布的药液,我平日输液也有不舒服的感觉,但从没料到输这瓶液是那样的可怕,好像它每顺着我的血管朝我体内滴一滴,就要把我的整个内脏搅一遍一样,说不出是疼是苦是烦是酸是乏还是恶心,反正我的感受就是生不如死,我不停地呻吟,又想起身又想躺下又想侧卧又想趴下,输它竟整整输了一夜,弄得你在我的床头也几乎站了一夜,我至今不知那是一种啥药液,直到很久以后我明白了自己的真实病情时才估计到,它可能是杀死癌细胞的化学药物,它的副作用是如此令我恐惧……这次手术让我真切地懂得了两个道理,其一,是人活着值得珍惜的东西固然很多,但最值得珍惜的是自己的身体,好身体可以让一个人少受多少罪呀;其二,是疾病带来的痛苦不仅要个人承受,还要所有家庭成员跟着承受,一个人要是想心疼家人,就该爱惜自己的身体……

儿子，当天晚上，因为你要在监护室，不让家人陪护，我和你妈得以回家歇息，这天晚上，是我自出事以来，第一次请来了睡眠，算是睡到了天亮。

医生告诉我，第二天上午十点，可以和你见个面。早饭后，我早早去了监护室门外，蹲在走廊上看着手表表针的缓慢移动。表针终于指向了十点，那位医生准点出现，让我随他进到监护室里，那天监护室里只有你一个病人，你果然完全清醒了，手脚都已能自如动弹，已可以开口说话，这说明手术没有伤及你的神经，我心里有些轻松。医生检查完去开医嘱时，我问你感觉如何，你小声说：爸，你赶紧想法把我从这里弄出去，插上导尿管实在疼，加上他们把我的双手绑在床帮上，我不能自由动弹。我低声告诉你，因你不能起身小便，插导尿管是必需的，疼也得坚持；绑你的双手是怕你睡着时无意中去抓头上的刀口。你无奈地把头点点：好，好，我就忍忍……

病理切片检验的结果出来了，这种病分四个级别，你的病属于一至二级，算是较轻的。但它毕竟属于恶性瘤子呀！

次日，你回到了普通病房。你恢复得很快，但我和你妈妈却高兴不起来，医生明确告诉我们，这只是暂时打退了癌魔，癌魔随时可能反扑和卷土重来，人类目前还没有完全消灭它的能力和手段。

你到普通病房的当天晚上，医生开始为你化疗。所谓化疗，就是把一种由日本进口的化疗药通过输液，输进你的体内，以杀灭血管里可能残存的癌细胞。化疗药装在一个黑色的大液体瓶子里，往床头上一挂，就给人一种可怕的感觉。因为原来的输液瓶都是白色透明的，这种包了黑布的瓶子让你也觉着意外，你问：这是啥药？亲友们都不知道，知道它的用途的，只有我和你妈，我故作轻松地告诉你：是一种补充能量的药液。

你哦了一声，说：这药把自己搞得有点神秘。

我从没有想到，输这种药液会令你那样痛苦。输液针刚扎上五分钟,你就叫道:难受。我问:怎么个难受法?你说:烦躁,全身的每个地方都不舒服。我以为是药液有问题,忙去问医生,医生说:输这种药液人人都会觉着难受,这是正常反应,所以要把输的速度调慢,这一瓶药,要输整整一个晚上。那天晚上,我几乎一直站在你床头,你一会儿要我扶你坐起来,一会儿要我扶你躺下,一会儿要我揉你的后背,一会儿让我揉你的前胸,一会儿想侧躺,一会儿要仰躺。能看出你有一种难以言传的痛苦,到后来,你可能是真的忍耐不住了,呻吟着说:爸,我难受得真不想活了,你去求求医生,能不能不给我输这种药。我心疼至极地劝你:孩子,医生说,你这个病输这种药液最好,再坚持坚持,你是一个意志力很强的男子汉,这点难受一定能扛过去!爸妈相信你……你强忍着难受,咬了牙说,好,好,那我就坚持……

那是一个叫我难忘的晚上,我第一次亲眼看着我的儿子独自与苦痛搏斗,而自己只能袖手旁观。我只能给你擦擦汗,只能在你的病床前急得来回转……

天亮的时候,那瓶药液总算输完了。你因忍受痛苦,身上的病号服几乎被汗水湿透。我想让你吃点东西,可那种药液还有另一种反应:致病人恶心呕吐,没有任何食欲。你为了抗病,勉强吃了几口。这一夜的恐怖经历留在了我的脑子里,正是因为这个,我后来在为你选择治疗措施时,受到了干扰,令我犯下了另外的错误。

我当时以为,这个夜晚,是我们度过的最痛苦最难受的夜晚。我哪里知道,比这更难受的夜晚,还有无数个在前边等着我们。

我是后来才明白,当一个人和痛苦遭遇时,永远不要感叹"这是我最痛苦的时候",那样就会让造物主以为你在抱怨,他就会生气,就可能给你更大的痛苦让你尝受,以让你明白,他给你的痛苦其实是很少的……

爸爸,一件你没经历过的事,不管别人怎么向你详细生动地描述,你也不可能全部了解它,只有你亲身经历了,你才会真正知道它的正面、背面和侧面都是什么样子。过去也听人说过脑部手术,手术的前一天还听辽宁那位爷爷说过他做脑部手术后的感觉,可在我经历了这次手术后,我才算明白了啥叫脑部手术。这是一种能引起人内心全部恐惧的手术。术中稍出一点问题,不是让你丧失肢体的活动能力,变成瘫子;就是让你丧失说话能力,变成哑巴;亦或是丧失思考能力,变成傻子。脑袋,才是人身上真正重要的部位。人经历脑部手术的过程,就是在演练死亡的过程。这次手术,也让你和妈妈受到了前所未有的惊吓。我毕业不久就拿这个来回报你们,太不该了……

戊 辰

孩子,你住院期间,有熟人给我们介绍,说她的一个邻居当年得的也是这种病,得病时的年龄和你差不多,后经过手术和放疗、化疗加上吃中药,至今还在健康地活着,已经二十八年过去,人已经五十多岁了。我和你妈一听,当即决定去看看那位病人,看看他是怎么渡过生死关的。我们觉得,他抗病的经验对你以后的康复会有好处。

我和你妈是在一个晚饭后去到那位熟人家的。熟人先去叫来了那位病人的妻子。那是一个干练贤惠的知识女性。她向我们介绍了丈夫得病的经过:她和他当时都在北京大学读书,他的脑子非常聪明,学习成绩是全班最好的,也是学生会的干部,他们相爱了。毕业前,他已被确定到中科院工作并准备派送到美国学习,没想到就在这时他开始头疼头晕,一查,是脑胶质瘤,癌症。她顿时就傻了。为了不让他承受更大的心理压力,她没告诉他真情,只说脑部有瘤子,需要开刀治疗。他的父母和家人得知他得了癌症后,认为没救了,加上家里也确实经济困难,对他的治疗已不抱希望也不再积极,只有她决心救他。为了更好地照料他,她不顾自己家人的反对,毅然和他办了结婚手续,名正言顺地以妻子的身份陪他到医院手术、放疗、化疗和找中医，还到处学习锻炼身体的方法教给他。最终，把他从死亡线上救了回来。直到今天，他都不知道自己究竟得的是什么病。为了给丈夫治病也为了不使后代出毛病，他们相约没要孩子。那位妻子说完之后，我和你妈的眼圈都有些红。提出见见她的丈夫，她说：我这就去叫他，但他来了之后，你们和他谈话时，不要说到胶质瘤和癌症这两个词，以免给他增加精神负担，已经瞒了他这么多年，干脆一直瞒下去。我和你妈急忙点头。那位病人来后，我们和他聊了一阵，他非常乐观，他简略地说了自己当初治疗的情况，还给我们表演了他平时的健身方法……

  我和你妈往回返时都是一腔感动：为这对夫妻共同抗击脑癌的经历。

  那个病人真是幸运，他遇到了一个多么善良美好的女人！没有她，这世上也就没有他了。

  那个妻子实在令人敬佩，她做了多么大的牺牲！原来在中国的平民阶层中，有这样不凡而可敬的女性！

  他们的经历让我和你妈对你的康复也有了信心。

  爸爸，我的术后恢复还算不错，但我注意到你和妈妈脸上却并无轻松的表情。这让我颇为纳闷：手术成功之后我的病就算好了，你们还在忧虑什么？是担心有后遗症？很快，我自以为猜到了原因：你们是在担心我和小韵的关系。

  直到我要出院时还不见小韵来看我，我当时就有些奇怪。我出院到家拨通电话后，明显感觉到了她的冷淡。这时，我觉得我明白了你们忧虑的原因。我根本没想到你们其实是在忧虑我的生命。

  和小韵的关系迅速变冷让我第一次窥见了男女关系的真相，这让一直处在热恋中的我打了个寒噤。原来爱只是一种附着物，它必需附着在一定的实体物上，否则，它就会飞走。绝大部分爱情是经不起灾难冲击的，灾难在摇撼着人身体的同时，也在摇动人的感情，摇动着人的爱情，人体被摇弯了摇倒了，爱情也常会被摇走了摇飞了。纯粹的牢固的不会被摇动的爱情，有，但非常非常稀少，我可能无缘遇上。这个发现对当时的我来说十分残酷，刚从一场大手术中走过来的我，特别需要爱情的滋润和安慰而不需要发现生活的真相。可真相偏要在此时呈现在我的眼前。我想看开，我企图这样说服自己：你毕竟得了一场大病，你不是原来的你了，对方和对方的父母因为担心你的健康状况而拒绝交往属于正常……

可我内心里不可能想开，我也确实没想开……

儿子，术后第九天，你出院回家了。我和你妈不敢松气，马上开始为你寻找中医，想让中医一方面调理你受损的身体，一方面清理可能残存的癌细胞，根治这个病。待你吃上中药之后，我和你妈才想起要和你的女朋友通电话，不是希望她继续和你保持朋友关系，只是希望她暂时仍以朋友的身份，能给康复中的你经常打打电话，鼓励你战胜疾病。不想人家已经通过其他途径知道了你的真实病情，为我们没有及时告知真相生气，从而不愿再和你联系了。

我们无话可说。我们唯一能做的，就是劝慰你想开些。

可是你想不开。这么短的时间里在你身上发生这么多的事情，你怎能都想开？何况你对人家已经动了真情，你当时才二十六岁，你对生活还有太多美好的憧憬和浪漫的设计，让你乍然看到这些你从没想过要看的东西，你想不开是正常的。你的精神状态一下子坏了下去。你绝望地说：爸，妈，为什么独有我活得这样苦？我活着还有什么意思？我不想活了。

我和你妈慌了。

你妈想要哭求人家继续支持你挺过这一段，我坚决阻止了。你能不能挺过这个难关，关键还是要看你自己。

我们开始了艰难的劝说。我们说，天下的好姑娘多的是，只要你病好了，爸妈一定会帮你重新找一个可心的女朋友。

你说：我不想找别的女朋友。

我们说：许多年前，苏联作家索尔仁尼琴因为政治原因被关进了监狱，他漂亮的妻子纳塔利娅离开了他，但后来，当索尔仁尼琴出狱之后，他们又复了婚。只要你身体好了，你那位女朋友也可能重新回头。

你说：我不是索尔仁尼琴，也做不了索尔仁尼琴。

我们说：你只是因为有病失去了女朋友，而在"文化大革命"中，很多人因为莫须有的罪名被搞得妻离子散家破人亡，他们中的大多数不都坚持了下来？你难道比他们遇到的打击还大？

你不说话了。

我们说：你是爸妈唯一的儿子，你是爷爷奶奶的长孙，你身上负有照料四个老人的责任，你为了一个女朋友的离去就不想活了，这像一个男子汉的作为？

你怔了一霎，叹口气，慢声说：好吧，给我一段时间，让我慢慢忘掉这段感情，我会挺过来的！

我和你妈稍稍舒了口气。

接下来就要开始对你头部进行放疗，以期杀灭尚存的癌细胞。放疗是针对癌症才采取的措施，你是研究生，我们担心你由此会猜出自己的病情，就预先给你说明，这是专对你采取的预防性措施。

大约是因为我们平日从未骗过你，你相信了我们的话。

放疗可以在原来的医院做，也可以到肿瘤医院去做。肿瘤医院搞放疗经验多些，但离我们的住处远，想来想去，还是在原来的医院做。几年后回首为你治病的过程，我总怀疑这是又一个错误的决定。也许，应该到肿瘤医院去做？

放疗的反应也很可怕，其一是掉头发，其二是食欲下降，其三是动不动就呕吐。每天早上起床时，我们都能在你的枕头上发现一缕一缕的头发。看到那些头发，你妈常忍不住会落泪，倒是你反过来劝我们：只要病好了，头发还会长出来的。那些天，你一方面要对抗放疗的副作用，一方面要对付失恋的苦恼。你常常是在呕吐之后,再凝目去看离你而去的女朋友的照片。每当这时,我和你妈总是悄然而退,给你留下一个静处的空间。放疗因为要做做停停,故用了两个多月的时间,大约在放疗即将结束时,有一天上午,你把女朋友的照片全收了起来,然后说:好了,我把这段感情存放起来,再不让它来破坏我的心境了。我和你妈听到这话,算是又舒一口气:儿子总算又过一关了。

几天后的一个晚上,我在帮你洗脚时,你忽然说:爸,你猜我今天给谁打了电话。

给谁?我笑望着你,希望你的心情真的好起来。

给西安的小怡。

哦。我有些意外,笑得有些僵。我听说小怡如今已经结婚。

你猜我问她了啥问题?

啥?把儿子和小怡拆散后,我心里自然是有愧的,一听到她的名字,我就有些不安。

我问小怡,假若我爸爸当初不反对我们处朋友,我们一直交往着,当我突然得了重病,你说个实话,你会选择离开我吗?

她怎么回答?我只能把谈话延续下去。

她说,那怎么可能?朋友遇到病灾就抛弃,那还是朋友?同性朋友都能做到两肋插刀,何况我们是在谈对象?你又不是不知道我对你的感情,你是不是遇到了什么难处?

你怎么回答?我不由自主地问。

我说,有一点。

她咋说?

她说,需要我过去吗?如果需要,我就过去。

她丈夫会让她过来?

我也这样问她了。儿子抬脸向天花板上看。

她咋回答的?

她说,他不让我去我就同他离婚……

我的心被猛地一刺。我明白,儿子告诉我这些,是对我当初拆散他们又一次表示不满。我尴尬地一笑。我相信那姑娘说的话是真的，我明白那姑娘是真爱我儿子的。

我后悔呀！……

爸爸，原谅我那次的旧话重提，我因为当时心里难受，就又给小怡打了一个电话，就有了我们的那次对话。对你拆散我和小怡，要说我没有不满，那是假话，但后来，慢慢想开了。你就我一个儿子，你这样做的出发点不是要害我，你也是想让我把今后的日子过好。你的问题就是对我干涉太多，总不放心我能独立生活。和小怡分开的决心最终是我自己下的，既是你不满意小怡当你的儿媳，我若坚持下去，你和小怡就都会难受。那样，我既成不了孝顺的儿子，也很难让小怡快乐。今天看来，这个决心是下对了，要不然，我这样提前离开人间，肯定要害小怡哭得死去活来。男女之间，爱得越深，一方辞世给另一方的打击也就越大。

爸，你再也不要为我和小怡的事自责了，在儿女恋爱婚姻的事情上，做了错误决定的父亲不是只有你一个，你也不会是最后一个，你是为我好呀……

己巳

儿子，令人惊奇的是，你放化疗之后加上中药调理，身子在很快地恢复。四个月之后，你看上去已和常人无异。你以为灾难已到此为止，自己已经完全康复，便要求上班。我和你妈知道治疗只是告一段落，离最后痊愈还有很长的路要走。我们询问医生，儿子到底能不能上班，医生说，可以，他这么年轻，上班可以分散他对疾病的注意力，说不定对最终康复有帮助，但一定不能劳累，以防免疫力降低。

我们告诉你，你可以上班，但暂时还不能做太累的工作。你非常高兴，忙开始收拾准备上班用的东西。你上班前，我对你妈说：为了不影响你的情绪，我们对你的病情继续保密，既不告诉你，也不告诉你身边的人，好让你完全生活在一种没有怜悯没有歧视没有心理压力的正常氛围中。你妈觉得应该给你说明，你妈说，能不能出现战胜癌症的奇迹，归根结底要靠儿子自己，他若注意爱惜自己的身体，有了锻炼身体的紧迫感坚持锻炼，自身的免疫力才能提高。可我当时决心已定，严厉地对她说：我们应该向那位始终对丈夫隐瞒病情的妻子学习，不给儿子增加精神压力，继续向他保密，你如果给儿子说了真实病情，咱俩就离婚！

你妈妈只好默许我的决定。

这可能也是一个错误的决定。也许，当时就告诉你病情会让你更爱惜自己的身体？

爸爸，我当时真的以为自己已经彻底好了。我以为命运之神给了我一个惊吓之后，已放我自由走开，从此远离灾难了。我不知道他对我只是暂时松手，他松开捏紧我的手的目的，不是为了放开我，只是为了自己歇歇发酸的手腕。

重回办公室对我来说是多么快乐呀。那种快乐只有因重病去死亡之地走过一遭的人才能体会到。你们没有告诉我病情真相是对的，这让我上班之后心里完全没有阴影，我生活得非常正常和快乐。那些日子，我只要一看见鸟在天上飞，我就想，我现在和鸟一样自由快乐，我又重新飞起来了……

人的生命未受侵扰时，很少知道去享受生命中本有的那份快乐和美好，只有当生命险些被收走以后，才会意识到，人活着就是一件该欢喜不尽的事……

宁儿，你上班之后，我一点也不敢大意，仍在到处寻找能够彻底治愈脑胶质瘤的办法。我先是请在英国留学的一个朋友，打听世界上正在试验的新药，那位朋友给我提供了很多新药研发信息，但探问之后还都不能达到治愈的目标。此后，在不断的寻找之中我们从另一个朋友处得知：有一个在美国留学的医学博士最近归国，他知道美国研究出了一种能治脑胶质瘤的药物，并已着手进口这种药在病人身上使用。我一听，急忙打电话找这位博士咨询。那位博士接电话后先听我关于你病情的叙述，然后很肯定地说：我在美国学的就是脑癌治疗，美国现在研究出了一种针剂药，可以直接注射到病人的脑子里抗击癌细胞，一针可以管病人三至四年平安无事。只是这种针剂药很贵，普通患者无力使用，眼下进口后主要在得病的省部级以上的干部身上用。

我一听急忙问：一针多少钱？

二十几万人民币。

我当时在心里一算：如果我能挣到二百多万元钱，就能每隔三四年给你打上一针，一直打到十针，就可以保证你再活三四十年。儿子如今二十多岁，再活三四十年就是六十多了。好，我剩下的事情就是努力挣钱，至少挣到二百多万，能挣得更多更好，就能保证儿子活到更大的岁数。

你只要有钱，你儿子什么时候需要注射，提前几天给我打电话就行。我这就等于给你儿子的生命上了保险，保证他能活下去！

我有些感激涕零：真是遇上救命恩人了。我不知说了多少遍谢谢才放下电话。

我当时以为，我今后的任务就是挣钱，钱多就可以救你的命！

轻信使我以为，生命真可以用钱买来。

爸爸，我当时并不知道你在忙什么，只是觉得你很忙，不是打电话就是四处跑。我还注意到你接写了一部电视剧，你过去不太喜欢写电视剧，你担心写电视剧会把你的笔写坏，以后写不成小说了。我以为你改变主意就是为了挣钱储蓄养老，我当时还在心里说：你和妈妈根本用不着担心晚年的事，你们的晚年有我照顾哩。我哪里明白，正是因为我才把你逼到了困难的境地，是我在迫使你改变你的爱好，做你不情愿做的事。

儿子，接下来那段日子，我和你妈一方面继续督促你用药，一方面小心地观察着你的身体变化。这期间，你妈想起了一件事，说在你四岁的那年秋天，其时我仍在山东济南工作，你们母子和你奶奶在河南南阳生活。有一次你妈和你奶在外间包饺子，你顽皮，在里间隔了玻璃向你妈喊叫着玩闹，你妈也和你笑闹，仰起手中擀饺子皮的擀面杖隔了玻璃佯装向你一挥，你大概忘了中间隔着玻璃，以为是真要打你，身子向后一扬，倒了下去，头一下子磕到了后边的一个小饭桌的桌角上，当时流了血，疼得你哇哇大叫。你妈说，一定是这次受了伤，在颅内造成了一个小病灶，慢慢发展成后来的大问题。你妈说：我真是该死，我为何要挥起擀面杖去吓儿子？

　　我不想让你妈增加精神负担，劝她道：被桌子磕了脑袋的人很多，并没有几个人因此就得了脑瘤。何况儿子被磕后很快就好了，没有再说疼，他当时正在发育期，一点小外伤很快就会恢复过来，你不必硬把责任往自己身上拉。

　　可她坚持说：肯定是的，我该死！……

　　爸爸，我哪知道妈妈在用这种办法折磨自己。哪家的孩子小时候不磕磕碰碰受点外伤？那么多受外伤的孩子为何没得我这样的病？人得这类病主要是因为自身的免疫力出了问题。说到小时候和妈妈开玩笑，我还记得另一桩事：好像是个午后，也是在咱们家里，妈妈要我由卧室去客厅里玩，我不想去，还趁妈妈去客厅的时候，把卧室通客厅的门插上了插销，待妈妈想返回卧室的时候，我故意笑着不给她开门。她没办法，就在客厅看起书来，没想到我在卧室独自玩了一阵后，瞌睡来了，便趴在床边睡着了。妈妈到了下午上班的时间，临走前再次喊我开门，可我睡意正浓，哪能听到她的喊声，她喊了一遍又一遍，一直没能把我喊醒。事后我才知道，她因担心我熟睡中着凉，无奈中把门框上部的玻璃敲碎一块，然后将一根竹竿伸进来轻戳我的肩膀，才算把我弄醒，我才睡意蒙眬地去开了门……

孩子，你上班之后，我们仍坚持每个月为你做一次脑部核磁共振复查，看看肿瘤切除部位有无变化。令人欣慰的是，一连几次复查都没有发现任何改变。西医认为，这证明手术做得不错；中医说，这说明中药发挥了威力。我和你妈认可后者的说法，觉得是中医发挥了作用。

我们把希望全寄托在了中医身上。

到这时，我和你妈的心里又重新燃起了希望：也许会真的出现奇迹，儿子能躲过这一劫。也许神灵只是想借此警告我们一回，并不想真的陷我们于绝境。

我俩都暗暗地舒了一口气。我们那时还不知道，命运之神这只是在嬉弄我们，他只想进一步看看自己的俘获物对其威力的了解达到了什么程度。

我这时也开始恢复写作。我不会干别的，只有靠写作挣钱。但这年头，从事严肃文学的写作，赚钱并不容易：一篇散文，不过几百块稿费而已；一部长篇小说，写一两年时间，通常也就能赚十来万块钱稿费。不过不要紧，只要不停地写，钱就会积少成多。我一定要尽可能多地挣钱，以保证能让你打上美国那种治疗胶质瘤的针剂。

你上班后没有多久，便以为自己已恢复正常，虽仍坚持服用中药，但工作和生活节奏很快回复到病前的状态。晚上睡觉的时间越来越晚。

我和你妈开始着急，我们劝你：睡觉充足是人提高免疫力的主要途径，你这样不按时睡觉是会出问题的！

不知自己病情真相的你反问：能出什么问题？你看看与我同龄的那些年轻人，哪有晚上十点半就睡觉的？一两点睡觉的人多的是。

人家可以晚睡，你不行！我强调。

你反问：为什么？难道我病了一次，就不是年轻人了？人病了，康复之后就不会和原来一样了？这世上，谁没有得过病？

我被你问得有点张口结舌。我开始怀疑自己当初不给你说真相的决定是不是正确了。

你妈说，干脆给儿子说明算了。

我还在犹豫，我仍然怕你一下子被这个真相打倒，那反而更坏事。

你这时已投身到单位组织的一项科研活动中，越来越忙了。有时，吃饭的时间都要推迟。我和你妈越来越着急。当初为了不使你的病情弄得人人皆知，我们也没给你单位的人说清楚真相，如今单位里的人看你已经恢复原样，也不再把你当病人看待，这也属正常。我们怎么办？你要照此忙下去，必会出问题。

有天晚上，你又回来得很晚，我很生气，问你：为何不早点回来睡？你说：你们别催我了，我年轻轻的，总不能和你们年纪大的人一样时间睡觉吧？

我恼了，脱口而出：你知道你得的是什么病吗？

不就是一个良性瘤子，取掉了？！

你得的是癌症！我心一硬，说了出来。

你先是怔了一霎，然后笑了：老爸为了让我休息好，竟拿癌症来吓我，好，好，我以后注意休息就是了。

你妈暗中捅了一下我的胳臂，用目光惊问我：你怎么说了？！

话已出口，还能怎么办？

你当晚睡下之后，你妈轻声埋怨我：你不让我说，你倒这么直直白白地说了，不怕吓住儿子？

那晚，我失眠了：我的话会不会在你心中留下阴影？会不会给你造成打击？你会不会害怕得睡不着觉？你明天会不会到医院去问给你看过病的医生？万一你从此一蹶不振可怎么办？万一你明天不吃不喝了怎么办？当夜，我几次起来站到你的房间门口倾听你的动静，怕你睡不着，还好，你睡得很沉。看来，你没把我的话放到心里。

第二天吃早饭的时候，你笑着问你妈妈：妈，昨晚爸说我得的是癌症，吓我的吧？

你妈望了我一眼，我急忙用目光向她示意，要她否认我的话，果然，你妈说：虽然是吓你，但你也确实不敢大意，要劳逸结合，多注意歇息,你毕竟做过脑部手术,和其他健康人是不一样的。

明白明白。你点点头:我以后一定小心就是。

这天,你也没去医院再问医生,看来,你真以为我是故意在吓你。唉,我也多么希望那只是吓吓你呀!

此后,你在休息的问题上的确注意多了,能够按时吃饭,按时睡觉,按时吃药,按时完成领导交给的工作。日子开始平静地过着。我和你妈自然希望这种安宁平静的日子永远过下去。但日子是不可能永远平静的,有一天,你给我们说,你在网上结识的一个女网友要来家里看你。

为什么允许她来家里?我有点意外。

你说:我和她在网上聊了一段时间,觉得还算投机,她提出想来咱家里看看,我也想为自己找一个女朋友,让生活有点色彩,就答应了。

这……当然……我一时不知道该怎么说。我明白自从你原来的女朋友和你断绝往来之后,你心里一直很难受。

我想见见她,如果合意,说不定我也愿意和她早点结婚。

已经说到结婚了?为何这样急?你的病可能还不适宜早结婚。

我这样做是为了你和妈妈。

什么意思?我瞪住你。

我想,如果有一天我真的早走了,有一个孙子能照顾你们,我在那边会安心些。

你瞎说啥?我一下子抱住你,难受至极地拍着你的后背,你怎么能想这些事情?你的病已经好了,你要对未来充满信心!

爸,我这只是想预先做个准备,俗话不是说,事情有备无患嘛。

我由你的话猜测:你难道给你住过的医院打了电话,已知道了自己的病情真相?!

我和你妈商量后同意让那个女网友来和你见面,有一个异性朋友来和你说说话聊聊天,对改善你的心境调理你的情绪也有好处。

那是一个晚饭后,你如约去大院门口领来了一个姑娘。我和你妈热情地迎她进门之后，就下楼了，想给你俩留一个单独说话的机会。那姑娘相貌还算可以，我在心里默然祝愿你们能够谈得来。不想一个多小时后我们回到家，只见你一个人神情落寞地坐在那儿，女网友已经走了。

为何不多聊聊？我问你。

没啥聊的，我让她走了。你淡声答道。她只是来侦察我们家的经济状况，她比我想象的要低俗得多，不是我想找的那种对象。

不是之前在网上已经彼此了解过了？我诧异。

她的表情比文字让我更清楚地了解了她。

那就罢了，别往心里去，天下好姑娘多的是。我和你妈宽慰你。

你没说话，只默然坐在了电脑前。我看着你，在心里说：孩子，你该把你找对象的标准再降低些，在今天这个物欲充分张扬的年代，你就是没病，想找到个不俗气的不看重金钱和物质的女朋友也太难了。

九个月过去了。

复查的结果仍然正常。

莫非奇迹真能发生？！

你妈专门去白云观烧了香，祈求祖师爷的保佑。

一种乐观的情绪在家里蔓延。恰好这时你参与的那个科研项目要报军队的科技进步奖，更给我们带来了喜气。一向不信神的我，这时也开始在心里向神灵祷告：不管你是哪方神灵，只要你掌管的事情与生命有关，都请你高抬贵手，保佑我儿子真的逃过这一劫吧……

爸爸，那段日子我特别珍惜。得病之前，总以为只要我愿意，我就能待在爸妈身边。得病之后才意识到，也许有一天，即使我想和爸爸妈妈在一起，上天也不允许了。那段日子，妈妈每天给我调理饭食，爸爸经常出去给我找医买药，我沉浸在你们给我的爱意里，心里觉得特别温暖。过去没有想过家的含意，而且总想离开家，以为在家会受到你们的约束，会听到你们的唠叨，到这时才懂了，家是人在最软弱时歇息依靠的地方，是最让人感到安全和放心之处。也是在那段时间才懂了，你们爱我照料我，是不讲任何条件的，而我过去为你们做事，则都要看我有没有时间看我忙不忙，这种爱的不对等不仅存在于我和你及妈妈之间，也存在于天下许多孩子和父母之间……

宁儿，我和你妈当时想，有中医中药的调理，有你自己对提高免疫力的注意，有我们在饮食上对你的关照，事情是应该向好处发展的。

到术后第十个月时，你感觉自己已彻底恢复到了病前的状态。你高兴地说：我又是过去的那个我了。你提出：想回河南南阳老家一趟，看望看望爷爷奶奶，尤其是奶奶，我太想她了。我和你妈知道，你是你奶奶带大的，对奶奶怀着很深的感情，你经此手术大难及失去女友的痛苦挫折，肯定想和奶奶说说心里的感慨——你从小就知道，不论和奶奶说什么，奶奶总会认真地倾听并给你呵护和鼓励，奶奶从不责备从不讥讽从不冷待，奶奶的怀抱是你最感温暖的地方。我们也想让你和奶奶见面，可奶奶年纪大了，经不起长途旅行的劳顿，来不了北京；送你回老家吧，我们又担心你在火车上睡不好吃不好，加上见了奶奶而引起的激动和伤感会降低你身体的免疫力，思来想去，为了不出意外，我劝你干脆再等等，待第二年你的健康状态更加稳定后，再回老家。你虽不情愿，但也只好服从我的安排。后来我才明白，自由行动的时间对于你其实已经非常少了，那个时刻，是上天留给你见奶奶的最好时刻。就是因为我的干涉和看似有道理的安排，使你们奶孙俩永久地失去了见面的机会。

你对自己身体的好感觉，让我和你妈对你的未来又燃起了希望。我们开始商量，要不要出面找人为你介绍一个对象。我们商量后觉得，这事应该办。理由是：你的身体已经恢复正常，你应该过正常人的生活；有一个异性朋友，可以治疗你因失恋而造成的心理创伤；有一个年龄相近的女性和你经常在一起，你们可以谈论同年龄段的人都关心的事情，可以倾吐心中的各样感受，不受寂寞之苦。当然，办这事也有让人担忧的地方，就是有了女友之后，重新开始一场恋爱，精神上的相对平静被打破，冲动、激动的事情难免会发生，这对你最终战胜疾病会不会无益？可也许，非负面的冲动和激动可能还会增加人体的免疫力。琢磨来琢磨去，我们最后下定了决心：办。

我找了我一个好朋友，托他为你介绍对象。

那位朋友很热心，没有多久就打来电话说，找到了一个姑娘，她在听了周宁的情况介绍后，愿意和他见面。

我们于是赶紧给你说了情况，你点头表示同意后，我们便紧忙安排见面。

见面是在一家宾馆里进行的。我和你妈陪着你，女方也有家人相陪。这样的好处是，两家人一次就都见了面，同意还是不同意，都可以很快做出决定。那个姑娘是个就快毕业的大学生，长相和谈吐给我们的印象不错。见面之后，我们先问你的感觉，你说：只要对方愿意，我可以和她谈谈。很快，当介绍人的我那个朋友也回了话，说女方对你印象很好，愿意谈下去，以便彼此有更深的了解。

我和你妈高兴地松了一口气。

剩下的就是你和那姑娘的事了，谈得好，是缘分；谈不成，是缘不到。

这之后的一段日子，你常和那姑娘约会。你们有时是去看电影，有时是去逛公园，有时是去郊游。我和你妈没有多问，只是静静地观察着。我们能做的，就是提醒你按时服药，按时睡觉，别玩得太累。

有一天，我忽然听见你一边上网一边轻轻哼起了歌，我先是一愣：已经多久没听你唱歌了？后是一喜：这表明你的心情是真的好起来了。那一刻，我也高兴得很想唱歌了。

大约两个来月后的一个晚上，你笑着说：爸，妈，她想来咱家住几天。

谁？我一时没听明白。

还能是谁？她。你笑眯了眼。

已听明白的你妈嗔怪地瞪我一眼：老糊涂了？

我这才明白，才高兴地叫道：好呀，欢迎她来家做客。告诉我，需要准备啥东西吧。

什么也不需要，她只是想来感受一下我们的家庭气氛。你急忙说。

好。你妈的任务，是把饭做好；你的任务，是照顾好客人；我的任务，是不破坏家里的卫生。

你笑了：老爸的任务最轻松也最难完成……

爸爸，和她交往的那段日子，是我得病之后最快乐的日子。她的单纯和开朗像一股清风，吹走了一直缠绕在我身上的阴郁。她喜欢听节奏快而强劲的音乐，喜欢听流行歌曲，我跟着听，心情就越来越轻松起来；她喜欢看电视上选拔超男超女的节目，我跟着看，心里觉着生活变得有意思起来；她喜欢用相机去拍美丽的风景和人物照片，我跟着她的镜头去观察，发现人间确实是很美的。和她在一起，我感到我又完全回到了得病前的精神状态。可惜，小韵的绝情破坏了我对女人的信任，让我和女人打交道时变得疑心重重，总担心会再上当，会再遇上一个心如铁石的小韵，所以，尽管她给我的感觉很好，我仍不能完全向她敞开心扉，仍在犹犹豫豫，戒备心总是消失不去。有时为点小事，还会朝她发脾气，使得她几次都流出了眼泪。现在回头去看那段日子，我挺后悔，后悔没有对她更好些。我不能因为一个女人的薄情，就对其他女人的用情都产生怀疑。如今，我多想再一次对她表示我的歉意——"非常对不起！"

可惜，她已听不懂我的语言了……

庚午

　　孩子，看到那个姑娘走进家门时，我和你妈好高兴。你妈做了一桌子的菜招待她，我也拿出了好酒。可惜她不喝酒。你说：她想为爸爸节省点酒。一家人都笑了。看来她和你谈得很好，两人的关系已到了很亲密很默契的地步。我一边看你们边吃边说情意绵绵的样子，一边在心里高兴：儿子总算从伤心中走了出来，又找到了属于自己的那份爱……

　　那姑娘在家里住了将近一周。她喜欢吃橄榄菜，喜欢笑，喜欢和电视节目里的观众一起拍手跺脚表示特别的快乐，喜欢和你争论问题。她乐天的性格给我们家带来了欢声笑语，使我和你妈因遇灾难而长久皱起的眉头舒展开了。

　　谢谢神灵们的眷顾，把收走的快乐又还给了我们。

　　也许是神灵看我们生活得太苦，不忍心了。

　　我和你妈开始商量为那姑娘联系工作，她毕业后应该在京做事。我根据她所学的专业，和几个朋友通了电话，朋友们都愿帮忙，给我出了好多主意。我按照朋友们的指点，去探问一些单位的用人意向，去送她的简历，去请人吃饭。事情慢慢有了眉目，一家单位正式告诉我，她毕业后就可以来上班。

我于是放心了。

这时,河南家乡广播电台的一位记者来电话说,他们看了我出版的一部小说,想为我做一期访谈节目,希望我能回老家一趟。自你有病后,我已很长时间没有回老家了,现在这边已安定下来,我可以回去看看你爷爷奶奶了。我答应了广播电台做节目的要求,简单地准备了一下,就启程回河南了。

访谈节目做得很顺利,但我的心里却莫名其妙地很不踏实,一种不安宁的感觉始终伴随着我。回到老家,照说见到你爷奶我应该高兴,应该多住几天,我原来也准备多住几天,可我心里却反常地很乱,乱得我饭吃不下觉睡不安稳,而且夜里还老做噩梦,总梦见有个黑色的东西在我头顶盘旋,不时地伸爪想抓我一下。我觉得奇怪,想方设法想让自己的心安定下来。我去地里想帮着干农活,不知是手生还是心不在焉,干着干着就出了错;我坐下来看书,看不了几行就走神,也不知书上讲的是啥;和邻居聊天,聊不了几句,我就没了说下去的心思。你爷奶看我心神不定的样子,以为我是在忧虑单位里的工作,便劝我说:我们身子都很好,家里吃穿又不愁,你回来看看我们也就放心了,你还是早点回去忙工作吧。心绪纷乱的我叹口气说:也行,我就先回去,待有空了再回来看你们。

我匆匆买了一张北上的卧铺车票,当晚就坐车向北京走。在车上,我同样是反常地辗转反侧睡不着觉,而在以往,我总是一躺到卧铺上,就会睡得昏天黑地。我给你妈打电话预告自己到北京西站的时间,顺便问问家里的情况,你妈说一切都好,和我走时一样。我的心焦才稍稍变轻,但心里依然乱得厉害。

到家一看,果然一切如常,我的心才算安静下来。你关切地问到爷爷奶奶的身体和老家的情况,我一一作答。你说,我明年一定要回老家看看爷爷奶奶。我点头说好,明年咱们一家三口买软席卧铺回家。第二天是个星期六。吃过早饭,你说你停会儿要出去看朋友,我因为坐火车的疲劳尚未消去,想再睡会儿觉。我进到卧室刚躺下不久,忽听你在外边大叫了一声:呀——我一惊,不知发生了啥事，这时你妈的惊叫传了过来：天哪，快来呀——

　　我一骨碌跳下床，鞋也没穿就向客厅跑去，这时你已经躺倒在地抽搐起来，你妈和保姆急忙掐住你的人中穴让你侧躺。我的脑子先是轰的一下有片刻空白，随后方明白你的病复发了。天哪，最怕最担心的事还是发生了。我在绝望和慌忙中忘了使用电话，飞步出门向大院的门诊部跑去。那大概是我此生跑得最快的一次，跑到门诊部时，我几乎已经喘不上来气了，心脏因跳得太急憋得胸部很疼很疼。我急促喘息着向值班医生说了事情经过，值班的女医生和护士听罢急忙拿上急救箱和小氧气瓶随我出门。为了使她们能够走快一些，我又上前拿过她们手中的急救箱和氧气瓶在前面跑了起来。到了我家，你已经暂时醒了过来，急救医生让你躺在床上吸了氧，量了血压听了心脏，好像还输了一瓶降脑压的药——甘露醇。医生说：看来是脑压过高引起的，需要到医院去住院观察，很可能是原来的病复发了。

　　我抱头蹲到了地上。这么说，我和你妈的美好愿望彻底落空了。这么说，我在老家心绪不宁是有原因的。这么说，我原定延长半年再给你做核磁检查以便对照的决定是错误的。这么说，把希望寄托到中医和中药身上是不对的。这么说，我们原先是高兴得太早了。这么说，上天并没有放过我们，他只是延缓了折磨我们的时间……

　　爸爸，那天早上，我是感到了一点异常，就是心里有一点烦，可为什么烦，又说不清楚。也许，虽然癌细胞还没侵蚀到我的感觉神经，但是心灵已发现了危险很快就要到来，于是向我发出了预警信号。发病的那一刻，我正坐在沙发上穿鞋，预备着出去，突然间，只觉得有一道光在眼前一闪，就啥也不知道了……

　　昏迷之后的情景像是一段支离破碎的梦：轰的一声响……飞到了天花板上……乱云飘动……有鸟在凄厉地叫……有水哗哗响……一群人在喊……有船在晃动……

在最初的那阵抽搐带来的昏迷过去之后，我睁眼看见了你和妈妈，看到你们眼中的惊恐和惊慌，方慢慢意识到，我以为已远离我的灾难原来并没有走远，他就藏在近处，并又一次跳出来抓住了我。那一刻，是真有一种绝望感从我心里生了出来：看来，我是摆脱不了灾难的纠缠了……

接下来，是不断地抽搐、昏迷和苏醒，每次苏醒过后，浑身瘫软得没有一丝力气，连眼皮都不想抬，更不想说话。那时刻我就想，我当初不应该学计算机软件专业，我应该学医，应该学脑外科，应该先把人脑子里的病弄明白，弄清它为何如此折磨人……人没有得病时，总觉得无所不能，只有在得病之后，在被疾病折磨得死去活来时才知道，人其实是多么可怜，人的能力其实是多么有限……

孩子，因为当天是星期六，不好办住院手续，我和你妈商量，先在家观察，待咨询了有关医生之后再说。没想到中午吃饭时，你又一次发生了抽搐，而且这次抽搐的时间更长。

我害怕了，急忙用车把你送到了原来住过的医院，在急诊室里的病床上躺下观察。

接下来怎么办？

我最先想到了那位由美国留学回来的专治癌症的博士，想起了他的治脑癌的美国针剂药。急忙找出他的电话号码给他打了过去，还好，他在京，而且接了电话。我急切地述说了你脑病复发的事，想很快见到他，想先买一针药给你注射上。

那位博士一听说你的病真的复发了，声音分明有些变化，态度好像不如上次那样热情。他说他最近很忙，我恳求他无论如何抽时间见我一面。他说那行吧，你明天下午来。

我按时找到他所在的医院的办公室，等了很久才把他等来。我满怀希望地说，想买到你上次说的美国出的那种治脑癌的针剂药，给我儿子注射到脑子里。他听后两手一摊道：过去给你说的那种针剂药，后来经试验证明并没有那么神，已经停止往脑癌病人身上使用，我们国家也不再进口了。我意外地望定他，希望瞬间破灭带来的凉意让我打了个哆嗦。

不过不要紧，现在有一种生物治疗药品，可以一试。他紧跟着说。

哪里出的？

就是京郊一个研究所出的。他递给我一沓资料。

这种药的疗效可以相信？我看着他问。我现在对他的话已不敢全信。

当然。不过这种药虽没有美国的那种药贵，可也不便宜，两三万元才能注射一次，而且注射的频度很高。

贵不怕，只要能治病，为了儿子，就是卖房子我们也会的。

那就让病人入院吧，注射必须在医院里进行……

我回家跟你妈商量，你妈说，待咨询其他医院之后再做决定。我们于是又去了天坛医院，天坛医院的医生看了我们带去的核磁片子后说：需要手术，但手术后还要放疗化疗，而且仍不能一劳永逸，病还会再复发。这种病目前没有其他的办法。我和你妈听了很绝望。我又去了第一次给你做手术的医院咨询，得到的答复大同小异，也是说还要手术，还须放疗化疗，还会复发。在这种情况下，我和你妈决定：就去那位留美医学博士所在的医院，打那种生物治疗的针药。

事后回想起来，这可能是重大失误的第一步。其实天坛医院医生的话虽然残酷且令人感到绝望，但他们说的是真话，他们对我们没有隐瞒，把这种病的真实发展进程告诉了我们。按说我们应该相信这样的真话，可作为病人的亲人，到这个时候偏偏愿听能带来安慰的假话，而不愿去听残酷的真话。

假话好听呀！

那些天，我一听到脑癌不能治好的真话就很愤怒。就认为对方在破坏我们的信心，想让我们彻底绝望。

我们用救护车把你转送到了那家医院。

那家医院的病房条件挺好，我们给你要了单间，房间里有电话、电视，可以洗澡，陪床的人也可以单睡一张床。当然，每天的费用也很高，可我和你妈都觉得多花点钱应该，都希望你能住好睡好，有一个好的治疗条件。醒过来的你看着病房说：住在这里像住宾馆。我努力笑道：就等于我们一家外出旅游，住在了宾馆里，好好享受享受。

可一连两天，除了护士们来给你量量体温测测血压之外，医生们并没有为你做任何事。我觉着奇怪，心想，癌细胞正在你的脑子里疯狂地复制，多延误一个小时，就会多一分治疗的难度，医生为何不马上动手治呢？我去找那位留美博士，根本找不到人，科里告诉我们，他外出了。我找你的主治医生，那位女医生意味深长地反问我：你知不知道人的脑部有血脑屏障？!

我一愣，忙答：知道。血脑屏障平时保护人的脑子，可也会使普通的药物很难进入人的脑部发挥治疗作用。

既然知道，你还相信这种所谓生物治疗的针剂？咱不说这种针剂的疗效目前还未得到证实，就是它有效，你得先想想怎么让这种针剂药通过注射进到脑子的病变部位吧？

哦？我意外地看定她。这么说，你们医生也还不知道方法？

她不置可否，又忙着去处理其他事了。

她的这种态度让我很吃惊，这就是说，她和那位博士的看法不一样，她并不认为那种生物疗法可以治你这种病。我同你妈说了那位主治医生的话后，你妈说，我们该再找她问问清楚，我们不能这样糊里糊涂地干耗在这儿。

大概是你入院的第三天晚饭后，见医生值班室里没了别人，只有那位主治女医生在，我和你妈进去和她搭上了话，我对她说：你已经知道我儿子的病情，我们就这一个儿子，急于把他治好的心情想你能了解，我们希望你能推心置腹地给我们出点主意，究竟怎么治疗才好。

她沉吟了一会儿，低声开了口：你们不要轻信别人，还是到大医院去找专家抓紧治疗，别在这儿耽误时间，也别在这儿花冤枉钱。

你们也不要把我这话对别人说。

一听这话，我和你妈对视了一眼，明白了……

当晚，我和你妈决定，再给你转院。看来，那位博士并没有抱着负责的态度对待我们，他只是把我们当做一个赚钱的对象了。唉，又耽误了宝贵的几天时间。

可往哪里转？

当夜，我在网上急切地搜索，想找到一所能治这种病的医院。天坛医院，我不想去，因我朋友的女儿得同样的病在那里走了；你第一次动手术的医院，我也不敢再相信，既然第一次手术造成了复发，第二次还不是要再复发？做了有何用？东郊一所号称专治癌症的中医院，我去看过，医生连药名和配伍禁忌都记不清楚，开药是查着书来开的，我更不敢相信。最后，我把眼睛停在了网上的一则广告上：本院发明的用放射性核素来杀灭脑癌细胞的技术获发明成果奖，已有多名脑癌患者被治愈。我急忙喊你妈妈来电脑前看这则广告。她看后说：明天马上找熟人去问问这所医院的广告是否属实，如果属实，那就去这家医院。我当然同意。天亮就找熟人打听，熟人告诉我们，这所医院确实有这种治疗脑癌的方法，这种治疗方法也确实获得了一项技术发明成果奖，也确实有脑癌病人的病情在这里得到了一定程度的控制。我和你妈一听，当即决定，就把你转到这所医院。

我记得那是一个午后，我和你妈扶着你坐进汽车，满怀希望地向那所医院驶去。我那时还不知道，我又犯了轻信的错误。

住进医院，一番检查过后我们才知道，治疗之前，先要开刀在你的脑部病变部位放一个盛放放射性核素的囊，待刀口长好之后才能向囊里注射同位素来杀癌细胞。原以为不用开刀了，没想到还是要开刀。我心怀忐忑地等着给你开刀的那天的到来。你年纪轻轻，竟然两次要尝开颅的痛苦，你的命实在太苦。开刀那天，将你送进手术室后，我就一直等在手术室门前。我再一次去体验等候手术结束的痛苦，去挨过那漫长的每一分钟。

还好,几个小时之后,主刀医生喊我和你妈到手术室门口,高兴地说:手术顺利,我把周宁脑部的肿瘤拨到一边,将治疗用的囊安放到了恰当位置。下一步待他刀口长好,就可以注射放射性同位素杀死癌细胞了。完全相信医生的我松了一口气,连声道谢。对治疗外行的你妈妈,倒从医生的话里听出了问题,问我:对癌瘤怎么可能拨到一边?那东西不是要么一刀切掉要么不要动吗?不是说一动就会疯长吗?万一疯长开了可怎么办?我当时还站在主刀医生的立场上驳斥你妈:医生懂的多还是你懂的多?切掉好还是不切掉好医生能不明白?

事实上你妈妈的担心是对的,那癌瘤经医生拨动后迅速疯长,仅仅几天之后,你的病情就一下子恶化了。我至今还记得那个下午——那是五一长假的第二天,你刀口拆线后回到家里休息,从表面上看,你好像恢复得不错,但你总觉得不舒服,一会儿说一只胳臂无力,一会儿说一条腿无力,我正想打电话给医生说说情况,你已突然开始抽搐起来。那是我见过的最厉害最可怕的抽搐,不管叫来的急诊医生怎么处置,你就是抽搐不止,无奈之中,只得叫来救护车,想把你重新送到医院。我们家住在四楼,楼里没安电梯,要把正在抽搐的你放到担架上抬到楼下是那样困难。你的身子很高,又很重,我和几个邻居、医生还有你堂妹、堂妹夫费尽九牛二虎之力,才算把你抬到楼下的救护车上。把你放到救护车上时,我的衬衣和裤子全被汗湿了,人几乎虚脱。那一刻,我无助地想:我这样大的年纪,本该是我躺到担架上由你来抬呀!

到医院又折腾了三四个小时,才算把你的剧烈抽搐止住。然后把你拉到核磁共振室检查。检查时我不能离开,就扶着你的头站在核磁机器前,机器一开,在巨大的轰响中我抽泣着祷告:神哪,保佑我们一次吧……

片子一出来,连我这个不是医生的外行也能看明白:肿瘤已扩大了数倍。我绝望地看着那张片子,再一次意识到,这次求医又犯了错误。遇到这种情况怎么办?别的医生因不是你的主刀医生和主治医生,不好拿主意,只有还找原来那位,可这时他已回老家休假了。我打他的手机急切地向他说了你的病情,企望他能快回来,他也有些意外,但只是答应尽早回来。

　　接下来我和你妈开始心急如焚望眼欲穿地等他休假归来。自从你得病之后,我对五一、十一和春节的长假都特别害怕,一遇长假,你的身体出了状况就只有干等。我那时和普通人盼长假的心理完全相反,我痛恨每一个长假的到来。那位医生一直在家住到九号才返京。我非常愤怒可又只好把这愤怒压到心里,低声下气地请他尽快拿出主意。他看了你的情况后决定再动一次手术,将疯长的癌瘤拿掉。我和你妈也只有同意,那一刻,我真恨我自己此生没有学医当脑外科医生,如果我学了医,不可能会让你落到此种境地。但再一次手术后没有几天,癌瘤再次疯长,致你又开始抽搐,而且你的一条腿和一只胳臂已失去知觉,完全不能动了,你的吞咽功能也开始丧失,只能实行鼻饲。好在这时可以向埋在你脑里的囊中注射放射性核素了。负责注射的医生说,能不能将你挽救过来,就看这一针注射下去的效果了,有效,你还能活过来;无效,癌细胞会很快满布你的脑子。那是一个早饭后,那个名叫碘—131的放射性核素注进你脑里的囊中之后,我和你妈万分紧张地观察着你身体的反应。看来真是一物降一物,癌细胞在碘—131这种放射性核素面前迅速溃败,到第二天早上,你原已不会动的一侧手指和脚趾,又可以动了。为了保持对癌细胞的持续打击,不久又给你注射了一次。两次下来,原来猖狂的癌细胞气焰被压了下去。你的肢体活动功能和吞咽功能便恢复了。但我们不敢高兴,我和你妈都知道,这种治疗只能将癌细胞打垮,并不能将其消灭。而且这种治疗的副作用极大,放射性核素在杀灭癌细胞的同时,也会杀死好的脑细胞,从而使病人的智力和反应力受损。这不是一种从根本上解决问题的治疗,而只是一种延缓病情的治法。

爸爸，将失去亲人的悲伤转化成对医生的愤怒，是一种常见的心理现象和社会现象。但我希望你和妈妈不要再抱怨任何人、任何医生，更不要对医生表达愤怒之情。有一本书上说，随着人类文明程度的提高，人们的愤怒情绪却在显著增加，可能是人们更想按自己的理想生活，所以对生活中的不理想状态就更容易愤怒。其实，表达愤怒并不能有助于问题的解决，细想想，有哪个医生不想把自己病人的病治好？不想获得好的医疗效果？不想做出一番成绩？

但因医学的发展水平有限，人类对许多疾病的病因和治法还不明白，还没有发明相应的药物，医生在这些疾病面前还无能为力，这是没有办法的事。我们必须得承认这种现实，必须得面对这种现实。那家医院虽没有给我彻底治好脑瘤，但总是延缓了我的生命，对此我们应该心怀感激。我们不能抱怨人家为何只是延缓病情，为何不能根治，延缓总比不延缓强吧？不能根治这种病的医院又不是他们一家，全世界的医院都对这种病没有根治之策，我们怎能苛求他们？

爸爸，如果你长期不把这种怨恨忘掉，你就有可能也变成一个病人！

怨恨也会伤人。

爸爸，在癌瘤疯长致我一只手和一条腿失去知觉，吞咽功能丧失之后，我脑子里还有一些部分在运转，我还能听见你们的对话，还能感受到你们的焦虑和慌张，还知道你们在按时给我鼻饲，还知道你和妈妈在为我的病的治法在低声争吵，我当时只是想，我太对不起爸妈了，让他们经受如此的惊吓和痛苦，我赶快走了才好，走了才好呀……

辛 未

　　宁儿，待你的病情稍见稳定之后，让你出院回到了家。这完全是一次死里逃生。对这次出院回家，我和你妈自然都没有一点高兴之情，我们知道你的身体经此折腾，损伤极大。你妈也开始抱怨我当初的决心下得不对，不让我在你的治疗问题上再单独做决定。过去我俩在你治病一事上有过分歧和不同意见，但都好商量，可这时不行了，几乎在每件事上都要发生争吵。她认为这样做对，我认为那样做好，我们经常争得不可开交。我明白这样吵下去不是办法，就只好服从你妈，在很多事上由她最后拿主意。

　　在母爱和父爱之间，竟然还存在着一块可引发严重冲突的地带？人性的奥秘实在太多！

　　到这时，我们只能转过头来把治好你的希望重新寄托到中医和气功身上。为了找一个好的能治肿瘤的中医，我和你妈遍翻各种医书和介绍中医的资料，最后确定了一位在东直门附近坐堂的中医。那位中医见了你把完脉之后，坚定地说能治，而且接连说了几个他治好的同类病例。我和你妈虽不敢全信他的话，但又鼓起了信心。开始一周一次地去找他为你把脉开药。在这同时，你妈坚持要带你到玉渊潭公园去向一些抗癌协会的人学习郭林抗癌气功。

我们开始像溺水的人一样，急切地想抓住每一根漂到眼前的草……

爸爸，说实话，我没想到我还能活过来。我本来以为这次就要走了，我精神上差不多已做好了准备，也许是那边还没办好接受我的手续，所以把结局又延宕了。这次活过来，癌症这个词已吓不住我了，已经被它折腾到这个程度，我还怕它干啥？我那时候对它只有仇恨：我又没做过坏事，你为何偏要和我过不去？是欺我年轻无权无钱？如果我当初学的是医学，我一定要和你较量一番！

仇恨，是可以让人生出力量的。

正是因为心里对癌症的这股仇恨，我同意妈妈的意见，到玉渊坛公园去向其他得了癌症的病友们学习郭林抗癌气功。第一次到玉渊坛公园里见到做郭林功的病友，我的心情很灰暗，因为那些病友都是中老年人，年轻人只有我一个。我那刻再次觉得命运不公，为何不能让我也到中年、老年再得癌症？为何独独对我下此狠手？

仅仅几天之后，我的心情就好起来了。是那些身患癌症的叔叔阿姨对我的关爱让我心情好了起来。他们看到我年纪轻轻就来到做郭林功的队伍里，知道我是得了绝症，相继走过来鼓励我：别担心，只要坚持做功，身体的抵抗力就会增强，免疫力就会提高，体内不好的细胞就会被杀死，就能带病生存。有一个得肝癌的伯伯告诉我：他靠做郭林功，已经又生存了十二年，经复查，癌细胞已经消失。有一个得胃癌的叔叔说，他手术后坚持做郭林功，身体感觉一直很好，如今已经五年。有一个得淋巴癌的阿姨说，医生原来说她只能活半年，现在她靠做郭林功锻炼，已经活了三年，经检查，各项指标都正常。他们的鼓励让我产生了和癌魔一搏的信心，我想，它既已缠上了自己，光怕不能解决问题，你越怕它可能就会越凶，反不如背水一战，胜了自然好，败了，也不让它看低自己。再者，我这时也想开了，可以给一个人生命造成威胁的东西其实很多，癌症只是其中之一,我遇到的这种灾祸,和那些在人行道上行走却遭遇了车祸,躺家里睡觉却遭遇了大火,去街上购物却遭遇了恐怖袭击的人相比,还算是轻的,我没必要总是伤心自怜,我应该振作起来。

我不能自己先把自己打倒……

儿子,到这时,你已经清楚地知道自己得的是什么病,可你没有像我当初担心的那样被压垮。你已经和死亡接触过一次,你没有被它吓住。你顽强地和癌魔抗争着。你坚持一天两遍喝那种苦极的中药,有时喝了会呕吐,吐罢你又继续喝;你坚持每天上午去玉渊潭公园学做郭林气功……

那段时间,差不多每天上午,我和司机小潘都陪你去玉渊潭公园做郭林功。我背一个装有水和水果的包及一个马扎跟在你的身后,你在前边按照郭林气功的要求,一套一套地认真做,每做完一套,我便把马扎放好,让你坐下歇歇,然后给你削一个猕猴桃或苹果让你吃。这种功边做边走,一开始走的距离也就几百米,然后你逐渐延长走的时间,增加锻炼的强度,一千米、两千米、三千米,到后来,你能绕整个玉渊潭公园走一圈,那总有五千多米。我不做动作跟在后边也累得气喘,但你神定气闲地坚持了下来。在做功的过程中,我们结识了许多顽强抗癌的朋友。那个得了乳腺癌的阿姨,每天早上五点钟在丈夫的陪同下,坐公共汽车来到玉渊潭绕湖做功,见了你,总要关心地问问你的感觉,鼓励你坚持做下去。那个得了肺癌的伯伯,每天自己背着水背着吃的背着伞,风雨无阻地坐公共汽车赶到玉渊潭做功,他已经做了十五年,成功地将癌瘤消灭了,他用他的经历告诉你,癌魔没有什么了不起,人一示软,它就欺负人;人一强硬,它就害怕人。那个年轻的漂亮姑娘,大概也就二十岁吧,得了血癌,在男朋友的陪伴下来学郭林功,学会了,就在那个过去供游船停靠的码头上,来回转着圈地做功,面孔平静而安详。还有那个陕西少妇,也就三十多岁,她得了和你相同的病后,无钱医治，连丈夫也弃她而去，但她没有放弃，安顿好孩子，自己带上不多的一点钱专门来京学习抗癌的郭林功，她租住在很远的郊区民房里，每天早晨早早起床来玉渊潭学功练功，她见了你总是一笑说：弟弟，坚持就是胜利！……

我们也是在做功的过程中才知道，北京有个抗癌协会，协会里有几万名会员，这些会员平日分散在市内的各大公园里做郭林功抗癌健身，协会每年搞一次大聚会，通常是租一个礼堂，会员们自动前往，大家在一起交流抗癌体会，然后由协会领导给抗癌时间最长效果最好者发奖状。你妈妈替你去参加了一次，她回来后很兴奋，说在聚会现场见到许多和癌症搏斗了十五年二十年甚至二十五年仍然活得很好的男女病人；说现场笑声朗朗，没有见到愁眉苦脸的人；说大家见面都是互相鼓励互相加油。你那天听了也很高兴，你说，咱向他们学习，决不让癌症压垮！

人在任何境地，都会给自己寻找出榜样，这是人类的一大特长……

爸爸，做郭林功的那段时间，是我们父子天天在一起的日子。过去，我和妈妈与你两地分居，在一起的日子不多；后来全家虽在北京团圆，可不是你忙着创作，就是我忙着求学，我们在一起的时间也很少，没想到在我得病之后，我们倒能天天在一起了。那些天，我在前边做功，你背着吃的喝的东西跟在后边，通常是每做完一道功，你就放好马扎喊我坐下歇歇，然后给我削一个水果吃。在我吃水果歇息的当儿，你会掏出本书随便找个地方坐下来看。我那时心想，要是上天允许我们把这样的日子一直过下去那该多好……

随着我病情的起起伏伏，我越来越体会到亲人之间的爱是多么珍贵，一个人有父母可以依靠是多么美好和幸运呀。那段日子，也许是我身体虚弱导致了依赖感增强，我只要一会儿看不见你和妈妈，我心里就不安就发慌，我那时最怕你出门，你有时到郊区开两天会，前脚刚走，我紧跟着就想跟你通电话，就想催你回来，我好像又回到了童年时期。看来，疾病能让人的年龄变小，能让人心理上的依赖感变得很强……

　　孩子，那些日子，我能感受到你心理上的这种变化。我那次去郊区沙河开会，刚到那儿，你妈就打电话说，宁儿要跟你通话，我以为你有啥急事要交代，忙让你妈把话筒给你，没想到你接了话筒只说：爸，我想你，你开完会就快回来吧。我听了心头一热，忙答：好，会一结束就赶回去。接下来那段时间，我几乎拒绝了所有的外出开会邀请，全心全意地陪你。有时，我真想像你小时候那样，能把你背到我身上，我到哪里你就到哪里，我们一刻也不分离。

　　由于你坚持做郭林功锻炼，你的身体在逐渐恢复，体重也有增加，面孔显出了红润。我和你妈见状虽不敢高兴，但也略略松了口气。你妈这时每天在佛像前祷告，企望佛祖能保佑你的这种状态持续下去。她听说放生能积福佑子，隔两天就去卖鱼的店里买四条鲫鱼，拿到玉渊潭公园的湖里放生。有时她忙了，我就提了鱼去放。有天正午天热得实在厉害，你妈买回了鱼，我一个人开车去放生，公园里那阵也几乎无了人，我提着装鱼的水桶向湖边走，灼热的阳光晒得我头有些晕，当我在湖边蹲下把鱼往湖水里放时，眼睛一黑差点儿栽到湖里去。那一刻，我跌坐在湖边的石头上在心里想，但愿佛祖能看见我们做的事，从而降福到我们的儿子身上，保佑他的身体别再受疾病折磨……倘若佛祖你真的保佑了他，我愿余生天天来湖边放生……

　　爸爸，我知道那段日子我虽然自我感觉身体在向好的方面转变，可你和我妈一点儿也没放松对癌魔重来的警惕。每隔几天，我们就要到东直门附近的一家私人中医门诊部看一次中医。每次挂号后在那家门诊部的一楼排队等候、请医生把脉开药、到二楼交钱等药师拿药时，我们一家三口加上小潘弟弟都在一起，虽然烦琐枯燥，可我心里却觉得很温馨。自我长大后，我们一家人这样安静地在一起做一件事，还没有过。有时在等药师拿药的过程中，我会觉着饿，爸爸就去附近一家职工食堂里给我买个刚出笼的热包子。有一天下午四点多的时候，我见你趴在取药的窗口和药师说着什么，饿了的我就悄悄拉上开车的小潘弟弟去了那家食堂买包子，也许是真饿了，我一下买了三个包子，同小潘弟弟分着吃，结果吃多了，上车往家走时撑得只打饱嗝，你生气地批评我：连自己吃多少都控制不住，还能干成啥事？买多了不会给我留一点？妈听见你的话批评你道：只说给你留一点，真自私，就没想到给我也留一点？妈的话让我们都笑了，那是多少天来我第一次笑……

壬申

儿子,我最担心最害怕的事还是来了。那个阴霾浓重的上午,我们去医院做脑部核磁共振复查——每次做这样的复查我的心都提得很高,都会要求站在操作屏幕前看屏幕上的图像,就怕从核磁共振图像上发现你的脑部病变部位出现新问题,但最怕的事情还是没能躲过去——检查开始后,我见做检查的医师看定屏幕,把手中的光标停在你脑部的病变部位上不动且叹了口气,就觉得不妙,后找到看图像的医生一看,果然,又复发了,而且面积很大,已经很难控制。我的心陡然间沉了下去,顿时感到地在旋转,眼前的一切都变了颜色,天花板上的灯变得灰暗极了,室内摆放的绿色植物绿得十分难看,窗台上的花红得像血一样令人讨厌。我对周围环境的看法瞬间全变了……

我强撑着两条腿到另一家医院找到你的治疗医生,那位医生看完图像后说:面积太大,再控制住的希望几乎没有,只能治着试试看了。绝望再一次抓紧了我的心。回到家,我看见你坐在沙发上,两眼紧张地看着我,知道你在等着结果,我强作轻松地告诉你:没事,一切如常。你的目光在我脸上停了一下,然后就挪开了,说:爸,你快吃饭吧。可我哪有心思和胃口吃饭,待你躺下歇息之后,我拉你妈去了另一个房间,把复查结论给她看,她没看完就哭起来了,我找不到任何可以安慰她的话,也只能抱头饮泣……

命运看来是决心要与我们作对到底,我们摆脱不了癌症这个魔鬼了……

爸爸,我那天从你的眼睛里看出了问题。你虽然装出了轻松,但双眸里分明还有痛苦和绝望的影子在晃动,我明白是我的病又有了发展,我没有再问什么,我知道即使问你也不会告诉我真情,那只会让你再想法掩饰,而掩饰会让你更加痛苦。其实,在我的内心里,我从来不敢相信癌魔会真的对我放手。那天我躺到床上,开始认真去思考下一步怎么办,看看还有什么事情要做。经济上,我没攒下什么钱,可也没欠任何人的账;工作上,我虽然没来得及做出大的成绩,但自上班后没有出现任何有失职责的举动;做人上,我虽说不上十全十美,但没有做过任何有违良心对不起他人或越过做人底线的事。我若去另一个世界报到,应该能做到坦坦荡荡问心无愧。

孩子,那天晚上,你妈妈提议咱们一家三口到院内的一个十字路口去烧点黄表纸驱邪,我明白这是她绝望中想出的一个主意。为了使痛苦中的她能得点心理安慰,我答应了,并说服你跟我们一起去。那是晚上十点多,我和你妈搀你下楼,去找一个合适的十字路口。我们的院子很大,十字路口很多,但我们找了几个都没能烧成纸,原因是过往的车辆太多,我怕给车辆的安全造成威胁。我们最后找到了一个偏僻些的十字路口,趁无车通过时让你妈点着了纸。这时已经是晚上十一点了,在外边活动的人已经很少,路灯也大都关掉了,黄表纸点着后所起的火光让人看上去格外明亮,我也因此分外担心:毕竟这是明火,万一有车开过来咋办?我一边警惕地看着有无车辆驶来一边听你妈在虔诚祷告：四方的神灵，请把我儿子身上的灾星都带走吧，带走吧，求你们了，看在他已受尽折磨的份上，让他病去灾消吧……

在火灭我们向回走时，我听到一直沉默着的你说了一句：即使我真的有什么罪，对我的惩罚也已经够了。我听罢看了一眼你，知道你心里对命运的捉弄充满了愤懑……

我那刻也在心里喊：老天，你折磨我们已经太久，一而再，再而三的，你就没有罢手的时候？！

爸爸，我那时就是不满命运的安排，对自己的遭遇充满了不甘和气愤。也是因此，我当时没有放弃和癌魔的对抗，我仍然坚持做郭林气功，即使在我一只脚行走不便的时候，我也仍然坚持着。我现在还能记得那些日子，每天上午，我仍坚持去玉渊潭公园，在你和小潘弟弟搀扶下做功，行走对我已经很艰难，可我在心里发狠：癌魔，你别想让我认输，你可以打败我，但我决不会向你跪下投降！病友们看见我，都鼓励我：没什么，我们的病情都有可能反复，坚持下去，说不定胜利就在后边！我那时已不敢期望胜利，我就是不想服输，就是想抗争下去。后来，因肿瘤扩大，影响的运动神经越来越多，整个左腿都变得麻痹了，去公园变得非常困难，我就在咱们大院里的操场上，在你的搀扶下做功锻炼。每天上午的九点和下午三点，我们父子就一同出现在操场的环形跑道上，我在你的扶持下，一瘸一拐地坚持着走。我有时边走边想，若是真有神灵，他们看见我以后，坚硬的心就不会也颤动颤动？

孩子，我和你妈为你那段日子的表现感到高兴和骄傲。你肯定感觉到了疾病这次复发的严重性，但你咬牙坚持着不倒下，顽强地想重新站起来。在你的左脚和左腿出现麻痹之后，我们一方面去医院让医生针灸企图唤醒那些麻痹的神经,一方面找到康复医生为你做了个从左脚一直到左大腿的强固塑料支架,渴望通过康复治疗让你的腿和脚恢复原来的功能。我们第一次给你穿上那个挺重的塑料支架拉你站起来时,你疼得哼了一声,可你没有要求取下来,坚持着在室内走了几下。我能看出,你每走一步都要承受疼痛的折磨,眉头忍不住一皱一皱的,身子很厉害地晃动着,但你却没说什么,只是在停步歇一阵之后再走。我过去一直觉得我和你妈有一个失误,那就是没有培养你坚强的意志和毅力,看了你这时的表现之后,我方知道,你的意志和毅力其实是很坚强的,只是我们平时没有发现而已,这种坚强的意志和毅力,是你在七年的外地求学生涯中独自练就的。你在兰州军区实习时,脚脖扭伤仍坚持和战士们一起训练施工。是这种历练成就了你在和癌魔抗争时不认输的脾性。

爸爸,这段日子里我经常做一些稀奇古怪的梦。比如说,我会突然骑在一只老虎背上像鸟一样地飞起来,从一棵树飞到另一棵树上,从一座山飞到另一座山上。又比如,我会看见自己坐船在一条漆黑的河上航行,河两边到处有狼的叫声,乘客们都一动不动地坐在自己的座位上,撑船的人一直背对着我们,我仔细看船身时才发现,那船原来是一条大蛇的身子。再比如,我和十几个军人在一条跑道上跑步,我跑得很轻松,他们都跑得气喘吁吁,我扭头一看,他们全都变成了白须白发的老人,再看脚下,只见跑道上用白漆写满了8和3这两个数字。还有,我看见一大群羊在风雪中行走,羊们都紧紧跟在头羊身后,只有一只羊离开队伍,向另一个方向走去,风雪很快使它的身影变得迷蒙不清。怪梦还有很多,大都已忘记,这几个所以还能记住,是因为它们反复出现。直到后来,我才慢慢明白,这些梦境是在曲折地向我发出警告,是在告诉我即将面临的事情。我过去认为,世界上的事情都是偶然发生的,偶然性决定一切,一个人碰巧遇到了空难,另一个人碰巧遇到了车祸,再一个人碰巧遇到了歹徒，事情都是碰巧发生的。在我明白了那些梦的警示意味之后我才意识到，也许世界上事情的发生真有定数，也许是有一种力量在控制着事情发生的时间和地点。也就是说，除了偶然性之外，还有一种东西值得我们注意。

儿子，对于这个世界的运行规律，我过去也想过，但实话说，我想不明白，很多事情你用常理无法解释。比如有的人，平时很注意锻炼身体，也不涉烟酒，身子健壮如牛，照说应该长寿，却忽然之间遭遇了不测身亡；有的人平时总是生病，是医院里的常客，还吸烟喝酒，整日病恹恹的，却偏偏活到了大岁数。有的男人，才华横溢，长相也不俗，但就是一辈子埋没在社会底层，没有被人发现没有被社会所用；有的人长相猥琐，才气平平，却不断被人提携帮助，升到社会的上层并对他人指手画脚。又比如有的女人，心地善良，貌相美丽，却偏偏嫁了一个恶丈夫，受尽磨难，郁郁而终；有的女人长相一般，心肠歹毒，却能嫁给一个好心好运气的丈夫，受到关爱，享尽世上的福气。命运这是怎么安排的？凭什么这样安排？说不清楚。所以有时候我就觉得，这个世界是个很难捉摸很难把握的世界，没必要去细想它，糊里糊涂地活着也许更好。有时看到一些神学家和哲学家的书，看到他们努力想解释这个世界，就会替他们担心着急：你的解释对吗？能被验证吗？这个巨大的人们至今也说不清来路的世界那么容易被解释吗？

爸爸，我的病发展到那段时间，你和妈妈也开始了最辛苦的日子。白天，你们要扶着我、搀着我在操场上锻炼，要去医院里给我买中药煎中药，要去市场上给我买各种适宜我吃的东西；晚上，要给我洗澡，要服侍我睡觉，半夜里还要起来扶住我小便。洗澡时，因我一只手和一条腿已完全无力，便只能像我小时候那样，让你给我脱衣服，让你把我抱放到洗澡间的凳子上坐好，让你给我往身上抹沐浴液并揉搓，让你帮我把身子冲干净擦干皮肤穿上衣服，就如同我又回到了童年时期，全靠你来照料。再就是夜里小便，须要你和妈起来扶我才能下床小便。起初，我夜里叫醒你们两次就行，后来，随着病情的加重，肿瘤压迫神经，使我产生便意的时间缩短，有时你们刚躺下一个小时，刚刚睡着，我就又要叫醒你们，我能感觉到你们被折磨得筋疲力尽，我也不想叫醒你们，可强烈的便意和怕尿湿床的担心使我只得叫醒你们。望着你们熬红的双眼和摇摇晃晃的脚步，我真恨自己得了这病，使你们成了天下最辛苦的父母，爸爸妈妈，我不仅不能像正常的儿女那样给你们带来各种享受，连正常的睡眠也不能给你们，真是太可恶了……

孩子，尽管你和我们都没有放弃抗争，都没有丧失战胜癌魔的信心，尽管我们每天都企望用药用抗癌气功战胜他，但我们还是让他占了上风，你的病情继续发展，你完全不能行走了。在你只能坐轮椅之后，我和你妈更慌张了。慌张中的我们对任何一个可能救你性命的信息都愿相信。你妈听说一个河南来京卖菜的老太太有特异的和神灵相通的功能，曾经救活过重症病人，便急急忙忙地打听她的住处把她请了来。我一看来者是一个不识字的普通乡下妇女，对她的治病本领先就产生了怀疑，可我不敢把我的怀疑说出来，原因一是不想让你妈妈伤心失望，二是我也心存希望：人不可貌相，社会上有不少目前科学还无法解释的奇人，也许她就是那些奇人之一，万一她身怀绝技能治好儿子的病呢？

你妈竭尽所能地招待了她，然后请她给你治病。我记得你就坐在沙发上，她走到你身边，伸出张开的手掌，掌心向下，在你头上绕了几圈，之后做了个从你头顶抓东西的动作，然后把拳握了起来，移到一旁放开手掌做了个扔的动作，如此反复了几下，就说：好了，肿瘤已被我抓出扔掉，孩子的病很快就会好了。你妈反复地向她表示谢意,我则充满怀疑地看着她,这就是她治病的过程?要换成在别的地方看见这种场面,我一定会大声斥责她骗人,可在我们的家里,在你面前,我不敢说任何表示怀疑的话,我说服自己相信:她也许就是有特异功能的人,她说不定真能治好我儿子的病,信则有,信则灵,我不能斥责她,万一我的斥责破坏了她制造的气场和魔法可怎么办?我那时,已成了一个地地道道的迷信者,任何一个能治你病的消息我都会当真去相信。她那天临走时说:三天,三天之后肯定会出现效果和奇迹!听了她这样断言,我心里真的生出一丝希望和高兴。我非常客气地将她送到了楼下,还给她送了礼物……但三天后,你的病不仅没见转机,反而更加重了。

这件事过去很久以后,我在回想它的时候,才逐渐明白了人们何以会迷信:那是人们在陷入绝境之后的一种本能行为,是无助者自救的一种最后努力。没有遭遇过大灾大难的人,你很难让他迷信什么。也是因此我懂得了,对于迷信的人群,我们有正常生活的人可以去向他说明真相,但不能看不起甚或嘲笑和鄙视他们。

我们没有这个权力。

他们活得可怜呀……

爸爸,在我完全丧失行走能力之后的那段时间,由于要去门诊部输液要去院子里呼吸空气,我要频繁地上楼下楼,可我们住的那栋楼没有电梯,因此背我从四楼上下成了你的沉重负担。每次你背我上下楼,听到你发出的粗重喘息,我真是心都碎了。已经二十九岁的我怎么能这样当儿子?我有时坚持着用那一条尚好的腿硬撑着上楼,你又不忍心看我艰难的样子,坚持着要背我。唉,我那时就尽量往好处想,往快乐处想:上天让我们父子陷入如此境地,一定是觉得我小时候你背我太少,你同我和妈妈分居两地的时间太长,现在要让你补上。

可这样的补法我的老爸无力承受啊!

儿子，那些日子背你上楼下楼，虽然累，但我还能背动你这件事本身，令我很感安慰。这证明我的身体还行，还能支撑下去。可有一次，我们开车带你去郊外散心，中午背你上一家饭店吃饭，上楼的时候，腿突然打晃起来，我停了一霎坚持着把你背到楼上放下后，张大嘴粗喘了许久心区还憋得疼，那一次我真的害怕了。不是怕我的心脏真出问题，而是怕我心脏出了问题之后你和你妈怎么办？谁来照顾你和你妈？也是从那之后我不敢再背你了。还好，你几个表弟堂弟和战友还有王叔叔热心相帮，逢你要下楼的时候，都是他们背你。那时候，我才知道电梯这种发明的重要，才第一次开始为住在四楼发愁。也是在这段日子，发生一件让我追悔莫及的事：那天早晨，我扶你在餐桌前坐好，照应你吃饭，我把饭菜在你面前放好，把筷子递到你手里，然后坐到你对面也开始吃。我一点也没意识到对于一侧肢体完全麻痹失去功能的人，是不能坐普通椅子的。结果，在你低头吃饭身子稍稍失去重心以后，根本不能自动做调整，整个身子毫无支撑重重地沿着桌边向地上倒去，我在饭桌另一边发现你倒下时跳了起来，想去扶你，可哪来得及？你的一侧脸颊触到了地上，我因为太急切脚下一滑也扑通摔倒在了地上，我俩的脸在地板上只隔有几寸的距离，我心疼至极地爬起来扶起你，你一定摔得非常疼，可你一句呻吟也没有，一句埋怨的话也没说，当我后悔地自责没预先给你买把高扶手椅子时，你努力一笑说：爸，别自责了，你和妈为我做的已经太多了，我摔这一跤，兴许是上天在测试我的应变能力哩。

你的话让我的眼泪流了出来……

爸爸，那段日子，我能感觉到有一股力量在一点一点地限制我活动的空间。先是把我一只脚上的力气收走，不让我再去玉渊潭公园做功；后是把我一条腿上的力气收走，不让我再到操场上蹒跚锻炼；再是把我一只胳臂上的力气收走，让我下楼也变得十分困难。我开始被囚禁在了屋子里。我这时才明白，这世界上，能够对一个人进行完全彻底制约的力量，除了来自于强权和强力，还可能来自于人自身的肌体，来自于肌体里的疾病。疾病，同样是人最凶险的敌人。我们平时警惕的，多是对我们有敌意的国家，对我们有敌意的军队，对我们有敌意的团体和机构，对我们有敌意的个人，这些当然要警惕，但千万别忘了警惕我们肌体里的疾病，它同样能完全彻底地控制你，把比酷刑还厉害的痛楚强加于你，它对人的伤害可比敌方的千军万马呀！

敌人也在我们的体内……

癸 酉

孩子，在你的病日渐转重那些天，我整天都在慌慌地四处找医生。我再次去天坛医院找最权威的脑瘤专家，人家看了你脑部核磁片子后，摇摇头说：没法治了，放弃吧。我含着眼泪摇头：我就这一个儿子，我怎能放弃？我跑到东二环附近的肿瘤医院，找有名的放疗医师，人家看后说：这种情况放疗已经无能为力。我去阜石路上的肿瘤医院找医生咨询救治办法，人家看完核磁片子后也是摇头表示没有法子了。海军总医院已为你做过伽玛刀手术，效果没持续多久。宣武医院和空军总医院的神经外科专家也说动手术和放化疗都已没有意义。那些天，我拎着你的脑部核磁片子到处跑，每到一家医院前，每见一个医生前，我都在心里祷告：但愿今天能碰见一个身怀绝技的神医！可惜每次都让我绝望而归。

那些天，我在绝望中恨起了造物主：你当初造人时，为何不将人体的各部件都多造一个以便留下备份，像轿车上的备胎一样？那样不就可以随时拆换下坏了的那个？若人的脑部也可以随时拆换，出问题了，再拆换一个新的那该多好！可你为了炫耀自己的本领，把人体造得像宇宙那样充满奥秘，人类要全部弄懂它和弄懂外部宇宙一样困难，一个学医的人穷其一生，才能在一个领域譬如对肝病譬如对肾病弄清部分原理，全中国全世界这么多学习医学研究医学从事医疗工作的人，费了那么大那么多的力气，仍然没有弄清癌症的发病原因和控制办法。这怪谁？只能怪你，怪你当初造人时太疏忽，怪你没有留下器官备份，怪你故意要使人类痛苦！

造物主，要说这世界上有失职者，你才是最大的失职者！……

爸爸，别指责造物主，那会惹他震怒的，再说，我们也没有指责他的权力。我们该感谢他把我们人类创造了出来，如果不是他，不仅地球上会很乏味，我们人类也享受不到生命带给我们的快乐。还有，我们也该感谢他把人的身体造得如此精密，要不然我们就不会体会到很多东西，比如人身上的心、脑两个部分，能产生极细腻极复杂的感情，这很神奇。一般的低等动物当然也会有感情产生，可任何低等动物都不可能像人的感情那样复杂精细。比如爱情，当一对自尊矜持的男女最初接触时，从互相悄然观察到开口说话试探，从两人互生好感到眉目传情，从进一步接触到正式开始约会，从费尽心机寻求身体相触到忘情拥吻，从决定结婚到把身体彼此甘愿交给对方，其间彼此的感情经过了多少次细小细腻细致的变化，要是将这种变化画成一条曲线表现，那条曲线会优美到令人惊诧的地步。如果上帝造人造得粗糙马虎，人类怎么可能有这种能力？所以不要因为我有病，就去抹杀造物主的功劳。想想我们的身体吧，既有消化系统，又有循环系统；既有运动系统，又有生殖系统；既有呼吸系统，又有神经系统，造物主他老人家当初在造人时，该付出多少心血设计才能达到这个水平。感恩吧，爸爸，别再因为我就不满一切了……

儿子，可能是你得病这件事破坏了我的心境，让我对这个世界充满了不满，所以动不动就想抱怨。

有一天，同院住的你一个张叔叔碰见我，听我说了你的病情后，他讲他想教你背佛家的《心经》，他说《心经》是教人静下来的经文，说人在这时首先要让自己平静下来，平静地面对自己的处境，这样，心里的痛苦可能就会少些。我觉得他说的有道理，就点头同意了。他回去用了几天时间专门用毛笔为你抄了一份《心经》，用玻璃框装裱好，送了过来，还当场教你念会了经文。从那天以后，你每日都要念诵几遍《心经》，慢慢地，你可以眼不看经文，一字不差地背诵下来。我仔细观察过你，在你微闭双眼全心背诵经文的时候，一直停留在你眼角和嘴角的那丝伤悲和痛楚悄然消失了。我暗暗称奇，这经文真有如此神力？我在怀疑中也开始读起了《心经》全文，我还按照自己的理解，给没有标点符号的经文加注了标点：

> 观自在菩萨，行深般若波罗蜜多时，照见五蕴皆空。度一切苦厄，舍利子，色不异空，空不异色。色即是空，空即是色，受想行识亦复如是。舍利子，是诸法空相，不生不灭，不垢不净，不增不减。是故，空中无色，无受想行识，无眼耳鼻舌身意，无色声香味触法，无眼界乃至无意识界，无无明亦无无明，尽乃至无老死亦无老死，尽无苦集灭道，无智亦无得，以无所得故菩提萨垂，依般若波罗蜜多，故心无挂碍，无挂碍故无有恐怖。远离颠倒梦想，究竟涅槃，三世诸佛，依般若波罗蜜多故，阿耨多罗三藐三菩提。故知般若波罗蜜多是大神咒，是大明咒，是无上咒，是无等等咒。能除一切苦，真实不虚，故说般若波罗蜜多，咒即说咒。曰揭谛揭谛，波罗揭谛，波罗僧揭谛，菩提萨婆诃。

你妈妈后来也开始读《心经》，她比我读得专心，她很快达到了你的水平，能和你一起背诵，望着你们母子一起低声背诵《心经》以抵抗内心痛苦的样子，我对当初写出《心经》的那位佛界高人充满了感激。他看世界的确看得很透：色即是空，空即是色；不生不灭，当然就有生有灭；无挂碍自然没有恐怖……可我不是佛门中人，还没有能力全看开，看不开就只有继续浸在苦痛的海里……

爸爸，佛门对已因病进入危险状况的人，用《心经》和其他经文告诉他们，要逐渐放下对身体的执著；要明白有生必有死，用平常心接受，用修持力解脱；要相信死亡如出牢狱，死才解脱身体的枷锁；要懂得死如乔迁，就像从破旧的房屋搬到更新的华厦，就像更换身上破旧的衣服；要坚信死非结束，只是去西方极乐国土享受生命另一段的滋味；要心放轻松，对生不起贪恋，对死不起恐怖，对他人不起愤恨……我这时已经明白我的病不可能治好了，我用读经来对付心中的那份不甘，我想让自己学会从容面对最后那个时刻的到来。可是爸爸，想在这个时候轻松起来实在不易，尽管有《心经》的导引，尽管有妈妈的支持，尽管我尽力压抑对生的留恋，可我在当时对死后必去的那个世界还是充满怕意，我一点也不了解那个地方呀……

孩子，世上活着的人，没有谁看见过那个世界的情景。那里的守门人可能是所有守门人中最称职的，此世上再有权力再有本领再有金钱再有脸面的人，在拿到死亡证明之前，都不被允许先到彼世去参观。这种杜绝一切后门的做法看起来不近人情，但却确保了那个世界的神秘性。也正是这种神秘，加上人们对它所做的各种各样的猜测，才使所有人对它都怀有一份恐惧，你当然不可能例外。爸妈当然理解你。正因为如此，我们从未放弃对你的救治。

你渐渐不能自己动手吃饭了。你妈妈和我还有你姨，轮流着给你喂饭。那时，我们相信了一种调理疗法，还希望靠这种疗法能把你救过来，每天的凌晨三点，我和你妈挣扎着身子起来把你叫醒，扶你在床上坐着，让你吃一种调理身体的药囊。但无济于事，你的病情还在变重。

你的大小便失禁了。你肯定感到了危险的靠近，所以在有一天下午我喂你喝完水后，你抓住我的手说：爸，我可能很快就要走了，很对不起你和妈。

我一听眼泪下来了，忙捏紧你的手说：你别瞎想，爸妈一定会想法给你治好病。你摇了摇头，说：趁我还能说话，儿想求你答应我一件事！

我急忙点头答应：好，你说，什么事我都会答应！

你含泪说：我走后，我对你不太担心，你的独立生活能力强，可我担心妈妈，答应我照顾好她。

我一边流泪一边连连点头：你放心，孩子，我怎能不照顾好她？我和你妈这一辈子，享福的时候几乎没有，我俩一直在患难中走过来，虽然我们免不了争争吵吵，可我们会相搀相扶着过下去的，你放心……

你握紧了我的手说：谢谢爸爸，我放心了。

我那刻晃着你的胳臂说，你求爸一件事，爸也要求你一件事，那就是你现在绝不能自己先放弃，你要和我们一起去抵抗病魔，也许奇迹会出现，医书上说过，有些病入膏肓的人，因偶然的原因，又转危为安，奇迹是有的，你一定要相信！我和你妈还等着你病好后给我们端茶送水哩。

你没说话，你只是让一直含在眼中的泪水流了出来……

爸爸，那天和你有了那次交谈之后，我在尘世上就基本没啥挂碍了。爷爷奶奶那里，有爹和小叔、小姑及几个堂弟、堂妹他们照应，应该会安享晚年。只是别把我走的消息告诉他们，免让他们在精神上受到打击。他们若持续追问，就说我在外国工作期间找了个外籍媳妇，那媳妇身体有病，暂时不能来中国，所以没法回来看望他们……

我自己那时已感觉到,我的生命可能要论天来数了。我记得我给你说过,我走之后,对我所在的单位别提任何要求,不是我觉悟高,实在是我心里有愧,我分到单位没多久就得了病,做的事情太少,反让单位里的战友们常到医院里看我。

唉,战友们,无以为报了,如果我在和你们的相处中做过什么惹你们不高兴的事,原谅我吧;如果我说过什么伤害你们的话,宽恕我吧……

爸爸,那些天,你知道我最感痛苦的事情是啥吗?是你和妈妈照料我大小便。你们每次扶我上厕所,都要几个人一齐用力才能把我弄进去,到后来,我就又像童年那样,不时地把衣裤弄脏,没办法,你们只好给我穿上纸尿裤。我已经完全没有尊严了。病魔实在太可怕,他能像最凶恶的独裁者那样,把你做人的最后一点自由和尊严全都收走,是谁,给了他如此巨大的魔力?

为何对他的权力不加限止?

孩子,爸知道你心里很苦,知道你被剥夺了尊严后的难受。我和你妈眼看你的病日重一日,知道靠调理阴阳平衡为你治疗不会有效了,我们在万般无奈之中,决定相信一种在脑部贴膏药消去肿瘤的治疗方法,于是我先把你的脑部核磁片子拿去让那位贴膏药的医生看了,他说:行,让病人来住院吧。我和你妈自然不敢全信他能治好你的病,可谁敢说就没有奇迹发生?万一这种方法偏偏对你有效呢?

我们当时只有寄希望于奇迹出现了。

我们再一次把你送进了医院。我那时还不知道,这将是你最后一次走出家门,此次出了门,就再也回不来了。许久之后我方忆起,你那天被背出家门后,在背你下楼的王叔作短暂休息时,你扭头看定尚未关上的家门,我当时只以为你是想带啥东西,便说了一句:

生活用品都带齐了。我后来才明白，你那是在心里与你住过的屋子告别，与这个给过你痛苦也给过你欢乐的家作别。

住进医院之后，当护士们为你脱去衣裤换上纸尿裤时，你低声说了一句话：真丢人。我当时没有应声，我知道没有哪个词语能够给你安慰，我那时还没料到，这竟是你留在世上的最后一句话，最后一句话呀。很快，治疗使得你的脑水肿变得严重脑压升高了，你失去了说话的能力。我怎么也没想到，我们这样快就没有了用语言交流的机会。你留下的最后这句话，既是无奈的叹息，也是一种对病魔发出的抗议。

我和你妈期望的奇迹没有出现。看来所有的神灵都没有理会我们的祷告、恳求和乞求，没有伸出他们的手来拦阻病魔进一步行凶，你脑中的瘤子变得更大，膏药引起的脑水肿变得更加严重，以致压迫了脑中掌管体温的神经，使它的调节能力失灵，你陷入了40℃的持续高烧之中。

你昏迷过去了。

我和你妈心里那丝微末的希望又一次被掐断，我们只能继续在绝望和恐慌的深渊里扑腾……

爸爸，持续高烧的滋味我是第一次尝受，原来它造成的痛苦比抽搐还要可怕，抽搐开始不久我就会失去意识，意识不到的折磨可以不算折磨。可持续高烧不一样，因为医生使用各种手段想把热度降下来，我于是便不断地在清醒和昏迷两个院子里进进出出，在短暂的意识清醒的时候，我能感到身子就像被固定在火炉上烘烤一样，酷热无比，我挣扎着想离那火炉远些，却根本无法挪动身子。那时刻，我的眼前总晃过烤鸭制作的场景，我好像就是被固定在铁架子上的一只鸭子，被人放在炭火上翻转着烘烤，不把我烤焦是不会放手的。我有时会睁开眼睛看一下你和妈妈，想用眼神告诉你们快把我拖离火炉，可你们眼中的绝望让我明白，你们没有这个力量。我后来就始终把眼睛闭着，我不想让你们再感受到我的痛苦，不想让你们为我焦虑。我当时想，这炙烤可能就是上天特意让我承受的，是因为我人生中的某个过错而特别施给我个人的惩罚。那就独自承受吧，别再添上我的爸爸妈妈……

独享的幸福常会打折减少分量，而独受的惩罚则可能翻倍使重量增加，那些天，当我清醒的时刻，我对活着完全失去了兴趣，我希望整个事情赶快结束，赶快让我解脱，赶快让我去另一个世界。我第一次明白为什么有些人呼吁安乐死了。

安乐死其实也是一种幸福呀……

孩子，我当时并不相信你的持续高烧治不好，我以为是这家医院无能才这样说的，所以我和你妈决定给你转院，转到人们都认为是最好的医院里。我从市急救中心为你要了救护车，又找到那家大医院的领导恳求，他破例地很快给你安排了床位。但住下后医生一检查，便直率地告诉我：只有用冰床进行物理降温，别的任何药物都不会有效，而且这只是维持性治疗，对病情发展已不可能再有任何控制。我不希望这是真的，可我知道这是真的。我只能点头说：维持治疗也行，只要能减轻我儿子的痛苦，你们尽可能做吧。

儿子，使用物理降温对你其实是一种酷刑。你的身下是冰冷的床垫，头下枕的是用毛巾裹着的冰袋，两侧腋下也夹着冰袋，正常体温的人只要挨一下这些东西就会冷得赶紧躲开，可你的体温只有在这种情况下才能恢复到37℃。那些天，体温表上的数字成为我最关心的对象，达到或低于37℃，我能吃点饭；一高于37℃，我的心立马就沉了下去，食欲全无。

你此时需要更细心的护理，要定时给你鼻饲，要隔段时间给你翻身、擦洗和按摩肢体，要看几种液体的输入进度，要看生命监视器上的数字变化。亲友们都自愿来帮忙，白天，我和你妈一直在你身边，晚上，亲友们就轮流和护工一起照看着你。

那些天，生命体征监视器的嘀嘀声一直响在我的耳畔，监视器屏幕上你的血压、心跳和血氧含量三组数字，不停地在我眼前跳动。那种独特的响声和有规律跳动的数字，在我的脑子里留下了极深切的印记，以至于几年之后，只要一听到与监视器相似的响声，我的心就会猛然抽紧，眼睛便会迅即地不自主地想要寻找到那些跳动的数字……

我这一生，只对两种声音生出过强烈的厌恶，一种是火车在夜晚的叫声，每一听到夜晚的火车笛响，我就想起了我无数次在夜晚坐火车的情景，想起了买不到火车票的焦虑，想起了背着行李由检票口向车厢奔去唯恐挤不上车的恐惧，想起了买不到卧铺票蜷缩在硬座上和地板上的那份难受；再一种声音就是体征监视器的叫声，一听见它叫我就想起你在医院里的日子，想起你躺在病床上受煎熬的模样，我从心底里厌恶它的叫声……

爸爸，后来那些天我好像一直沉在深沉的睡眠中，除了一些零乱的梦景之外，能记得的事情几乎没有。我的耳朵仿佛失去了作用，基本上听不到外界的声音。鼻子似乎也坏了，闻不到身边的任何气味。舌头因鼻饲久已不用，连蠕动也变得困难起来。我对外界已失去了感知能力，这可能就是人的肉体要消失前的征兆，是人的肉体从有到无必经的一个阶段。我的经历让我明白，上天决定让一个人由人世消失，并不是像按什么开关一样陡然一下子完成，而是有一个渐进的过程，一开始，他让你由运动状态进入相对静止状态，也就是让你卧床；之后，让你的肢体完全瘫痪，进入听凭摆布状态；接下来，让你失去和他人对话的能力，进入失语状态；跟着，让你失去感知外界变化的能力，进入一种无任何应变欲望的安静状态；这就为最终进入那个陌生的世界做好了全部准备。

这和生命从无到有的过程完全相反。每个生命，都是由一个无任何欲望的安静状态起始的；然后开始感知外界的变化，做出自己最初的反应；接下来有一个听凭摆布的阶段；跟着，下床，可以挥手走路；然后有了语言交流能力；最后，开始进入自如的运动状态……

生命的终点和起点非常相似。

爸爸，我在进入无任何欲望的安静状态之后，突然感受到了一种轻松，这种轻松是我过去从未体验过的，是一种压力缓慢解除的轻松，就好像有一只手开始为你取下原本背在身上的东西，一会儿取下一件，过一会儿又取下一件，接下来再取一件，负担在一下一下减轻。过去，我听你说过人退休之后会进入一种轻松状态，我想，你说的那种轻松可能和我感受到的这种轻松有点相似。人退休之后，不用再看领导的脸色，不用再怕工作中出纰漏，不用再担心上班迟到，会觉得原来身上的负担明显减轻了。自然，人退休后的压力并没有彻底消去，比如，他还得去争取退休后的各项待遇，还得为儿女今后的成家和职务提升操心，还得忧虑孙子孙女的成长。而我在那个时刻，压力也还没有彻底消去，还有一个问号压在头上：究竟在何时彻底离开……

甲　戌

　　孩子，你的反常安静让我和你妈慌恐无比。我们知道这意味着什么。你妈因此提出，晚上不再回家休息，她要一直陪着你。我当然不能答应，她的身体经过这么多日子的劳累和惊吓，离垮掉只差一点点距离，说不定再熬一夜就可能让她也躺在病床上。我说：你要实在不放心了，晚上我不回去睡觉，在这儿陪护值班。你妈这才同意回家。其实，我也只是在咬牙坚持着，我能感到我的体力像一瓶就要见底的矿泉水，摇一摇才能看见还剩几滴。当天晚上我值了一夜班，第二天上午你的导尿管出现问题，我没能回家补觉，到中午下楼吃饭时，我很想去医院东侧的一个招待所里买碗面条吃，那招待所离我也就二百多米远，我都能看见它门口进出的人，可我就是没有走过去的力气，我担心我会走不完这二百多米就倒下去，我不能倒下去，我倒下去了你和你妈怎么办？我于是只好就近在医院的小卖部里买了两个不热的馒头，坐在一个楼梯拐弯处吃了。我想，假如有一个熟人那一刻从我身边走过，我的坐相和吃相肯定会令他吃惊，也许他根本就认不出我。我甚至都没有力气去把一米外的半张报纸捡过来垫在屁股下，就那样席地而坐，背靠墙壁，没有洗手，只管吃。那时刻，我吃饭的目的不是为了享受食物，只为了让自己有力气再回到你的身边。我记得那天我把馒头吃完之后，足足坐了二十多分钟，才觉得有一些力气又回到了身上，才又能站起身子走路……

爸爸，真对不起，我把你和妈妈拖垮了。我那时虽然沉在那种状态中，但可能是亲人间因血缘而起的神秘联系，我还是能断续地十分隐约地感觉到你和妈妈在我的身边忙碌，你们身上的气味，你们的声音，你们的脚步响动，还能在某些时刻进到我那一息尚存的意识里。人在离世过程中，最后丧失的是听力。在我离你们越来越远的时辰，我模模糊糊还能听到你们的一些声音碎片，声音的意义已无法弄懂，但奇怪地记得声音的色彩很暗。我那时有一个愿望，就是劝你们放弃，告诉你们任何努力对我都已没有意义，可惜已无法将我的愿望说出来了。

我今天明白，即使我那刻还能说话，即使我告诉了你们我的想法，你们也不会放弃。在世上所有的人际关系中，只有母子母女关系和父子父女关系最少受利益驱动，只有这两种关系能经受住利益的多次冲击，是相对纯净的，维系它们主要靠的是人的天性和本能。其他的人际关系，包括祖孙关系、夫妻关系、朋友关系、兄弟兄妹关系，能经得起利益反复冲击的，不是很多。

爸爸，请转告妈妈，是你们的爱，让我在经历了那所有的苦痛以后还觉得：人间很美……

儿子，我和你妈最害怕的日子还是来了。那天晚上十点多钟，我们给你喂了药和水，检查了所有的医疗仪器，给值班陪护你的堂弟及护工交代完注意事项，我和你妈回家休息。你妈好像有预感，走到病房门口又停下了脚步说：我想留下值班。我急忙拉住她说：你白天已不停手脚地忙了一天，再熬一夜，你明天如何能有精力再来病房照料孩子？她可能想想我的话有道理，就迟迟疑疑地跟我走了。我哪里想得到，这竟是我们和你的永诀?！我要是知道，我不仅不会劝你妈妈离开，我也会和她一起陪你度过这最后一夜。

我好后悔，是劳累让我变得迟钝？还是谁夺走了我的预感能力？我竟然不知道这是你在人世上的最后一个夜晚！

那天夜里的凌晨三点多钟，我放在床头的手机突然振动了起来，我被惊醒后一看是在病房值班的你堂弟的电话，心不由得一抖：他知道我有多累，没有大事他是不会叫醒我的。我刚一按下接听键，就听见你堂弟急切的声音：伯你快来，我哥的血压突然降低，现已被紧急推进ICU抢救！我怕惊动了你妈，怕极度疲劳的她受不了这惊吓，一边低声应着：好，我这就去，一边去抓衣裳。

我开门走时还是把你妈惊醒了，她慌得跑过来抓住我的手问：你这是——

我急忙宽慰她：宁儿的血压有些低，我去医院里看看。

你妈转身要去拿外衣：我也去。

我拉住她，我想让她多睡一会儿。我说：我先去，情况紧急了我会打电话回来。

我在凌晨的黑暗中一口气跑出宿舍大院。司机也太累，我不忍心叫醒他。思绪混乱的我更不敢开车，我只能跑到大街上去拦出租车。我赶到医院时，你堂弟山娃正焦急地站在ICU门前，他告诉我对你的抢救还在进行。我看见医生们进进出出，我找到一个医生问：能不能让我进去看看儿子？医生摇头说：抢救正在进行中，你进去不仅于事无补，还可能带进去细菌，等等吧，病情转好会告诉你的。

我只好在ICU门前来回紧张地踱步。我等啊等啊，直等到天亮了，还没有消息出来，我累得在ICU门前的地板上坐了下来……

我心里慌得厉害，两眼直盯住ICU的大门。终于，我看见你的主治大夫开门朝我走过来。我急忙站起身问他：周宁怎么样了？他没有开口，他只是很快地脱下他身上的白大褂披在我身上，推着我向ICU门里走，边走边低声交代我：去看看他吧，他走了……

轰的一声，那块一直悬在头顶的巨石砸下来了。一阵剧烈的头疼使得我的身子摇晃了一下，我拼力扶住墙壁才算没有倒下去。我用力吸一口气，跌跌撞撞地向门里你躺着的那张病床跑去……

爸爸，当医生和护士们把我推进抢救室进行抢救时，我其实已做完撤离人世的全部精神准备了。这么久的无质量的带病生活，让我已厌倦了活着。活下去，不仅对我是一种折磨，对你们，也是一种不能再忍受的酷刑了。人生走到此处，是该有个了断了。过去看过一个电影，是说一位因跳海游泳伤了颈部和脊椎，导致高位截瘫的男人，在厌倦了被人照料的生活后，一心想自杀，后费尽千辛万苦才找到一个帮助他自杀的人。当时不太理解这个人物，但我活到此时完全理解了他。活，本来就不是一件轻松的事，再加上无望治好的疾病的拖累，到最后就完全变成了一种可怕的负担，变得毫无乐趣可言。如果活下去就意味着这样遭罪，我为何不选择解脱？

当医生们忙着对我的肉体进行抢救时，我的灵魂就冷冷地站在一旁，看着他们忙碌，没再提供任何帮助。我那刻一心想的就是走，就是摆脱那种无法降低的高烧，摆脱那些时刻相伴的冰袋和那张冰床，摆脱随时会袭击我的抽搐，摆脱四肢失去反应能力的被动状态，摆脱肉体的束缚，摆脱人世的限制……

孩子，我扑到你的病床前时，你已停止了呼吸。你平静地躺在那儿，我俯下身亲吻你，我亲吻你的脸颊、额头和手，你的身子当时还是温热的，你脸上再无了被疾病折磨的痛苦。我不敢流泪，我听人说过，不能把自己的眼泪滴在故去的亲人身上，那会使你的灵魂舍不得离开。我只能把眼泪咽进肚里，我抓紧最后的时间给你按摩身子，我按摩你的肩头，让你的肩膀放平；我按摩你的两只胳臂，让你的两只胳臂放舒服；我按摩你的两条腿，让你受尽折磨的腿伸得舒坦些；按摩你的双脚，让它们恢复你病前的模样。按着按着，我开始感到你的身子在变凉。我绝望地想用按摩再使你的身子变热，但没有作用。我知道这是你决然地在与尘世告别。我扭头看向窗外的天空，想祈求上天再给我点时间，让我再继续按摩你的身子并和你在一起，但那一刻的天空浓云翻滚，天国之神似乎就隐身在浓云后边，他仿佛已下定决心将你收走，根本不理睬我的祈求，我觉出你的身子越来越凉，你离我越来越远……

爸爸，你来到抢救室我的床边时，我的灵魂刚刚升离地面，就在你的头顶不远的地方。我自然看见你在按摩我的肉体和亲吻我，但我对按摩和亲吻已没有任何感觉了。我听到了你含泪的自语，看到了你伤心欲绝的样子，可我已不能给你给妈妈任何安慰了。非常抱歉，爸爸，你和妈妈给了我太多的爱，可我回报你们的却是早早别离的痛苦。将来吧，将来在另一个世界，待我们再见面后，我会尽一切努力回报你们……

爸爸，灵魂脱离了肉体之后原来如此惬意，如此舒服，我可以随时飘飞，在你们的头顶上俯看下边。我过去在一本自然科学杂志上看见过一个试验报告：说是在一百多个濒临死亡正在抢救的病人的床底下，都放上一个图形，放时被抢救者根本不可能知道，可当这些病人被救过来后，却都能说出来床下放的是什么图形。问他们是怎么看到那图形的，他们几乎都说是从天花板上向下看到的。我当时对这份报告的真实性持怀疑态度，如今我明白了，那是真的……

当然，我这时还不能走远，有一个头罩白色丝巾的女士在将我拉离地面时，微声告诉我不能离你们太远，我还处于和人间告别的最初阶段。过去，我听老人们谈到死时，说人死时会有两个面目狰狞的小鬼来把人的灵魂捉走。如今我才明白这种说法有误。其实来领我的是一个头罩白色丝巾的女士，我虽然看不见她的面孔，可我能感受到她对我充满了善意，她的举动轻柔，一点也不粗鲁。她对我用的多是肢体语言，很少说话。需要说话时，她的声音很轻，近乎耳语。用人间的词语来评价她的话，她举手投足间都显得很有教养。

我奇怪地对她没有一点害怕之心。

说真的，此时我也不想走远，没脱离肉体之前，我对人世充满了厌恶，对活着已无任何留恋，但真要远走，我却又生出真正的不舍。毕竟，我在人世上活了二十九年，我在这里玩耍游戏、上学读书、参军做事，这里有你，有妈妈，有爷爷、奶奶，有那么多的亲人，有那么多我中学、大学和读研时的同学，有那么多的战友和同事，提前离席告别时确有些难舍难分。还有，人间有我许多熟悉的地方，周庄、构林、邓州、南阳、济南、郑州、西安、北京都有我住过的地方，与这些留下过我足迹和生活印痕的地方分别，也令我异常难受……

孩子，太平间的工作人员来了之后，我和他们一起把你抱离病床。这是我最后一次抱你。你小时候我抱过你多少次，你病了之后，尽管你比我还高还壮，我还是背过你许多次。可过去抱你背你时，心里是高兴快乐充满希望的，觉得你是我生命的延续，但这一次，心中却全是痛苦和绝望，是可怕的空。我拉你出抢救室门口时，你妈妈你姨妈你姑姑还有你小叔和你几个表姐、表哥、表姐夫、堂妹、堂弟围了过来，你妈妈放声大哭，要去抱你，我怕她把眼泪滴到你脸上，急急地拉你向车跟前走。从抢救室到太平间那段路，我不知是怎么走完的，我紧紧握住你的手，希望你不要受到惊吓。儿子，在我们家中，走这段路的顺序应该是我先走，你妈次之，你最后走，我走时，本该由你来护送我，现在因为上天的反常安排，反过来变成了我来护送你。这种撕心裂肺的疼谁能体会？

把你放进太平间后，我回家给你准备上路的衣服和葬礼。我的心疼得没法控制，多少天没有吃好睡好的我头疼头晕得厉害，眼前总有金星在晃，那时刻，我真想和你一样倒下去，咱父子俩一起走。

可你妈妈此时已经哭得躺倒在床上，我们不能抛下她不管，我得振作起来，我不能躺下去，我得把这个残破的由两根柱子支起的家勉力支撑住。我打起精神，与各方联系，把所有该做的事情安排好，所幸有你表姐表哥表姐夫们和堂妹堂弟的帮助，把送你走前该做的事都做好了……

二〇〇八年八月三日，这个写进周家历史的日子，我不知天国之神选择这天领你走的理由，我只知道，从这一天起，你不再理睬我和你妈了……

我们对未来生活的设计被全部毁掉了。

全毁了……

爸爸，在你为我准备葬礼的时候，那位拉我离开地面头上罩着白色丝巾的女士，示意我随她走，她并不说要去哪里，我那阵实在不想走，我在挂念着你和妈妈，不想让你们离开我的视线，可她的手只稍稍一点，便有一种巨大的力量迫使我跟着她向前走了。我们的走法不似在人间那样两脚轮换移动，这儿不需要迈步，只需要在一层薄云之上站定，按她的示意面对一个方向，跟着就听见呼呼的风声，我们就飞起来了。眨眼之间，就到了一个地方，待低头细看时，只见下方是一片无边无际的汹涌翻滚的水，大水之上，有无数的人在水里挣扎哭喊，我骤然紧张起来：这是什么地方？我本能地想弯腰伸手去拉在水中哭喊的人，可她的手一点，我就动弹不得了。

为何不让救他们？我朝她喊。

她不答，只示意我看。

看这个干什么？我朝她叫。

她不语。

在水面上挣扎的人数渐渐减少。就在这当儿，她又扯了一下我的手，示意我跟着她走。

这次的走法和刚才一样，待呼呼的风声刚止，我就睁大了眼睛，这次我看到的情景更加吓人，只见我身子下方的地面都已裂开，裂缝里正喷着火红的岩浆和沙石，大片的房屋在倒塌，人们正哭喊着四散奔逃，许多人被倒塌的房屋压住，许多人掉进了土地上的裂缝。我骇然问她：这是什么地方？

她不答，只示意我看。

我俯身想去拉扯掉进地缝中的人，她的手只一点，我就不能动弹了。

为啥不能救人？

她照旧无语。

既是不让救人，为何带我来看？

她仍然不答。我只能满眼疑惑地看着她……

乙亥

宁儿,二〇〇八年八月五日早上,我和你妈、你小叔、你刘伟哥还有你山娃弟弟,早早去了医院的太平间,先请工作人员为你穿好衣服。这还是你第一次穿上07式新军装,当初发新军装的时候,你已经病了,你让我把军装收好,说等你病好再穿,没想到会等到今天,会在这里为你穿上。看到你戎装在身静静仰卧的样子,我的心全碎成了片,我怎么也不相信这就是几年前在篮球场上生龙活虎的你,你的人生之路怎会这样拐弯?为什么不能向别的方向拐?为何不能晚点拐呀?!

临装棺前,我再一次吻你,我吻你的机会快没有了……

灵车开到八宝山,刚在告别室安顿好你,你的领导、同事和朋友还有爸妈的领导、朋友和同事就来和你告别了。在那一刻,我真担心我和你妈会站不住倒下去,还好,我们坚持了下来,爸妈得让你走得安心!

告别仪式结束,我送你到后厅,工作人员就不让我再向前走了。我明白,我们父子最后告别的时刻到了,我扑到你身边,最后一次亲吻你,儿子,永别了……

一个小时后再见到你,已是一包骨灰了。我哆嗦着手把你的骨灰装进骨灰盒里。然后和你妈、你小叔、山娃、你刘伟哥一起，送你到老山骨灰堂暂住。我根本想不到，我给你准备了那么大的房子，可在你二十九岁的时候，却只能把你送到这个地方——一个两平方尺的灵龛里。

从老山骨灰堂出来，我终于可以放声大哭了。那些山坡上的树木，那些站立枝头的鸟儿，那些天上的云团，还有掌管命运的造物主，都该听到了我的哭声！儿子呀，你和爸、妈的命，为何会这样苦？为什么偏偏要你得这种病？为什么这灾祸偏偏落到我和你妈妈的头上？

为什么呀？

爸爸，在八宝山的告别室里，在老山存放骨灰的灵龛前，我其实一直在跟着你们，就在你们的头顶上方看着你们。我看见了你和妈妈悲痛欲绝的样子，我多想伸手拭去你们脸上的泪水，可头罩白色丝巾的女士制止了我，我只能眼睁睁地看着你们伤心，无法给你们任何安慰。你们想开吧，我只是把存在的方式改变了而已，我还是你们的儿子。

爸爸，当我看见自己的肉身被焚的时候，我并没有多少难受的感觉，相反，还有一点点庆幸生出来：我终于不必再受它的拖累了。人的肉体产生的欲望太多了：食欲、情欲、性欲、钱欲、物欲、官欲、权欲、成名欲、成功欲、不朽欲，一个又一个欲望把人追得不停地往前跑，累得上气不接下气，活得无滋无味，有时还会气得七窍生烟，恨得咬牙切齿，悔得连连跺脚，疼得流出眼泪。不长的人生过程，一直被欲望牵着鼻子走，有何意思？可只要肉体存在，真正能摆脱和超脱欲望的会有几个人？如今，我终于能和肉体也就是欲望永别了。

我再也不必受它的钳制了。

我终于获得了彻底的解放……

孩子，从老山骨灰堂回到家，看到到处留有你印痕的房子，我和你妈又忍不住放声大哭……从这天开始，我和你妈开始害怕夜晚，因为夜晚特别容易让我们想起你；从这天开始，我们开始害怕过节，一过节就更要想起你；从这天开始，我们害怕参加别人家孩子的婚礼，因为看见新郎新娘，我们更容易想起未婚的你；从这天开始，我们开始害怕参加朋友们的聚会，因为聚会时，朋友们难免会谈到自己的儿女，而这又会勾起我们对你的记忆……

有一天，你妈妈抱着你留下的衣服边哭边对我说：把宁儿的骨灰总放在骨灰堂不行，入土为安，还是早点找个公墓把他葬到土里。我说：行，让我仔细看看市里的公墓哪个好。那天以后，我就按在网上查到的公墓资料，四下里跑着去看，西边的，南边的，西南边的，东北边的，北边的，几乎所有的公墓我都去看了一遍，比较来比较去，我觉着还是天寿陵园好。不是因为这里长眠着不少科学家、教育家、艺术家，可以和他们做伴，而是这座陵园设计得很像一座休闲的公园，青草地，柿子树，鲜花，喷泉，甬道，凉亭，石雕，还有一长溜僧人的塑像，人徜徉其间，有一种悠然之感。而且这里管理得好，每一个墓区都有保安整日看护着墓地，有保洁工每日擦拭着墓碑墓石，每天都有音乐在园区里回响。我想把你的墓地就选在这里。回去和你妈商量，你妈说她要亲自去看看。她看完也说好。

我们在陵园里看到，这儿除了单人墓，还有夫妻合葬墓，有一家三口的家庭墓，有几代人合葬的家族墓。我对你妈说，既是这里宜居，干脆把我们俩的墓穴也提前买了。这样，我们一家三口就可以葬在一起。你妈当然同意，陵园里也允许这样做，已经有不少死了儿女的人把自己的墓穴提前买了，只是先不在自己的墓碑上刻字罢了。

接下来就是在陵园里选择墓穴的位置。我们走完所有的墓区，最后定在方舟园区的一处甬道旁，这儿，左边的墓地里，埋的是一位患病去世的姑娘，左后边，是一个患病去世的小伙子，右后边，是一个遇车祸去世的少年。这样，即使在墓地里，你也可以有聊天的伙伴，不至于寂寞。爸妈的墓碑，和你的紧挨在一起。墓穴是分开的，你单独一个，给我和你妈预留了另一个大些的。墓碑是书的形状。因为你和爸妈都爱书，故两个墓穴的盖子，也都请人塑成书的形状，只是你的那本书还未完全掀开。就是到了那个世界，也让书来陪伴我们吧。在你的墓碑的基座上，我和你妈商定，让刻上了三行字，一行是：儿做人正直善良。另一行是：子做事细致完美。再一行是：爸妈永远爱你……

　　爸爸，我看到了你为我选择的陵园，看清了你和妈妈为我定下的墓穴位置，看见了你们选定的墓碑，我都很满意。我对你和妈妈为你们自己预定墓穴和墓碑当然高兴，这样，将来有一天，我们一家三口的骨殖就会紧紧相挨。我唯一担心的是，这样做会不会不吉利？毕竟你们还在活着。我还想告诉你们的是，那天，当墓碑安好你们去让人刻字时，我其实是跟了去的，我本想一直在半空里陪着你们，可这些天一直跟我形影不离的那位头罩白色丝巾的女士，把我拉开了。她又拉我去看了一个地方。那是一座城市，却不是我熟悉的城市，只见那市内高楼林立，街路纵横，大街上车来车往，人流如织，十分热闹，只是看不清人脸和街上的文字，辨不出是哪个国家的哪座城市。我以为她是让我来看这座城市的繁华市景，却不想，我们刚在半空里站下，突然听见救护车响，随即就见一辆辆的救护车都开到了大街上，总有几百辆救护车在四处拉人，跟着便有人的哭声响起，人们忽然在大街上四散奔逃，转瞬之后，便有人开始向地上倒去，哭喊声四处响起，又过片刻，人声开始变小以至完全寂灭，街上的车辆相继停下，救护车也不再动弹，整个城市如死了一样。我惊问：这是怎么了？一旁的她如前两次一样一声不吭。我想下到地上去看清发生了什么，却被她一扯，动弹不得了。我惊望着她丝巾下模模糊糊的面孔，不知她何以要我来看这个陌生恐怖的城市……

儿子，预定墓穴和墓碑不会不吉利，这就像乡下你爷爷奶奶，很早就把做棺材的木板买好，放在家里；很早就去咱家的坟地里指明挖坑的位置，这样他们的心里才安生。自从我和你妈把我们的墓穴和墓碑定下之后，我心里感到非常安妥，好像再也没有后顾之忧了。给你下葬的日期定在一个双休日，为的是方便亲友们来为你送行。按你妈的意思，那天我们还在附近的寺庙里请来了一位住持和几位僧人为你举办超度仪式。超度仪式在陵园特设的一个大厅里举行，我和你妈还有亲友们将你的骨灰盒送进大厅以后，僧人们高奏佛乐，点亮蜡烛，上香行礼，然后开始高声诵经。诵完经，再行礼，尔后由仪仗队将你的骨灰盒放进一口棺材内，由四名仪仗队员抬上，在一名手举灵旗的仪仗队员引导下，向墓地走去。

那是清明时节一个阴云低垂的上午，我和你妈及亲友们跟在棺材后边，在哀乐声中向方舟园走。没有谁能体会到此时我心中的那份悲哀。我过去在小说中多次写过送葬的人，到这时我才知道，我写的那些送葬人的心理和真实的送葬人的心理差得太远，只有给自己的亲人送过葬的人才知道送葬人真实的内心世界，那其中有多少虚无空落之惊慌，有多少无奈无助之痛楚，有多少不舍离别之哀凄……我两眼瞪得迷迷茫茫，两脚走得高高低低，身子因痛楚而哆哆嗦嗦……

爸爸，我看见了你和妈妈在我的墓穴里放了取掉电池的手机、MP3、手表和其他一些用物，还在墓园外边烧掉了那么多的纸钱、纸衣、纸车、纸房子、纸家具、纸电器，你们想得很细，唯恐我到另一个世界生活不便。我那时还离你们不远，还没有完全走进另一个世界的大门，对那里的情景还不了解，还不知道这些东西有用没用，可我的心里充满感动，你们什么时候都在想着我，都想把我的生活安排妥帖。

骨灰入土对我意味着，我已经走完了造物主为我划定的第一段路程，这段路程很像一个圆形跑道，我从起点——没有肉体的"无"起步，经过肉体的"有"的一番折腾，又回到了没有肉体的"无"。也就是百姓们常说的，人是父母吃从土里长出的粮食孕育的，死后必须再变成土，回到土中去，要不然土地爷不会答应。

我有时想，人的生死过程很像一场游戏，很像我们童年玩的泥娃娃游戏，我们把土和上水捏成泥娃娃，在窗台上摆整齐，和他们说笑玩闹，忽然之间，来了一场大雨将窗台一冲，泥娃娃又变成了泥水流到窗下的土里，泥娃娃无影无踪又变成了土……

人从虚无中来，又向虚无中去，轨迹是一个圆圈呀……

孩子，人生如果真是一场游戏，那它就该遵循玩游戏的基本规则，那就是参与玩游戏的人必须是自愿的，可我不想参与这场游戏，我讨厌它，这种游戏太残酷，它让人付出的代价太高太高。人们玩游戏都是为了寻找快乐，可这种游戏给我的快乐在哪里？造物主创造出这种游戏并设定这种游戏规则实在荒唐，我对他提出最强烈的抗议。我宁可不出生，我宁可不为人！我不出生就不会尝受人生之苦，我不为人就不会去体验生离死别之痛。我真想提议，造物主在决定让一个人到人世之前，应该询问他的意愿，他同意到人世，就让他出生，他不同意，就别让他出生。做到了这点，才算做到了真正的民主自由。现在倒好，不管你愿不愿出生，不管你愿不愿尝受生之烦恼苦痛，只要造物主想让你出生，只征求你父母同意，有时甚至连你父母也未必同意，你就必须得出生，这不合理！

这是强人所愿……

爸爸，别那么偏激，别因为失去了我，就对造物主失去了敬意。每一对父母都有要孩子的权利，造物主不能不给他们这个权利。就像你和我妈妈当初结婚后，如果造物主不让我出生，你一定会生他的气，会认为他太不公道。还是平心静气吧。你是承受了失去我的苦痛，可这世上尝受失子之痛的不只是你一个，记得北京城郊的一次车祸吧？一家四口坐的一辆车一下子被人撞了，只留下一个母亲，那个母亲失去的亲人不是比你还多？我在想，一个人这一生要尝受什么，不管是好东西还是坏东西，不管是幸福快乐还是不幸苦痛，可能都有一个定数，这个定数不是由他本人决定的，而是由一个隐身的掌管者分配的，这个掌管者根据每个人付出与获得的总体情况，来确定分配幸福快乐和不幸苦痛的比例。因此，不论你得到了什么，都请接受吧，抱怨没有意义。

我失去了生命，你失去了儿子。我劝你接受现状的目的，其实也是为了说服我自己。

我们难道除了接受之外还有别的选择吗？

丙 子

　　孩子，你的葬礼过后不久，有天晚上我又梦见了你。梦中的你从外边匆匆进来，进来就抱住我问：爸，你还认我这个儿子吗？我当时一愣，拍着你的肩膀说：嗨，你这孩子，咋能这样问，我怎会不认你这个儿子？说完这话，我才猛然意识到，你已经走了。我惊问道：他们又让你回来了？你点了一下头，我高兴地刚想再抱住你，梦突然醒了。我怅然若失地躺在那儿，许久许久没动。我不知道这个梦意味着什么，意味着你怕我们会把你忘了？意味着你在想念我和你妈？

　　你为何要那样问我？

　　爸爸，你的梦只是你思念我的心理折射。你梦见我时我其实已经走远了。我的骨灰刚刚入土，那位一直陪在我身边的头罩白色丝巾的女士就轻声说：现在，你可以跟我远走了。我点点头，尘世上与我有关的事情已全部完结，我估计我也该走了，我不能总是在近处低回飘荡。她没再说别的，只将一块黑布递给我，说：盖在头上。我刚把那块黑布在头上盖好，耳边就嗖地响起了风声，我感觉她扯住我的手，我们已经在飞了……

不知道过了多久，我听到了一个男子的声音：大家都到这儿站好！那女士和我随即站定，我头上的黑布也被扯掉，我发现我们已来到一条大河的岸边。这里光线晦暗，岸边没有任何建筑，除了树就是草，河面宽阔且被浓雾笼罩，一眼看不到对岸。河水流速很快，不时翻着浪花，水的颜色墨绿，看上去很深。河中没有人间河里常见的水草一类东西，显得很是纯净清澈。岸边也没有芦苇和芭茅。有风，但很微，草梢和树叶几乎不动。没有蝉鸣，四周很静。河这边的岸上站着一些和我一样刚到的灵魂，每个灵魂旁边都陪着和我身边一样的一个头罩白色丝巾的女士。我这时才明白，并不是只对我这样安排，原来所有来这个世界的灵魂，身旁都陪有一位这个世界的使者。她们在两个世界间穿梭，负责把我们引领到这儿。

我现在可以看看你的脸孔吗？我大着胆子问领我来的那位使者。

她摇了摇头，但我感觉到她没有生气。

这边的规矩，我不能摘下纱巾，请原谅。她的声音依旧轻微。

能告诉我你的名字吗？

她又摇了摇头，抬手示意我朝前方看。

欢迎诸位来到天国！刚才招呼我们的那个身形瘦削的男子高声说。他站在我们正前方一个形状古怪的树桩上，声音反常的洪亮：天国大得无法形容，它分为几个区域，这里是天国的甄域。大家看到那条河了吧，在河的这一侧，也就是我们站立的此岸，都属于甄域。所谓甄域，也就是甄别的区域的意思，我们要在这里对诸位进行一次甄别，之后，便把大家送到各自该去的其他区域。甄域本身也非常大，它又分成很多"关"，我们这儿是甄域的333339关，关就是关口的意思，是进入其他区域的一个关口，你们可以叫我关长，我这个关长的职责和人间的海关关长有点近似，就是在你们通过甄别之后，用船把你们送到各自该去的区域。我们这个关，接待的大都是由人间中国来的灵魂。

爸爸，我已经到了天国的甄域。这令我感到很新奇，我侧耳去细听那个关长的话——

你们现在看见的,便是天国的景致。人间有的东西,天国都有;人间没有的东西,天国也有,你们可以慢慢观察,逐渐熟悉。

我抬头向四周看去。身边领我来的那位使者这时低声向我介绍着:那是冥河河堤,岸上长的那是天柳、天榆,堤上爬满的是天簇草,盛开的花叫天霄和天梅,岸边停的是天船,码头上垒的是天石……

我满眼都是惊奇:这就是天国的甄域?

在你们要登船启程之前,有四件事要做!关长这时又高声说着。

我这时轻声问身边头罩丝巾的女子:我们既是可以飞,为何不飞过河去?乘船多麻烦。她摇摇头轻声说:没有谁能够飞过这条河,它是一道谁也无法飞越的屏障,过这条河的唯一途径是坐天国之神安排好的船。谁敢违抗,必会落到万劫不复的境地。

我默然,只好继续侧耳去听。

第一件,是再甄别一次身份,我把你们的年龄、来此处的因由和灵魂划归的类别念一遍,以便你们核对和记忆,防止弄错。那关长说罢,从身上掏出一个本子,打开一页念道:肖嘉晓。

来了。一个老年男子应声向前走了一步。

你,七十九岁,因患肝病而来,属重秽之魂。

为何说我是重秽之魂?肖嘉晓有点不高兴。

你二十岁那年,在工厂一角撞见厂长正在强奸厂里一个女工,你不仅没有施救,还在警察询问你时否认看见过强奸场面。你曾结婚三次,生子女五个。五十二岁时因想与第二任妻子离婚而多次殴打她,致使她上吊自杀,你则说她是与你前妻所生子女不和,吵架之后一气之下自杀的,将其自杀真相瞒住。故属重秽之魂。

你……肖嘉晓分明有些意外地看定对方。

我说错了?那关长盯住肖嘉晓,随即转向大家:如果我说到谁说错了,被说者一定要指出来,以免我们把事情弄错到底。肖嘉晓,需要我念有关证词吗?

肖嘉晓低下了头。

关长又将手中的本子翻过一页念道：

姜维蓝。

一个年轻女人应了一声：来了。

你，三十岁，因难产而来，属轻秽之魂。

我的灵魂没有沾染任何秽物。姜维蓝抗议。

你十七岁那年，因和邻桌一个家境贫困的女同学发生口角，故意将她的计算器从桌上撞到地上摔碎。你二十四岁那年，因嫉妒单位一个女同事长得漂亮，在网上匿名发帖说她曾到宾馆卖身，致使她的男朋友离她而去。你二十七岁时因不满婆婆的啰唆和责骂，曾多次顶撞她，并以离婚要挟丈夫分家，让婆婆一人分开另过，还阻挠你的丈夫周末去看她，致使老人此后尝尽了孤独之苦。故属轻秽之魂。

那姜维蓝没有应声。我暗暗吃惊，关长他们竟能将一个人一生中的作为记得如此清楚?!

林文浩。

一个壮年男子应道：来了。

你，四十五岁，自焚而来。你脾气执拗，在自家的房子被确定拆迁之后，你认定补偿不合理而拒绝搬迁，开发商给你家断水断电也未能使你屈服，后开发商雇人强拆，你誓不相允，并以自焚抗议，属有冤之魂。

林文浩泪流满面。

陈东昌。关长又翻过一页叫道。

来了。一个四十来岁的男人应着。

你，四十一岁，亿万富翁，心肌梗死而来。以你为董事长的造纸厂严重污染水源，每遇环保检查时你就打开治污设备以表明你不排污，待检查者一走，你便又关掉排污设备以省钱，致使附近数万人的饮水受到污染，许多妇女生了畸形儿，不少孩子得病死去。一当有人上告，你就拿钱贿赂官员摆平，还多次威胁上告者。属有罪之魂。

我每年都给政府交了很多税，我不仅无罪还有功！陈东昌高声辩解。

税金与人命相比，哪个重要？关长瞪住他。

因为我对经济发展的贡献，三任市长都得到了提升。

你还懂得"贡献"这两个字？关长的眼眯了起来。

你无权评价我的人生！陈东昌傲然说道。你没见我死后那么多人前去为我送葬？市委书记亲自主持我的葬礼，我被追认为模范企业家，市政府打算为我建一座纪念馆，有作家已决定为我写传记，我很可能会在我们那个城市成为不朽之人！

好吧，既然你自己觉得会不朽，那就保持这种感觉吧！

罗道冬。关长跟着念道。

来了。一个比我年纪稍大些的男子应道。

你，三十七岁，因全身烧伤感染而来。你平日懒惰，因不做家务多次与妻子发生争吵，且数次动手殴妻。一日邻家失火，有消防人士扑救，已撤至屋外的你本可以不管，但在听见邻家幼子尚在着火之屋哭叫后，你却义无反顾地冲进去，抱上那孩子向外跑，大火很快将你包围，孩子后来得救，你却不治而来此处。属仁爱微瑕之魂。

罗道冬淡然一笑：过奖了。

谭立声。关长又看着本子叫道。

一个男子应道：来了。

你，五十九岁，"双规"前于惊吓中上吊自杀。你身为纪检高官，却嗜财如命，想尽办法敛财。经常向下属哭穷以暗示对方送钱；每遇节庆，必收红包无数；每有小病住院或遇红白喜事，必让秘书通知部属知道，谁若不去医院拿钱看你，你便让秘书悄悄告诉他，已收到控告检举他的书信，致使对方在惊慌中给你送上"红包"。几千万元的贪贿所得，最终让你丢掉了性命。属贪婪有罪之魂。

谭立声低头无语。

刘辉煌。关长再叫。

一个青年男子应着：来了。

你，三十八岁。你有妻有子，有车有房，有吃有喝，本该安分度日，却违法私开煤窑，数次因塌方致井下工人死亡，都找借口遮掩过去，一矿工之弟被塌方压死后，你竟偷偷烧掉尸体拒付赔偿费，矿工忍无可忍将你举报，你在自家的煤窑被查封后竟决意报复，用开矿之炸药炸死举报人一家，并连带炸死举报人邻居多人，手段极端残忍，人性完全泯灭，虽经人间判决执行死刑，但死前仍不思悔改，叫嚣二十年后还是一条汉子，足见灵魂已重度变异，与动物类似。属凶恶重罪之魂。

刘辉煌冷笑着：我就凶恶了你怎么着？我已经被执行死刑离开人间了，你还能对我怎么样？再杀我一回？告诉你，我还想变成去拿人性命的厉鬼呢！

好，很好！有胆量。关长朝他点点头。

刘辉煌撇撇嘴不屑地：老子他娘的都到这儿了还会怕尿你？！笑话！

焦丹珠。关长又叫。

一个头罩白色丝巾的女士举了举手臂上抱着的一个女婴说：来了。

你，只活了三个月，因无名高烧而来。刚入世的你未染人间任何污垢，未做任何有违人伦、法律、公德之事。属洁净之魂。

焦丹珠只是不知所以地啊了一声。

汪美莉。关长再叫。

一个中年妇女应了一声：来了。

你，五十岁。被判死刑而来。你身为官员，却视平民如草芥，肆意践踏。你儿子看上别人家女儿，欲强行不轨，遭对方顽强反抗后，竟活活将对方掐死，照说你身为人母，应能理解女方父母悲哀之心，该对被害方好言安慰，妥加赔偿，然后送子伏法，可你却抱怨对方教育女儿无方，不该公开和你儿子争吵，致使他精神病复发。你还为你儿子开了精神病复发证明，免除了他的刑事责任。其实你儿子从未患过任何精神疾病。对方无奈之中只好上告，你利用权力百般阻挠无果后，又起杀心，出钱雇人假装醉酒开车，生生将女方父母撞死。一个家庭顿时消失。你的心灵不全然黑暗断不会做出此等事情。属歹毒有罪之魂。

汪美莉听罢突然冷声笑了：自从我儿子出事之后，我听见的全是对我的指责之声，我烦死了！告诉你们，我反正已经没了性命，你们已经把我弄到了这个地方，我还有什么好怕的?！你们还能怎么样？你们还要怎么样?！让我再死一遍？她冷厉地反问关长。

那关长将眼眯起来，直盯住她，半晌才说：不错，果然是女中俊杰，厉害……

关长拿着本子将一个个灵魂都核对评说了一遍，可能是因为我刚到，到最后才叫到了站在后边的我的名字。我应罢声后，只听他说：你，二十九岁，因脑病来此。十六岁时为玩电脑游戏，数次欺骗父母。属微瑕之魂。我当时心头一震：没想到这点事也被他们看到了眼中。爸爸，对不起，那一段日子我对电脑游戏特别着迷，常在放学之后进到网吧打游戏，当我迟归你们问我干啥去时，我总是说留在学校做作业了。我的确骗了你们。

那天到333339关的大部分灵魂和我一样，都被归类为微瑕之魂。被归为有冤之魂的有五个，我记得其中有两个特别冤，一个是被诬告为强奸杀人的男子，他只是碰巧经过事发现场，看见一女子倒地上前查看，因手触了被奸杀的女尸留下指印，并在现场留下了脚印，遂被认为是凶手，遭枪毙后才又找到真凶；另一位是个年轻姑娘，刚当上公务员，局长见她漂亮，便多次挑逗逼她献身，女的一怒之下向上边告发局长对她性骚扰，局长恼羞成怒，遂派人在她和男友幽会时悄悄拍了视频在网上广为传播，将她说成了卖淫女，并建议开除公职，女的一气之下服药自尽……

身份甄别完之后，关长说：下边我们再办第二件事：沐浴，更衣。他说罢，朝冥河边一指：左侧三百米那棵天槐树下，为男子的沐浴处；右侧三百米那棵天柞树下，为女子的沐浴处。所有被划归为仁爱之魂、洁净之魂、有冤之魂、微瑕之魂、轻秽之魂和重秽之魂的男女，都分别去两处沐浴，浴后上岸，岸上预先已放有新的衣服，男的为蓝色长袍，女的为白色长裙，原来所穿的衣服全都扔掉，换上新衣后再来这里集中,明白了?记住,沐浴时就在河岸近处的水中,不要向深处走。

大家点头。之后,男女分开向两侧走去。我随在男的队伍后边刚要挪步,只见那个被定为凶恶重罪之魂的刘辉煌指了一下剩下的那些灵魂,傲然地问关长:我们还洗澡换衣吗?

当然,只是要稍等等。关长回答。

我们这些男的,到了左侧的那棵天槐树下,纷纷脱衣下水洗起来。下水之后,感到水中的光线依然晦暗,但能看清水澄澈极了。水温有些低,不过也不是凉到无法忍耐。水中好像无鱼,因为没见一丝水草。撩水沐浴时,更感到河面宽阔,有雾气不断从河心的水面上升起,在整个河上飘绕弥漫,这加重了光线的晦暗,也使我们更加看不清对岸的景致。四周静得彻底,除了我们撩水的响动,听不见别的声音。这条河不像人间的河,你站在水里半天也不见有小鱼撞腿,也听不到蛙鸣浪响。

大家相继洗完上岸,岸上果然堆着一堆蓝袍,那些陪伴我们的使者,原本站在岸上,这时便纷纷走到那堆袍子前挑选,大概因为我们已没了肉体,女使者们看我们沐浴并不害羞,不一刻,她们便各拿一件向自己陪伴的对象走过来,很快,我们大伙便都已把袍子穿好。身着清一色的蓝袍,使我们的队伍显得整齐好看多了,而且我发现,每个灵魂穿上的袍子都很合体。

我们再回到原地时,那些女的也已回来。她们穿上白色的长裙以后,和传说中的天使颇为相似。关长让我们在原地站好,然后转向尚没有沐浴的陈东昌、谭立声、刘辉煌和汪美莉他们说:现在你们几个去河边沐浴更衣。和刚才一样,男的在左侧的天槐树下,女的在右侧的天柞树下。

既是都在同一个地方,为何刚才不让我们一起去?这样区分有尿意义?真他娘的多此一举!刘辉煌非常不满,嘟嘟囔囔地骂着。

待遇不一样。关长倒没生气,只是朗声答道。

还不是一样的河水?怎么,你把河水煮热了?故弄玄虚!刘辉煌继续发着牢骚。

看得出,那几个延后沐浴的灵魂,脸上都有不快,但他们也只好按要求向河边的两个沐浴点走去。

我们全都站在这里等。我心里想,既是都在同一条河里沐浴,其实分两批没有啥意义,只是个名义上的区别罢了。站在我们这个位置,能看出他们已相继下了水,我正估摸着他们何时能洗完,却忽听左侧河中的刘辉煌和陈东昌他们发出了极其惨烈的叫声:啊……天哪……

大家都一惊:出啥事了?我们刚才不是洗得好好的吗?大家还没来得及做出反应,右侧的那个女人汪美莉也尖厉地叫起来:妈呀——

我们都去看关长的反应,却见他没事似的在原地悠闲踱步。

我和几个灵魂没忍住好奇,向左侧的那棵天槐树下跑去,跑到河边一看,都不由得倒吸了一口冷气,只见几十条鳄鱼正疯狂地攻击着他们,他们拼命地挣扎,想爬上河岸,可那些凶恶的鳄鱼根本不给他们上岸的机会,只见他们几个手捂脑袋一边浮上浮下地躲避鳄鱼的攻击,一边撕心裂肺恐怖至极地呼喊救命。我们中有几个已在岸上扯来树枝,想击退那些鳄鱼去救陈东昌他们,但被随后走过来的关长摆手止住。直到水中那几个男的全都精疲力竭,昏倒在水中,关长才朝水中挥了挥手。很奇怪,他的手一挥,水中的鳄鱼就都掉头走了。关长这才让我们把他们几个拉上岸来。还好,因为没有肉体,他们其实并没受伤,只是受了惊吓,几个男的很快又都醒了过来,只用两眼惊慌而怔忡地看着大家。

这只是一次警告。关长冷声说,不要以为到了天国甄域就万事大吉,同时也是让你们体验一下被伤害的滋味。现在初步感受到那滋味不好受吧?关长看定他们说。你们在人间所犯的罪,表明你们的灵魂已改变质地,几与动物相同,今令你们与冷血动物同处,就是想让你们获得动物间以强凌弱的真实感受!你们在人间欺负弱者时,他们就和你们刚才一样,都是一种无助无奈恐惧无比的感觉。

遗憾的是，因为你们已与肉体告别，已体验不到肉体疼痛的滋味了。怎么样？还要不要再尝一次？

不，不，不……他们一个个惊恐地摇头。

关长，快去救救那个汪美莉呀！两个身穿白裙的女子这当儿跑过来慌慌地叫道，好多好多毒蛇在缠她——

关长不置可否地向那边河岸走去，我和其他一些灵魂忍不住好奇之心的怂恿，也都悄悄地跟在关长身后。走近了一看，大家全都骇然瞪大了眼：汪美莉已爬到了岸边，只见无数条毒蛇死死缠住她，一条条毒蛇咝咝地吐着长芯子，在她的脸上、脖子上舔来舔去，汪美莉已吓得双眼紧闭脸色煞白，连呼喊救命的力气都没有了。

我们都紧张地看着关长，关长慢条斯理地抬手摆了摆，那些毒蛇便呼地散开进入了水中。原来陪在汪美莉身边的那个使者，这时上前将一件白裙裹在了她的身上。

汪美莉，感觉好吗？关长冷冷地开口。

渐渐睁开眼睛的汪美莉嘤嘤哭了起来。

知道啥叫绝望了吧？当一方不讲任何道理地袭击你而你又无还手之力的时候，那感觉就是你刚才体验到的这一种，你当初雇人开车去撞那对死了女儿的夫妇时，他们的感觉和你刚才的感觉一样，你曾问我还能怎么着你，我没有别的办法，我只能让你体验体验这个。还想不想再体验一次？

她急忙惊恐地摇头。

关长这才说：给她穿好衣服吧。

大家重新回到洗浴更衣前站立的地方时，气氛与之前相比有了变化，那就是一种莫明的紧张笼罩到了大家头上，刚才的场景太吓人了！

我们已做完了第二件事，下边开始做第三件事：喝汤。

喝汤？我一愣。

我发愣的当儿，已有四个使者拎来四个桶和四摞碗放在了我们面前。

先请林文浩等有冤之魂上前喝汤。关长叫罢，林文浩和几个男女上前，分别从使者们的手上接了碗，仰脖喝下了碗里的东西。

你们喝的这叫息怨汤，喝罢这汤，会彻底忘掉人间的冤屈，只保留对人间的美好记忆，从此安心在天国里生活。

那几个冤魂脸上原有的苦相和怨色，果然就没了。

关长这时又喊：请第二批下河沐浴更衣的几位有罪之魂上前喝汤。

刘辉煌和汪美莉他们几个这时都战战兢兢地向前走了几步，接过了使者们递来的碗，老老实实地仰脖喝下了碗里的汤。

你们喝下的是迷魂汤，喝掉这汤，将彻底忘掉自己的亲人。从今以后，你们会在天国的另一个区域里重新开始生活，你们的亲人即使今后也来天国见到了你们，你们也无法相认，你们将永远孤独地接受天国之神给你们的东西。关长说明着。

那几个喝了迷魂汤的全都一愣，但似乎是刚才的警告起了作用，无谁再敢开口表示不满。

下边给轻秽之魂和重秽之魂喝汤。关长又道。

使者们跟着又给那些灵魂每个递了一碗汤。待他们喝完，关长说：给你们喝的是净魂汤，你们喝了这汤，会有利于你们的灵魂净化，会帮助你们愉快地在天国生活，而且能保持你们在人间的记忆。

喝完汤的人都松了一口气。

下边请仁爱之魂、洁净之魂和微瑕之魂喝保魂汤。关长笑着说。这是我自见他以来他第一次露出笑容。他的话音刚落，就有使者给我们每个递了一碗青色的汤。我小口喝着。那汤不咸不辣，不苦不甜，不香不酸，说不清是什么味道，但不难喝。

你们喝了这汤，会使你们完整保持关于人间的记忆，完整保持在人间的感情，以后自己的亲人来到此地，你们可以快快活活地和他们相见，其乐融融地在天国生活。

大家都长舒了一口气。

下边，我们做第四件事：照镜子。关长这时又说道。

大家闻声都很惊奇：还要照镜子？

那关长并不答话，只用手朝岸边的树丛里一指，就见树丛里刷地出现了一面宽十米高二十米的大镜子。我的天，我在人间从未见过这样大的镜子。

大家排成一队，到镜前各照一次，这类似于人间的拍照，以便在灵魂编码库里留下各位的灵魂编码信息。

我们相互看着，显然都觉着意外。然后就依关长的要求，排着队上前照。我前边的灵魂照镜时，我伸头想看看那镜中出现的是什么，可遗憾的是什么也看不见。

只有你自己照时，你才能看清镜中的影像。关长解释着。

很快轮到我站在那个巨大的镜子前了，我原以为我站在镜前时镜中只会出现我的影像，没想到在我的影像出现的同时，还会出现许许多多我一点也不认识的男的和女的影像，我惊愣了一霎之后突然发现，那些男的和女的在面貌上都和我有一点点相像。

那都是你的祖先。站在一旁的关长这时开口向我说明。经他一说，我再去看那些人时，果然发现了更多的相似点：比如，他们的眼睛都不大但睫毛都长，他们双脚上的第二个趾头都又长又细，他们的嘴巴都宽。原来他们是我的祖爷爷、祖奶奶和曾祖爷爷和曾祖奶奶和更老的爷爷奶奶们。

我能和他们说话吗？我惊喜地扭头问关长。关长摇摇头道：现在不行，以后你们会有见面说话的时候。

我照镜子那刻，忽然发现我的袍子前襟上出现了一组符号：***************。我正诧异间，只听关长说道：各位袍子前襟上出现的符号，就是你们家族的编符，愿不愿记住都行，那只是供天国管理使者们用的，对你们自己的意义不大。

我离开镜子时很是欢喜：我竟然能见到我们家族的前辈，这可真有意思！

照完镜子后，大家都在议论刚刚获得的家族编符和见到家族先人的事。有个男的极其兴奋地说：我母亲比我提前一个月走的，没想到刚才在镜中又看见了她,她和她生前的样子一模一样,不同的只是换上了白色的裙子,但愿我在天国里能长久地和她在一起……

关长这时摇了一下他手上的一个铃铛,待所有的灵魂都安静了下来,这才又说道:诸位在333339关的事情已经全部办妥,我这个关长已尽完职责,下边有使者陪你们登船驶往各自该去的地方。我没有更多的话要说,只再交代一句,在船上要保持安静,听从船长的指挥,他让谁在哪里下船,谁就应该在哪里下,否则,会有你难以想象的惩罚落到头上……

爸爸,直到此时我们才开始上船,向未知的地方驶去……

丁 丑

儿子，我虽然不是任何一种宗教的信徒，但我一直相信有天国存在。遗憾的是，我身边不断有学理工科的人告诉我：从科学上讲，只有宇宙只有星系只有星球没有天国。对此，我很痛苦。我曾经向他们恳求过：不管你们懂得多少科学知识，都请不要告诉我天国只是人的想象，让我相信它的存在吧！我被囚禁在必死的命运中，不允许有任何改变，对此我心里充满不甘，我想知道极限的外面有什么。让我相信世界上存在着另一个维度，相信人会打破也能打破时间和空间的限制！请不要弄碎我这唯一的希望吧……

你的经历给了我极大的安慰！

原来天国真的存在！

关于人死后会遇到什么，世上的人们已有很多猜测，留下过很多传说。我过去听村里老人们说过，人死之后要过一座奈何桥，到河的那边。听你的描述才知是真有一条河，只是要在甄别以后坐船过去，而不是随随便便地步行过桥。你坐船过河顺利吗？你现在到了哪儿？河对岸是天国的什么地方？那儿好吗？适宜住下像人间这样过日子吗？自从你走了之后，我和你妈妈就一直在祈祷，企望你能顺利升入天国，走进天堂走进极乐世界。估计你现在已经到了。

我不知道过河的航路有多远，中间还要不要经过什么磨难和关卡，但我想，你既然已经上了船，凭你在尘世的表现，凭你的耐力和聪慧，凭你懂得的知识，应该能够应付航行中出现的各种意外，你应该顺利抵达了……

爸爸，在这条河上坐船和在人间的河上坐船完全不同。这儿没有任何声音，包括船划破水浪都没有一丝声音。尽管河上有许多船只来往，但四周一片安静。船与船相会时，船长们也不相互打招呼。所有的船都是木帆船，上边没装机器，只靠风鼓帆而行。我把手伸向船外，能感到来自水面的一种极强的吸力。船长警告大家，这条河上，除了这些往来的船，再没有任何东西可以通过，连河道的上空，也没有任何东西可以飞过。千万别把上半身倾出船舱，以免出意外。他还叮嘱大家，不管水面上漂浮着什么东西，都不要伸手去捞。坐在我前边的一个中年男子，见水面上漂过来一支红色的和荷花近似的花，可能出于好奇，将手伸过去打捞，结果他的手刚触到那朵花，那花下的水中突然露出了一个面孔狰狞的男子，反抓住他的手要把他向水中拉，吓得他哇哇大叫，我们几个想去帮忙扯住他，也没能奏效，他最终硬被拉进了水中。大家都很吃惊地看住船长，船长叹一口气说：他既然不听招呼破坏渡河规矩，那就去当护河使者吧。我们都被吓得出不了声，只能骇然看着河面。

这之后，再无谁敢动一动身子。

我原以为船起航后会照直开到对岸，心想渡河时间应不会很长，未料船行之后才知道，从河这边的甄域到彼岸船要走一天，船所以走这样长的时间，除了河面宽阔之外，还因为船要在其中几个河心岛上停留一些时间。

在河的水流中心，有无数的狭长岛屿，岛屿与岛屿之间，相隔不是很远。

我们这只船抵达第一个河心岛时用了三个时辰。

船在第一个河心岛停下时，我们都以为是为了歇息，不想船长忽然宣布：

请有罪之魂谭立声下船。

谭立声显然没想到让他独自先下船，惊看了船长一眼，才迟迟疑疑地向船边走去。他刚一上岸，就见四个穿着黑色长袍戴着黑色头巾的男子走过来，将他围在中间，在他的腰上强行围了一条黑色带子，然后拉着他便向岛的深处走去。他大概是想回头再看一眼船上的我们，停了一下步，不想这当儿忽然有一只全身乌黑似豹非豹的动物嗷地从荒草丛中冲出来，猛地扑上他的肩头，将长长的舌头抵在了他的脖子后边。吓得他呀地喊了一声。

船长这时对尚在船上的我们说：这些数不清的河心岛就是天国的惩域。所有被定为有罪的灵魂，都将被送往这里接受惩罚。刚才谭立声上的这个岛，叫71116岛，现在请诸位跟我一起下船，去岛上看看。

我们闻言都相互看了一眼，但无人说话，大家敛声下船，下了船后又都一齐向岛上望去。这个岛呈狭长状，宽不过三公里，但很长。岛上长满了深草和灌木，光线比河面上还要阴暗，能隐约听见一些动物的叫声。有一股浓浓的大型动物身上的腥味飘进我们的鼻子里。

我不由得打了个寒噤。

这惩域很大，71116岛也不小。船长边沿着一条荒草中的小道引领我们向前走着，边向我们继续介绍。在他的介绍中我们看到了一个个下陷五六米的方形石坑，那些石坑大都有三米见方，每个石坑里都有一个人坐在那儿数钱，不同的只是有的人在数刀币，有的在数布币，有的在数铜钱，有的在数银锭，有的在数金条，有的在数英镑，有的在数美元和欧元，还有的在数人民币。

这都是历朝历代人间各地的贪官们在数他们贪污的钱。这儿的惩罚措施叫往事回视，他们每个人每天的任务就是重数当初在人间的贪污所得。哦，这就是著名的198003号。请大家向这个坑里边看！

船长抬手朝一个石坑里指着。

我们全都瞪大眼睛看去。只见一个老年男子正木然地坐在坑里的一个蒲团上,他的面前堆放着成千上万的银锭,他正在一块一块地数着它们。他大概意识到了我们在看他,头一直不抬,目光压得很低。

你们知道他是谁吗?船长扭头大声问,随后又自己答道:他就是人间中国清朝那个大名鼎鼎的和珅!

啊?!我将双眼瞪到最大程度去看那个老人,天哪,他就是当年那个不可一世富可敌国的和珅!我注意到石坑一侧的壁上,用汉字写着当年和珅被皇帝赐死,套白绫自尽前写的绝命诗的前几句:今夕是何夕,元宵又一春。可怜此月夜,分外照愁人。

看来是他无疑。

他怎么还在这儿?同来的有个灵魂问。

那他还能去哪儿?船长反问,这儿就是他永远的住处了。白天数完银子,晚上就挨着那堆银子睡,他当初活着不就是为了钱嘛……

我们后来又看了许多这样的石坑。石坑中的贪官灵魂,有生前属中国的,也有生前属外邦的。中国历史上几大贪官所在的石坑相离都不远,在和珅的左侧,是明朝的宦官刘瑾,据说他生前贪了三十三万公斤黄金,八百〇五万公斤白银。在和珅的右侧,是东汉的大将军梁冀,他生前贪了三十亿钱。在和珅的后侧,是南朝梁武帝的弟弟萧宏,他生前贪了三亿多万钱。我们去那几个石坑前看时,他们都正低了头机械而痛苦地数着钱。临离岛前,船长领我们去看了谭立声,他也已坐在了一个石坑里,面前放了许多捆人民币,看样子有几千万元。一个穿黑袍的使者正在给他交代任务:谭立声,这是你贪污的八千七百一十五万元钱,你先数十万次,务必数清楚!从今天起,你身边将有使者轮换监督,你每数完一次,他们会记下一次。你每数错一次,再加罚一万次。

十万次?谭立声显然吃惊了。

对。像当初你在人间敛钱时那样,一张一张数!黑袍的使者声音严厉。

我们都惊住：天哪，那得数到什么时候？……

船长领我们向船上走时，有个灵魂问船长：那些贪官们要是不愿数翻上石坑沿跑了怎么办呢？

能往哪里跑？他只要翻上地面，就只能与天国的凶猛动物天狮、天虎、天豹相处了！

我不由得惊看了一眼四周的荒草和灌木……

孩子，你说的大概就是地狱了。我很小的时候就听人们说到地狱，说到人在人间做了坏事，到另一个世界要进地狱受罚，原来以为地狱在地底下，现在知道，它其实是在天国，在天国的一个区域，在一些岛上，这确实出乎我的猜想……

爸爸，我们从那个岛上下来，船又开到了另一个岛，这次，船长让下船的是汪美莉。汪美莉没敢问什么，老老实实地下船了。她下船以后，也是来了几个穿黑袍戴黑色头巾的男子将其带走。然后船长招呼我们下船，说：这叫874253岛，在这个岛上接受惩罚的，都是在人间行过凶杀过人的灵魂。船长要我们去看看他们接受惩罚的样子。

大家便无声地随着他走。这个岛上的景况和刚才那个岛简直是两个世界，这儿无树无草，地也是平的，整个岛看上去就像人间兵营里的一个大操场，一望无际，一马平川，岛上遍布三米见方的玻璃屋，每个玻璃屋里囚着一个有罪之魂。船长说：这儿的惩罚手段叫侧耳倾听，所谓侧耳倾听，就是让犯罪者倾听被害者的哭声。他的话音刚落，只听近处的一个玻璃屋里突然响起一阵凄惨悲切的女子的哭声，我们都一惊，向玻璃屋里看时，只见原来坐在里边的一个男子猛地抬手捂住了他的耳朵。

没听见哭声的出处，只听哭声在玻璃屋的四周回荡。

这是59000831号囚屋，船长指着玻璃屋上的编号，他生前曾驾车碾死一名少女后逃逸，现在他听的就是女孩被碾时的惨叫和女孩妈妈的哭声，他每天的任务，就是不停地倾听这种叫声和哭声，永不停止。

我打了一个寒战，人不停地听一支歌听一段音乐都会生厌，不停地听一种惨叫和哭声那该是一种多么可怕的折磨？

我们又看了不少玻璃屋，每个玻璃屋里响着的，不是青年和中年男女的哭声，就是老人和男孩女孩的悲泣，每个坑里坐着或站着的受罚灵魂，大都满脸惊恐地使劲捂着耳朵……

船长最后把我们领到一个玻璃屋前，我们看到坐在里边的正是刚才下船的汪美莉。她也看见了我们，急忙将头低下了。这时，只见一个穿黑衣戴黑头巾的男子出现在玻璃屋前，隔着窗户对汪美莉说：你在人间时指使他人害死了一对夫妻，这对夫妻各有年迈的父母，从现在起，你听听你这桩作为所带来的后果！他的话音刚落，玻璃屋里就陡然响起了一对老年男女悲怆地哭喊：我的儿子呀——这两位老人的哭喊刚一结束，又响起另一对老人凄楚地哭叫：我的女儿呀——

汪美莉和我们这些参观者都惊得身子一晃。

她慌忙去捂耳朵。

捂是没有用的，这儿的声音能直达你听觉神经的深处。黑衣的使者冷笑道。

我们走吧，让这位汪女士在这儿细听下去，当初在人间她不屑听，现在补上。船长示意我们上船。下边去看另一个岛！那儿的惩罚手段是换位体验。所谓换位体验，就是把有罪之魂置于被害者的位置上，让其体验被害者的全部痛苦……

我们接下来上船驶到了又一个河心岛，这次船长让下船的是那个办造纸厂污染了水源的陈东昌。陈东昌下船时，也是几个黑衣黑头巾的使者将其拉走。我们随船长下船之后发现，这个岛上的空气里弥漫着一种难闻的气味,岛上污水横流,土里到处都是垃圾,像遭了什么大劫一样。岛上没有一座房子,也没有任何可供坐的地方,有的只是用铁栅栏围成的一个个方形的露天空地,那些来此受罚的有罪之魂,就十个一组地被囚在那些栅栏里。

船长说,囚禁在这个岛上的,都是些在人间污染了土、污染了水、污染了空气的灵魂……

我们被径直领到了囚禁陈东昌的地方,那是一块用铁栅栏围成的空地,铁栅栏上刻有873210一行数字。只见陈东昌正在里边惊慌地四顾,他显然是刚刚进去,还在大声喘息,见我们这些相识者站到了栅栏外边,他不自然地把头点点。

一个黑衣使者这时出现在栅栏里,手里端着一只碗,碗里是些发黑的水,只听那使者说:陈东昌,从今天起,我每天都会给你送来三次水,每次一碗,你必须一滴不剩地全喝下去。

好吧,喝点水没有什么。陈东昌很痛快地伸手接过水碗,但送到嘴边要喝时却又皱起眉头放下碗说:这水有一股难闻的味道,我喝不下去。

你现在知道这水有味道了?黑袍使者反问。这就是被你污染过的水,当初阳世上污染区的人都喝过,你那时喝的是矿泉水,现在轮到你喝这污染的水了,而且洒一滴补一碗,若胆敢不喝,我们就奉命硬灌!他刚说完,栅栏里就又出现了三个黑袍使者,两个上前抓住陈东昌的胳臂,一个从颈后抓住他的头发,迫使他的脸朝上。

好,好,我喝。陈东昌一看真要硬灌,忙抬手把碗端到了嘴边……

爸爸,这之后我们又去了第四个岛,那个在人间毁掉尸体且炸死炸伤多人的煤窑老板刘辉煌是在这儿下的船。船长说:这个岛叫694356岛,专门惩治重罪之魂。这个岛上的惩罚手段是黑室隔绝,就是将重罪之魂们一个个关进没有一点光线的石室内。岛上遍布三米见方的用石头砌成的小屋,石屋没有窗户,只有一扇刷了黑漆的铁门和几个很小的通气孔,这些重罪之魂既然对他者已无任何怜悯之心，就永生永世在这里过着完全与外界隔绝的生活。刘辉煌在被送进一间黑石屋时，曾愤怒地呼喊着：告诉你们，老子不怕，老子决不为在人间的作为后悔！如果有朝一日我能重返人间，我会用汽车炸弹再炸一次，这次我要争取一次炸死一百个人！

他的话音刚落，几个黑袍的使者一拥而上，将他推进黑室并轰隆一声关上了门……

戊 寅

儿子，你看到的情景虽说有些可怕，却让我感到了一点宽慰。原来人在人间的作为，并不会雁过无痕，还是有只眼睛在看着记着，即使到了另一个世界，也有专门进行对账的地方。我这大半生，经见了太多的人和事，眼见一些人做了伤天害理的事，却还能享受人间的尊崇和荣华富贵，就心里不平衡，就抱怨老天无眼神灵不公，现在明白了，那是目光短浅，那是在追求当世报。有些人即使躲过了当世的报应，他不必感到侥幸，在人人必去的天国，还有一个惩域在最后掌握着公平……

爸爸，送我们的那位船长说，天国的惩域很大，担负着各种惩罚之责的河心岛还有很多很多，他说要想看完整个惩域几乎是不可能的，他只被授命带我们这船人看看这四个小岛，以便对惩域有个大致的了解，知道天国之神对灵魂是有罪必罚的。

我们坐的那只船随后就径直朝对岸开去。船长说，船上剩下的人都到对岸下船。

随着船向对岸的靠近，光线逐渐变得明朗起来，原有的那股压抑气氛也渐渐消失，大家变得活跃起来。

船，终于在我们的期盼中靠岸了。我们一个一个按前后座的顺序下船登岸。船长和那些陪我们来的使者却都没有下船，随着掉头的船又向回走了。我想起陪我的那名中等身个的使者，陪了我这么久我还没见过她的真容，忙回头朝她挥手，她也挥手和我作别，还说了句：祝你喜乐！我心里暗暗想道：到这儿真的还能喜乐得起来？！

大家登岸后都禁不住长出了一口气：总算到了。原先跟随着我们萦绕不去的那股雾气已彻底消散，天恢复了纯净的蓝色；太阳高悬头顶，阳光温暖而灿烂；地上叫不出名字的天草翠绿翠绿，有白色的天兔在草地上蹦蹦跳跳；远处有天鸟在叫。

空气中有一股浓浓的花香，那花香似和人间的花香不太一样，不仅仅是味道特殊闻着特别舒服，仿佛还有一种可致灵魂兴奋的作用，我能感到自己有一种想蹦跳欢叫的冲动，而且我注意到我们这船刚上岸的灵魂，都眉开眼笑起来。

欢迎诸位的到来！有一个头罩蓝色布巾的男子这时高声招呼我们。这儿是进入天国涤域的333339号入口，我在这个入口负责接待，大家可以叫我阿亮。

阿亮，这是天国的啥地方？有个叫文好的女子没听清楚。

涤域。祝贺你们被允准来到这儿。到了这儿，离天国最好的区域——享域，就更近了。你们现在所处的位置，在天国涤域的北部边缘。

涤域？我们到这儿干什么？那文好大概属于快嘴快舌的女子，问话来得又急又脆。

这儿是所有从尘世抵达天国享域的灵魂都必须先经过的一个区域。阿亮解释着，每个灵魂都要在这涤域待差不多一个月的时间，这期间，就做一件事：涤尘，就是把灵魂上沾染的灰尘彻底洗去，使灵魂回归纯净，每个经历过尘世的灵魂都不可能不被污染，不同的只是污染的程度轻重而已。当然，这里说的洗，不是用水洗。在这个区域把洗的事情办好了，你们就可以进入学域，在那里学习天国律规和一门自己愿意掌握的技艺，也就是学做一样自己愿做的能够给自己带来快乐的事。之后，就可以进入享域，到那里去享受天国的那份极乐，那才是每一个灵魂都期望到达的地方。从享域还可以进入圣域，那里是天国之神居住的地方，每一年天国之神会选定一些灵魂进入圣域和他见面，当面和他交谈……

好呀好呀，你先说在涤域里怎么个涤尘法吧。那文好又催。

阿亮倒没有生气，而是和善地笑着：涤尘不急，我先领你们去预先安排好的住处，你们可以先歇息。你们这一船，全住16111站，那儿的每扇门上都写有名字，大家去找就行。现在，我恢复你们飞的本领，大家紧跟我飞就成。他说罢，朝我们挥了一下手，我们随之便都升到了半空。

跟我飞吧。阿亮声音未落，我们就已经在飞了。

我们是在一个坡度很缓的山坡上落地的，只见坡顶有几棵古树，坡上有碎花覆盖，坡底有浓密的灌木，几十个木屋星散在山坡之上。那个阿亮给我们介绍道：那几棵古树叫天柏，那些碎花叫天莲，那些灌木叫天荆，他最后指着那些木屋说：你们每个一间，自己按名字去找属于自己的屋子，先进屋歇息，把这些天的劳累消去，我明天再过来说你们该做的事。我想再告诉你们一遍，这儿是天国的涤域，是绝对安全的地方，你们可以放心歇息，再也不会有什么东西可以来干扰伤害你们。

爸爸，我已经正式进入天国的涤域了！

己卯

孩子，抵达了就好。那木屋什么样子？和人世上的房子有无区别？也是有窗有檩有墙吗？屋内也是有床有桌有椅吗？如果是，就把自己安顿好。你妈妈和我给你买了很多东西，冰箱、彩电、汽车、空调、手机、随身听和各个季节的衣裳，还有很多纸钱，我们都在陵园附近烧了，想你应该收到了，你把它们都收好，以便用时好找。那边的灵魂之间在交往上遵循什么样的规矩？平时彼此来往得多吗？如果允许来往，你应该像在尘世上那样，诚心待人，把你有的东西分给他人一些，不够了你可以托梦给我，我和你妈再给你买，我知道你爱动善心，见了穷困者总想伸手相帮，不要紧，钱不够了我和你妈再给你送，总之，要和邻居们把关系处好。那里有白天黑夜之分吗？需要照明吗？需不需要蜡烛？还需要像尘世那样吃东西吗？是不是吃了一顿就可以不再吃了？穿衣讲究吗？是以好看为标准还是以昂贵名牌为最好？天国的涤域应该很大吧？会像尘世这样划分成区域吗？尘世上以洲、以国来划分，天国的涤域怎么划？只用1、2、3、4、5、6、7、8、9来区分吗？从一个区到另一个区是用什么交通工具？如果是你自己开车，一定要小心些！到天国涤域是不是都需要做事？如果是，分给你做的是啥事情？我和你妈如今都以这个理由来安慰自己：上天所以让你这样早就离开我们，是因为天国里需要你这样的孩子，需要你去做别人做不了的事情。我和你妈都暗暗猜测，也许是让你去天国里做和计算机有关的事情，你学的是计算机专业，又酷爱这个行当，所以上天就选中了你，把你从我们身边生生拉走了……

爸爸，这里的房子都不是用钢筋水泥造的，而是用树干、树枝、土坯和干草所建，样式和尘世上有些区别，大小并不一致，完全依照木头的长短粗细来决定房子的大小；室内的墙上也不用涂料，而是抹上黄泥；家具都是本色的竹木做的，没有涂漆；不过住进去倒很舒适，室内总有一股土香味，就像在春末时分躺在田野里闻到的那股味道。房子里的空间不大，但足够我畅快地在屋里歇息了。我躺在床上，静静地望着窗外山坡上的景致，看着那些形态各异的古树，看着在山坡上吃草的羊和小兔，看着在空中飞来飞去的鸟，就像在看一幅精致的油画，心里很快乐。我想，这种快乐我在尘世是无法享受到的，那里的生存压力太大，人整天忙碌，无心去体验快乐。也许是旅途上过于劳累，我一觉就睡了过去，这一睡竟然一下子睡到了第二天早晨，睡到了日上三竿，睡到了阿亮来喊大家喝汤。

这里的饭食非常简单，也许是没有肉体要供养，我们只要喝些菜汤就行。喝过青色的菜汤，阿亮带我们到阳光暖和的山坡草地上坐下，说，我给每个来者都发一副眼镜，从今天开始，你们可以在这涤域里一边游览消闲，一边戴上这个眼镜看看，每副眼镜里都存了些东西，它们会帮助你回忆往事洗涤灵魂，你如果觉得你的灵魂已达到纯净境界，那么请告诉我。当你们大家都觉得自己灵魂已经纯净，我就带你们从净魂之门进去检验，检验通过，就算完成了涤尘一事，就可以进入学域了。每个人都不是圣徒，都会产生龌龊的念头，都可能有卑下的心绪和愿望，都有可能做错事，都有灵魂蒙灰的时候，你们戴上眼镜倘是想起了什么想向天国之神坦白和忏悔的事情，生出了需要倾吐的感慨和愿望，希望给我说说，那么就来找我。觉得无话可说的，也就作罢。我与你们就住在一起，在最靠边的那个房子里。他说罢，便从拎着的一个兜子里掏出些极像人间遮阳镜似的眼镜，一个一个地发给我们。大家都觉新奇，立时拿起那眼镜戴上。可戴上眼镜的人差不多都叫了一声：咦?！我当时只顾看那眼镜的包装纸，听他们这样叫，才也紧忙戴上，戴上一看，我不由得也惊得咦了一声：原来那眼镜里竟出现了我幼时蹒跚学步的身影，出现了我背着书包上小学时喝豆腐脑的情景，出现了我小学三年级在电子游戏厅打游戏的迷狂状态，出现了我初中时小心挤着脸上青春痘的样子，出现了我上高中时和同学打篮球脸上受伤的场面，出现了大学里吻女友的痴迷面孔，出现了我得病之初躺在床上的沮丧模样……

魔镜，这真是一个魔镜！它怎么可能预先装上这些东西？它是怎么装上的？谁给它装上的？现在让我看这些东西有何用意？

嗨，你跟我来一下。那个阿亮这时拍拍我的肩膀。

我收起那副眼镜，有些诧异地跟他向一旁的一片树林走去。在树林里站定后他看着我说：你是不是有什么想要我说明和回答的问题？

我说，我想知道那眼镜里的东西是怎么装上去的。

你在尘世上大概听过百姓们常说的一句话：人做的事老天爷都在看着。这句话其实不是比喻，而是在讲一桩事实。老百姓们的直觉很准，上天的确在看着尘世上的人们，在记着他们的所作所为，那副眼镜其实就代表天国之神的眼睛。

哦？还真是这样?！我当时非常震惊。

只是你可以安心，那双眼睛里没有呈现需要你正视和忏悔的污点。当然，这不是说你的灵魂就先天地具有抗污染的能力，只是天国之神没有给尘世来污染你灵魂的时间，他所以这样做，自然有他的考虑。我今天叫你，只是想告诉你，鉴于你的灵魂未被污染，在你留在涤域这段时间里，你应帮我们去做一件事情。

我们？除了你还有谁？

我不仅仅是我自己,我是天国之神的使者。

需要我帮做啥事?我一个新来者,能帮得上你忙吗?

可能很快就会有灵魂来找我,讲他们戴上那副眼镜后的感受,也许有的会明确表示想忏悔,届时,我需要你在旁边帮我做些记录,当然,不是用文字记录,而是用这个东西,你到时候只需将它对着忏悔者就行。他说着将一个不大的类似人间女人吹头发用的吹风机模样的东西放到我手上。上边有几个旋钮,你先学会操纵它。需要我教你吗?

不用,这很容易操作。对于学过计算机硬件和软件设计的我来说,学会摆弄这类东西不难。没有几分钟,我就知道如何操作了。它差不多就是一个录音兼录像并能剪辑和进行多时空转换的东西,它的内部设计有神秘的地方,我无法弄懂,但使用它的确不是一件难事。我还发现它内中已存储了一些东西,于是问他:我在熟悉这部机器的使用时,可能会看到或听到它内里原来储存的东西,我想知道你是否允许?我先问他,是怕我会违犯天国的什么戒律。

你当然可以看可以听。既然把它给了你,就意味着不会对你保密。好了,你现在可以去自由活动,当我需要你时,自会去找你。

我听了他这话颇高兴,看来他对我挺信任。我随后便戴着那副眼镜和那个小仪器在涤域里信步走起来。我想我得先在涤域里走走看看,把这个名叫涤域的地方熟悉起来。我的天,这个区域其实非常非常大,沿着我们乘船过来的那条冥河的河岸,我走了几乎一天,见到的都是绵延的山坡和平川,到处都有我们16111站那样的房子,每一片房子都用数字命名,都住着从冥河那岸过来的灵魂,每个站里都有一个像阿亮那样的头罩蓝巾的使者。每一个区里的使者见我来到时都很和善,都欢迎我进到他们的站区里游览。不论是平川、山坡还是树林,都可以碰到也在散步的灵魂,但大家相遇之后都很友好地点头致意,每个灵魂都知道自己所在的站号。

我直到玩累了才向回返。

那天晚上睡觉前,我又拿出了那个机器,由于有阿亮的允许,受好奇心的驱使，我看了它内部原来储存的一段东西，那是一些灵魂的忏悔记录，既有图像也有声音。其中有一个生前做官员的男子的忏悔引起了我的兴趣——

　　……阿亮，看了你给我的眼镜，我才知道我在尘世上的作为原来天国之神都看到了眼里，这让我非常震惊！我原以为我的掩饰很成功，使自己的很多行为全成了永远的秘密，再不会有任何他者知道，不会影响外部世界对我的评价，不会影响历史给我的定位，不会影响史书对我的正面记载。只没想到原来天上还有一双眼睛在盯着我。当我如今回视我当初的作为时，我非常紧张，我现在才明白，一个人最不愿做的事，是去读自己的真实传记。说真的，我感到非常羞愧。不给你说说我心里会憋得难受。我想，我做的第一件糟糕的事，是悄悄收集我的政界同事们贪污受贿的证据，这年头，官员们贪污受贿的手段虽然多而隐秘，但我身在官场岂能看不清楚他们玩的花样？所以要悄悄收集这个也不是很难的事。我当初这样做给自己找到的理由是：为了正义。可我收集到那些证据后，却没有立刻交给纪检司法机关去惩处贪污受贿者，而是作为武器掌握在我的手里，每当他们中有谁敢和我竞争某一个职位或影响我的权位时，我才指使人用真名或化名举报他的贪污贿赂行为，从而顺利清除掉障碍，保证了我在官场始终处于不败的地位。这在法律上当然是对的，也不属非正义之举。我过去一直在庆幸：直到我死都无人发现我的这种作为。但现在我很不安。还有一件事，是我注意到能决定我升迁的一个上级很清正，从不喜欢吃请受礼，更不用说贪污了，平日接近他很难。可我要提升，还必须和他搞熟经他点头。没办法，我就观察他的弱点，后来发现，他特别喜欢和年轻女人在一起聊天说笑。发现了这点后我就想了个办法，我有个朋友的女儿在我手下做事，人长得很漂亮功名心也很重，多次让她爸催我早把她提拔起来，我于是让她跟我一起去向那位领导汇报工作，汇报中途我又借上厕所给他们留下单独交谈的机会，中午又让那姑娘邀他出来和我们一起吃饭，他竟然愉快地答应了。吃饭中间，我借打电话又离开了几次，给了他们聊天熟悉的空间。那天告别时，他们彼此就留了手机号码。此后，我不断派她去给他送文件材料，并暗示只要那领导一声交代，她立刻就可以得到提拔，一来二去，他们就由熟悉到亲密到悄悄租房来往起来。到后来，那姑娘和我便都被提拔了。按说我办这事对那姑娘对那位领导都是好事，他们两个都很高兴，没有谁在这中间吃亏，我也没违反工作纪律，可我心里却为此事一直发虚，我是在利用他们……

我那夜听到很晚，对听到的东西感到很新奇。

第二天吃过早饭，阿亮把我叫去，说有几位居住在16111站的灵魂想要忏悔，需要我在一旁记录。我说行，就回屋把机器拿了来。片刻之后，一位女士进了阿亮的屋子，她是一位八十一岁的老奶奶，她说：阿亮，我戴上眼镜后，虽然看清有一件事镜里没有记录，可我也想向你说出来，要不然我心中不安。我死前的那年秋天，小儿子带着媳妇和我的小孙子回老家看我，我的老伴那时已死，我在家里和我的大儿子一家过。小儿媳妇因怕俺们乡下买东西不方便，给我的小孙子带了不少他爱吃的点心和饼干，其中有一种点心叫祁莲雪，我从来没见过，样子非常好看，而且非常酥甜好吃，四岁的小孙子曾把那种点心往我嘴里塞过一块，我因此知道了它的滋味。有天上午，小儿子带着媳妇和我的小孙子出去到村边玩，我在家里收拾东西时，看到了那盒点心，也许人老以后嘴变馋了，我就拿起一块填到了嘴里，这一吃可糟了，把我肚里的馋虫喂活了，我控制不住自己了，就一下子把剩下的几块都吃了。俗话说人老变小孩，我真变成一个小孩了。原以为我的小孙子还有其他点心，不会发现祁莲雪被我吃完了。谁知他记得很清楚，回来后偏要吃祁莲雪，我小儿媳妇给他拿祁莲雪时才发现没有了，她很吃惊，就问：谁偷吃了祁莲雪？我们出门前还有的。我当时有些愣住，没敢开口说出真相，怕她嫌我馋嘴丢了老脸。没想到她竟怀疑我大儿子的两个女儿偷吃了祁莲雪，不依不饶地问她们，那两个孩子自然都说没有偷吃，她不信，就叫：那这屋里出了鬼了！我大儿子可能不想让事情闹大，就突然承认说，祁莲雪是他吃了。小儿媳妇这才不闹，只是把嘴撇撇，很轻蔑地看着我的大儿子，看着她的大哥……我对不起我的大儿子，我不该不对小儿媳坦然承认……

阿亮说：好吧，你觉得说出来心里好受，那就说出来吧，不过这件事天国之神是能看明白的，我想他不会怪罪你……

紧接着进来的是个老年男子，他说：阿亮，我生前是一个监狱的监狱长，我那副眼镜里记的关于我的事情都属实，但还有一件事没有显示，我想向你坦白，那是我当监狱长的第四年，有一天忽然听说我的对头，也就是当初和我竞争司法局副局长之位的政敌，现任司法局副局长因酒后驾车撞死了人，被关押进了我所在的监狱。我听后那个高兴呀，我立马到监房里看了他，当然是神情凝重，我轻声对他说：老领导，案子的事我帮不上你啥忙，但生活上你放心，我们一定会尽力照看好你。我让他洗了个澡，还在狱中安排了一桌酒菜让他吃了个饱。然后把我的一个心腹狱警叫来，交代他好好照顾副局长。我说的"照顾"一词的含义那狱警很清楚，他回去后就把那个副局长从大监房调到了一个双人房间，那个双人间里关着一个极富攻击性的犯人，那人对每一个和他同房的犯人都进行过肉体攻击。那位副局长只被关进去了一个晚上，就遍体鳞伤肋骨被打断了三根，我听说后假装怒不可遏，立即对那个打人的犯人进行了处置，给他戴上了戒具；并立刻亲送副局长进医院治疗，副局长躺到病床上时还感动得哭了……

阿亮点点头，阿亮说：这件事我们不是不知道，但我们当时对你的行为的确作了另外的理解和判断，我们以为你是真的同情你的副局长，以为你有仁爱之心……

跟着又进来的是一个中年女人。她说：阿亮，我生前是一个妇产科医生，因为脑出血来这里的。我在世时是我们那家医院妇产科里技术最好的接生医生，也是因此，许多产妇愿意让我为她们接生，为了使我同意，几乎每家的亲属都要给我送红包。尽管中国一直就有犒劳助产者的习俗，但我对送给我的红包一般是产妇进产房前先收下,以让产妇放心;待产妇平安生下孩子后再把红包退还给产妇家人。可有一次,一个大官的儿媳到我们那家医院生产,医院的各级领导空前重视,一而再,再而三地叮嘱我要小心助产,这引起了我的极大反感,好像我平日助产都不认真似的。特别是在大官儿媳进产房的那一天,那官员的好多下属的夫人都来到了产房门外,我瞥见她们都带了厚厚的红包塞进了那位官员夫人的手袋里。我更气不过,觉得那女人是在趁机敛财,所以当她最后给我五百元的红包时,我没推辞就收下了,而且当晚,我拉着女儿进馆子把那五百元全吃了。吃完了我心里还没愧疚,觉得很解气。大约是我收这五百元不算大数字,天国之神的眼睛没有看到,可我现在不能不说出来……

阿亮笑了,说:你这种心态倒有意思,看到别人受贿,自己生气愤恨,就也受贿,那潜台词是:你们能收我就不能收了?收,大家都收!所幸,你收得不多,天神没有怪罪你……

接着进来的女子很年轻。她说:阿亮哥,我生前是妓女,我是被一个抢我钱的男人用刀戳死的,感谢天国之神没有计较我的过去,让我进了天国涤域。说实话我很愧疚,我做妓女不是因为生活所迫,不是因为被逼无奈,我是嫌做工太累不想当缝纫工不想当保洁工不想当保姆才干上这个的,我觉得这个活儿挣钱快,且活得随心所欲,有时还能很快活。我当然也害怕别人看不起,可我发现,那些在白天骂我们下流低贱看不起我们的男人,到晚上一上了我们的床,其实比我们还要下贱,有的人玩罢给了我钱之后,还朝我要写有办公费的发票,我去哪里开?还不得再花点小钱去找专门开发票谋生的人开?所以我也看不起那些来找我们的男人,他们比我高贵不到哪里去。

别人的事由别人自己去说,我这里只听有关你自己的事。阿亮提醒她。

好的好的,我找你就是为了说我自己的一件事。那是我到"人间仙境"坐台的第二天,两个男人让我过去陪他们喝酒,尽管他俩都让我称他们老板,可我还是从他们半掩半露的交谈中听明白,胖的那个是官员，瘦些的那个是商人。官员对商人说：告诉你，那些指标不是就你一个人想要，想要的人很多，可我想，好事不能忘了你这个朋友！商人说：我就知道大哥在记挂着我，你是我这一生中的贵人，没有你这个贵人相助，我能成就啥事？你放心大哥，哪怕只赚一块钱，那其中必有五毛是你的！大哥，你今晚就在这儿放松放松，我这个手包先放你这儿，我出去处理件生意上的事就再回来。可他一走便再没回来，我知道他这是故意找借口离开，好让那位官员在包间里尽兴地和我玩。我们玩了几乎一夜，那人的精力实在吓人，一次又一次，折腾得我死去活来。那官员临走时，拿过那个商人留下的手包给我小费，我的天，他拉开手包时我瞥见，那包里竟然全是钱，总有好几万吧。他问我要多少，我们平时的规矩是最多不能超过五千，可我当时想，反正这钱也是别人送他的，我多要点他也不会心疼！我就说，你今晚折腾我这么长的时间，我多劳应该多得，你得给我七千元！他笑笑说：你这个小妞胃口不大，好，就七千元！说完就刷刷地数给了我。我今天看了你给我的眼镜，眼镜里虽然没记这桩事，可我应该给你说明白，我不该多要那两千块，那可属于昧心的钱……

跟在这女子后边进来的，是一个四十来岁的男子。他说：阿亮，有一件事在我那副眼镜里没有显现，可我想向你忏悔。我当股票分析师时，因为对股价的涨落预测得准，很多人因相信我的分析赚了钱，故我也被股民们称为"神算"。有一天，我特别喜欢却从未追到手的一个女人找到我，让我说一支股票会火，同时用眼神告诉我，只要我满足了她的要求，我就可以得到她的身子。我先上来有些犹豫，这违背我的职业守则，但我经不起她眼神的诱惑，想想也不过是要我说几句违心话而已，就点头答应了她。事后，她却找了百般理由不再见我。我很生气可也只好吃了这个哑巴亏。过些日子我才知道，因为信了我的假预测，好多股民买了那支股票，推高了它的价格，而她的公司，则趁机卖出原来吃进的那支股票，一下子赚了好多钱。大约天国之神以为我只是预测失算，没有记我这笔账。我过去也这样安慰自己：我在这件事上没得到任何好处，我没有犯错，我只是在分析股票涨落时失了手。可我现在向你坦白，是我害了那些股民……

一上午我就用那台小仪器记了十几个灵魂的忏悔，原以为下午会休息，可中午刚歇了一会儿，阿亮又把我叫去，说：待一会儿还有来忏悔的，你继续记吧。我点头说行，反正干这事又不是很累，我也刚好可以多增些见识。

下午第一个来见阿亮的是一个老头，年纪在八十岁左右。他一进屋就说：我生前是个卖卤肉的，感谢老天爷看得清，把我做的那些好事和坏事都看在了眼里。大约在我五十四岁那年，俺们镇上的刘秀花死了男人，守了寡，我当时就觉得好机会来了。那女人虽说已快四十岁，可那脸蛋还像挂花的黄瓜一样嫩得很，胸脯上的俩奶子走一步还能晃三晃，说实话，对这女人我早就动过心，但过去她的丈夫在，哪敢动手？现如今她丈夫一走，还能有啥顾及？所以那些日子，我就三天两头地找借口向她家里跑，每次去，总要给她带块卤肉。那女人好像也领情，每次我去，她都很亲热地给我让座倒茶，这样几次下来，我就觉得，事情已到火候，可以揭开笼屉吃馍馍了。下次再去，我就预先用香皂把一双卖肉的手洗了几遍，还在脸上抹了些用猪肠子炼的油，把脸弄得很滋润。原以为到了就能得手，没想到，嗨！进她家里我刚一伸手去摸她的奶子，她就很快闪开了胸脯，还跟我一本正经地说：大哥，这可不行！你说我那个气呀，你都吃了我那么多卤肉了，还摆啥子谱？要不你就别吃我的卤肉！我又赖着坐了一阵，可她到底也没给我机会。我心里那个恼呀，边往我的肉铺走我就边想着报复她的主意。主意还真让我想到了：我把一块过了食用日期的卤肉又抹了些卤汤，使它看上去还很鲜亮，然后就又给她送了去，去后还红着脸说：大哥我对不起你，上次我不该乘你之危对你动手动脚的……第二天，那女人果然中了我的计，吃了那肉，坏了肚子，拉稀拉了整三天，不得不到镇上的医院去买了治拉稀的药。这让我当时很高兴，今儿个想起来，觉着这事做得不地道，应该向不知道这事的天国之神坦白……

跟着来见阿亮的是一个小伙子，年纪比我稍大点。他说他死于恐怖分子制造的一次爆炸，生前是武警部队的一个排长。他说：出事的那天上午，我奉命带着全排战士到横穿最繁华市区的3路公共汽车上执勤，出发前，连长告诉我，说上级通报今天有一撮恐怖分子要炸市内的公共汽车，炸哪一路车炸哪辆车不知道，要我们分散上车，随车做好安保，高度警惕。3路车总共有十五辆车在运行，我把我们排的三十七个人分成十五个小组，每组上一辆车。我们没有换便装，全副武装，目的是给恐怖分子在精神上造成震慑。我带着两名战士上了其中的一辆车，上车后，我让一个战士去车头，一个战士去车尾，我站在车的中间，我们三双眼睛警惕地在乘客身上观察搜索，希望能发现可疑的人。3路车的所有车辆运行到中午时，还没有发现一个可疑的人，更没有出现爆炸的情况，这让我刚上车时保有的那股警惕性泄去了不少，我当时在心里想，很有可能是情报弄错了，并没有恐怖分子要炸公共汽车；要不就是恐怖分子被我们的高压之状吓住了，不敢再动手；再不就是他们今天的袭击目标不是3路车。加上站了一个上午，我们也累了，我示意车头车尾的两个战士可以在空位上坐下歇息。就在这当儿，我们所在的这辆车又一次停靠在了百货商场站。车每次停靠这个站时，上下车的人都很多，我观察着每一个上车的人，老实说，经过一上午的这种观察，我的眼睛也疲劳了，眼神中已没有了那股咄咄逼人之气，我只是完成任务似的看着上车的旅客，我在心里已不太相信恐怖分子会真的上这辆车。可突然地，我的心一跳，眼皮一个眨动，一个背着大包正上车的年轻姑娘引起了我的注意，我所以在那一瞬间注意到她，是因为：第一，本市的由百货商场上车的乘客，很少像她那样背个大包；第二，是她戴着的那副深色眼镜，女人为了漂亮，很少戴那种眼镜，除非是眼睛有病；第三，是她上车看见我时脸上的那种一闪而过的惊慌，对，那绝对是惊慌之色，而一般乘客看见全副武装的我们，知道我们在保护他们，总会在脸上闪过一种放心之色。我注意到她之后，便向她身边移动脚步。车子这时已经启行，她把她的背包放在脚下，手抓扶手扭脸看着车前。我走到她身边时说：对不起，姑娘，我可以看看你带的包吗？她慢慢把头转向我，先是灿烂地一笑，然后说：这车上真热呀！边说边扯了一下自己的上衣衣襟，没想到她上衣上的几个扣子竟被扯开了，露出了一大片雪白的胸脯，一只奶子也凸现在我眼前，天哪，她竟然没戴乳罩！因为我们两人面对面站着，距离也就十几厘米，她那只几乎全裸露的奶子一下子抓住了我的眼睛，它太饱满太美了，使我无暇去看别的，我感觉到她的一只手这时伸向了她的裤兜，但我没有做出反应，没能判断出那个动作的目的，在那极为宝贵的十几秒时间里，我把我的注意力都放在了她的那只奶子上，待我看见她胜利地一笑，意识到我可能疏忽了更重要的东西时，她的那只手已掏出了遥控器并按下了按钮，我直到那刻才明白她露出一只奶子的真正目的，可是晚了，我能做的只能是迅速扑在放在她脚边的那个背包上，用我的身体，尽最大可能保护车上的人。差不多就在我扑到她的背包上的同时，剧烈的爆炸发生了……我的身体被炸成了碎片，人们称呼我为英雄，可只有我知道，事情可以有另一种结果：那就是我不被她的计谋所惑，不去看她的奶子，而是注意她的所有动作，快速制服她——我有这个能力——从而避免爆炸发生。遗憾的是我中计了，从而导致车上那么多的人都流了血，我对不住大家……

别太自责了，你已经做了你能做的，天国之神会看明白的。阿亮安慰他。

爸爸，我也觉得他做得很出色，他只是让对方利用了自己的弱点，忏悔的不该是他……

孩子，没想到天国里还有这样一个洗涤灵魂的地方，没想到那儿会给每个灵魂发这样一副眼镜，没想到会有这么多的灵魂自愿进行忏悔。说实话，要按照这样一个标准来清洁灵魂，我值得忏悔的地方也有很多。记得那年去南部边境战地采访，两个战士奉命护送我和同去的另外三名战友上前线阵地，当时我心里非常紧张害怕，唯恐敌人的特工队从路边的草丛里扑上来，唯恐踩上地雷，唯恐中了敌人的冷炮冷枪，照说我那年已三十四岁，职务已是副团，也是从野战部队出来的，手中也拎着手枪，我应该主动要求走在队伍前边，应该保护同行的战友和比我年轻得多的战士，可我却没有说话，我等着两个战士安排行进的顺序，当一个战士提出他要走在队伍最前边带路时，我暗暗松了一口气，那天他们固然执行的是护送任务，我是被护送者，那天也没有出事，但我心里明白，如果真遇到敌人，我等于是把死的危险留给了战士，把生的希望留给了自己……

爸爸，现在还不到你忏悔的时候。还是我来告诉你接下来发生的事情，好让你了解天国涤域里的秘密，好让你心中有数，好让你明白，所有的灵魂在这里都会得到净化，这里才是真正的净土。那天下午剩下的时间，全被女士们给占了。头一位女士有四十岁左右的样子，一见了阿亮就哭，边哭边说：我是上吊自杀来这里的。眼镜里显示了我这些年含辛茹苦照顾孩子和丈夫的事，把我说成是一个贤妻良母，其实我心里有愧。我这个人从小好强，结婚后爱拿自己的丈夫和女伴们的丈夫比。一开始那些年，我丈夫职务升迁很快，从副科到正科又到副处、正处，逢年过节，总有他所在处里的人来送东送西，我觉得脸上有光，到处向女伴们夸耀显摆。自从我丈夫的职务停留在处长一职不再升迁之后，我就觉得他不再努力上进，尤其是看到别的女伴的丈夫升成了厅长、市长，就抱怨他窝囊。他辩解说，如今提升职务需要送钱，提一个厅局级要送百十万元，咱家里哪有？我说：要不咱们就贷款！他坚决摇头道：贷了款，提升之后就只能贪，贪少了收不回来，贪多了就有可能坐监。我心里也知道他说得对，可肚子里还是有气，整天不给他好脸子看，夜里也不让他动我的身子，他只要一伸手摸我的奶子，我就打开他的手，让他干着急,让他也唉声叹气。可能他是被我逼急了,真的找到一个经商的朋友借了一百二十万块钱,然后就东送西送,嗨,还真行,他后来就真的被提了个副厅长。他上任前一天,我特地在饭店订了两桌子酒菜,叫来亲友们给他贺喜。当初借钱给他的那个经商的朋友,也表示不用还钱了。我那个高兴呀!他上任之后,家里那可真是风光,过年过节,你啥都不用买,吃、穿、用的所有东西包括家里摆的花和绿叶植物都有人送来,自然也有人为提升调动的事送来钱。一开始我不敢收厚信封,只收薄信封,一千两千的,后来收多了,也就不再管信封的厚薄了,薄的厚的都收,给购物卡也要,我想,收信封收卡的肯定不止我们一家,哪能就刚好抓住我们?我们才是一个副厅,就有这么多人送,给正厅长送的人不是更多?收,不收白不收,咱一家清正也正不了社会风气,咱为何要充那好汉?信封和卡收多了,有了钱,我就给我爸妈和公公婆婆各买了一套一百六十平米的新房,两套房在同一个小区,虽说不是同一栋楼,但都是八层八号,我这个人办事最讲公正公道,平等对待两家的老人,谁也不吃亏谁也不多占。丈夫怕我一次买两套房太惹眼,我说,孝敬老人你怕啥?当了官更要讲孝道,给下属给百姓做个好榜样。后来钱又集多了,怕存到银行贬值,就给俺还在上初中的儿子也买了一套一百八十平米的新房,预备着他将来结婚用。人得会理财呀,钱存到银行里利息太低,哪如买套房子升值快?眼看着家里一天天好起来,我心里当然就高兴,女人一高兴,就想和丈夫亲热,可他倒好,夜里好像忘了这档子事,一上床就扭身睡觉,无论我咋摸他他都没表示,他那个东西也起不来,软塌塌的像个蔫了的小萝卜。我一开始估摸他是干工作干累了,直到有一天有一个鼓着肚子的年轻女人找上门要我和丈夫离婚,我才算知道了他夜里不动我的原因。好你个东西,你敢给我来这个呀?!我正在琢磨怎样和他闹一场,结果反贪局的突然来了……下边的事我不说你们这儿也都知道,他被关起来后,我不计前嫌每周都去看他,给他送这送那,而且独自照看孩子,还帮那个年轻女的打了胎,还照顾着两家老人,我做得像个贤妻良母，可我不这样做我对不起他呀……

第二个来见阿亮的女的很年轻，看上去比我还小些。她进屋就对阿亮说：我是遇上空难才来这里的，我原以为是老天爷不公，错待了我，还以为自己的灵魂最干净，可对着眼镜一想，我需要忏悔的事情还真不少。我上大学二年级时，班里和系里的男女生之间开始成双成对地交往起来，大家说：有情无情先谈起来，有爱无爱先做起来，抓紧时间享受快乐，免得浪费青春老了生出后悔！不少对男女到附近宾馆开了房间，有的干脆租房同居。我的心也渐渐动了起来，这时候，一个男同学向我频频示好，我嫌他个子低没怎么看上他，正犹豫着要不要赴他的约会，一个女同学打上门来，说我抢了她的男朋友，骂我隔槽抢食。这一下把我惹火了，好，既然你稀罕这个男的，我就偏要他了！我很快赴了那男的约，并假推真就地和他上了床，做爱时我还想着那女的：让你骂！让你骂！我本来对那男的就不中意，上床以后感到更不满意，就告诉他：你不是我要找的主，咱们好合好散，分开吧。他倒也没赖上我，只说：考虑到我在你身上付出的时间，你该赔我时间损失费三千元。我痛快地数出三千元扔到了他的怀里，然后就走了。可没想到一个月后我发现自己怀孕了，而这时我已经爱上了一个诗人。我一不做二不休，到医院就做了流产手术。给我做手术的医生说，凭她的经验可以看明白，我流掉的很可能是一个女娃，不管男娃女娃，我一概不要，我现在只要诗人，只要快乐！我在学校只躺了四天，就去赴诗人的约会了，就去听诗人的朗诵：别耽误每一分钟，别错过每一次爱情，别害怕疼痛，别把身体看得很神圣……这件事上我有两个错处：一是不该一气之下就夺了别人的男友；二是不该毁掉一个生命……

第三个来见阿亮的是一个少女，有十三四岁的样子。她一进来就说：我是不该进天国涤域的，我应该去的是天国的惩域，我生前犯过杀人之罪，一定是天国之神没有看到我所犯的罪才让我来的，我原本还为自己得以蒙混过关暗暗高兴，可看了眼镜后，我决定说出我的罪，听凭天国之神发落。她说，她是四岁时被人贩子从四川家中抱走，转卖给河北一个独身的乡下男人的。那男人初时待她挺好，把她看做女儿，很耐心地照顾她吃穿，后来又供她上学，她已记不清老家的地址和亲生父母的姓名，所以就也死心当这个男人的女儿，想着将来长大，就在此地成家立业报答养父的恩德。可随着她年龄一天天变大，身子也发育得一天一个样子，养父看她的眼神也慢慢变了，眼里原有的那份慈爱渐渐被一种陌生的令她害怕的东西替代，终于，在一个夜晚，养父爬上她的床糟蹋了她的身子。她非常害怕也非常痛苦，就在一个傍晚决定喝农药自杀。她说：临喝药前，我出于对养父的气恨，把一些农药也倒进了为养父做的稀饭里，我想让他也死去。今天想想，我没有杀死他的权力，他只是伤害了我的肉体，而我害的却是他的性命，我有罪，我无资格来到这里……

阿亮听罢，摇摇头道：你没必要自责，你养父虽然也是被农药毒死，但却不是你害的。你那天在饭里倒了农药后，就先喝药自杀了，你养父从外边回来看见你躺在床上没了呼吸，立刻明白了原因，他痛悔不已，知道是他自己害死了你。他在你身边呆坐了一阵后，觉得无法也无脸向邻居们解释你的死因，遂也决定自杀。他从屋里找出另一瓶农药喝了，他并没有吃你为他做的饭，你不是罪犯，犯了杀人之罪的灵魂是不可能来到这儿的……

儿子，你告诉我的这些我在人间很难想象得到。活着的人很少去想自己灵魂的洁净之事。人们每天忙的都是关乎生存的现实问题。每个人都不断地给自己确立生存得更好些的目标，然后再考虑实现目标的手段。从政的不管升到了哪一级，只要不是最高职位，就总想再升一职。为此，要费神去想怎样获得领导的信任以便在关键时候得到提名，怎样博得同级的好感以便拉到选票，怎样把可能和自己竞争的人打下去，怎样给领导送礼对方可以顺利接受，请领导去什么样的地方吃饭会让他高兴，怎样把自己的子女和亲友安排妥当以便形成自己的势力范围。经商的不管已经拥有了多少金钱，总想再多赚一些。为此，要考虑如何和关键岗位上的官员建立关系，用何种办法拉官员支持自己的商业行为，如何搞到新的项目，如何弄到更多的贷款，如何把赚来的钱放到国外安全的地方。做学问的不管已经享有多大的名气，都想再进一步。为此，要考虑新的钻研方向，要琢磨怎样成为自己专业领域里的权威，怎样赢得更大的学术名气，怎样晋升院士，怎样得到高规格的学术奖励，怎样得到更高的物质待遇……就是一个普通百姓，也会不断地给自己树立生活目标：哪一年翻盖房子，哪一年给儿子娶媳妇，哪一年买个电视机，哪一年送孙子去上学……人只要活着，就会被一个又一个的人生目标拉扯着向前跑，跑得气喘吁吁，跑得汗流浃背，跑得头晕眼花，直到一病不起死亡降临。活着的人没有时间也没有兴致去关注灵魂的洁净问题，幸亏天国里给大家留下了想这个问题的时间和机会……

　　爸爸，经过一段时间的独处静思，16111站的每个灵魂都找阿亮谈了一次。谈的时间有长有短，作为记录者，我都在场。大家坦白的事情各种各样五花八门，让我惊叹灵魂蒙尘竟有如此普遍。看来人间飘浮的灰尘实在是多，一个灵魂在人间游荡到一定时间，想不被污染是很难的。我只是在人间待的时间短了，否则，我肯定也有不少需要坦白和忏悔的事情。

　　当所有的灵魂都与阿亮谈完之后，阿亮把交给我的那个类似录音录像的东西收了回去，然后将大家召集起来说：不管我们身上曾沾染了多少灰尘，只要不隐瞒，全部坦白出来，表示了忏悔，就算洗掉了，涤净了，就可以通过净魂之门的检验，被允准进入到天国的学域，开始学习在天国生活的规矩、戒律和一样自己喜欢的技能。我们明天就准备送大家通过净魂之门。

　　我们听了都很高兴。

　　他说完这话的第二天早晨，16111站的全体灵魂早早喝完菜汤，在住所前的空场上站成了两队，阿亮说：现在请大家不要喧哗，随我升空飞吧。我满怀新奇地飞起来，一边俯望着曾住过的屋子，一边想象着要去的学域里的情景。嗨，这天国里竟然分了如此多的区域！

我们飞了大约三个时辰，来到了一座巍峨的大门前，只见那门楣上写着四个大字：净魂之门。门两侧宽大的门框上，都写着五个数字：16111。门两旁各站着四个身着黄袍头戴黄色头巾的男子，样子有点类似人间大机关门口的卫兵，但这些着黄袍的男子，手中并无武器，脸上也无威严肃杀之气，只是一副平和慈祥之态，见我们来到，都向我们友好地看了一眼。阿亮这时站在大门前的高台阶上，大声宣布道：我们现在已来到了通往学域的16111号净魂之门，大家排成一队，一个一个地进，在翻过大门槛时，若听见一声清脆的鸟叫，那证明你的灵魂的确已经涤净，完全可以进入学域生活，你向大门里边走就行；若听见一声虎啸，那表明你灵魂上还有灰尘需要继续清洗，暂时还不能进入学域，那就请你自动返回来，重新跟我回到我们这些天一直住的屋子，再戴上眼镜静思回顾，查找出灵魂上蒙灰之处，再找我坦白忏悔，然后可随着下一批进学域的灵魂，再次来到这大门前接受检查。

我的天！还这样严格？我听到有一个老者在惊叹。

我注意地看了看那个门槛，那门槛是木质的，高得出奇，且上边有许多类似尖刺的凸起，好像随时都能扯挂住迈过它的灵魂。我没看见可以发出声响的东西，不知那鸟叫和虎啸会从哪里发出来。

我们按照阿亮的要求排成一队，一个一个地迈过那个门槛。还算顺利，排在我前边的六十几个灵魂在迈过门槛时都响起了一声清脆的鸟叫，他们便照直向里边走了。我迈过时也是这样响了一声，只见守门的一个黄衣男子向我摆摆手，示意我照直向里走。这当儿，排在我身后的一个女子开始迈门槛，她的一条腿还未迈过，就猛地听到一声长长的虎啸，吓得她一下子跌回到了门槛外边，我也吃了一惊：天哪，还真能查出不干净的灵魂？！这时，那女的急忙辩解：

我该说的都说了，再也没有要忏悔的了，我是干净的！说着，她起身就想再次迈过门槛，但站在门两边的两个黄衣男子敏捷地上前抓住了她的两个胳臂，强行将她又搋到了大门外边。阿亮这时走到她的身边说：你不用喊冤，这个地方从来就没有冤枉过一个灵魂，你难道还不相信天国之神的公正？那女的听阿亮说完这个，沉默了一霎，然后高声说：那我现在就在这儿坦白忏悔，让我和大家一批走吧，我想早点去享域。

阿亮听她这样要求，便找到一个守门的黄衣男子商量了片刻，然后对她说：好吧，因为我没带记录器，只能给你一个当众坦白忏悔的机会，但如果你忏悔之后仍然通不过检查，就必须跟我回去，不能再提要求。

那女的闻言点头，然后轻声说：我生前是一个声乐演员，有件事我没有坦白忏悔。我初出道时，有次我特别想上一台节目，可导演不让上，为了如愿，我在一个晚上拿了三万元的红包送给他，他接过红包不但不点头，还用话语暗示我当晚留下陪陪他，他长的那个模样，我实在恶心，根本没有和他亲热的任何愿望，可为了上台，我还是咬咬牙违心地留下了。舍不得娃子套不了狼，一个演员，你不上舞台，谁能知道你，怎么能成功？结果，他折腾了我一夜，第二天，他抽掉了另一个女演员的节目，让我上了一个独唱，我也是从那次出了名的。这事我觉着办得太丢脸；而且在人间也很普遍，就瞒了没说，这是我瞒下的唯一一件事，其他的，我上次都说了……

过了门槛和没过门槛的所有灵魂都在默然听着，没有谁表示什么，更没有人嬉笑。

我知道这样公开坦白会让大家看不起，可我实在想早点进入天国的享域，去过一种真正平静平安的生活。她抹着眼泪又说。

阿亮这时表态道：这儿不是世俗人间，在人间，一些人可以凭借自己的某些优势看不起另一些人，平等很难真正实现，连人死的叫法都不同，皇帝死了叫驾崩，诸侯死了叫薨逝，大夫死了叫卒，百姓死了叫断气。人的葬仪也分等级，连坟墓的大小、陪葬品的多少、墓碑的材质也不一样，但在天国里，没有谁会瞧不起他者，任何灵魂都不持有除灵魂之外的任何东西，这里没有权位、没有金钱、没有名气、没有物资、没有道德优势供仗恃，所有的灵魂在经过洗涤之后，都是纯净的，都是完全平等的，没有谁占有任何优势，这个你要放心。好吧，既是你对天国之神再无任何隐瞒，那你就去再过一次门槛试试。

那女的一听这话，急忙又向门槛走去，还真神，她迈过门槛时竟真的响起了一声清脆的鸟叫。她喜极而泣，向我们门里的队伍跑过来。在她之后的检测中，又有两位男子没有通过，但他们没有要求当场坦白和忏悔，又随着阿亮返回到涤域的16111站了。

我们这些进入学域的灵魂，由一个穿着黄袍的年轻女子引领，来到了一个写有910333区的地方，这里也和涤域的16111站一样，房子的式样差不了多少，不同的是这儿有一些大房间，里边摆着大桌子，可能是供学东西的地方。那着黄袍的女子说：欢迎大家来到学域的910333区，我在这里给大家提供帮助，大家可以叫我小蓁。这里的房子分为两种，一种是供大家居住的，空间小些，每一位住一间；另一种是供学习用的，空间大些，一次可以容纳几位在其中学习。你们在这儿的学习时间是半年，主要是学仿两类东西，第一类是在天国享域生活的规矩，也就是彼此交流、相处和吃、穿、住、行、娱及歇息的方法和规矩等等。第二类是在天国享域做自己喜欢做的一种或几种事情的本领，比如，你愿编织，就学编织的本领；你想养鱼，就学养鱼的本领；你想剪纸，就学剪纸的本领；你想作画，就学作画的本领；你想刺绣，就学刺绣的本领等等。小蓁说罢，开始给大家分发居住的房号，分给我的是1055号房，我找到房间推门一看，心里很满意，房内陈设和我在涤域所住的房子差不多，虽然家具不多，但干净无比，阳光穿窗而入，微风越门而进，屋里显得异常温暖；室外有天梨鸟在叫，几株绿得可爱的天柳树，在门前的清风里摇动着细细的枝条，空气中弥漫着天柳叶浓浓的清鲜气息。

从第二天起，我们在学域的学仿正式开始。

先学天国享域里彼此交流的语言文字。小蓁既是910333学区的管理者，也是这儿的老师。她告诉我们，天国享域里没有统一的语言文字，因为大家都没喝过迷魂汤，记忆力没有损坏，都还记得生前使用的语言文字，故你和别的灵魂交流时，就还使用原来的语言文字，如果对方生前和你属于同一个民族同一个国家，那自然会听懂；倘对方不懂你的语言文字，也不要紧，每个灵魂都会得到一个微型的语言文字转换器，你可以把它带在身上，它会把不同的语言文字同步转换成你能听懂看懂的语言文字。她讲完这个，就给大家发了那个转换器，它类似人间一块表盘较大的手表，操作很容易，就一个开关，打开后，它转换成的声音很大，显示在表盘上的文字也很清晰。小蓁为了让我们习惯使用这个转换器，随后的讲解不断变换语种，一会儿用法语，一会儿用库图族语，一会儿用赫哲族语，一会儿用罗马尼亚语，我们都能凭借转换器立刻听懂和看懂。

随后学仿的是怎样彼此相处。小蓁把我们从16111站过来的这批灵魂都召集起来，说：凡日后进到天国享域里的灵魂，一律平等，这不是人间所说的那种相对平等，或者是口头上的平等，这是一种绝对平等，所有的灵魂在吃、穿、住、用、行上都是同一个标准，没有第二个标准，就是在圣域里的天国之神，在吃穿住用行上也和大家是一个样子。这里不允许任何暴力现象出现，暴力最强者说了算的人间元规则，在这里根本不存在。因此，每个灵魂之间，都应该平和相处，相见时应彼此先举右手至右耳处以示问好；遇事先席地而坐，好言相商，意见不一时立即由活动在附近的七个灵魂成立评判会，评判会的评判结果即为最终必须执行的决定，不容改变。彼此分别时应鞠躬或握手或抱拳作别，各自走出三步后再含笑回视一眼……

小蓁讲完彼此相处的规矩后，大家起身进行了练习。这些规定动作虽和人间的待人举动有些类似，但毕竟有不一样的地方，让练习者有新鲜感，大家练习时不断发出响亮的笑声。

接下来学的是穿的规矩。每个灵魂到享域后穿衣可以随意，愿穿啥样款式的衣服都行。这里没有四季之分,衣服也没有换季之说。你可以到发衣服的地方自选样式,那里有许多许多小房间,每个房间的门上都贴着一款衣服的样式图,凡是人间历代有过的男服和女服样式这儿都有,你选中一款样式之后,推门进去,再从后门出来,身上穿的就是你所选的衣服了。所有款式的衣服料子都是相同的,都很薄很柔很轻。男服的颜色大都是黑的,女服的颜色多是白的。谁的衣服脏了破了,可以随时到发衣服的地方换,换法和第一次领时一样,也是从贴有你穿的那款衣服图像的房门进去,再从房子的后门出来,衣服就换成新的了。在天国,任何灵魂都不许不穿衣服,而且不管你穿何种款式的衣服,只要出了自己的屋门,都必须按那种衣服的要求扣好扣子或系好带子。

穿的规矩学完之后,我们开始学吃。小蓁说:在天国,因没有肉体的累赘,故吃的目的变了,不再是满足口腹之欲,而只是为了满足在人间已经养成的习惯和滋润灵魂,使灵魂保有在天国享有美好生活的活力。在天国享域吃的东西,不是人间的那些食物,只是用天国果蔬做的青汤。一天只喝两次,早上和中午各一次。每次只有一小碗。只要端起汤碗,就必须喝完。因灵魂没有饿的感觉,所以没必要多喝。喝多了也容易让灵魂的惰性变大,也会不想走动。

学完吃之后,学住。小蓁说,天国享域里的房子也是每个灵魂一套,每套房间内配备的东西相同,女子住的房间比男的房间多一点梳妆用品。男方与男方之间,女方与女方之间,男方和女方之间,只要得到对方的允许,都可以到对方的房间里串门、聊天和同住。天国里没有婚姻,因为没有肉体,也没有性行为,但允许男女之间、男男之间、女女之间的亲近和热爱,允许亲吻、爱抚和相拥而卧。因为没有肉体欲望的左右,彼此的亲近全凭爱意决定,谁愿意和谁接近,只要是双方自愿,都可以,没有谁会去干涉。他可以去她的房间里住;她也可以去他的房间里住。有一些生前做过夫妻的,只要是两人之间还有情分,愿意搬在一起住,完全可以。有一些家庭的成员全来了天国的享域,还愿意住在一起,可以申请几套相邻的房子住。有的母子母女愿住在一起，有的父子父女愿住在一起，有的兄弟兄妹愿住在一起，都可以。房内的家具和用品损坏了，可以到库房里换。房子破了，会有志愿者来修。

　　天国享域里行的规矩最少。小蓁告诉大家，享域里没有任何交通工具，但每个灵魂都有走、跑和飞的能力。只要是在享域里，你怎么飞都可以，灵魂之间有一种天然的彼此感知能力和互相避让能力，故不论你怎样飞，彼此并不会相撞。灵魂飞起来的速度可高可低，高时比人间的汽车要快，低时像飘浮的白云，悠然而行。用怎样的速度飞完全由自己决定，控制器就是你心中的愿望，你想快点，就飞得快；你想慢点，就飞得慢。飞的开关就在自己的右耳朵上，你想飞时，只要摸一下自己的右耳朵，立马就可以腾空而起。享域里灵魂众多，人类自诞生以来，除了在惩域里接受惩罚的灵魂，全部的亡灵都在这儿，但这里有一点和人间相似，那就是真正愿意到处游荡的灵魂并不多。不管你怎样跑、走和飞，都不能越过享域的界线，也就是说，不能再回到涤域、甄域里去，不经允许也不能再返回学域和到圣域里去，否则，就可能遭到处罚被逐出享域，到惩域里去……

　　我们每天只学半天，剩下的半天时间休息。小蓁告诉我们，休息时，大家可以在屋子里通过那个语言文字转换器安静地阅读东西，只要把那个转换器对着书，你就可以读懂书里的文字，不管它是用什么文字写成的。小蓁的住处放有很多涉及学仿技能的书，大家可以随时去取来读。也可以到处走走看看。我逢了休息就常常跑出去四处游逛。小蓁说，学域和涤域一样也是一个狭长的区域，它一边紧挨着涤域一边紧挨着享域，彼此之间都有一道高高的围墙相隔。它的面积很大，长得没有尽头，你根本跑不到头；宽窄倒是可以弄明白，用人间的计量方法，好像有个几千公里宽。这其中，一个又一个的学区相连着，每个学区都有正在学习的灵魂。这里也有草地、森林、河流、山坡，你可以在其中随心游走，看风景，听鸟鸣，戏流水，闻花香，只要不影响其他的灵魂，没谁会去干涉你。有一天，我跑得实在太远，竟走进了一个写有99743021的学区，那里都是瑞典人，说的都是瑞典语，幸亏我手腕上戴着语言文字转换器，要不然，我根本听不懂他们的语言。

小蓁接下来告诉我们，天国享域里的娱乐主要是自娱自乐，只要能使自己快乐，任何方法和手段都允许采取。爬山、上树、逗天狗，唱歌、跳舞、听音乐，打球、聊天、玩纸牌，等等等等，人间的大部分娱乐项目，这里都有。但这里没有赌博，之所以没有，一是因为灵魂都没有了物欲，赌博的欲望基础没了；二是赌博输了，容易令人生气，和天国享域里的生活目标相违，大家在天国享域里就是为了活得舒心惬意。自然，这里也没有提供性娱乐的妓女和鸭子，因为男女的性欲随着肉体的消失没有了，因为这儿的两性交往也完全随意，每一个灵魂都可以找到愿意相拥相吻表达爱意的异性和同性伙伴。小蓁强调说，天国享域里的娱乐只有一个规矩：那就是不妨碍别的灵魂，就是不使别的灵魂感到不快和难受。

天国享域里的作息规律和人间大为不同。小蓁说，在人间，人休息是为了恢复体力，恢复体力之后好去干活做事，干活做事则是为了挣钱活下去；而在天国享域，灵魂的休息和做事都是为了享受。在这里，每个灵魂每天做的全是自己喜欢做的事情，是自己觉得属于享受的事情，没有人去强迫你做任何事情，你也可以不做任何事情，只是休息。但实际上，享域里的所有灵魂都愿做点事，不做事只休息，最后连休息的快感也会失去。小蓁说，人间曾出现过这样的例子，有些皇帝完全不理政事，所有的时间都用来休息，但最后他们并没有从这种彻底的休息中获得快感和享受，反而觉得无聊没意思。灵魂和肉体在有一点上很相似，那就是都需要运动，肉体在运动中才能保持活力，灵魂在运动中才能保持轻盈……

庚 辰

孩子，听你说了在天国学域的见闻，我已经对天国的享域心向往之了。那里的一切规矩我都能接受，看来，人间关于美好天国的传说不是无中生有；看来，人们在悲怆中习惯向天而跪不是没有缘由；看来，人在尘世几十年上百年的所有辛苦和受难原来不是没有报答。过去，我所以那么惧怕和愤恨死亡，是以为死亡会让一切彻底结束，会让人的肉体和灵魂一同消失，以为死亡之后就是永远的黑暗，是完全的空无。事情原来不是这样。孩子，这让我得到了太大的安慰。我现在对死亡的感觉完全变了，肉体的死亡只是我们进入一个新空间的必要准备，只要一想到这点，我的心就会轻松许多，原先死亡对我的那份压力就没有了……

爸爸，第一个阶段的东西学完之后，我们按照小蓁的要求开始仿照练习，练习了一些日子，便一个一个接受小蓁的检查，回答她的提问，照她出的题目去做动作，这有点类似人间的考试了。我很顺利地通过了考试，这些内容对我来说，掌握它们太容易了。这场考试过后，我们的学仿进入第二阶段：选择在享域里最想做的自己感到有趣又对他者有益的一件或几件事。然后学习掌握做这些事的本领。

　　选一件啥事情来做，这让我颇为犯难。爸爸你知道在人间的时候，我想做的事情很多，我曾经想当个篮球运动员，终生打篮球，可在天国的享域，打篮球只是一个娱乐项目；我在人间时曾想当个电脑软件设计师，整天和计算机打交道，可在天国的享域，根本没有电脑这种东西；我在人间时曾经想和同学开一个儿童用品商店赚钱，可在天国的享域根本不需要钱更没有商店，提前来天国的儿童们缺啥东西了就去领。做什么事情好呢？我想来想去，就想到了写东西。我从小受你的影响，也喜欢写点东西，还记得我上初中时写过散文和科幻小说吗？记得家乡的《南阳日报》曾发表过我初中时写的作品吗？我模糊记得我当时还写了些对天空的想象，我那时虽然很小，可我总觉得天空之上并不是空的。对，就写点东西，供天国享域里喜欢阅读的朋友们看看，但愿能给他们带来一些快乐。

　　我们规定的思考和做决定的时间是半个月。半个月后，小蓁开始拿本子来找大家逐个统计，统计你究竟想做什么事情。大家想做的事情五花八门，小蓁把她的本子记得满满当当。有的女子最想做的事情是抱孩子，有的男子最想做的事情是当牙科医生，有的女子最想做的是为人拍婚纱照，有的男的最想做的是养猴子……对于不能在天国享域做的事情，小蓁会耐心说明，请对方再换一种，比如想当牙医的事，天国的所有灵魂都摆脱了肉体，哪有牙齿要医？小蓁登记到我时，听我说了我的想法后笑道：不错，这和我们期望你做的事情很接近。我听后吃了一惊，问她：我们910333区这么多灵魂，你难道对每个灵魂还预先都有期望？

　　她摇摇头说：我们只对极少数灵魂想做的事情抱有期望，你应该能猜得出，你即将去的天国享域，是比甄域、涤域和学域大出无数倍的地方，那里住的灵魂实在太多，真实的数字虽然只掌握在天国之神手里，只有他知道，但我们只要对从古至今已经死亡的人数做个概略的估计，就知道这个数字大到怎样的程度。也因此，要管理好享域，并不是一件容易的事，它比管理人类社会要复杂得多，那里需要许许多多服务者，而且这些服务者还必须是具有我们认可的心性条件和掌握做事本领的潜力。出于这样的原因，天国的管理层会预先在人间发现一些比较中意的人，并对他们给予关注。你，因为很小就写过一篇关于"天的遐想"的文章，你自己可能已经忘了这篇短文和刊载它的报纸，但它引起了天国之神的注意和喜欢，你仅凭直觉就猜到了天国的一些秘密，这让他很惊奇，我们也因此奉命关注着你的一切，你的生活、你的身体状况、你的心性和你所患的疾病，直到你来到这儿。

这么说，是你们提前收走了我的生命？我看定她问，她的话让我非常震惊。

这我倒不清楚，天国之神所做的事没有谁会知道，人间不都有"天机不可泄露"的话吗？

我没再就这个话题说下去，既是已经来到了这里，再问那些还有什么意义？我现在关心的是他们究竟期望我做什么，于是又问小蓁：你刚才说我的选择和你们期望我做的事很接近，那你们究竟期望我做何种事情？

当然也是写东西，但不是写你原来写过的那种散文和小说，而是记录整理走进天国享域的那些过去的人间精英，在人间活过一遍后的感受。这些人类中的尖子，在世时或因为忙于世间的实际事务，或因为对权力的恐惧，或因为顾及各种人际关系，或因为其他更隐秘的原因，没有把自己真实的人生感受说出来，现在来到了天国，获得了彻底的自由，可以随便说了。鉴于此，天国之神希望派你和另外一些挑选出来的灵魂去和他们见面，请他们讲出在人间历练过程中的所思所想，你们这些倾听者或叫采访者，将所听到的内容整理出来——

整理出来有何用处？我笑了：我们都已来到了天国，对人间事务和人的生存的思索已没有任何意义，还去指点谁呢？天国的灵魂再没有谁会去听，世间的人固然有听的必要，可你怎么能告诉他们呢？天国和人间是永远不可逆向相通的呀！

你这样想也没有错误，因为你只是一个普通的灵魂，你忘了这偌大的天国还有主持者，你忘了天国里还有圣域，忘了在圣域里还有掌管一切的天国之神，他，不仅在管理着天国，还时时关注着人间，没有谁会拦住他在这两个空间里自由来去，明白？

我愕然看住小蓁，我的确没想到这些，天国的信息难道真可以再传回人间？人间到天国不是单行线？

好了，别在那儿发呆了，既然你选择了写东西，又和我们对你的期望差不多一致，那就准备去学习做这件事的本领吧。

如果只是记录和整理他者的人生感受，与人间新闻记者的采访不是很类似吗？我问他说，他说我记，不就是这么回事吗？因此，我想我不需要学习，我目前掌握的文字和操作文字的本领已经足够了。我笑对小蓁说。她不能把我看成一个需要学习识字的小学生，我在人间是研究生毕业，有硕士文凭，记录整理点谈话内容还不是轻松就可以做到的事？

你倒是很有自信。不过我可以给你透露一点你将来在享域要见的精英灵魂的消息，他们中的每一个都曾经在人间赫赫有名，想一想你和老子对话的场面吧，你将向他怎样提问？你如果不懂他曾经写出来的文章，你能问出什么有价值的问题？

老子？我大吃一惊，不由自主地上前抓住了小蓁的手：你是说那个写过《道德经》的老子吗？

不是他还有谁？还有哪个人间精英叫老子？

他的灵魂也在享域里？我想我的眼睛肯定瞪得很大。

当然，所有曾经在人间活过的生命，只要他生前没做过该受惩罚的事，没有被送去惩域，自然都在天国享域享受属于他的那份福气。你现在觉得自己还应该学习吗？

当然当然。我急忙不好意思地向小蓁点头。要与老子这样我最尊敬的灵魂对话，我不学习怎么能行？

我们给你找了几个老师，他们会把你需要掌握的东西都教给你，当然，教不是最重要的，主要还是靠你自学和领悟，领悟力是最重要的。总之，你在学域要学仿的东西可能最多，你要预先做好精神准备。与一个学习种天蝶花本领的人相比，你肯定要付出更多的时间和精力。

我向小蓁鞠了一躬，我说：你放心，我一定会学出个样子的！……

孩子，你告诉我的这些完全超出了我的想象。这么说，你在那儿也是每天学习？！我实在不敢相信，天国是一个组织如此严密之处，天国的学域是这样一个对你负责任的地方。看来我们只是在不同的空间里，可生活还在继续。你可要好好学呀，不能辜负这份信任，我要给你妈说说这些情况，让她别再陷在伤悲里不能自拔，你现在只是换了一个空间做事罢了，这真的和你去外国留学我们见不到你有点类似，孩子，这真给了我极大的安慰……

我心里不像过去那样堵得难受了……

爸爸，我们正式学习做事本领的阶段开始后，小蓁先是根据每个灵魂报的学习项目给送来了书，然后又从享域请来了一些老师给我们作分别指导。给我领来的第一位老师，是一个白发白须的由人间中国来的老者。我向老者行罢礼，他开门见山说：我非名师，一介书生而已，但我却希望你能成为大才，希望你的悟性能超过众魂。你要想日后与享域里的精英灵魂对话，你自己得先想办法让自己也成为精英。我第一课要讲的是，人间精英人物思考的疆域。

疆域？

对。就是指他们的思考所能抵达的边界。

边界？

不管这些人物思索的问题有多少，归纳起来，无非九个方面，即：天、地、神、社、国、族、人、物、魂。所谓天，就是关于风、雨、雪、雷电、冰雹的形成和日、月、星辰、太阳等天体的运行方式；所谓地，就是关于大地的震动、隆起、塌陷、滑坡、裂缝和关于土地的开发、利用、退化等等变化的成因；所谓神，就是造天、造地、造人的神灵，天的变化如此复杂，地的功能如此多样，人体的构造如此精密，这不能不让人去想到神灵；所谓社，是指人所组成的社团、社区和社会；所谓国，就是关于人类结社交往的本能及活动空间的划定；所谓族，就是关于宗族、家族、家庭的演变及其存在的意义；所谓人，就是关于人出生、成长、衰老、病死的过程和对人生的设计方法及生存样式与其价值；所谓物，是指人赖以生存和必须与之打交道的物质的东西；所谓魂，就是人的灵魂归依和安宁等等问题。这个思考的疆域其实辽阔无边，一个人穷其一生，能想透一个问题就算很不得了了。你将来在采访中提问的问题，不管话怎么说，但范围，就必在这中间了……

第八课他开始专讲"社会"，他说社会是人相会结社之后形成的东西，世上的群居动物很多，但只有人这种群居动物结社相会的本能最强烈，一只狼离开狼群久了还是狼，但一个人离开人群久了，就可能变成他种动物，不再是人。他说，社会本身并无好坏之分，能分好坏的只是社会制度，是人为自己设计的制度。那些能让社会成员平等参与社会事务，能让社会成员自由发表对社会发展的看法和意见，能让社会成员公平享受社会发展成果的社会制度，是好的制度，反之，就不是好的制度……

第十课他开始仔细讲"人"，他说人是世上最伟大最智慧最勤劳的一种动物，但人身上还有不少凶残、邪恶、嗜血的野蛮遗存，若不加抑制和消除，其中的一些个体可能会成为可怕的人的异种。也是因此，天国之神要在天国的入口处设立甄域，要对人的灵魂进行必要的甄别，而且专门设立了惩域，就是为了不让那些不屑之徒进入天国的其他区域。他说，人间的精英人物对人思考最多的是人生的不确定性，他们一直在找这种不确定性的原因……

他十五课讲的是"物"，他说物是指世间除天、地、人之外一切东西的总称,人类活下去离不开它,但它同时又是折磨人的最好最恰当的东西,他说,人间的笑声、哭声、抱怨声、抗议声甚至枪声、炮声大多都是因它而起,它是人间变得有趣和恐怖的主要因素……

那是一个很负责的老人。在他认为该讲的课讲完之后,他便默然坐在我的房间里,眼时睁时闭,既像在那儿养神,又像在监督着我的学习。每当我有问题要问他时,他便睁开眼睛说:你自己先想想答案,说说我听听,然后我再给你讲,你的学习主要靠悟而不是靠我的讲解。

在我的学习即将结束的时候,我说:老师,我的名字你已经知道,我们既是师生一场,你的名字能否也让我知道?我想记住是谁教了我这些东西。

我的名字并不值得你记住。不过你一定要知道的话,我可以告诉你,鄙人姓王,字伯安,号阳明,在人间时,曾在中国的余姚中天阁讲过学,也算是教过学生的。

王阳明?

是的。

不会是明朝的那个王阳明吧?

在阳世的中国历史上,在中天阁讲过学的王阳明,好像就明朝那一个吧?!

天哪,你真的是王阳明先生?是那个写过"富贵中人如中酒,折腰解醒须五斗。未妨适意山水间,浮名于我迹何有"诗句的阳明先生?

几行抒发心绪的拙诗,几百年后出生的你还能记住,令我感动。

太好了,我能做你的学生真是太好了,太幸运了。我很小的时候,就在家父的指导下读过你的《象祠记》,知道了你所阐述的"天下无不可化之人"的哲理;后来,又断续地读过你的《知行录》《静心录》《悟真录》和《顺生录》,一些内容虽读不太懂,但对先生的学识真是佩服得五体投地。尤其是你强调的"良知",对今天的人间还依然有意义。

那都是旧作旧说了。

你认为"良知"是人的一种天赋的优良之知，如恻隐之心、羞恶之心、恭敬之心、是非之心等，它"不假外求"，属生而知之。确有道理。

今天阳世人所说的知耻、知愧、知恩，大约就是我当年所说的人有良知的表现了。

可惜，今天的阳世人中丧失良知的并不在少数。在牛奶里添加三聚氰胺，向市场提供含有瘦肉精的毒猪肉，用收集的废油加工食品，卖加了多种害人添加剂的染色馒头，向河里倾倒可致人患癌病的废渣，开车从儿童身上碾压过去后逃逸……

阳明先生听我说到这些，忽然哈哈笑了……

儿子，真没想到你还能和王阳明先生见面对话，做他的学生，这种事在人间是无论如何也想象不出的。阳明先生创立的"心学"，他所追求的"至乐"的人生境界，他所强调的体验美学，对中国的思想界产生过巨大影响。你该抓住这个机会，向他请教更多的东西。你懂得的东西越多，心胸才会越开阔，才会在你现在的空间里生活得越自在。我也很想见见这位阳明先生，很想听他讲讲"良知"的保存方法……

爸爸，学域的学习并不像在人间学校里那样充满压力。这里的学习不带功利性，学习的目的只为日后自己在享域里的生活充实快乐，即使你学不会你选择的科目也没谁责怪你，换学一个更简单的项目就可以了。这里没有记分式考试，不搞成绩排名，不评状元，不批评，也不奖励。也因此，这里的学习在轻松随意的氛围中进行，每天上午的学习你只要觉得学累了，就可以回自己的住屋休息，即使老师来了，你不愿学习老师也不会怪罪你。我觉得这样学习很合我的口味。我一般是头晌读书或听老师讲授，下午便外出闲逛歇息。在学域闲逛是一件很开心的事情，我走走飞飞，飞飞走走，这儿看看，那儿转转，此处坐坐，彼处跳跳，自在而随意，比在人间休假舒服多了。有一天后晌，我走进平原上的一个学区，只见几十个年轻的男女正跟着一个少妇学跳中国唐朝宫中的一种羽衣霓裳舞，这种舞蹈我在人间的西安城看过，当时陕西省歌舞剧院的演员们曾让我这个旅游者大开眼界。眼下这些学习者学得也极其投入，跟着那少妇认真做着每一个动作，少妇则不时停下来纠正一些学习者的姿势，我被那少妇曼妙的舞姿所吸引，就站在那里看了许久许久。教舞的少妇是那种体形特别匀称丰满的女子，面庞端庄秀丽，她跳动起来时身子又显得特别轻盈，她一嗔一笑间都有一种高雅之美。我暗暗惊叹这位老师选得好，心想，要是在人间，她一定会成为中国歌舞剧院的头牌演员。我要离开时恰逢他们停下来歇息，只见几个女子向那位少妇喊：杨老师，当年你在人间的皇宫里学这种舞蹈用去多少时间？

当时我是边编边跳，全编好后加上配乐加上教宫女们学跳，前后总有一个多月吧。那少妇慢声答着。

杨老师？皇宫？我被这两个词吸引得停下了脚步。

当时你是怎么想起编这个舞的？

讨李隆基高兴呗。那时候，我做所有事的目的，就是博得李隆基的欢心，哪像你们今天，学这舞蹈全是为了自己日后的享受。

李隆基？我的天，这么说，这少妇就是杨玉环了？我不由得走近一个学舞的小伙子问：她是——

杨玉环老师，读过中国唐朝大诗人白居易的长诗《长恨歌》吗？写的就是杨老师的故事，她如今成了我们学舞者的老师了。杨老师的舞跳得太棒了，你也想学跳舞？杨老师，这儿又来一个学跳舞的。

杨玉环含笑向我走过来问：你在哪个学区？

我急忙摆手：我不学跳舞，我只是过来看看。

哦，那就坐下看吧，这儿不像人间，看跳舞也必须有身份。她又是一笑：跳舞的都喜欢有观众，观众越多，舞者的兴致才越高。

你当年在宫中跳舞时观众多吗？我鼓足勇气问她。

多呀，虽然正式的观众就李隆基一个，可还有那么多的宫女和宦官、禁卫军士兵哩。

在她答话的当儿，我细看她的脖子，我知道当年她是被吊死在马嵬坡佛堂前的梨树上的，她的脖子是不是受到了伤害？可惜，她的脖子上围着一条纱巾。

小伙子，是想看我的脖子吧？我知道你在关心什么，那次灾难的确既伤了我的肉体也在我的灵魂上留下了伤痕，不过，灵魂上的瘢痕是看不出来的，唉，你看。她边说边把脖子上的纱巾一下子扯掉了。

我被她弄得满脸通红，目光只慌慌地在她脖子上沾了一下，就赶紧移开了。是的，那儿什么也没有，光洁而莹润。

感谢李隆基让我明白了男人在世上最想要的是什么，明白了爱情褪起色来是多么迅速，明白了宫廷人生的不可把握。可惜李隆基被送往惩域受罚，我再也见不到他了，要不然，我一定要经常对着他摸摸我的脖子，让他记住他对我爱他的回报是多么稀有而珍贵……

孩子，要在杨玉环大红大紫的当年，别说你一个普通人家的孩子，你就是公子王孙，想见她一面也很难。那个时候，她走到哪里，都是外有禁军护卫，中有宦官待侍，内有宫女照拂，里三层外三层的。看来，天国真是一个绝对平等的地方，你竟可以和她轻松对话，她还会直接教爱舞者跳舞。你见见她也好，见了她你就会明白，世上所有的繁华热闹，都是过眼烟云，得到了，你别得意，它很快就会飘走；没得到，也不必叹息，安静的地方也自有趣。人是从虚无之境中赤条条地来到人间的，到了人间，社会会给人披上各种各样的外衣，其中有光鲜的有不光鲜的，有华丽的有不华丽的，有耀眼的有不耀眼的，其实不管你披上了啥样的外衣，当你离开人间重返虚无之境时，这些外衣是都要脱去的……

爸爸，小蓁给我找的第二个老师是一个谈话专家。因我日后到享域的任务是找一些精英灵魂访谈，按小蓁的说法，我必须懂得谈话的技巧，所以便给我找了这样一个老师。他是一个法国老人，讲的是法语，不过转译器使我可以轻松地听他讲授。他告诉我，谈话具有很大的魅力，几次成功的谈话就会使人对谈话本身着迷，很多人因此成为演说家。他告诉我，巧妙的表达可以达到你的目的，糟糕的表达则可能葬送谈话的机会。谈得好，你可以收获尊敬；谈不好，你可能被对方轻视。他告诉我，谈话具有极大的威力，它可能终止一场战争，可能成就一段婚姻，可能将人送上政坛高位，可能让你很快地获得他者的支持成为一方领袖，还可以很快丰富你的知识库存。他告诉我，要想把一次谈话谈成功，必须做到：一、会赞美谈话对象；二、能做一个好的倾听者；三、对待对方态度真诚；四、用语幽默。他告诉我，和陌生的交谈对象谈话，开始的几分钟特别重要，你一定要让他立刻感受到你的亲切，立刻感受到你对他的尊重和重视，立刻感受到你是一个能懂得他的对话者。这些感觉和感受要在几分钟内给他造成，就需要你预先对谈话做点准备，要了解谈话对象的经历、学识、性格特点和特长，要对用词进行琢磨，要对他保持目光的交流。他告诉我，在谈话中要不动声色地把握住主题，如果对方游离开了，且谈到了你不懂的问题，你要镇静自若地告诉对方，这个问题我不懂，然后再把谈话拉回到主题。他告诉我，当谈话陷入沉寂或语塞时，你不要着急，要巧妙地转换一个对方感兴趣的话题，重新唤起他谈下去的热情，从而使谈话得以延续。他告诉我，谈话的大忌是拦住对方的话头，或直接纠正对方的错误，或使用激辩的语气。他告诉我，谈话最后要优雅地结束，优美地退场，会使对方对你留下深刻的印象……

我俩还试着就社会制度的设计对谈了一次，在他的引导下，我们谈得很成功，也很快活。那天和他分别时，我高兴地握着他的手说：认识你这个谈话专家真是幸运，感谢你教给我谈话的本领。他笑笑说：其实我算不上谈话专家，我这个专家是天国的使者们硬封给我的，我当年在人间与他人的多次谈话并不成功，那次我在德国柏林与普鲁士王弗里德里希二世谈话，劝他推行开明政治，结果我俩以争吵结束，午饭我都没吃，我一怒之下不辞而别，跑到法国和瑞士的边境居住。

普鲁士王？你生前还与普鲁士王谈过话？我有点吃惊。

是呀，是他主动邀请我去的。

普鲁士王邀请你，那你生前是什么身份？

写作者。

写作者？你叫什么名字？我意识到他可能是当时法国的一个名人。

笔名伏尔泰，原名弗朗索瓦-马利·阿鲁埃。

天哪，你是伏尔泰？！我惊叫道。我读过你的小说《老实人》和《天真汉》，读过你的哲学著作《论宽容》，读过你的戏剧剧本《奥尔良少女》，读过你的历史著作《路易十四时代》。

那些旧作对如今的我已没有任何意义，但我还是要谢谢你这个中国读者，我没想到我的书在我死后还能传到中国去。你大概不知道，我生前其实是你们中国儒学创始人孔子的崇拜者，是儒学的信奉者，我主张人们信仰自然宗教，那其中没有迷信，没有荒诞传说，没有亵渎理性和自然的教条，而这和孔子的主张很近似。我生前虽然没有去过中国，但我根据我对儒学的了解曾经认为，中国有可能成为世界上最讲公正和仁爱的地方。这也是我今天愿意接受小蓁的邀请来同你探讨谈话技术的原因。

谢谢你，我会记住你教给我的那些关于谈话的知识。我还想告诉你，你写的那些书在今天的人间仍有意义，还在影响着许多人。我真高兴你能做我的老师，你知道吗？在你来到天国之后，你被封为"法兰西思想之王""法兰西最优秀的诗人""欧洲的良心"……

辛巳

孩子,能当面聆听伏尔泰的教诲,可真是你的幸运。我很小的时候,就读过他写的书的汉语译本,我特别欣赏他说过的两句话,一句是:人类最宝贵的财产是自由。另一句话是:我可能不同意你的观点,但我誓死捍卫你说话的权利。他是从封建君主制度和天主教会把持下的社会中走过来的人,他目睹了人们丧失言论和行动自由的痛苦,所以他极力捍卫人的基本权利。我不知道他是不是一个谈话专家,但我知道他是一个值得尊敬的启蒙思想家。你在天国里能和他这类人打交道,那真是天国之神对你的特别关照……

爸爸,我们在学域的学仿进行到四个多月的时候,小蓁安排了一次表演。就是让每个学仿者把自己学仿到的本领展示一下,那颇类似人间的一次考核,但没有批评,不分高下,不评名次,就是看看你学得怎么样了。表演在一个阳光灿烂的上午举行,学仿者们拿着自己的学仿用具大间隔排成两排,相对而站,每两人一组,相互观摩对方学仿到的本领。我的对面是一个学编织的中年妇女,她先表演她学仿到的编织本领。她一开始是用天麻草编小鸭、小狗、小兔、小猫等孩子玩具，一个个编得惟妙惟肖；然后用天竹片编盛东西的小竹篮、小竹兜；接下来用天苇编苇席。她的动作娴熟，我以为她生前就会编织，一问才知道，她生前是一个化学教授，她说她在天国再不想和化学打交道，她只想做一点不用太动脑筋的事情，编织是她当初当姑娘时就特别想学的手艺，可惜那时为了前途为了功名利禄放弃了。我说你既然是化学教授为何不在自己的专业领域里做点事情，那样不是省去了学仿的麻烦。她摇摇头答：我在阳世学习化学的过程中逐渐发现，化学是一门极难预测学习后果的学问，你在化学领域学习的目的是为了有新的发现，可这些新发现并不一定都能给人类带来福分，有时还可能给人类带来祸患。比如塑料袋的发现，它是给人类带来了一点点方便，但它给环境带来的破坏却极其可怕，你在人间的中国坐火车时可以发现，铁路两边的树上挂满了白色的废弃塑料袋，树像是结了一种奇怪的果子；不论是城市还是乡村，大风一刮，到处都有塑料袋在随风飘舞，塑料袋埋在地下二百年也不会腐烂降解，大量的废弃塑料袋填埋到地下，会破坏土壤的通透性，使土壤板结，影响植物的生长。家畜若是误食了混入塑料袋碎片的饲料，也会因消化道梗阻而死亡。当这些不能降解的废弃塑料袋积聚到一定程度，譬如说平均每个人拥有三万个废弃塑料袋时，人类怎么办？

也许到那时，人类就会发明出降解它的办法。我想减轻她的心理负担。

可人类为何要花这样大的代价来解决这个问题？若当初化学家不发明它不是更好？！人类为何不能用祖先传下来的法子，去自然界里割点山草砍根竹子回来编个草筐、竹篮用来盛放东西？

人总是想寻找更轻便的盛东西的用品，塑料袋满足了人们的这一愿望。

正是人的这种无休止的欲望在把人类拖进险境，人必须学会控制自己的欲望。

欲望是人天生的东西，对天生的东西加以控制是不是有点反自然了？我不是想和她辩论，我只是想请她把她的想法谈明白。

适度的欲望能鞭策人奋斗创新，过度的欲望则会把人驱入险境和绝境。比如官欲，人适度保有会激励其在官场上努力发展，若恶性膨胀，像那些为了官位雇人去杀死竞争者的官员，不是自己把自己全毁了？……

我不知道小蓁用预先设置的设备将那天的表演活动全程录下来了，我事后被告知，我那天和那位化学女教授的聊天表明，我初步掌握了和精英人物谈话的本领，我在首次学仿成果的表演中，被视为表现良好。当然，还需继续努力。爸爸，当听到这个结果时我很开心……

孩子，什么样的本领都不可能一下子掌握，你能和一个化学家对谈，引她说出她内心一些真实的看法，这已经很不容易了。其实只要是社会上的精英人物，不管他在哪个领域，专长是什么，他们对社会、对人生、对自然界都会有自己独特的思考和见解，若你能有技巧使得这些抵达天国享域的精英灵魂，把自己脑中的思考和看法说出来，然后加以汇集，那应该很有意思。去努力琢磨和摸索谈话的技巧吧。爸爸相信你有这个能力……

爸爸，我们的学仿每十五天为一个段落，一个段落结束后，会歇息三天，也就是连续三个上午不上课。大家在这三天里可以自由活动，愿去哪去哪——当然是在学域内，愿干啥干啥——以不妨碍他者为原则。有一次逢休息的时候，我闲逛到了一个叫惑源的地方，只见那里地平如镜，一望无边，土里长满了我叫不出名字的一种低秆植物，上边结着类似人间樱桃那样大小的红果子，植物的叶子形状是人间没有的那种八边形，异常美丽，果子鲜润如玉，且发出一种极诱人的香味和甜味，那种香甜味吸引得你只想蹲下来去吸吸闻闻并伸手想摘果子。有些和我一样的参观者抵御不住那种诱惑，就伸手摘了果子填进嘴里吃，一颗吃下，又迫不及待地再摘一颗，看他们那种吃下去的舒服样儿，我也忍不住弯腰摘了一颗，刚想填进嘴里，忽见先吃果子的几个参观者已相继呀一声倒地翻滚，滚了几下，突然间变成了几只面目狰狞的狼。这把我和另外的参观者吓得惊叫起来：天哪，怎么会是这样？

觉着吃惊是吧？这时一个白发白须的老者朝我和另外几个参观者走过来。这个惑源是天国之神设下的一处学仿成果测试之处，它专测灵魂抵制诱惑的能力。

你是——

我是这诱源的照料使者。

他们——我指着那几只狼。

进到学域的灵魂，照说没有肉体的需要，应该没有欲望，可以抵御诱惑了，但因大家在人间拿惯了好东西，欲望还多少有些残存，故少数灵魂在诱惑面前，还没有定力，也是因此，天国之神在这儿设了个惑源，来进一步警醒诸位。你看他们几位，看到这些好吃好看的果子，就抵御不了，习惯性的占有欲望就跳出来了，那要遇到更加诱人的好东西怎么办？不学会自控能行？

那他们咋办？能不能——

学仿者的欲望尽管只是一点残存，但若是放纵，也可能和人世上的人一样，会变成一个可怕的"异类"。异变的例子，你们在人间见的还少吗？一个普通农家的孩子，原本也有上进心和同情心，后来经营奶厂，抵制不了金钱的巨大诱惑，赚钱的欲望迅速膨胀，为了赢得更多的客户，竟朝竞争对手的牛奶里投毒，致使不少儿童因喝了毒奶而死亡。这个人不就变成了一只凶恶的吃人的狼？

可他们几个根本不知道这是测试之处，面对这种诱惑毫无精神准备。我想替那几个失控者辩解一下。

任何诱惑呈现在你面前时，都不会贴上"我是诱惑"的标签。不过，考虑到你们的学仿还未结束，我决定宽恕他们几位一次。说着，他抬手朝那几只狼一挥，倏忽之间，他们又全变回了原来的模样，只是都怔怔地坐在地上一动不动……

儿子，知道天国还有测试灵魂抵制诱惑能力的地方，让我很感兴趣。其实人间也应该有这样的地方，好给人以警示。人间的诱惑更多，出名的诱惑，当官的诱惑，金钱的诱惑，秀色的诱惑，豪宅的诱惑，美食的诱惑，一个人要面对这些诱惑不动心，实在是很难很难。人间监狱里关着的刑事犯人，差不多都是面对诱惑没有控制住自己才出事的。所谓诱惑，其实就是勾出你的欲望，让其膨胀；抵制诱惑，其实就是控制你的欲望，让其保持在正常范围之内。有一个商界大老板看上了一个女歌手，想让她当自己的情人，派人去说合，第一次应允说：她只要陪老板去香港住七天，立马将二百万划到她的账上。那女歌手听罢轻蔑地一笑，起身就走。中介人第二次找到她，应允说：只要陪住七天，立马将五百万划到她的账上。女歌手听罢顿了一下，再次起身走了。第三次，中介人应允说：只要陪住七天，立马将一千万划到她的账上。女歌手听罢想了一霎，慢腾腾起身走了。第四次，中介人找到她应允说：只要陪住七天，立马将五千万划到她的账上。这一次，她想也没想就把头点了……也许不能抱怨这位女歌手，在不断加大的诱惑面前，保持定力是一件很痛苦的事情。所以在人间想抵制诱惑，除了按照心性自划红线进行坚守之外，还要准备尝受痛苦的煎熬……

爸爸，我们在学域的学仿整整进行了六个月。六个月之后的一天，小蓁开始逐个询问学仿的结果。当大家都说已学会当初所报的学仿项目后，小蓁说：只要每一位都觉着学仿任务完成，都觉着到了享域后有事可做，不会有寂寞之感，那就请大家做好启行的准备，我明天便送你们去享域。

不查验考试了？我挺意外。

小蓁说：不用了，我平日里其实已经对诸位进行过考查，你们学仿到的东西已足够供你们到享域里使用了。

一听说明天就可以进到享域里，所有的灵魂都很高兴，三三两两地聚在一起兴奋地议论着，大家说的最多的，是猜想进到享域后会遇到啥样的事情，咋样过日子。我心里也在默想着：天国的享域其实就是人间常说的天堂，阳世上的人都想进天堂，可那里究竟会是一个什么样子呢？

第二天一大早，小蓁就通知我们起床喝汤，然后让大家排队，说：请大家一律随我腾空，跟在我后边向西南方向飞。我们照她说的，先升空到约一百来米的高度，然后跟在她的身后向西南方向飞去。

我们飞的速度不快，能看到学域的景致在身下缓缓退远。飞了大约半天时间，忽见一道闪光的栅栏出现在我们的前方，那栅栏不知是用啥东西制成，不仅高入云端，而且看不见栅栏里边的东西。飞近栅栏时，小蓁示意我们随她落地，落下后才发现，我们刚好处在一座金光闪闪的大门外边，大门的门楣上写着几个巨大的阿拉伯数字173595，门口站着两排徒手的使者。

诸位，我们现在已来到进入享域的173595号享门外边。小蓁这时高声说道。你们就要进入天国最美好的区域了，大门里边就是大家在人间听说的天堂。我为你们即将享受到天堂的生活而高兴。下边请大家仔细倾听呼名天使的呼点，他叫到谁的名字，谁就向大门口走并抬脚迈过门槛，然后顺着天阶向上走，直到走上一个宽阔的平台，在平台上，会有其他的天使接待招呼你们。记住，上天阶时不能飞，也飞不成，要一步一步向上走，眼要向前看，天阶很陡，很高，弄不好是会摔倒的。再见了，我再在学域服务六个月，就也会进享域的，但愿我们能在享域里再见面！

再见！大家都朝小蓁挥手。这当儿，大门口的一名天使已拿着一本名册在叫名字了。我是第三十九个被叫到名字的，我照小蓁的交代，高声应答后直走到大门口迈过门槛，过了门才能看清，一长溜天阶正对着大门，石砌的阶梯又宽又陡又高，阶数可能有六百多，看上去有一种要上九霄的感觉。我跟在第三十八名的身后，开始一步步地向上走。从踏上第一阶开始，就有一股乐声飘进耳朵，那乐声轻柔旋律美妙，说不清是用什么乐器演奏的，听上去让人心爽神怡，就像我在人间听民乐《百鸟朝凤》那样的通体舒泰，感觉像入了仙境。这真是仙乐。我听见身后有同行者在感叹。在这同时，我们闻到了一股清新芬芳的味道，那味道的成分说不清楚，就是让我觉得心旷神怡，分外舒畅。

我们在庄严而美妙的感觉中踏完了那些天阶，最后来到了一个阔大的平台，也可以说是一个巨大的广场，只见广场四周全是高大的天杨树，树上栖了很多羽毛纯白的天鸽，有咕咕的鸽叫从树冠里传过来。

广场的正中，有一个一丈见方的木台，木台上站着一个穿青色长袍的老者。在他的左右两边，有许多手举标牌的也着青袍的男子各排成一队，左侧的青袍男子们举的标牌上都写着这样一些字：单数住区：1、3、5、7、9、11、13、15、17、19……右侧的青衣男子们举的标牌上则写着：双数住区：2、4、6、8、10、12、14、16、18、20……在老者的身后，竖立着一个很大的类似广告牌的东西，上边画着一个地图，地图上也标着不同的阿拉伯数字。我们这个学区的学仿者全登完天阶来到广场站定后，只听那老者高声说道：欢迎诸位经173595号享门走进天国享域，开始真正的天堂生活或叫极乐世界的生活，我们能在这儿迎接诸位新朋友非常开心。享域是一个比人间大出许多许多倍的地方，这儿生活着自人类诞生以来的绝大多数人的灵魂。这里是一个完全自由的另一种生存空间，这里不分国籍和种族，不分信仰和语种，这里虽划分区域，但只是为了方便管理，各区所有的条件包括自然环境都一样，不存在孰优孰劣的事情。你们到这里后，首先要解决居住的住所问题。你们可以自由选择居住的区域，愿住哪个区就住哪个区，我两边这些举标牌的使者，就负责把你们分别送到你们愿去居住的区域。下边请大家散开，自己去看图选择或向使者们先咨询，然后再做出选择。

我迟疑着，一时不知该向哪个使者走去。使者太多了，去找哪个好呢？如果这次选择错了，再换是不是就不合适了？还好，我在学域的一个邻居方进朝我指指那个很大的地图说：看，22967区差不多位于享域地图的中央，与你的老家河南在人间中国的地理位置有点相似，我们去找个使者问问，看住在那里是否合适。

我随他向离我们最近的一个使者身边走去，心中怀着忐忑：这是进入享域后的第一个选择，但愿能选得如意。

你们选择22967区很好，在那个区生活的大部分灵魂都来自人间中国，至于其他条件，整个享域都是一样的，不存在谁优谁劣的问题。你们如果定了，我现在就可以带你们走。我和方进对视一眼，就点了点头。那使者示意我们随他飞起来，向西飞去。

大约飞有两个时辰，我们看见另有一个青袍使者从西边迎面向我们飞过来，带我们飞的使者示意我和方进停下，说：22967区接你们的使者来了，我的职责已尽完，请二位跟他走吧。

欢迎你们！迎面飞来的那个使者这时站下朝我和方进施礼。我叫科迪，在人间是法国人，在享域是22967区的一名迎新使者，欢迎二位到我们区去长住。那使者对我俩微笑着说道。22967区位于享域的核心部位，目前已有三亿居住者。

三亿？我吃了一惊。

对，单从居住者的数字看，我们不算一个大区，但我们那里由中国来的灵魂最多，而且离天国之神的住处圣域较近。

除了由中国来的灵魂之外，还有哪些国家的灵魂？方进开口问。

居住者在人间的国别达五十多个，讲各种语言的都有，按人间纪年方法，公元前来的和公元后来的全有。

哦？只说汉语行吗？方进又问。

想你们在学域已经知道，语言的问题在享域不必担忧，各种语言在这里都可以自由转换。

走吧，你们去了肯定不会后悔自己的选择。科迪笑着朝送我们来的那位使者挥手：再见！我和方进也急忙朝那位使者挥别。

我和方进随着科迪又继续向西飞。享域的辽阔超出了我的想象，我们飞的时速很快，可没想到飞了很长时间，还没飞离我们初入天堂时所站立的那个99991区。我的天，这样大？身旁的方进惊叹着。

不这样大能行吗？地球上每年有多少生命死亡，这些死后的灵魂绝大多数不都要进享域生活？地球上每一天要诞生多少生命？这些生命在经过几天、几月、几年、几十年、最多一百多年的过程之后，又大都要升入享域，不给他们预留下空间怎么行？所以天国之神在设计天国的享域时，是早把这些因素都考虑进去了。光我们22967区，就计划最终接受三百亿灵魂居住。科迪解释着。

嗬，天哪！我惊看着他。这得多大的空间！

你们到了就会知道。

我们不知飞了多长时间，才听见科迪说：好，到了。我俩随他落地后看到，这里果然是一个地势起伏不大，河流纵横，绿树成林，鸟语花香的好地方，在绿树掩映中，能看到一个个类似人间村落的居住点，那里有一座座的房子。科迪说：享域这儿没有城市，天国之神认为，人间的城市不适合在享域存在，城市太拥挤、嘈杂，而灵魂大都喜欢安静和较大的自主活动空间。他指着不远处一个居住点说：你俩可以住那儿，和我在一起，我们不用飞了，走过去就可以。

这儿的路都不宽，因为不需要供车辆行走，而且多是傍着有树的河岸。走在这样的小路上，可以边看清澈河水里的游鱼，边听头顶树枝上的鸟鸣，偶尔，还有小兔子会从草丛中跑出来，站在你前边的路中间向你眨着眼睛，待你快走近它时，它才跑开。我和方进跟在科迪的身后，兴味十足地走着。到底是享域呀，什么都是赏心悦目的。

那个居住点的一头有一个原木做成的牌子，上边写着三个大字：观香角。科迪说：观香角是这个居住点的名称，观香角里住的灵魂，大多数都是由人间中国的北方省份来的，故把你俩安排在这儿住。按科迪的指点，我们找到了让我和方进各自住的屋子。我住699，方进住698，都是新房子。科迪说每个来天国享域的人，第一次选择居住地的，住的都是新房子，二次或三次迁移住的房子，则有可能是旧房子。这观香角里每座房子的面积都不是很大，大约和人间六十平米的房子差不多大，均是平房，但其中有卧室有客厅，设计得极为合理，给进门者空间很大的感觉。而且都带一个小院，院里养有几种叫不出名字的天国花卉，使得室内外有浓浓的花香涌动。室内有床、桌、椅、柜等必需的家具，家具都是用原色木料做的，未上漆，有一种粗拙的美，是我所喜欢的种类。我的房子在观香角的一头，一边挨着方进，一边是树林。这种位置，很像人间咱老家在故乡周庄村子的位置。

科迪说他住在观香角的中间，377号，有事要帮忙可以去找他。他说，享域里的所有居住点都没有专人管理，管理的事大家轮流来干。他看我和方进对住处很满意，便说：那二位就好好休息，然后开始在享域22967区观香角的新生活，吃穿住用行的规矩你们在学域都已学过，还需要咨询什么，找我或找任何一家邻居都行，我告辞了。

送走科迪，我和方进又各自参观了对方的房子，确认给我俩的东西完全一样。那阵子时间已近黄昏，可观香角里没有人间黄昏时的那份热闹，没有车响人叫，依然非常安静，不见其他的居住者在外边活动。我和方进被一种新奇感弄得很兴奋，在各自的房子里坐不住，又没有想喝汤的感觉，于是我俩便相约去拜访拜访我们的邻居。

我们敲响了紧挨着方进住屋的那家邻居的院门，来开门的是一个老奶奶。她很慈祥地问：是新来的？欢迎你们。请进来坐吧。我和方进做了自我介绍。那老奶奶一听我的老家在人间的河南南阳，便高兴地说：我来自陕西的商州，离你们南阳不远，没想到阳世的邻居，到了天国的享域还能做邻居，真是太巧了。她拉着我俩的手进了她的屋子，她屋里的摆设和我们的一样，多出来的是一些大小剪子、红绿纸张和各种造型的美丽窗花。

这是你剪的？我欢喜地翻看着那些窗花问她。

是呀，我在人间做姑娘时就想学剪窗花，可当初家里太穷，整天得忙着帮爹娘干活，没有机会学；后来出嫁了，丈夫家里也穷，整天得忙着帮丈夫和公公、婆婆干活；再后来六七个孩子相继出世，更是让我忙得一塌糊涂，根本没了学剪窗花的心。没想到来到天国的学域，还能让选择学仿一件事做，这样，我就跟着老师学会了剪窗花。早知是这样，我该早来天国满足心愿的。现在想想当初我得了宫颈癌后那个害怕的样子，真是感到好笑，怕啥子呢？我在人间才是天天忙碌天天吃苦，真正按自己心愿做事，是来天国享域以后。

你现在天天剪窗花？

是哩。在这享域里，住不用你操心，喝不用你操心，穿也不用操心，除了散散步，和邻居们说说话，没有别的事做，剩下的时间我就剪窗花，剪窗花的时候我心里又快活又安妥。

那越剪越多怎么办？

送给咱观香角里的邻居们贴到窗上呀，他们都说好看哩。前几天，科迪还来拿走了一批，说是送给北边闻青角的住户们贴哩。凡到享域的人，都会一手哪，大家相互享受对方的劳动果实，开心着哩。

爸爸，看着老奶奶的慈祥笑容，我不由得又想起了我的奶奶，我奶奶她好吗？

孩子，你奶奶很好，就是想你。我当初不是骗她说你去外国了吗，她就经常给我打电话问你在外国的情况，问外国能不能通电话。我只好再编新的理由去骗她。我有心给她说明你去天国的真相，可又怕她一时想不开身体出意外，毕竟是八十六七岁的人了。唉，我们在人间很难想象出天国享域的情景，一般人都害怕死亡，哪里知道在天国享域是这样的好。既然观香角是你选择的久居之处，就要和邻居们处好关系，爸妈知道你懂礼貌乐助他者，相信你会成为观香角一个受欢迎的居住者。待我和你妈妈进入天国享域之后，我们一定去找你，咱们一家三口再重新相聚……

　　爸爸，来观香角的第一夜我睡得真香。这里的夜晚没有电灯，想照明就按科迪的交代，去院子里对着萤火虫们说一声：哪位愿帮帮忙？你话音刚落，必会有一只萤火虫跟你进屋，悬停在你屋子里，照亮你的房间，足够你看清一切东西，包括书上的字迹。你想睡觉时，再说一声：我想睡了，明晚见吧。那萤火虫就会很快地经窗棂飞走。昨晚，萤火虫飞走后，我只打了两个哈欠，就沉入了深沉的睡眠中，一夜无梦，一直睡到天光大亮，是清脆的鸟鸣把我惊醒的。起床后我自己做了点汤喝，在天国没有吃的麻烦真好，这省去了太多的事情。我们喝的汤料也是统一发放的，不需要你自己去制作，你只需把水烧开，把汤料放进水里一搅就成，这也非常省力。

　　喝罢汤我正想着上午能做啥事情时，忽听院门外响起一个脆生生年轻女性的问话：周先生好，我可以冒昧地要求进院和你说句话吗？

　　我一愣之后急忙应道：请进。话音才落，就见一个身穿天国飘逸长裙的姑娘已翩然进院，朗声说：科迪告诉我，我们观香角又来了两位新居民，我很高兴，周先生刚来观香角，想必对此地还缺少了解，我叫薄粼粼，我在天国学域学仿的是导游，现也住在观香角，不知你愿不愿让我当你和方先生的导游，陪你们出去走走看看？

　　当然好呀，太谢谢了。我赶忙起身随她出门，来到院门外才看见，原来方进已站在那儿了。

　　这姑娘可真热情，硬是把我叫醒了。方进小声嘟囔着。我朝他使个眼色，示意他不要再说，毕竟，人家是一番好意。

　　知道我们的居处为何叫观香角吗？薄粼粼含了笑问。

　　不明白。一般说到香都用"闻"字，少有用"观"的。我说。

　　对，这个疑问提得好。她笑着：我当初刚来的时候，也这样疑惑着。这观香角到处种的都是天聚香花，天聚香花和人间的花不同，人间的花无百日红，可天聚香花一开就能持续九个月，而且香味浓郁，这种浓郁的香味在流动时，常和缕缕白云缠绕在一起，你们看，在我们的头顶飘飞而过的白云，好像就是香味的躯体，好像能看到它的样子。

哦，是这样？！我伸手去抓了几缕白云，果然闻到了更浓的香味，然后又任白云一缕一缕从指缝间流走。

那为何不把我们的居处叫村或庄，而叫"角"呢？方进紧接着问。

享域里所有的住所都称"角"，据说这是天国之神定的，其中的含意可能是：享域很大，任何一处居所其实都只是享域的一角。

这倒是有点道理。

知道这条小河的名字吗？她又指着从观香角前流过的小河问。见我俩摇头，遂笑着介绍：它叫沁香河，是天目河的一条小支流，天目河是享域的五条大河之一，你们可以去掬一捧河水闻闻味儿。

闻啥味？

方进这时已跑下河堤，蹲到水边去捧起了水：香呀！他高声叫。

河水是香的？我半信半疑地也走到水边，捧起水一闻，水中果然有一股清香味儿，那味儿有点像人间玫瑰花的味儿。是不是有谁在河里撒了香精？

你以为这是人间哪，把人造的东西四处撒？薄粼粼带点挖苦地笑着，看见河两岸上的青草吗？看见有些草叶伸进水里了吗？它们叫天汇香草，它们的叶子分泌着一股清香味素，就是它们把河水染香的。在这河里洗一次澡，能使你的身上三天都沁着香味哩，比你抹了人间的香奈儿5号都好闻。

你下河洗过吗？方进开始调皮。

你过来闻闻呀。薄粼粼大方地平抬起双臂，示意方进过来闻。方进吓得急忙跑开了几步。

真是不开化！薄粼粼噘起了嘴：这又不是人间，大家都没有肉体,男女间又不会对彼此再生欲望,怕啥嘛!你过来闻闻。她向我示意。

我怕她也说我不开化,就走过去朝她的胸前闻了闻,果然有一股香味钻进了鼻孔。告诉你们,我是三天下河一洗,你们两个要想身上没有不好闻的味道,也可以隔几天下河洗一次。

好的好的。我急忙应着。

看见河边那片绿树掩映的空地了吗?中间有一个高台,那是观香角的居住者在早晨和黄昏时分聚会的地方,大家在那儿散步、聊天,听当初在学域选择器乐演奏的居住者在高台上演奏音乐。观香角的居住者中,会用二胡、笛子、箫、小提琴、大提琴、小号演奏乐曲的总有十几位。看,那不是已经有三位在那儿演奏起来了!

我定睛一看,果然看见有两男一女在台子上奏乐,有细细的乐声悠悠地传了过来。

他们演奏的仍是人间的曲子?

不全是。因为大家对人间生活的记忆没有被破坏,所以有一部分曲子还是人间的,不过谁都想听新曲子,这就要求有作新曲子的。还好,咱观香角有一位居住者在人间就会作曲,后来在学域又跟天国的老师学习过,他就承担了这个任务,他可年轻了,是因为得了艾滋病来的。

得了艾滋病也能进天国的享域?我有点意外。

当然,艾滋病也是一种病,得了病并不就是有罪之魂。

那你这样年轻,是因为啥原因来天国的?我顺口问,话出口后又觉得唐突,毕竟和人家才刚刚相识。

血液病,也就是白血病,如今的人间,因为环境污染和电磁辐射,得这种病的年轻人尤其年轻女性很多。她倒没有不快,平平静静地回答。

你生前结过婚了吗?

没有,没来得及。谈好的男朋友如今已是另外一个女子的丈夫了。

你很生气？

也不全是，用遗憾这个词比较合适。是遗憾。

遗憾没同他结婚？

不是，遗憾他在我走后仅半年就同别人结婚了，有点太快，当初他可是跟我海誓山盟的。他起码应该等一段时间再同别人成婚。

你怀疑他对你的爱？

我现在已经不相信人间男女之间有爱情了，人间的男女之间，只有肉体的相互需要，物质上的相互依赖，再加上精神上的相互游戏罢了，爱情只是他们用来对真相进行遮掩的一个词语。

你认为男女之间不可能有真爱？

在人间没有，我找不出实例，你可以帮我找找。但在这天国的享域倒可能有，这儿没有肉体欲望的干扰，没有物质实利的算计，没有获得名望的考虑，只有彼此精神上的接近和欣赏，这才可能产生真爱。

我望定她，没想到这个看上去嘻嘻哈哈的天真女孩还有这番见解。

我的话是不是吓住你了？她又嘻嘻笑了，你在人间如果有一个痴心爱你的女孩，你可以相信有真爱，没人反对你，而且我也会为你喝彩。

我摇了摇头，不由得想起了在得知我患脑癌之后立刻离我而去的那个姑娘。人间有真爱吗？亦或只是自己运气不好没有碰到？西安的小怡对自己是真爱吧？

看到那座亭子了吗？看到在亭前围观的那些观香居的居住者了吗？薄粼粼指着远处的一座八角亭说。那是在做游戏。

做游戏？看看去。我和方进来了兴致，随着薄粼粼快步向亭子走去。走近了才看清，原来是四个男子在比赛写汉字，只见一个年轻的瘦子手拿刻刀在向竹简上刻着汉隶：善乃至宝，三生用之不尽。另一个胖小伙手捏毛笔在向宣纸上写着楷体字：德为良田，百代耕之有余。再有一个白发老者用钢笔在向信签上写着草书：富贵贫贱，知足即为称意。还有一个矮个中年汉子在用一个类似打印机的东西，在向一张白纸上打着仿宋字：山水花竹，得闲便是福气。四位做完，一个女子上前，将四幅字悬挂在亭子的四根立柱上，然后给周围每个观看者发一朵天聚香花，请他们把花朵放在自己喜欢的字下。

猜一猜，哪幅字得的花朵会多些。薄粼粼狡黠地向我俩眨眨眼睛。

应该是年长者得花多吧？我轻声说。

哪一位是年长者？薄粼粼笑问。

当然是那位白发老者了。

可你知道刻汉隶的年轻瘦子是哪年出生的吗？他是中国汉朝刘询当政的本始元年出生的，也就是公元前七十三年生人，你说他今天有多少岁了？那个胖小伙是唐朝李治上台的永徽年出生的，也就是公元六五〇年生人，他有多少岁了？那个白发老者其实是民国五年出生的，也就是一九一六年生人，那个打字的中年汉子是一九六六年出生的，论年纪谁是年长者？

我的天！汉朝出生的为何还那样年轻？方进惊叫着。

天国的规矩，谁告别人间时是什么年纪什么模样，其在天国的灵魂就永远保持那个年纪和那个模样不变，故在享域里，不能以外貌论灵魂的年龄大小。

哦，我想起了我见过的王阳明和伏尔泰，是的，的确是这样。

看吧，结果就要出来了。薄粼粼向我俩示意去看投花的结果。观众们依次上前把手中的花放在自己喜欢的汉字前，最后，是唐朝生的那个胖子得花最多，大家都向他欢呼着，有个白种女性还上前去亲吻他的面颊。

那个女的是科迪的邻居，她和科迪是一块来观香角居住的，据说他俩在人间就是好朋友，他们是在同一辆车上出的车祸。薄粼粼介绍着。

我看着那个白种女子，在心里感叹：她和科迪同时出车祸告别人间，看上去是一个悲剧，但他们死后还能住在一起，也实在是一件幸事。

　　薄粼粼随后又领我们去看了观香角的书库。那是一个挺大的建筑，里边放满了用各种文字写成的书籍。薄粼粼说，这些书都是观香角的居住者在人间写成的书，著书者只要来到了天国享域，天国之神便会让使者用天国的材料复制两套他写的书，一套放在天国图书总库里，一部放在他居住地的图书分库里，供大家借阅。各个角的书库都叫分库，对享域的所有灵魂开放，谁来借都行。在分库借不到的书，可以去图书总库借。我问粼粼：这么说人间的书籍最终在天国都会有复制本？粼粼点头答：差不多，因为几乎所有的著书者最终都会来到天国享域，只有很少一部分去了惩域，去了惩域的著书者，其所著的书的复印本，就放在惩域的书库里……

　　爸爸，热情的薄粼粼这天还领我们看了好多地方，帮我们很快熟悉了观香角这个居住地的环境，我和方进都很满意我们选择的这个住处，现在你和我妈可以放心了，我在天国的享域已经实现了安居……

壬 午

孩子，我现在充分调动我的想象力来理解你告诉我的事情。我想起了布莱克说过的话，异象或想象是对永恒存在的一种证明，是另一种真实。理性把人类紧紧地拴在这个世界的现实中，而想象能把人类从现实世界的束缚中解放出来，使之能洞察超然的属灵真理。按你的经历，天国的享域就是人间的人们梦寐以求的地方，在那里，逝者的灵魂可以重新开始生活，可以悠然地听音乐，可以欢乐地做游戏，可以友好地交朋友。在那里，无数代人可以愉快地生活在一起……

这将给我和无数必死的生者带来极大的安慰……

爸爸，大约在我到达观香角的第五天中午，我正坐在自己的小院里看书歇息，院门忽然被敲响。我开门一看，只见一对白发苍苍的老者站在门前。我问他们找谁，他们反问我：你是不是叫周宁？我点了头后，他们又问：你是不是来自人间的中国北京？祖籍是中国的河南邓州？我有点意外，他们咋知道我的来历？听我说"是"之后，他们又问：你老家可是构林镇东六里的周庄？我越加惊奇，反问他们：你俩是怎么知道的？他们跟着又问：你爹是不是叫周大新？

对呀，你们是——我以为他们是天国享域里负责居住登记的志愿者。没想到两位老人这时相视一笑，几乎是同时高兴地叫：总算找到你了！

你们找我是——

你是我们的曾孙子！

曾孙子？我狐疑地瞪住他们，忽然想起在甄域那面巨大的镜子里看到的那些人物影像。

我是你爹的爷爷，她是你爹的奶奶，我们上世纪五十年代相继因病离世，那时你爹还很小，更没有你，可我们到天国的享域后，一直在关注着咱周家的变化，在看着你爹长大，看着你爹成亲，又看着你出生，看着你长大，直到有一天看见你因脑病住院，看见你离世。我们从那时都在留意你何时能来享域。享域太大了，我们又不知道你会选择住在哪里，所以费了好大的劲才找到这儿，好啦，总算找到你了。孩子，从今以后，我们就可以经常在一起了。那位老爷爷一连声地说着，我愣在那儿好久。爸爸，我没有听你说过这位爷爷，也没听你说过这位奶奶，但我从他们的脸型上看出了一点你的影子，这种遗传密码是不会错的。他们是我的先辈。我请她们进屋坐下，给他们做了一点汤。我说，从今以后，我会照顾你们的。他俩呵呵笑了，说：享域里的一切都是现成的，能满足我们的任何需要，我们不需要任何照顾，我们需要的就是能经常和你在一起，享享天伦之乐。我问他们住在哪里，他们说住在774856区的尝梅角，老爷爷说，他们回去就申请换住到观香角来。我问换住的事办起来方便吗，他们说很方便，在享域你愿住哪里都行，只要提前十天申请就可以，只是换住时不一定像第一次选择住地那样住上新房。我们那天说得很尽兴，他们问了我许多在人间的事情，我也问了他们许多在天国甄域、涤域、学域和享域的事。血缘关系是一种很神秘的联系，虽然此前我对他们一无所知，可一旦相认后，就觉得格外亲密。爸爸，可能再有几天，他们就可以来观香角居住了……

　　儿子，你说的是真的吗？我都不敢相信了。要真有这事，那实在是天国之神对你的最大眷顾了。我怎么想象，也想象不到你的祖爷爷、祖奶奶还能找到你。我对你祖爷爷也毫无印象，据说是在我一岁的时候他就去世了。我对你祖奶奶还有一点片段的记忆，她死时我好像是四五岁。我模糊地记得她把白馍掰碎了泡在碗里喂我，记得她的棺材在房子的西墙外停了一阵，有人抱起我让看了看躺在棺材里的她，别的都记不清了。我多想也能见见他们。他们是怎么知道你是我的儿子的？这太让人惊奇……

　　爸爸，我问了祖爷爷祖奶奶，他们说所以知道我是他们的后代，是因为天国享域的每个居住点都有一扇天窗，透过这扇天窗，在天国享域的灵魂可以看清下界人间的情景。这扇窗子每月打开一天，在居住点住下的所有灵魂，在天窗允许打开的那一天，可以分批轮流到天窗前向下探望，可以通过安在窗上的旋钮，把视线调正到自己愿意看的地方，调正到自己愿看的人身上。我听了这话有点将信将疑，那天送走祖爷爷祖奶奶之后，我就赶紧去找了那个热情的愿当导游的薄粼粼，问她观香居的天窗在哪儿。她说：你急什么？今天不是打开天窗的日子，告诉你了也没用。我说：我想先看看。她只好领我向观香角东侧一处空旷的地方走。走到一棵阔叶的天葵树下时，她指了指树下的一块大石板道：呶，就在这里。我上前拍了拍大石板，石板冰凉且纹丝不动。这是天窗？我不相信地看着薄粼粼。薄粼粼没有理会我的质疑，只是扳起指头算了算说：再有七天，就是天国之神允许各居住角打开天窗的日子，到时候你若愿来观察人间的情况，你就在起床后早点来到这天葵树下排队等候。

　　我仍旧不敢相信，不过我记住了薄粼粼说的日子。到了那天早晨，我早早起床直奔那棵阔叶的天葵树下，我原以为我来得最早，没想到我到时，已有二十几位观香角的居住者在那块石板前排了长长一队。看来薄粼粼所说不虚，我急忙站到了队尾，很快，我的身后又排了不少灵魂。

大约在太阳升起不久，只听那块石板先是咔的响了一声，随后一侧便吱吱呀呀地翘了起来，只见它越翘越高，它的身下便形成了一个长方形的空洞，我凑前一看，嗬，只见下边烟云缭绕，深不可测。站在最前边的那个中年男子显然不是第一次来，只见他很快地在洞前蹲下身子，熟练地旋转着嵌在洞壁上的一个类似望远镜的东西，然后就聚精会神地看了起来。他身后的排队者都鸦雀无声，静静看着翘起的石板上的一个表盘，表盘上的指针在嚓嚓地走动，那指针走了十分钟时，当的响了一声，第一个观看者听到这响声，恋恋不舍地由洞前抬头起身，走开了。第二名见状急忙走到了洞前。至此我才明白，每个观看者的观看时间是十分钟。

终于轮到我了，我迫不及待地走到洞前蹲下，没想到薄粼粼也来了，她大概是怕我第一次来看天窗，不会操作那个聚焦镜头，就走到我身边低声告诉我：先旋到刻有"亚洲"两字的地方，再旋到刻有"中国"两字的地方，接着旋到你爸妈所在的"北京"，然后照镜头中显示的街道转动镜头，就可以找到你的家了。我照她的指点，急切地旋转着镜头，老天哪，真的看见了，看见了我们住的那个大院子，看见了我们住的那排楼房，看到了我们住的那个单元，看见了妈妈拎着一兜青菜走进了楼梯间，看见了爸爸去送垃圾，你们分明显得老多了，是因为我离世伤心伤得吧？妈妈进屋在倒水吃药，吃的什么药？为什么吃药？是眩晕病又犯了吗？我不能照顾你们，你们可要保重身体呀！爸爸妈妈，我看见你们了，看见你们了……

癸 未

孩子，我不知道你是想安慰我还是真有那么一个天窗。事情好到一定程度反会让人怀疑其真实性。但愿是真有一个天窗，但愿你真的能透过天窗看到我和你妈妈，那样多精彩，我们虽然看不到你，可知道你每个月都能看到我们一回，我们之间还能沟通。要是真的，天国之神可实在是想得仔细，他竟然能想到在天国和人世两界间开一扇窗，多么绝妙的主意！尘世上几乎所有的人都认为，死是一种彻底的无，生死之间再没有相通的可能，谁也没想到还有一扇天窗，一扇窗呀，可天国之神想到了！他知道我们被隔在两界是多么痛苦，他才是一颗慈心一腔慈意啊……

天国之神，尽管你听不到我的声音，可我还是想说：谢谢，谢谢你呀！

爸爸，看完天窗的第二天，我最想做的事就是去找我外公。我想，既然祖爷爷祖奶奶能找到和他们隔了两代的我，我就也能找到外公。外公给我留下了极深刻的印象，我记得很清，我小时候在南阳十五小学上学，每天下午放学时，外公都要去接我。他总是站在校门右侧最显眼的地方,使我一走出校门就能看见他。他的身子偏胖,剃的又是光头,这使他在接学生的人群中显得特别醒目。我的好多同学放学时都要费些时间才能在人群中找到接他们的家人,只有我,不用费力就能一下子看到外公。外公接到我后,总是拉着我的手走过校门前那条车流不断的大街,再拐上那条回家的人行道。只要上了人行道,外公就会松开我的手,任我在前边跑,他在后边慢慢地走。有些黄昏,他接到我时还会随手递给我一件他为我买的礼物,或是一个小机械狗、一个小魔方类的玩具,或是一个烤烧饼、一块烤红薯的吃食。我至今还记得他给我买的那个小机械青蛙,只要上足了发条,小青蛙就会在地上连续不断地蹦,能蹦出很远的距离。我常常背着书包跟在那只会蹦的小青蛙身后,眉开眼笑地拍手叫着,逢了这时,外公就站在我的身后微笑。外公去世的时候我还太小,还不知道死亡意味着什么,还在和小朋友们疯玩疯闹,给他送葬的那天,我都没有去墓地,如今想起来还在后悔。所以我一定要找到外公。

我又去找热心的导游薄粼粼,问在享域找我外公的方法。她说,在天国的享域找当初在人间的亲人,首先要确定他是不是进了享域,因为还有些人的灵魂是进了惩域的。我说我外公一辈子不做坏事,把声誉看得比命都重,他必会来到享域的。她说,只要断定他在享域,我就带你去天档中心。

天档中心?

对,就是天国对所有进入天国享域的灵魂建立的档案存放处,那儿的档案非常全,不会遗漏任何一个灵魂。不管是哪一个世纪,不管是哪一个朝代,不管是生前住在人间的哪个地方,都会查到。

我的天呀,那得是一个多大的地方?人类自诞生以来,已经有太多的人进入天国享域了。

走吧,你去看看就知道了。她示意我飞起来随她走。我跟在她身后飞了大约两个时辰,来到了一个独异于所有享域居住地的地方。从空中看,那很像人间的一个超级大城市,那里有一排排的平房,一条条的街道，一个个的城区。城区是用河流区分开的。和人间城市不同的是，街上少有行路者。在这个超大城市的中心广场上，竖着一个巨大的牌子，牌子上用多种文字写着"天档中心"几个字。

这就是我们要来的地方。薄粼粼说。

好家伙，这个中心可能有好几个北京城大。我感叹着。

不大怎么可以容得下那么多的灵魂实况？告诉你，这儿用河流隔开的每一个城区，都按人间地区命名，如法国凡尔赛地区，中国信阳地区，澳洲墨尔本地区，等等。这儿的每一条街道，都是用人间的年代命名的，如公元前五千年，公元前四千三百年，公元一二一年等等。街道上的每一排房屋，都按月日命名，如一月一日，三月七日，十二月十三日等等。每一栋房屋又按小时、分钟命名，如零时零分，三时二十三分，十时五十分等等。你查找逝者，先按他在人间所住的地区找到天档中心相应的城区，再按他离世的年代找到天档中心相应的街道，再按他离世的月份和日子找到相应的那排房屋，接下来按他离世的小时和分钟找到查询中心相应的房屋，之后进屋，就可以找到有关他的情况记录了。

天国的享域里竟然还建有如此齐全的灵魂档案，太让人惊异了。

薄粼粼笑了，说：这儿的档案可不像人间的档案，记你何时入学，何时晋升，这里的档案不记更多的内容，只记你来自人间的何处，何时何故来的，现居享域的何处，目的只有一个，供你的亲友们和天国享域的管理者找到你。建立这个中心，是为了方便每一个灵魂。当然，也方便天国之神知道来享域的灵魂总数目。

天国之神想得真细。

你外公生前住在中国的南阳，那我们就先找到这儿的中国南阳城区。我随她在查询中心上空飞着找着，最后找到了标有"南阳"字样的那个城区，然后又按他去世的一九九二年，找到了标有"1992"的街道，再按他去世的四月七日，找到了那排房屋，我不记得他是几时几分离世的，薄粼粼便看了看我当初在甄域照镜子时袍子上出现的那一行符码，然后在一千四百四十栋屋子中很快找到了外公档案所在的屋子，进了屋子才知道，原来同一分钟去世的南阳人那么多，那么大的屋子挂满了姓名牌子，我照郯郯的交代，在门后的一块显示板上写了外公的名字后，其中一个姓名牌发出了亮光，我走过去一看，果然是外公的姓名牌，上边写着：来自中国河南邓州构林镇西街，七日五时十三分二十四秒因肺疾来此，现居享域561892区依枫角。

找到你了，外公！

爸爸，我见到外公是在第二天头晌。还是麻烦薄郯郯和我一起去561892区找的，她实在是一个热情而优秀的导游，对我的几乎每一个请求都没有回绝，我心里对她充满感激。若是没遇上她，我的生活中肯定会添很多额外的麻烦和困难。在飞往561892区的路上，我笑对薄郯郯说：感谢天国之神让你成为我的邻居。她回答说，因为你的来到，我的生活中也少了寂寞，新近到观香角入住的灵魂比较少，看到你和方进来观香角居住我真的非常高兴。

我们找到依枫角时将近中午，依枫角被大片的天枫树林所环绕，阳光迎头而照，有大群的天蝶在四处飞舞，我为外公选择的这个居处暗暗叫好。当时，居住在这儿的灵魂都在室外活动，有的在树下打牌下棋，有的在门前的园子种花种草，有的在河边闲步聊天，有的聚在一起唱歌唱戏。我知道外公爱唱岳飞的《满江红》，就特别留意那几拨唱戏的灵魂，果然，在其中一拨唱戏的灵魂中，我看见了外公，他正兴味十足地在一个拉胡琴者的伴奏下哼唱着：……抬眼望，仰天长啸，壮怀激烈。三十功名尘与土，八千里路云和月。莫等闲，白了少年头，空悲切……我忙跑上前朝他喊了一声：姥爷！没有任何精神准备的他被我喊得一愣，停了唱站在那儿怔怔地看着我，过了许久才认出了我，方向我急步走过来问：周宁，你怎么来这儿了？你应该在人间陪你爸妈呀！

我简单地说了我的情况后，外公一把将我抱在怀里说：我的孩子，你受苦了，没想到这种事落到了你的身上，其实早来这天国享域也好，再不用你在阳世受罪了，走，到家里去。他要拉我走时才看见漂亮的薄粼粼，又急忙问：她和你一起来的？是你人间的恋人还是妻子？

我怕薄粼粼发窘不高兴，忙摇头说：不不，她是我在观香角的邻居，是来天国享域后才认识的，她是我的好导游。

薄粼粼倒没显出不快，而是脆脆地叫了一句：姥爷你好！我叫薄粼粼，虽和周宁生前不认识，但如今和他已成了朋友。

外公笑道：好，好，成了朋友好，在这天国享域里，朋友多了不寂寞，走，走，去家里坐……

到了外公的住处，外公照人间的习惯，一定要让我们喝点什么，享域里没别的东西可喝，他就去给我和薄粼粼各做了一碗汤喝。我们正喝着汤，只见一个中年妇女走进了屋，我以为是外公在享域找的一个同居者，没想到外公看见她后，忙站起来介绍道：周宁，这就是你外婆，当初她先于我离开人间，所以现在显得比我年轻，她也是我来到这天国享域后在别处找到的，她如今已搬到这依枫角来和我同住了。

我自然是喜出望外，我过去听妈妈说过多次，说她的妈妈很早就得病去世了，我记事后从没见过她，没想到在这里和她得以见面团聚。我忙走过去向她叫了声：姥姥你好！姥姥抱住我哭了，姥姥说：我的好外孙，因我离世早，没有抱你的机会，现在让我抱抱你……

姥姥正抱着我哭的当儿，一个男的在外边敲着院门问：这是不是杨清俊的居处？姥爷闻声忙迎出去应道：是的，请问你——哎呀，文本，我的儿子，你怎么来了？

我听到姥爷的声音也吃了一惊：舅舅？难道舅舅也来了享域？我从姥姥的怀里挣开跑出门一看，可不是嘛，舅舅正站在姥爷的身前流着眼泪，我冲上前扑到了舅舅怀里……

从舅舅的讲述里我和姥爷、姥姥才知道，他是因为心肌大面积梗塞突然被叫来天国的，从发病到离开阳世前后不过十几分钟，他现在住在357892区的听美角。

不过也好，这个走法减少了很多痛苦，而且我们又可以生活在一起了。姥爷拍着舅舅的肩膀对他安慰着……

那天，我和薄鄹鄹在依枫角与外公、外婆及舅舅说话一直说到天黑。我俩都很喜欢外公外婆的开朗，喜欢舅舅的幽默，也喜欢依枫角那个地方，四处都是红色叶子的天枫树，显得很喜庆。我同外公外婆讨论了他们和舅舅搬到观香角居住的事，外婆很同意，可外公说，你祖爷爷祖奶奶已经决定搬去了，我们再搬过去，亲戚一多，说不定会因对什么事情的看法不同生出嫌隙来，还不如咱们经常互相走动，又觉着新鲜又不会生闲气。薄鄹鄹说：对，谁想谁了，一飞就到了，没必要都住在一起……

孩子，没想到你竟然能见到这么多的亲人！你外公是最爱你的人之一，当年你妈和你外公带着你东去济南西去西安探望我，也算带你走东闯西。那时你很小，随时都要人抱，我又没钱为他们买卧铺车票，有时甚至都买不到坐票，他们只能在火车车厢的过道里长时间地站着，没办法，你妈妈和你外公就轮流抱着你。你外公身子偏胖，自己稍一活动就要大口喘息，每次一想到他喘息着抱着你我就心疼无比。好了，你们能在天国相见，我真高兴，这样你就可以照料外公了，就可以回报他的恩德了。对你的姥姥、舅舅和祖爷爷祖奶奶，也都要尽可能地照顾好，现在你可能辛苦些，我想大约要不了多长时间我就也可以去天国了，到那时你的担子就会轻些……

爸爸，我祖爷爷和祖奶奶是一周以后搬到观香角469号的。这房子别的灵魂住过，原住者也是在别的地方找到了自己的亲属以后搬走的。在得到可以搬来的通知后，祖爷爷和祖奶奶就过来住了。在天国的享域，搬家是非常简单轻松的，并不需要带任何东西，你过来住进为你准备好的房子里就行了。这边的房子是我找科迪、方进、薄粼粼和我一起为他们收拾好的。所谓收拾，也就是整理整理卫生，把桌椅床柜和地面擦擦干净。薄粼粼心细，还搬来了好几盆鲜花，其中有一盆天绚花，花形奇美，香味也特别，闻着比人间的所有的鲜花香味都要别致舒服，祖奶奶直夸：薄姑娘想得细！还说：周宁，这姑娘你可要好好珍惜！我急忙说明：祖奶奶你可别弄错，人家只是来帮忙的朋友，又不是我的妻子，怎么能说到珍惜？祖奶奶说：我没有弄错，她现在不是你的妻子，你不会让她当你的妻子？！薄粼粼被祖奶奶这话弄得脸都红透了。我只好告诉祖奶奶：天国享域里没有妻子，这里没有婚姻，夫妻是在人间才能结的，那时男女有肉体，结婚会获得肉体的欢娱和后代，天国里只有灵魂之间的相互欣赏和接近，只能男女同住相互关爱。

那你俩为何不能住在一起相互关爱？祖奶奶紧接着问。薄粼粼听她这样说，只好笑着跑开了。

方进和科迪见状也都乐了，他俩也跟着打趣说：祖奶奶说得对，你和粼粼为何不能住在一起相互关爱？最后还是祖爷爷为我解的围，祖爷爷批评祖奶奶：你不要在天国享域里再乱点鸳鸯谱，这儿可不像人间的男女，一方可以靠金钱靠权势靠身外之物威逼另一方违心迁就，这里的男女要住在一起，完全凭的是自愿！这里一切平等，吃喝住穿行都很方便，谁也不必依靠谁……

祖爷爷祖奶奶搬来后，我的生活增添了新的内容，那就是每天去看看他们，陪他们聊聊天，有时还陪他们外出游览游览，和他们一起飞到一些风景好的地方看看。有一天，我按邻居们的指点，陪他们去看了离我们这个居住点不远的幼乐角。幼乐角里住的都是些两岁以下的幼童们的灵魂，每个幼童都配了一个女使者照料她们。我们去时是一个上午，只见每个使者都抱着一个孩子坐在阳光下的草坪上嬉闹，使者和孩子们都穿着白色的衣裙，他们的笑声在草坪上飘来荡去，像极了大小天使们的聚会。祖爷爷祖奶奶见状非常高兴，走到他们中间去亲吻着一个又一个孩子。一个年轻的使者告诉我们，天国的享域里类似这样专门安排童魂居住的地方还有很多，有的居处专住三岁的童魂，有的居处专住四岁的童魂，有的居处专住五岁的童魂，有的居住处专住六岁的童魂。七岁以上的孩子，因都可以找到自己的爷爷奶奶或祖爷爷祖奶奶，便不用住到这种集中的居住地了……

还有一天，薄粼粼催我陪祖爷爷祖奶奶去看看天旷湖，她说，天旷湖比人间的任何一个湖泊都美，非常值得一看。祖爷爷祖奶奶虽然早就来到了天国享域，可连天旷湖的名字还没有听说过。我让薄粼粼当我们的导游，她高兴地答应了。从我们的居住地观香角去天旷湖，得飞三个时辰。到了天旷湖岸边，我才知道它的身形是那样巨大，与它相比，人间的那些大湖包括北美的安大略湖和中国的洞庭湖、滇池，不过是一些水坑而已。粼粼说，到天旷湖游览不是像在人间游湖那样去坐船看湖光山色，到这里一是看湖莲开花，二是看湖鱼跳舞，三是看天女散花。这里的湖莲是一天一开花，时间在近午时分，而且这里的湖莲的花朵每一朵开起来都有人间的篮球场那样大，极其艳丽好看，一到花开的时间，但见无数的莲花巨大的花瓣缓缓张开，香味直冲云天，像进了童话世界一样。湖鱼跳舞是在午后时分，大家站在岸边，先是听见湖边树上大群的天梨鸟一齐发出一阵鸣叫，随后就见湖水开始涌动，跟着，在天梨鸟持续的鸣叫声中，湖水里成群的鱼开始跃出水面飞舞，万万千千大大小小的鱼在水面上飞来飞去，直飞有五分钟，场面极其壮观，很像一种鱼类的集体舞蹈，把祖爷爷祖奶奶和我看得惊奇不已，笑声连连。天女散花是天旷湖管理使者们安排的一个游乐节目，节目开始时，只见三十六个由附近各居住角选出的美女灵魂，各挎一个装满天兰花的竹篮，由远天缓缓飞来，到了离岸几十米的地方翩然停住，然后在优美的乐声中开始一齐抓着篮里的天兰花瓣向湖面上撒，一时间，湖面上出现了一道花瓣形成的瀑布，那场景令游览者们极是震撼，大家惊喜得叫声连连……

这种参观游览也让我进一步了解了天国享域。

游览也使我的日子过得丰富多彩了。在和祖爷爷祖奶奶外出游览的时候，薄粼粼都自告奋勇来当导游，对此我当然高兴，她毕竟专门学过导游，对享域又比我熟悉，有她的引领和解说，祖爷爷和祖奶奶就特别高兴。可我也怕老占薄粼粼的时间不好，担心她会嫌烦，毕竟我和她也才认识不久。有一天，祖爷爷说他特别想看戏，想去看看天国剧院里正演啥样的剧目，问我能不能领他和祖奶奶去。我当然应该点头同意，可天国剧院我根本就没有听说过，更不知它在啥子地方，没办法，我只好又硬着头皮去找薄粼粼，想求她领着我们去。

薄粼粼住在我们观香角这个居住点的中间部位，和科迪相离不远。我敲响她的院门后，立刻听到了她那银铃般脆生生的声音：来了。我不得不在心中承认，听到她的声音我心里就有一点说不出的兴奋，莫不是我真的对她有了点爱意？她开门见是我，有些意外地叫：哟，是你？！

她的这种反应让我颇不受用：怎么？是我就不欢迎了？

哪里哪里，是意外呀，过去多是我去找你，主动要当你的导游，你主动到我这儿来的时候少，所以我就有些惊奇！快请进哪。

我得承认，她的院子和屋子收拾得比我的好，虽然院子和屋子的格局及家具都一样，可感觉上她的院子和屋子就是更让人舒服爽心。她在小院这个有限的空间里，设计了小桥流水，水是从院门外的小河里由两个自动升降的吊桶提升上来，经由院墙上打开的一个洞引进的，经过缩微的九曲蜿蜒之后，又通过另一个洞流出了院墙，再返回到小河里，在小桥流水的旁边，种着天国享域里的一些名花异草，树上，还落着不少羽毛好看的鸟儿。她的屋里摆着几个用享域的木、石搭成的简易书台，书台上摆满了由天国书库里借来读的龟甲、竹简、帛书和纸质书。而且还有许多盆栽鲜花。墙上和床上还挂着她自己的许多绣品，书香和花香相掺，朴拙和灵巧相映，让人觉得情趣无限。天呀，你这儿真成了一个美穴了。

注意，用词不妥！她立刻嗔怪地指出：明明是屋是家，怎么能说是"穴"呢？

好，好，我认错。这真是一个美丽的家呀，我都被吸引住了。

她故作不懂地朝我问："被吸引住"是什么意思？

就是我也想来这里住呀！

真的吗？那就打报告嘛！

打啥报告？我一时没听明白。

她笑了：给我打一个申请来住的报告。

你能批准吗？我也被她逗笑了。

那要看你的理由写得是否充分可信，充分可信了，批准的可能性是有的。

那好，那我就仔细考虑考虑写哪些理由。她的玩笑话令我很开心。不过今天，我得先请你帮个忙，领我和我祖爷爷祖奶奶去一趟天国剧院，他们两个想看戏。

去天国剧院看戏？好呀，只是我想知道我今天被邀的原因。

因为你在学域学仿的是导游专业，对享域也比我熟，只好又来麻烦你！

原来如此，好吧。她好像有点不高兴：那我就继续当导游。

我不知她的情绪为何一会儿一变。不过那天她带我和祖爷爷祖奶奶到天国剧院游玩得可是尽兴。我原来以为，天国剧院可能就像人间中国北京的国家大剧院那样大，没想到它的面积竟比北京的国家大剧院大几万倍，里边有几万个大小剧场，同时有几万个剧团在上演节目，有演话剧的，有演歌剧的，有演芭蕾舞剧的，有演音乐剧的，有演滑稽戏的，人间里几乎所有的剧种在这里都有演出。其中演出中国戏剧的剧场就有四千多个，有演京剧的，有演越剧的，有演豫剧的，有演黄梅戏的，有演河北梆子的，有演秦腔的，有演楚剧的，有演晋剧的，有演吕剧的，稍有名些的中国地方戏在这里都可以看到。我们在薄鄢鄢的引领下，先在剧院外围飞了一圈，边飞边看，那金碧辉煌的剧院外观和一个个剧场别有特色的大门，让我们看得眼花缭乱又惊叹不已，到底是天国享域里的建筑，其宏伟壮观精致美丽是人间的所有剧院都没法媲美的。每一个剧场门口都贴着当日演出的大幅海报，海报上写着当日上演的剧目和主演演员的名字。我在一个剧院门口的音乐剧海报上意外地看到了玛丽莲·梦露的名字，忙问薄粼粼这是怎么回事？粼粼说：这有啥奇怪的？天国里没有电影、电视剧这种东西，天国之神不喜欢它们，而梦露又特别喜欢演戏，没办法，她只好改行演音乐剧。呶，看见了吧，那个剧场是卓别林在演话剧。还有那个剧院，在上演莎士比亚新写的一出戏：恐怖。莎翁自从来到天国享域后，就没停下写戏，他现在写的新戏，好多剧院都是争相请求首演权。看见了吧，这个剧场是由奥尔加·列别申斯卡娅在演《天鹅湖》，她当年在人间的俄罗斯被称为"灵魂的舞者"，她如今已确实在用灵魂舞蹈。

祖爷爷祖奶奶对粼粼这些介绍不感兴趣，只问在哪里可以看到豫剧。祖爷爷说，他从小就爱看豫剧，《打金枝》《辕门斩子》《秦香莲》《樊梨花》，他看得能把全部台词都背下来。我于是赶忙打听哪个剧场在演豫剧，最后总算弄清6786号剧场正在演豫剧《花木兰》，我带着两位老戏迷和薄粼粼进去时，台上的花木兰正在唱那个著名的唱段：谁说女子不如男……两位老人立刻沉浸在了剧情中，坐在座位上摇头晃脑地跟着演员哼唱，我和薄粼粼相视一笑，看来地方戏剧文化对他俩的浸润很深很深。薄粼粼附在我耳边低声道：我很羡慕他们俩，在天国享域里还能这样亲密相伴，世上多少夫妻做到最后，弄得你怨我恨，唯恐死后再有相见的机会。我默然，不由得想起自己在人间见到的那些整日吵嘴打架的夫妻，不知他们日后在天国享域相见时，该是怎样一种情形。夫妻之间的感情，是不是会随着社会开放程度的提高而变得越来越淡？……

儿子，没想到天国享域还有剧院，这可真是一个好消息。可能是得了你祖爷爷的遗传，我也是从小就爱看咱河南的地方戏，豫剧、曲剧、越调，这三个剧种我最喜欢。小时候，只要听说周围有哪个村子在演戏，不管离有几里地，我都要不辞辛苦地跑去看。那时的乡村里没有电，晚上演戏时，村民们就用夜壶装了煤油，用棉线搓成粗大的灯捻，放进夜壶里点上，夜风摇动夜壶，使灯光摇摇曳曳，演员的脸和动作看得影影绰绰；因为没有电没有麦克风，演员的唱腔也被夜风挂得时断时续，就这样我还看得如痴如醉，连台戏我能从第一场一直坚持看到最后一场；有些唱段，我熟到也能哼唱下来。直到如今，我觉着最舒心的休闲方式，还是去剧院看戏，微闭了眼去听那优美的唱腔，身子跟着一晃一晃……一想到日后进了天国，还有戏剧可看，还能看到《寇准背靴》《穆桂英挂帅》《赵氏孤儿》等剧目，我就感到特别宽慰。知道天国享域有这样一个大剧院，我更觉着离开人间一点也不可怕了。孩子，你能有耐心领着你祖爷爷祖奶奶去天国剧院看戏，这也有点出乎我的意料，我知道你们这代人已不爱看戏，难得你有这份孝心……

爸爸，今天上午，我们观香角里出了一件事，让我感到新奇，我很想让你也知道知道。早饭后不久，有一个容貌美丽、身材高挑的金发少妇来到了我们观香角，自称来自人间的英国，说是要找科迪。我一听她要找科迪，急忙领她朝科迪住的院子走，边走边想，她会是科迪的什么人？姐姐，不像！科迪可能比她要大。妹妹？也不太像，这女的长得如此漂亮，而科迪只是很平常的长相。很可能是科迪的女朋友！我在敲科迪院门的时候想，科迪要是看见我把他的女朋友领了来，不定会高兴成什么样。未料到门一敲开科迪一看见那女的，惊得往后一跳，厉声叫道：你怎么来了？！

那女的倒没生气，笑着说：亲爱的，我怎么就不能来看你？自打我在印尼旅游时遇到海啸，来到天国享域后，就一直在找你，现在终于找到了。科迪，我爱你！让我还回到你的身边吧，一个人住在天国享域太孤独。

谢谢，但我早已不爱你了，我不愿你回到我的身边，请快走吧！一向对邻居们客气和善的科迪此时竟变得冷若冰霜，成了另一种样子。

你就这样狠心对我吗，科迪？你忘了我们度蜜月时你对我说的那些甜言蜜语，忘记你当初频繁给我送花买礼物的事了？

那已成过去，现在我对你已无半点爱意，请立刻走吧，回到你的居住地。

连请我进屋坐坐也不行吗？你不会那样绝情吧？

不行！如果你再不走，我就请七位邻居来评断此事。

求求你，科迪，忘了我们之间那些不愉快的事，让我留下来，我会像我们初恋时那样爱你、照料你。

科迪这时转向我说：周宁，麻烦你去为我叫来七位观香角的居住者，我要求启动评判程序，你是我的朋友，为保证评判的公正，你不参与评判。

我不知道科迪今天为何要这样对待一位女性，这不符合他一向乐于助人的品性。不过既是他提出了启动评判程序的要求，按照天国享域的规矩，我只能按他的要求办。我于是很快去附近找来了七位观香角的居住者。

诸位，我，居住在观香角的科迪，郑重要求启动评判程序，对莉莎女士要求与我同住一事做出评判。请先听我的申诉：我活在人间的时候，与莉莎相识，那年我二十一岁，读大学三年级。不久我爱上了她，经常向她献花，她很快接受了我的爱，和我约会，我们相恋了五年后结婚。度完蜜月不久，我突然发生剧烈腹疼。到医院检查证明我得了胰腺癌。我随即入院治疗。在得知我患癌病的消息后，她多次流泪抱怨我既是有病，为何还要与她结婚？说我是有意害她。其实从我得知自己得了癌症的那一刻起，我就决心和她离婚，以免连累她的生活。但那时我最盼望的，是她能陪在我的身边，让我先度过手术期，所以我没有马上告诉她我要离婚的决定。没想到没过多久，她就不再来医院看我了，我每天望眼欲穿地等她，都未能如愿。后来，我从我的妹妹处得知，仅仅两周后，她就开始和我的另一个男同学约会了。鉴于此，我躺在病床上签署了离婚申请。

就在半年后我告别人世的前一天，她与我的那位男同学欢欢喜喜地结婚了。那天，我当然为她高兴，也为她祝福，可也为她那么快就抛弃我们的爱情感到惊异和痛苦。如今，她因为遇到海啸也来了天国享域，便又来找我要求同住以解除她的孤独之感。我接受不了这个要求，这会令我不断回想起我在人间的苦痛。因此，我请求你们做出评判，并将服从你们的评判。

莉莎，你也说说你的想法。我叫来的七位邻居中的一位请莉莎说话。

莉莎说：我承认科迪说的都是实话。可我当时那样做也没有错！大家应该知道，在人间，胰腺癌是一种最凶险的病，没有治好的任何希望，我当时问过了医生，医生说科迪最多还能活半年。得知这个结果后，我的父亲和母亲都催我当机立断，尽快和科迪断绝来往并办理离婚手续，我接受了他们的看法，因为我的生活还要继续。干吗因为他的病把我的生活全毁了？当时，刚好另有一个男同学向我表示了爱意，我觉得我不能失去这个机会，就答应了他。我想科迪应该理解我当初的决定，他不是一直希望我生活得好吗？不是一直希望我幸福吗？为什么在我选择了追寻幸福后又来恨我？这还像个男子汉吗？我现在来找他是因为觉着他好，觉着他会照顾我，我们完全可以再爱起来，谁敢说我们不会成为天国享域里最好的一对？谁呢？

在他们俩说完之后，七个评判者走到远处开始评判。我不好走远，毕竟是我把莉莎领来的，再说，我也想在第一时间知道评判的结果。大约半小时后，评判者们又走了过来，其中一位说：我受大家的委托宣布评判结果——莉莎在人间选择放弃与科迪的婚姻，开始自己的新生活，无错；科迪在天国享域选择拒绝莉莎的同住要求，坚持自己的独居生活，也无错。鉴于此，请莉莎立刻离开观香角。

莉莎先是一愣，随后生气地哼了一声，转身就走。

科迪笑了……

甲 申

孩子，天国享域有这种评判机制，很有意思。这种机制的好处是任何进入享域享受天福者，在任何时候都可以通过它，寻求保护和公正；同时，任何享域里的居住者都可能成为法官，对涉及他者的事情进行公正评判，真正实行了权利平等。这种机制能在天国享域实行的原因，是那里的居住者都已摆脱了肉体的束缚和限制，超越了欲望的控制，且已经过了灵魂净化。如果在人间实行这种机制，只要涉案者愿意拿钱贿赂评判者或评判者愿意以此索贿，就不知会有多少冤案发生……

爸爸，我在享域里处处事事感到新鲜的阶段渐渐过去了。随着时日的延长，随着对观香角的熟悉，随着对享域环境及事务的了解，不做事果然觉到了一丝无聊。你不能总是待在家里闲坐，不能总是去看望祖爷爷祖奶奶和外公外婆及舅舅，也不能总是去看戏去四处游逛。到了这时，我才想到天国之神让每个灵魂进入享域前学仿一件做事的本领实在应该，想到自己在学域学仿的访问本领还没有使用。为何享域里没有任何使者催促我去做这件事？天国之神是不是把我忘了？我正在为此诧异时，有天早上，薄粼粼领着一个中年女子敲开了我的院门，粼粼说：你已经到了该做点事的阶段，要不然寂寞感就会缠上你了。我有些惊奇，问她何以知道，她说，每个灵魂都是这样，初到享域时觉着新鲜，四处走四处看，但这种新鲜感终会过去。今天，这位圣域的使者来找你，就是为了让你做点你该做的事。那中年女子这时笑道：周先生，我叫达雅，是在圣域和享域之间传递信息的使者，你如果想继续在享域逛逛玩玩，完全可以自己决定，我今天来，只是根据一般灵魂进享域后的情绪变化周期，觉得你可能愿出来做点事了。

是，是。我急忙点头，我已经感到有点寂寞无聊了，你只管告诉我要做啥事吧。

我们知道你在学域时学仿的，是对灵魂的访问之道。天国之神希望你对已来天国享域的精英灵魂进行采访，弄清他们在人间活了一遍的真实感受。他们在世时不敢说不愿说的，现在可能愿意说了。

是的，我可以做这个，只是我实在想先明白，这会儿弄清精英灵魂在人间活过一遍的真实感受干什么？它对天国享域里的灵魂能有什么意义？我们不是都已经彻底摆脱肉体的束缚了吗？

你的采访结果是要直接向天国之神报告的。至于天国之神为何要知道这些，我也不清楚，没有谁能去问天国之神做事的目的。我希望你也别再发问，只管去做就行了。

你能不能帮我猜一猜？这样我去做这件事时，就不会完全盲目，就会觉得有意思，就会有坚持做下去的动力，就不会轻易放弃半途而废。

我猜，他可能是想了解人类思考能力提升的状况，了解人类对自身、对人生、对社会和对自然界的认识已抵达了哪些位置，或者还有其他的考虑，我只是一个普通的传话者，我不可能完全了解天国之神的内心世界，那里应该有无数的秘密。

我在学域学仿的时候，没有谁告诉我具体需要采访哪些精英灵魂。

对，那时不可能告诉你，你的采访是分批的。呶，这是第一批要采访的名单。她说着递给我了一张纸。我接过一看，是用中文写的三个名字：达尔文、拉雷、李昌达。

我的天，我全不认识，后两位是干啥的都不知道，对达尔文的学术见解也了解不多。

你不可能认识他们，但可以找到他们。

达尔文在世时称得上精英，剩下这两位……我说出了我的疑问。

天国之神对人间谁是精英自有他的界定，请照着名单采访吧，呶，这是采访工具，它既可以录音录像也可以自动用人间的二十一种文字做记录，还可以即时发送。

发送到哪里？

这你不必过问，你只需要把采访做好就行。

好的，在时间上有什么要求吗？要我在多长时间内完成访谈？

一切由你自己决定。我们这里是享域，对你来说，享受美好的天国生活最重要，让你做的事是在你觉得想做事时再去做。做这件事的目的主要是为了消除你的无聊寂寞之感，是让你觉着生活有意思，不是像人间那样，做事是为了挣钱谋生。

谢谢，这让我很放松，我去时可不可以带个伴，比如说，带上这位薄粼粼女士，她在学域学仿的是导游，会给我很多帮助。我指着一直站在旁边的薄粼粼请求。

她笑望了一眼薄粼粼答：天国之神没有说不让你带伴，你完全可以自己决定，没必要问我和其他灵魂。

我采访完名单上的三位对象后，怎么同你联系？

请按一下这个。她说着递给我一个类似人间使用的传呼机样的东西。你只要一按，我很快就会来找你，再说一遍，我叫达雅，你可以直称我的名字，其实你如果仔细回忆一下，说不定还能记起我，我们是见过面的。

我们见过面？她的话令我吃了一惊，我飞快想了一遍我到享域后交往过的灵魂，没有，我对她完全没有印象。

我们是在哪儿见过？我有点狼狈，对一个见过自己的圣域的使者我竟忘得如此彻底。

记不起了？她笑着。那么我来做一点提醒，看看你能否回忆得起来。她边说边从衣袋里掏出一个白色的纱巾盖在了头上。

这白色的纱巾一下子唤醒了我的记忆，天哪，原来她就是由人间把我引进天国的那个女使者。是她到了人间的医院，将刚刚告别肉体的我拉在了手里；然后又陪我到了甄域，看了惩域，直把我送到了涤域。是你？！我冲动地抓住了她的手摇着。

你当初问过我的名字，受天国规矩的限制我没有告诉你，现在你知道了，我叫达雅，你可以叫我达雅姐姐。

你是什么时候到圣域当起使者来的，达雅姐姐？我急切地问，她是最清楚我的来历的使者，她使我感到非常亲切。

刚刚，我返回圣域接受的第一个使命，就是来见你交代你采访的事！你应该能猜到，我听说来见你也感到非常开心。

太意外了！我握着她的手来回摇着……

那天送走达雅姐姐后，我的心还长久地沉浸在激动之中。后来，我才想起问薄粼粼愿不愿和我同去采访，薄粼粼笑了：如果正式发一个邀请函的话，我可以考虑……

孩子，既然天国之神信任你，你就一定要把采访的事情做好。我们周家人办事的传统是，对他人不承诺则罢，一旦承诺了，就要尽一切努力去践诺，不能胡乱应付过去。爸知道你做事一向踏实认真，相信你会想办法去完成任务。我只有一点不放心，你毕竟年轻，生活阅历浅，学识不丰富，你去找那些在人间有长久历练的精英灵魂，他们一眼就可能把你看透，他们会不会根本就不理睬你？他们会不会觉得你听不懂他们的话而拒绝和你交谈？

你恐怕得做好遭受冷遇的准备！

爸爸，你不放心的地方也是我的担心之处。不过凡事总要试一试。我决定先去找那个达尔文。去之前，我做了一段时间的案头准备。我去天国图书总库里借来了他生前写成的全部书籍，并读了他的主要著作《物种起源》《动物和植物在家养下的变异》《人类的由来及性选择》《人类和动物的表情》和《植物的运动力》，概略了解了他一生的经历。说到天国图书总库，我给你简单描述一下它的大小，它差不多有人间的郑州城那么大，光盛放目录的房子就占据了三条大街。

接下来，粼粼帮助我在天档中心顺利找到了达尔文在享域的住处，然后我便和粼粼直接朝他住的那个名叫和乐角的地方飞去。我们在达尔文的住处找到他时，他正在他的院子里比较两种天国草的差异，用尺子量着草茎的长短。他的模样还保持着他七十三岁离世时的样子，留着长长的胡子，和书上印的他的照片差不了多少。他对有人打扰他显然很不高兴，一脸愠色地说：我今天好像没有邀请客人。

我急忙赔上笑脸说：是的，先生，我们是不速之客，我们为打扰了你而先致歉意。

那就请离开吧，我正有事。他说话很不客气。

可是如果我等待你的邀请的话，我就将永远见不到你，因为我在人间出生时，你已经离开人间差不多一百年了，我是个无名小辈，在学术上没有任何造诣，你在天国享域从来不会听说过我，更不会想到我。而我，在人间时，却是你的进化论的真诚信奉者和拥护者，我渴望在天国的享域见到你，渴望亲耳听到你的教诲。

他一听我这样说，才转过身子看着我，面色也方转为亲切一些，才礼让道：那就请屋里坐吧。

我在读一本关于先生的书时知道，先生的祖父和父亲都是有名的医生，所以后来就也让你学医了；这和我有点相似，我父亲是军人，所以就也让我当兵了。进屋坐下后我这样开口，目的是起个话头，引他说话。

可我不喜欢学医，我父亲送我到爱西堡大学学医时，我经常到海边向人学习采集生物标本，对动物进行解剖、分类和作观察记录。

这和我也有点相似，我不喜欢当兵，我喜欢打篮球，我当兵时最喜欢干的事是打篮球。

后来父亲又送我到剑桥大学学习神学，但我对神学也不感兴趣，不过在那里，我倒是结识了一些朋友，学会了发掘和鉴定地质矿物标本的本领。

人在年轻时的爱好实在重要，其实所有的父母都应该尊重自己孩子的爱好，说不定正是那爱好，会把人引向成功。我羡慕你能坚持自己的爱好，而我，在父亲的坚持下，彻底放弃了打篮球。

人生中的机会很重要。达尔文的脸上现出了兴奋，谈话的情绪被我调动了起来。二十二岁那年，朋友推荐我以博物学者的身份登上"贝格尔"号远航考察船，随船进行五年的科学考察。五年间，船每到一个地方，我都要下船仔细考察当地的动物和植物资源。

我上中学的时候，就开始从老师那里接受你的进化论观点，读大学时，又开始读你的书，你关于人类起源的观点在人间已深入人心，这种观点是在你那次考察时产生的吗？

他神情里显出了一点讽刺的意味：在天国再谈人类的由来给谁听呢？

我自然不能说是天国之神派我来的，那样他也许会有所顾忌，不再放开了谈，我说：给我听呀，我的肉身虽已不存在，但灵魂还想弄明白一些事情，要不然在天国里啥也不干挺难受的。

他这才笑了：好，那我就满足你的好奇心。我那次上船前，还相信生物是由上帝创造的。但考察中的许多实例引起了我的思考。在南美洲，我发现了古犰狳的化石，它们与现代生活的犰狳十分相似，却又不同，那么现代的动物是否是由古代的动物发展而来的？在加拉帕戈斯群岛上，我发现这里不同岛上的地雀各有特点，这使我想到物种可能在不断地变化着。考察回来，我又更多地收集资料和证据，我造访过农夫、种子店主和饲养家畜、家禽的人，请教农作物在种植过程中和动物在家养过程中的变化，我还亲自养了一群鸽子，观察家鸽在人工饲养下的变化。我渐渐觉得可以断定，生物进化的原因是自然选择。于是我写了《物种起源》这本书，宣告我和"上帝造物"的观念彻底决裂。接下来，我开始思考人类是从哪里来的，有了《物种起源》的基础，又经过一段时间的研究，我认定人是由猿进化来的，于是我写了《人类的由来和性选择》这本书。在我的内心里，我觉得人类的出现经历了一个漫长的进化过程，最初只是原始的单细胞微生物，然后演化出多细胞微生物，演化成海中低等生物、有壳生物、鱼类、两栖类、爬虫类、鸟类、哺乳类、灵长类，再进化到猿，由猿再到人。后来接受我的看法的人，把从猿到人的进化又分为五个阶段，即腊玛古猿阶段、南方古猿阶段、直立人阶段、早期智人阶段和晚期智人阶段。

我从书上知道，你的研究结论至今还在人间引发着争论。

是的。对于神学界的反对，我有心理准备，我彻底颠覆了他们的说法；但对于一些科学家的反对，我很意外。而且他们指出的一些问题，也引起了我的注意，比如他们指出，蟑螂在地球上已经存活了五亿多年，比人类还要长久很多，它们为何不再进化？它没有什么用途，又为何不被自然界淘汰？鸭嘴兽和兔子，为何数亿年间不再进化也不再被淘汰？有的动物学教授还指出，他们在地壳岩层中发现，动物埋没的情况是高等的鱼先有，低等的鱼后有。其实在我还活着的时候，我就发现，我的理论中尚待证实的地方太多了。

你怀疑过自己的发现？

也许说不上怀疑，只是觉得遗憾，是一种巨大的遗憾，遗憾自己没能彻底证明关于进化的理论和由猿到人的理论。我当时有一种深深的无力感。

无力感？是指什么？

一个人要想在有生之年去解释清楚地球上的生物世界，太难了。那里有太多的谜。

你直到死都认为人是由低等生物逐渐进化来的吗？

是的。要让我放弃自己的看法是很难的，但是疑问太多，我又给不出合理的解释，我很痛苦。在有些瞬间，我曾经后悔过：为何一定要追寻人类的由来？不追寻不是也可以？

作为一个人也许可以不追寻，但作为人类，不追寻能行吗？

是的，人类总该弄清自己的来历，总得有一些人代表人类去做这件事情。

他们选择了你作为代表去追寻这个问题。

不，不是别人选择的，我不是由人们推举的代表，是我自己选择的。

你有点后悔这个选择？

这个选择带给我的苦痛和压力太多太大。还有我的妻子，她为此也承受了很多痛苦。

我从书上知道你妻子埃玛女士是一个虔诚的基督徒。

我的那些书出版以后，因为否认了上帝造物造人，教会对我进行了猛烈地攻击和指责，作为我的妻子，她当然讨厌和反对那些指责，可作为基督徒，她又不得不赞同那些指责。她生活在巨大的矛盾中，十分痛苦。

可你没有退缩。

我怎么可能退缩？那是我一生的研究结果。

我知道你已听过很多赞美了，但我还是想给你说出我的赞美：你终究对人类的由来给了一种说法，你的贡献人类不会忘记。

谢谢。在天国还能听到一句赞美我很高兴。

按你的研究结论，人是生物进化的结果，那么是不是可以这样说：人今后还会继续进化？

当然，人不会停止进化的步伐。

你能够预测一下人今后进化的方向吗？

可以，但不可能准确，好在今天就你我两个，没有第三者在场，我可以放开了说。人类今后的身形会逐渐变低、变小，平均身高很可能只有今天平均身高的二分之一。因为人和自然力量抗衡时已不再需要凭借体力；也许，人脑会越来越发达，智力水平会越来越高，因为人已经尝到了制造智能工具的甜头，会越来越朝这个方向发展；生殖能力会慢慢退化，因为养孩子逐渐被视为了一种负担，自然环境也在破坏男人的精子活力和女人的卵子质量。

你说人脑会进化得越来越发达，人的智力水平会变得越来越高，你预测一下，能高到什么程度？

高到可以制造出轻易毁灭人类毁灭地球的高科技产品。

你是指核武器？

不，核武器还是一种可控的东西，你不给它提供爆炸的条件，它还是安全的。人现在已开始制造更高科技含量更有威慑力的武器，比如生物武器，基因武器，通过无人机向你的国家里空投一批染有剧烈致死病毒的鸟和鼠，这种病毒对含某特定基因的人群具有强烈的传染能力，很快就会使一国之人全死去。这类病毒的可控性大大降低，谁敢保证这些病毒不会再变异并传到其他的国度里？甚至再传回到它的发明者那里？

它的发明者可能预先已准备好了抵抗它的药。

可它在流传过程中的变异是不可控的，发明者不可能完全保证他的药就能顶用。

你说的太可怕了。

只要人的进化不停止，只要人的智力水平越来越高，只要人对自己创造高科技产品的能力不加控制其实也无法控制，这一天终会到来，我们现在不是已经看到许多端倪了？

你这样看待进化令我感到恐怖。

进化的最后结果，是人类的毁灭。

我的天！

也可能是我太悲观了。

如果现在你仍然可以和人类交流的话，你最想对他们说点什么？

对人的由来继续探索吧，能否定我的理论更好，如果不能否定我的进化论，就要提高对人脑进化和智力提高的警惕，就要抓紧设计制度以控制人创造毁灭性高科技产品的能力，不然，人类的未来很不美妙……

这也是你在人间活过一遍的最重要的感受？

差不多是的。人最需要小心的，是人；人类最需要防范的，是人类自己……

孩子，其实每个人都有追寻自己来历的冲动。我记得我很小的时候，就问你奶奶我是从哪里来的？你奶奶说：你是我生的呀！

我又问：那你是从哪里来的？

你外婆生我的呀！

我再问：外婆是从哪里来的？

你老外婆生的呀！

我跟着问：老外婆是从哪里来的？

你老老外婆生的呀！

老老外婆是从哪里来的？

你更老的外婆，从山西洪洞老家来的老祖先生的。

老祖先是从哪里来的？

祖先嘛，更老的祖先生的。

更老的祖先是从哪里来的？

你这个孩子，烦人哪！……

你奶奶只能答到这个程度了。所幸有了达尔文先生，他用他的《人类的由来和性选择》这本书，接续了你奶奶的回答，我读了他的书之后才明白，我们最早的祖先是非洲人，非洲人又是从猿进化来的，猿之前是更低等的动物。说实话，我内心不愿接受人是猿猴变的这个说法，可达尔文总算给了我一个说法，一个他千辛万苦寻找到的说法，一个破绽不是很多的说法，一个基本上能够自圆其说的说法。我为此而感激他。请向他转达我对他的敬意。但他关于人类进化结果的说法令我吃惊，人会进化到毁灭自己？

可能吗……

爸爸，我接下来去访问了哈雷博士。寻找哈雷费了我和薄郯郯好多时间，主要是世界上名叫哈雷的人太多。中国的重名者多，其他国度的重名者也多得厉害。要找的那个哈雷仍是薄郯郯帮我找到的。有郯郯这个助手，我的访问容易了许多。

哈雷住在88653区一个叫听爱角的地方。见他之前，我在天国图书总库里查了一下关于他的资料，知道他生前是法国一个历史学教授，他在人间时，最大的特点是好色。他曾先后结过十七次婚有过十七个妻子，但没有儿女，也没著过书籍。他来天国享域后，每天都用画笔来画女子的裸体。我和薄郯郯敲开他的屋门刚问候了一句，他就直盯住郯郯看，看得郯郯直往我的身后躲。我当时觉得惊奇，他没有了肉体之后难道还有对女人的欲望？

嘀，你这女子长得不错，五官和臀部很符合我的审美标准，胸小了一点，但不要紧，我对胸的要求不是很高，如果是在人间，我一定要争取娶了你！这是他对我们说的第一句话。郯郯被弄得很窘，我则被他这话逗笑了，我说：听说你在人间有过十七个妻子，还不满足呀？

男的见了美女想要她想娶她，那才是心理正常的反应。两位今天是专门来看画的吧？欢迎欢迎，最近来我住处看画的灵魂越来越多，这证明我的画艺确有长进。他把我们让进屋里，他的屋里果然挂满了女子的裸体油画，正面的，侧面的，背面的，站着的，蹲着的，坐着的，躺着的，干活的，各种姿势应有尽有。

都是你画的？我惊奇地看着那些画。

我在学域学仿的本领就是画女体，我现在对历史学不感任何兴趣，人类的历史在天国没有谁会去关注，当我不再是人之后，我后悔我当初把人类历史当做研究对象。怎么样？我画得还可以吧？你看的时候有没有美感？是不是觉得这些女体很美？

不错，真的不错。我真心称赞着。他画的女体尽管貌相不同，造形不一样，所处的背景多变，但看上去都有一种无比放松的自然本真之美。

眼看着一个又一个美女在自己的笔下被创造出来，那真是太让人高兴了，太令我有成就感了。我现在能理解当初上帝造人时的那份喜悦了。

你认为人是上帝造的？话题转到我感兴趣的方面了。

那还能是谁造的？人的身体构造如此精密，皮肤、肌肉、骨骼、血管、韧带、神经、心脏、脾脏、肾脏、肺、胃、肠，互相关联，精确组合，缺一点不行，多一点也不行，除了上帝也就是神之外，谁能完成如此复杂的工程？谁会有这本领？

自然进化。我想激起他说话的兴致。

那是达尔文的看法，是骗人的说法。用自然进化去骗谁呢？想骗我？把确凿的证据拿出来！相反，我倒是可以拿出相反的证据。《圣经》上明确记载着："上帝说，我们要照我们的形象，按着我们的样式造人，使他们管理海中的鱼、空中的鸟、地上的牲畜和土地，并地上所爬的一切昆虫。"于是上帝就用地上的尘土造人，将生气吹进他的鼻孔里，他就成了有生气的人，取名亚当。但亚当没有配偶，也就是说，世上只有男人没有女人。这没法繁衍，上帝便又让亚当睡着，从他身上取下一根肋骨，造成了一个女人，名字叫夏娃。从此，开始了生育活动，地球上有了人类。

这只是基督徒的一种说法。

并不只有基督徒这样说，类似的说法还有很多，在新西兰的毛利人中，关于人的来源是这样说的：有一位神，叫蒂基，也叫塔内和图，从河边取一把红泥，和上自己的血捏成一个自己的肖像，有眼睛、手、腿、一应俱全，然后向这个泥人的嘴和鼻子里吹口气，这个泥人立刻有了生命并打了一个喷嚏。

在澳大利亚这块土地上，关于神造人是这样说的：有一个叫庞德·杰尔的创世者，用一把大刀割下三块树皮，他在一块上边放了些泥土，用他的刀把泥调好；然后把泥分放到另两块树皮上面，开始造人，先造脚，再造腿，然后是身躯、手臂和头，两个人造好后，又取下桉树皮做成头发给他们安上，再朝他们的嘴里、鼻孔里和肚脐眼里吹气，这些小人立刻动了起来。

在非洲尼罗河生活的希卢克人说：创世者乔奥克决定创造人类，他拿起一块泥土，对自己说，我将造人，但他必须能走能跑，所以我给他两条长腿，像火烈鸟一样。这样做了之后，他又想，人必须能种植他的黍粟，因此我将给他两只手臂，一只手拿锹，一只手拔杂草。于是他给人安了两只手臂，后又安了两只眼睛，一张嘴，一个舌头两个耳朵。

婆罗洲的达雅克人说：有一个名叫萨拉潘代的大神，从天神那儿受命到地球上造人，他先造了一个石头人，可石头人不能说话，只好废弃。他又造了一个铁人，这个铁人的舌头比石头人还硬，天神看了很不满意。第三次，他造了个泥人，泥人极有灵性，一造好就开口说话。

生活在北美洲亚利桑那州的皮马人说，是大地之主创造了世界上的一切，包括人。他最初造的是一个漂亮的泥像，称泥像为人。可这种东西并不好，一下子能变出许多，而且从来不生病，也不会死去，结果他们吃光了世界上的所有东西，然后开始互相残杀吞食。大地之主挺伤心，他抓住天向下拉，把所有人和动物都压成了粉末，然后用手杖将大地凿穿一个洞，到大地另一边，重新创造了人类。

生活在东亚的中国人说，盘古神开辟了天地，用身躯造出了日月星辰和山川草木后，残留在天地间的浊气慢慢化成了鸟兽虫鱼，女神女娲在原野上行走时，觉得寂寞，她颓然在一个池塘边坐下，望着水中自己的倒影。这时，有树叶落入水中，使她在水中的影子微微晃动起来，这使她猛地意识到，自己所以感到孤寂，是因为世界上缺少一种像自己一样的生物。她于是伸手在塘边挖了些泥土，和上水，照着自己的影子捏起来，最后捏成了一个小小的东西，有五官七窍，有两手两脚，把他往地上一放，居然活了起来，女娲一见,满心欢喜,接着又捏了许多,她把这些小东西叫做人……

古希腊人说,人类是奥林匹斯山上的诸神创造的,他们先造出一个黄金人类,这些人像神仙一样生活,没有悲哀,没有恐惧,死亡就像沉睡一样。接着诸神又造了白银人类,他们不能和黄金人类相比,也算得上幸福安宁。随后又造了青铜人类,有了他们,欲望和争斗开始泛滥,他们不受神的爱护。最后又造了铁的人类,也就是我们这一代人。

阿拉伯的创世神话说得更清楚,上帝派阿兹列来造人,他取了一些泥土来到阿拉比亚,先造成了一个泥人,使它慢慢变干。四十天后,上帝给变干了的泥人以生命,并赋予他们理性的灵魂。

南美奎什玛雅人的圣书《波波尔乌夫》里写道:世界上最初什么都没有,只有造物主特拍和古库马茨,他们创造了所有的动物,之后用泥土造了一个人,这个人虽然会说话,却没有思想,造物主没办法,只好打碎重新来做。又用黄谷和白谷磨碎成面造了一个人,并找到了可以进入人肉体的东西,使人有了思想和灵魂,开始在地球上繁殖。

这些关于人类来源的传说,为何如此惊人的一致?这只能说明,它是潜在真相的一种表达,它告诉我们的信息是:人是被神被上帝造出来的!

这样归结好像有些勉强,不能因为各地都有造人的说法,就证明这种说法成立。我想引他说得更多。

那你说怎么归结?难道这么多处相同的说法不可信,只有达尔文的说法可信?你既然是达尔文的信徒,你还来找我干什么?走开!我要作画了!他朝我生气地挥着手。

抱歉,惹你生气了。我忙朝他作了个揖:我谁的信徒也不是,我只是想弄明白人是从哪里来的。

他也为他的失态笑了:我现在还为人间的事生什么气?好了好了,我真的要作画了。

哈雷博士,如果按你的说法,人真是被上帝造出来的,那他一定会为他的这一举动感到自豪。我按照我学仿的采访之法，开始顺着他的观点说。

未必！

未必？

我是说，上帝很可能为他创造出了人类而深感后悔。

为什么？你不是认为人被造得很美吗？这不是上帝的功劳吗？

我说的美只是指外形，可你看看人的内心，那里边有多少肮脏、龌龊、可怕的东西。

你指什么？

比如贪欲，许多人会穷凶极恶地把不属于自己的金钱、物资据为己有，而幸灾乐祸地看着别人因贫病交加痛苦不已；比如权欲，不少人为了获得权力玩尽了阴谋诡计，甚至因此去剥夺他人的生命；再如色欲，为了满足自己的色欲，利用一切手段将异性压服，甚至用尖刀抵住对方的咽喉；还如妒忌，仅仅因为别人才华比自己优异，就想尽办法进行加害，直到对方落入悲惨的境地。人心深不见底，你看着他在对你微笑，其实他已暗中为你掘好了坟墓；人心毒不可测，你看着他在为你斟酒，其实毒药已经下到了杯中。这是人对人，还有族对族，一个实力强大的部族或民族，想尽办法强占实力小的部族或民族的土地和资源，不给就发动战争，宁可血流成河，也要达到目的，为此，甚至搞种族灭绝。再有国对国，一国的实力强大了，就想让另一国臣服自己，就想拿走另一国的东西，你不愿意？那就开打，直打得你哭声连天跪地求饶……上帝又不是瞎子，我们凡人都能看见的东西，他能看不见吗？看见了这些他会怎么想？眼看着他造的男人女人，一个在欺骗另一个，一族在欺负另一族，一群在玩弄另一群，一些在凌辱另一些，一批在压迫另一批，一帮在杀害另一帮，一国在打压另一国，他的心能不疼吗？心疼得厉害了他可能就会后悔，后悔当初造人造得太仓促，只考虑到造外形没考虑到造心地，后悔自己造人的行为没能经过深思熟虑。没有造人时，他看着茫茫大地，感受到的只是寂寞；但造人之后，他感受到的竟是痛苦。他能不后悔吗?

你这样认为?我惊看住他。

我不仅这样认为,我还经常听到上帝在自语:我错了,我不该这样造人!

真听到了?

仿佛。

仿佛?

仿佛听到了。

可以请你再说点你在人世上活这一遭的感受吗?

人类尚未脱离幼年阶段。

能说得明白点吗?

大部分人还没学会正确对待同类,也没有学会正确对待其他生命,更没有学会正确对待他们赖以生存的环境,人间如果现在取消了警察和监狱,那将会变成一个非常可怕的地方……

儿子,这个哈雷博士的话令我感到意外。他相信上帝造人,却又坚信上帝已后悔了自己的造人行为。我不知道上帝是否真的后悔了,可我作为一个人,对人类的表现和作为也很不满意。先说人类中的歧视行为,确实过分。富国的人歧视穷国的人,大部族大民族的人歧视小部族小民族的人,白种人歧视黑种人,西方人歧视东方人,学术地位高的歧视地位低的人,男人歧视女人,沿海的人歧视山区的人,城市人歧视农村人,文化水平高的人歧视文化水平低的人,会说普通话的人歧视不会说普通话的人,个子高的人歧视个子低的人,自以为文章写得好的人歧视写得不好的人,住得好的人歧视住得差的人,官大的歧视官小的,有北京户口的人歧视没有北京户口的人……在人与人之间,歧视每时每刻都存在着,哪有什么平等?再说人类对环境的污染,实在是肆无忌惮。地球上的空气,是谁搞脏的?是人!工厂排放废气,汽车排放尾气,把空气搞得一塌糊涂。地球上的淡水，是谁搞脏的，是人！化学废料排进水里，生活垃圾堆在水边，使人们再不敢放心喝水。地球上的土地，是谁搞脏搞荒芜的？是人！化学肥料，放射污染，建筑垃圾，使得可耕用的土地越来越少。还有人与人之间的争斗，可怕之极。有多少夫妻在相互折磨？有多少同事在互挖墙脚？有多少官员在斗得你死我活？有多少民族在你争我夺？有多少国家在互相设置陷阱？单是以色列和巴勒斯坦这两个民族就斗了多少年，打了多少仗，死了多少人？……

爸爸，接下来我和鄹鄹去访问了那个叫李昌达的来自中国的律师。他住在55832区的一个名叫目美角的地方。他是五十一岁因患病来天国享域的。他这人喜欢收集石头，他跑了享域的许多地方，收集到大量他认为美的好看的石头，然后把它们放在自己的院子和屋子里，组合成各种图案和造型。他的住处简直就是一个石头的世界。门后、地板上、床前、座椅旁，到处放的都是石头。和他见面之后，他最先做的事情不是问我们从哪里来，而是让我们看他收集到的那些石头，并分别介绍它们的来历和珍贵之处。本不爱石头的我，也被他的介绍所吸引，去细看他的那些收藏，有的石头像极了一个鹅蛋，有的石头像极了一条狗，有的石头像极了一只猛虎。有些石头拼在一起，像船；有些石头堆在一起，像楼。

喜欢吗？他微笑着问我。

我点头：你在人间就有这个爱好？

当然，可惜我在人间收集的石头没法带来这享域里。那其中有一块最珍贵，它的形状像极了一个男人的阴部。

是吗？我笑了。

你别笑，那极可能是外星人在地球上造人时出的一件废品。

哦？你认为地球上的人是外星人造的？我来了兴趣。

是的。大约五六万年前，有一批外星人为选择新的居住地来到了地球，但他们发现，地球的引力因素不适合他们居住，他们临走前，出于一种实验的目的，运用他们掌握的先进遗传基因技术，选择地球上精力旺盛和智力不错的猿、狼和海洋生物，从他们身上取出遗传基因，并将其分离、剪切、拼接、组合，然后创造出新物种，这就是地球上的人类。

这是你的看法？

也是曾在美国航空太空总署任职的杜恩宁，在经过长期的研究之后得出的结论。他于一九六八年出版了一本书：《上帝是外星人》。他在书中指出，《圣经》中的上帝耶和华其实是上古时代来到地球的外星太空船上的指挥官，天使们其实就是和他同来的其他外星人。除杜恩宁之外，还有其他人也写了类似的书。

这种说法的证据在哪里？

第一个证据就在《圣经》里。你打开《圣经》找到造人的那一节，会读到这样一句：上帝说，"我们要照着我们的形象，按着我们的式样造人"。这句话两度提到复数的"我们"，从西方的宗教信仰看，上帝是唯一的，只有一个，为何会说"我们"？当时上帝是在和谁说话呢？很明显，是外星人指挥官对同来的其他外星人在说话。

你这样解释"我们"？

还能怎样解释？第二个证据在人的身体上。你看人的面孔，是不是有点像猿？你看人的个性中的自私、狡猾、贪婪像不像狼？你看人体的70%是水分，像不像水生生物？你看人的皮肤尤其是女性的皮肤十分光滑，是不是像海豚？

这也可以用进化论来解释。

别给我说进化论，我不信那个。

还有没有其他证据？

第三个证据是法国记者克劳德·佛里伦的经历。一九七三年十二月十三日，他受某种不知名的感应，驾车前往法国克墨孟菲火山，在那儿，他看到浓雾中出现一束红光，紧接着一个扁平外形的飞碟降落在他前方，走出一个身高约一百二十厘米着飞行装的人，头部笼罩着不可思议的光芒，这位外星人说他就是耶和华。一九八三年六月,人间的台湾出过他的一本书:《我到过外星球》。

这会不会是那个法国人的杜撰?我提醒道。

每当一个我们无法接受的事实出现时,我们总习惯说它是假的。一个记者放下正常的事情不做,去编造这样大的一个谎言并为它不断辩护,值当吗?有意义吗?

好吧,这算是一个有力的证据。

再一个有力的证据就是中国一些古籍中的暗示。老子的《道德经》中说:道生一,一生二,二生三,三生万物。"万物"是由"道"演化来的,那"道"又是什么?很可能,是指制造生物的方法,用这种方法造一物,造二物,造三物,最后造成了很多种,成为万物。

这样解释老子的话,是不是有些勉强?

那是你的感觉,我倒认为很恰当。

好吧,就算你关于外星人造地球人的说法成立,那你认为人类的未来如何?将向哪个方向发展?

人类的未来很不妙!

不妙?你指的是什么?

我指的是人正朝着制造人的方向迈步。现在,人类不是已经克隆出了羊,克隆出了牛,已经可以用人体干细胞和基因技术制造出人体器官了吗?不是很快就要出现人体商店了吗?那时人在遭遇事故或患病之后,就可以到"人体商店"里定购用自己的细胞培育出的备用器官。那么下一步,自然就要克隆出人了。照目前的进度看,这一天早晚会到来。如果人能够不通过两性交配而用技术造出来,使人类的现存伦理和正常秩序全部发生改变,使地球现有的生命图景发生根本变化,你说谁会不高兴?

谁?

当然是外星人。地球人原本是他们制造出来的,是他们的创造物,发明权在他们那儿,现在要改变这个事实,那他们当然会不高兴。

是吗？他的奇思妙想让我忍不住笑起来。

你笑什么？他很不高兴：你不想同我交谈就请离开！我没有请你来。

我犯了采访的大忌，直接表明自己对被采访者言论的不屑。

我在人间时就特别烦那些自以为是的人，对任何他们没听说过没思考过的东西都拒绝接受。没想到在天国的享域又碰上了你。走吧，你！

抱歉，我笑不是因为不同意你的观点，而是觉得你的观点太新鲜太精彩！我努力做着补救。

真的？

当然。我们还是继续聊吧，听君一席话，胜读十年书哩。外星人不高兴了会怎么办？

他们的办法应该很多，通过使地球地壳发生强烈震动并引发海啸可能只是方法之一，如果他们的愤怒积累到一定程度，他们可能会使用星际相撞之法，让其他星体猛烈撞击地球，从而彻底毁掉人类。

这太恐怖了吧?!

毁掉了再造。

老天。

但愿我这只是杞人忧天。

因为你坚定地认为人是外星人造的，你在人间应该是活得最清醒的一个，你活了一世，有什么感受可以说说？

任何人都不能做事太放肆太觉得自己了不起，否则，必会受到惩处；人类也不能做事太放肆太以为自己了不起，否则，同样会受到严厉惩罚……

乙酉

孩子，关于外星人的传闻虽然一直不断，但真正见过他们的人毕竟很少，而且几乎没有实实在在的证据。因此，对于外星人造人的说法也只能存疑。不过李昌达指出的人正沿着用技术手段造人的路向前走，这倒是真的。从眼下已达到的水平看，造出人已不是不可能的事，一旦人造出了人之后，社会将发生翻天覆地的改变，这一点也的确让我有些忧心。我们知道，现有的人类社会，是以血缘家庭为基本社会单位的，人与人之间有许多依托血缘而制定的伦理规矩。如果人不是生育出来而是制造出来的，家庭就会解体，社会因没了家庭做基础，没有了最基本的单位，人与人之间的各种顾忌也不会再有，大乱恐怕就会发生了。到那时怎么办？没有大小不分长幼，没有父母不讲亲情，人都是从工厂里出来的，谁也不会对谁负责，那可如何是好？

爸爸，我不知道我这样采访交谈是否就是天国之神希望我做的，不知道我采访到的内容对天国之神是不是有用。反正我已用采访工具把我同这三位采访对象的交谈内容都做了录音、录像和中、英、德等二十一种文字记录，我按照由圣域来的那位使者达雅姐姐的交代，按了一下她给我的联系工具，想将第一批采访结果交给她。

那联系工具还真管用，仅仅一个时辰之后，达雅姐姐就站到了我和郯郯的身边。

二位好，呶，这是第二批的访谈对象名单。她边说边递给我一张纸，我接过一看，仍是三个名字：魏源、李叔同和爱因斯坦。

都很陌生。

达雅姐姐，我不知道我第一阶段的采访是否符合天国之神的要求，请把这个采访盒带回去，采访结果都在里边，我想待天国之神看完后，听听他的看法，再开始对下一批对象的采访。

达雅姐姐一笑：我上次不是给你说了，这个采访盒还有一个功用，就是即时发送，也就是说，在你和访谈对象进行谈话时，它已经把你们的谈话情景即时发送到了圣域里，天国之神其实已经知道了你的全部采访情况。因此，采访盒我不必带走，你继续使用就行。天国之神只让我转告你一句话：不要被动地听，可以和对方辩，以求激发对方说出更多真实的感受。

我有些意外地急忙点头，原来神已经知道了一切。

你还有什么需要我向天国之神转达的事情？她临走前问我。

没有。

那就祝你接下来的采访顺利……

我仍然希望薄郯郯能和我一起去做下边的采访，经过这么长时间的接触，说实话，我已经有点离不开她了。她听了我的请求，照旧嬉笑道：好呀，反正陪你采访也让我消除了寂寞，只是我最后是要回报的！

什么回报？

这暂时也属天机，不可泄漏。

我们先去找魏源。

他住在与我们相邻的一个区里，经过了上个阶段的采访，寻找采访对象已经是很容易的事情。见他之前，我先去天国书库查了他的生平经历,知道他是乾隆五十九年三月二十四日出生,老家为湖南邵阳县金潭,七岁起从塾师读经学史。九岁赴县城应童子试。十六岁庚午科取了秀才。二十八岁壬午科中了举人。三十一岁受江苏布政使贺长龄之聘,辑《皇朝经世文编》一百二十卷。四十七岁入两江总督裕谦幕府,直接参与抗英战争。四十八岁写完《圣武记》,叙述了清初到道光年间的军事历史及军事制度,提出"今夫财用不足国非贫,人才不竞之谓贫"。五十岁参加礼部会试,中进士,以知州用,分发江苏,任东台、兴化知县,期间编成《海国图志》五十卷,后又修订、增补,到他五十八岁时成为百卷本,囊括了世界地理、历史、政治、经济、宗教、历法、文化、物产,对当时强国御侮、匡正时弊、振兴国脉之路作了探索,提出"以夷攻夷"、"师夷之长技以制夷"的观点。五十七岁被授高邮知州,公余整理著述。五十九岁时完成《元史新编》。后被以"迟误驿报"之名革职,复职后辞去。晚年潜心学佛,法名承贯。六十三岁时卒于杭州东园僧舍。他主张革新变法,反对外敌入侵,提倡兴办实业,指责苛重税敛,称誉不设君主不立王侯的政治制度,是中国当时少有的睁眼看世界的人。

见到他是在一个上午。

他身材瘦削,长须飘拂,独自住在一个名叫拂柳角的地方。他大概因为晚年学佛的缘故,来天国享域后一直拒绝见客,对我们的突然造访很不适应,开门看见我们愣了好一阵才说:两位是不是走错了地方?这儿的房主姓魏。

我急忙按清代人间的规矩朝他施礼:没有走错,晚辈正是来拜见魏老先生的。

你们是——

我们是两个《海国图志》的热情读者,今特来当面求教的。

哦,那已经是旧书了,谢谢你们还能记得。请屋里坐吧。

先生的《海国图志》,在中国史学史上,是第一部较为详尽较为系统的世界史地著作。给当时闭塞已久的中国人以全新的近代世界概念，功莫大焉。我边打量他的屋子边说。他还像在世时那样，十分喜欢书籍，屋里到处放的都是线装书，除了他自己写的、编的书之外，还有许多是从天国书库里借来读的书。

嗨，当时由于鸦片战争失利，吾等心焦如焚，写书是想唤醒国人睁眼看世界，为以夷攻夷而作。今天看起来，太浅薄了。

《海国图志》在海内外起过深远的影响，后来的洋务运动，就是受该书所阐发的"师夷"思想的影响而起；再后来的变法维新，其中的主要人物也都受过此书的影响；此书传入日本后，在明治维新中也起过不小的作用。

谢谢你，你虽年轻，看来知道怎么安慰著书者，说一个著书者的书影响大，那是对他最大的恭维和安慰了。但我相信，你今天来，决不仅仅是想安慰我这个前朝老头子，说吧，还有什么事？

我不好意思起来，看来在他面前，再绕来绕去只会弄巧成拙，还不如直说来意的好。于是就开口道：晚辈今日来，就是想听先生说说你在人间活了一遍的真实感受，好启蒙于我。先生活着时不断著书立说，想必对人生早已参悟透彻，盼能答应。

你我如今都在天国享域，还谈人活着的感受有何意义？

纯粹是想弄个明白，眼见人的一生不过百年左右，且充满苦难，但人还都想活下去，我就想弄明白其中的原因。

呵呵，既是如此，那我就说说我的感受。

我轻舒一口气，还好，他没拒绝。

我到人间活这一遍，要说有收获，除了编成了《海国图志》这套书，就是差不多弄明白了人活着的理由。人活着的头一条理由是基于本能。一个人只要从父母那里获得了生命，按照生命的本能，他就会想办法活下去，不要任何理由，就是活下去。这一点和其他动物一样。

是生命体的一种惯性？

差不多。

人生中一些美好享受的引诱，是不是也成为一个活着的理由？

对，人小的时候，活着是为了吃到更好的东西。小孩子一听到父母允诺第二天可以吃到更好吃的东西，就特别高兴，就对活着充满了期待。人长大以后，体内产生了追求异性的欲望，这时，找到自己满意的情人，也成为一个活着的理由。接下来，想要有一个或几个后代又成为活着的理由。跟着，想为全家挣来可以舒服安身的好房子，再成为活着的理由。人不断根据身体所产生的欲望的要求，给自己确定生活目标，而这些目标便成为了活着的理由。

是的。我在人间时和许多乡村里的小伙子接触过，问他们辛辛苦苦地种地活着为了啥，他们说：为了娶个老婆。我又问：娶了老婆以后还为啥呢？他们说：为了生几个娃娃。我再问：生了娃娃以后再为啥呢？他们说：为娃娃盖几间房子。我接着问：房子盖好以后还为啥呢？他们说：为娃娃娶个老婆。我继续问：为娃娃娶完老婆再为啥呢？他们答：再生几个娃娃。如此循环，就是活着的全部理由。

其实说到底，这就是生命的本能。

人全是依据本能在活着？我记起了达雅姐姐转达的天国之神关于要辩论的叮嘱。

当然，仅仅依靠这种本能和生命体的惯性，人难以说服自己忍受各种苦难顽强地活下去，人必须为自己找到其他活的理由。一大部分人找到的理由是：自己的亲友需要自己。没有自己，亲友们将会痛苦和无所依靠。许多人能忍受可怕的人生煎熬，心理上是靠这个来支撑的。

说得对，我当初在人间所以想活下去，就是想日后要照料我的父母和爷爷奶奶。我奶奶也说过，她能活到今天，就是因为想看到她的几个儿女都能平安快乐地生活。

可是，这个理由其实是经不起追问的。亲友需要你，你必须活着；你也需要亲友，所以亲友们也必须活着，大家互相依赖，互为因果，并没有自己本身存在的理由，这说服不了那些习惯刨根问底的人，也说服不了目光看得更高一些的人。

那就向更大的范围去寻找。

对。另有一部分人,是把自己的人生放在一个更大的时空区间去审视,使自己的生命成为某个政治运动或社会运动的一部分,这个运动可以使其所在的民族、国家和世界更美好,自己的人生活动可以造福人们,使后世子孙们过上幸福日子。因此他们能忍辱负重,万难不辞地活着。就像我敬佩的林则徐先生,他所以在极端艰难的情况下坚韧地活着,就是想看到鸦片被彻底禁绝,大清百姓能更好地生活。

就是为一项事业活着?

是的。所谓事业,有好多种,我刚才说的只是把政治运动和社会运动当做自己的事业,还有一些人,把改变某一领域的面貌也当做自己的事业,比如一些寺院的住持和教堂的神甫,把传扬佛法和基督教义,增加信徒作为自己的事业;一些医生大夫,把研习医术寻找新的药品,医治病人当做自己的事业;一些陶瓷艺人,把烧出更华美的陶瓷作品,当做自己毕生的事业,这些人也能历尽千辛万苦而活着。

他们已经超越了本能,活着的理由更充分了。

但也有人会对这个更大时空区间的事物进行追问。按照现代宇宙学知识,宇宙起始于一次大爆炸,那次大爆炸之后,一些学者发现宇宙因星系间的引力作用开始减速膨胀,另一些学者发现宇宙因星系间的斥力作用开始加速膨胀,前者会带来新一轮的大爆炸,后者会带来无比的寒冷,也因此,太阳系的生命也就几十亿年,人类可能活的年数大约是十的四十一次方,之后,地球就会毁灭,而且终有一天,宇宙也会寂灭,一切都将化为乌有,人类即使在地球上获得了再幸福的生活,你的事业即使做得再成功,随着地球的毁灭,还能有什么意义?

难道人类长期活下去的理由不成立?

任何问题在连续的追问下都会无语可答。人不能解释一切。这是人类的一种困境。这种困境有点像父母面对孩子一连串追问时所遭遇的那种窘境，知识再渊博的父母，在稚童一连串的无休止的追问下，也常会找不到答话。怎么办？应该像被问得发窘时的父母所做的那样，让孩子不要再问。我现在能做的也是告诉你，不要再问。

我望着他，有点不相信自己的耳朵：如此博学的一个人，竟然让我不要再问。

你是不是对我的回答有些意外？他慈祥地看着我问。

我只能点头。

不要对任何问题都企图找到终极答案。让一些终极答案留存在神秘区域吧。

我看了看粼粼，希望她能说点什么。

冰雪聪明的她笑了，说：魏老先生的意思是让我们低下头回到现实，回到自己面对的生活现实，回到我们面临的具体问题上，而不要只仰脸向天不停地发问。

你理解得差不多。魏源笑了，人间的人们不能只低下头看现实的事情，要有抬头望向星空追问的时间；但人们也不能只抬头望向星空，还要低头看现实的事情。这样，人才能保持一种平衡，才能不是很累地活完一生。当然，这道理对我们这些生活在天国享域的灵魂不适用……

孩子，我和你爷爷奶奶一样，平日几乎没想过自己为何活着，只是在为遇到的每一个人生问题忙忙碌碌。小时候，只是想着上学读书，争取考上大学，将来能到城市里工作。后来"文化大革命"开始，上大学的梦破灭，就想着去当兵，走出艰苦的农村，不当农民。当兵后，就想着好好干，争取能当个军官，拿上工资，改变家里穷困的状况。当上军官后，就是想娶一个在城市里吃商品粮的妻子，好日后让孩子成为一个正式的城里人。和你妈结婚有了你之后，就想着怎样让你读一所师资好的小学。待你小学毕业，又想着怎样让你上一所重点中学。后来又想着怎样调到北京，好让你在北京上大学。你研究生毕业后，我想的就是为你在北京找一个合适的工作。你病了以后，我就一心想着怎样把你的病治好。当然，从军后每天做好分给自己的工作，也是在为国效力……我就这样活到了现在。我不断地给自己设定人生目标，不断地为实现每一个小目标努力，我活得很累，没有时间去问活着的意义和理由。我这种活，和那些有作为的人比，可能是最糊涂最没有价值的活法了……

爸爸，不要贬低自己，这世上的大部分人可能都和你一样活着。人只要活着，肯定都有自己的理由和价值。不要和别人比，人生不是可以比较的。不仅仅是我这样认为，我和粼粼去采访李叔同时，他也同意我这种看法。

李叔同住在77985区一个叫莺鸣角的地方。我们找到他的居所见到他时，他虽然穿着天国享域的袍子，但还光着头，行着人间的佛礼，保持着寺僧的样子。他的居室里，摆的也都是佛家的书籍。

不知两位施主，找佛子弘一有何见教？他先按享域的规矩行礼，跟着又行了合掌礼，之后，坦直地问我和粼粼。

我急忙说：我刚来天国不久，虽然只活了二十九岁，但从小喜欢诗词歌赋，我上初中的时候，就听人们唱你的《送别》：

> 长亭外，古道边，芳草碧连天。
> 晚风拂柳笛声残，夕阳山外山。
> 天之涯，地之角，知交半零落。
> 一壶浊酒尽余欢，今宵别梦寒。

当时就想，啥时候能亲眼见见把离愁别绪写得如此精彩的作者那该多好，可惜我们中间隔了太多的岁月，在尘世上无缘得见，来到天国后，有了见你的可能，我怎么会再放过这个机会？

谬奖了。那是弘一还在人间俗世时的作品，在天国享域听起来，格调欠缺得太多了。他的态度,有着佛家信徒都有的那种蔼然和谦和。

法师太谦虚,我觉得这《送别》里写的是人间的离别之情,述的却是人间的美好之缘。歌词里蕴藏着禅意,充溢着真情,我在人间听人唱时,真有"一音入耳来,万事离心去"的感觉。听说法师写这首歌词还有一个因由?

唉,那是我在人间时一个大雪纷飞的冬天,我一位叫许幻园的好友,忽然在门外喊我和叶子,我和叶子闻声出门,只听幻园说:叔同兄,我家破产了,咱们后会有期。说罢挥泪转身就走,连我的家门也没进。我当时望着他的背影,站在雪里心伤不已,后返身回屋,把门一关,让叶子弹琴,就含泪写下了这首歌词……

法师这一生,用人间的评价,叫做灿烂辉煌,你被中国学界称为通才和奇才。你的书法作品被说成:冲淡朴野,温婉清拔;你的《哀国民之心死》等诗词,被称为:久吟不衰;你的油画《裸女》,被赞为:栩栩如生;你的篆刻作品,被说成:独树一帜;你在话剧《茶花女》中扮演的玛格丽特,被誉为:精彩绝伦;你创作的歌曲,被认为:曲词皆美。很多人说你在中国这一百多年的文化发展史上,是没有几人能与你比的大师。也正是因此,我很想问你一个问题。

问吧,世人给我戴的那些高帽子,我不想戴,但你这个年轻灵魂的问题,我乐于作答。

以你在人间的感受,觉着人生是可比的吗?

你提了一个很难回答的问题,如果我刚才知道你所提问题的难度,可能就不允诺要回答你了。

法师在人间的俗佛两界都生活过,肯定思考过我这个问题,请法师不吝赐教。

人生怎么比较?首先,每个人的人生起点就不一样,导致人生起跑时的优势劣势就不同。有的人出生在官宦富商之家,从小可以过着衣食不忧的生活;有的人出生在很高文化素养的家庭,很小就受到文化知识的熏陶;有的出生在偏僻穷困的山区农家,一落地就过着饥一顿饱一顿的日子。这几种人在身体发育、心理演变、知识准备和对世界的看法上,一开始就不一样,你怎么去比较他们的人生?像我,父亲是同治四年的进士,做过吏部主事,后辞官经商成为天津巨富,我从小就可以在家馆读书,有条件去学英文,去研究篆书和治印,要让一个同在天津衣食难保的菜贩的儿子跟我比人生,这公平吗?

有道理。我点头。

其次,每个人的人生长度不一样,导致抵达人生辉煌点的位置不一样。我在人间活了六十三岁,你在人间活了二十九岁,我俩怎么去比人生?我六十三岁时悟到的东西,你自然悟不到,这能说明我聪明你愚笨?不应该吧?

我再次点头。

再有,人生所从事的职业不一样,导致人生的回报是不同种类的东西。人走仕途,回报他的是官职;人搞科研,回报他的是发明;人从事教育,回报他的是人才;人从事艺术创作,回报他的是艺术作品;人种地,回报他的是庄稼的收成。这些完全不同的回报结果怎么在一起比?获得了好收成的农民和一个晋升一职的官员怎样比人生?官员的人生就比农民的人生精彩?未必吧?一个官员获得的人生快乐就一定比一个农民获得的人生快乐多?也未必吧?

可人间有的专家认为,人生可用价值量的大小来比,他们认为,人生的价值可以量化。

这倒是很新鲜的看法,只是我不知道他们怎么去量化人生,用磅秤?一个省长的人生价值量就一定重过一个教育家的?一个军官的人生价值量就一定比一个科学家轻?

你坚持认为不可比?

是的。我觉得天国之神的做法就最好,他决定一个灵魂进不进天国享域,不是看他在人间时干过什么职业,不是看他活过多大年纪,不是看他在人间获得过多大的收获,而是只要他或她努力地走完人生全程,对他人对家庭对民族对国家对人类做过有益的事,有过属于自己的所得,没有对他人的人生造成坏的影响,就可以。我认为这才是在公平公正地评价人生……

孩子，我也认为弘一先生的话有些道理。人间的不公平已经太多，有的人一生下来就什么都有，像一些皇室的后裔；有的人奋斗一生却没过上好日子，像一些贫困地区的农人。如果评价人生的标准再不公平，那人活得就太苦了，太令人绝望了。如果人生不可比的观点成立，它倒会给许多人带来安慰，可以使人们觉得：你活你的，我活我的；你可以认为你的活法有道理，我可以认为我的活法有道理；你觉得你的人生精彩美好，我觉得我的人生美好精彩；各活各的，各自走完各自的人生全程，互不妨碍，互不排斥，互不伤害……

爸爸，尽管你我都觉得弘一法师说得对，人生不可比较，可你留意没有，在实际生活中，人们却每时每刻都在进行彼此比较：张三这一生比李四成功，马五比王六活得辉煌，郑七和秦八比那还叫活吗？……在我活过的二十九年时间里，我几乎天天看见听见这种比较。我不知道人们为何一定要这样做，我的心里对此满是困惑。还好，在我和粼粼采访爱因斯坦时，他以他的人生经历和感受，为我解释了这个问题。

爱因斯坦住在天国享域最偏僻的地方，那个居住点叫不名角，据说他当初选择住地时，曾专门问过享域里的引领使者：哪里最偏僻？那些志愿者想了好久才想到这个不名角，不名角离圣域最远，离其他的居住点也最远，整个不名角只住着三个灵魂。

即使有粼粼的帮助，找到不名角也费了好久的时间。不过总算找到了，他没有出门，我和粼粼一敲门他就应声说：来了，来了。这倒有点出乎我们的意料。

他打开门一看是两个不认识的灵魂，一愣之后说：对不起，我以为是我的前妻米列娃来了,我正在等她,你们是不是又来问我对最近人间发现超光速现象的看法?我已经说过多少遍了,我不关心这个问题!不关心!我对此无话可说!别烦我了,行吗?让我安静地生活,好吗?为什么一定要强我所难呢?

我和粼粼一时都怔在那儿,我俩都不知道人间发现了超光速的现象。

是的,我过去在我的相对论中说过,光速约每秒三十万公里,没有任何物体的速度能够超过光速,这是物理学的基础,可最近人间的意大利格兰萨索国家试验室下属的一个实验装置,接收了来自欧洲核子研究中心的中微子,两地相距七百三十公里,中微子跑过这段距离的时间比光速还快了六十纳秒,也就是每秒比光速快六公里。就为这,天国享域里那么多的科学家灵魂都来找我,说这个发现将使我的广义相对论和狭义相对论都打上问号,问我怎么办,我能怎么办?前人能管得了后人的事?他们既然有新发现,就重建新理论呗,与我何干?我在天国,我不会也不能再关心人间发生的事情,凭什么再来搅乱我平静的生活?爱因斯坦说得很激动很生气。请二位走吧,走吧,让我安静地待在这儿!

很抱歉,我们找你不是想同你讨论这个问题,我俩也不关心超光速的现象。

那你们是——

我们是你的崇拜者——

又来了!你们崇拜我什么?我可不值得你们崇拜!我也不想要你们的崇拜!我现在和你们一样,只是天国享域里的一个普通灵魂,走吧,我在等我的前妻米列娃。我在人间就烦透了不速之客,我不需要崇拜者。再见啦!

先生,能听我们说几句话吗?

好吧,好吧,最好不说,如果一定想说,那就请说吧,只是时间要短,我不喜欢听长篇大论,我不是一个有耐心的灵魂。

先生,我们来天国享域之前,住在人间的中国,我的小学老师在我十岁的时候就告诉我，阿尔伯特·爱因斯坦先生是世界上最伟大的科学家，他一九一二年十一月十二日在去日本讲学的途中，抵达过中国的上海，看过上海"梓园"主人收藏的金石书画并给予了高度赞扬，他是中国人的好朋友，你们长大后一定要读他的书，像他那样做人。他把你的照片贴在我们教室的墙上，让我们每天都要看一遍，谢天谢地，今天终于见到你了！

哦，你们来自中国？我对中国的上海留有深刻的印象。你们见到我很失望吧？长得一点也不帅，差不多是很丑的一个老头子。我劝你们不要去见任何有名的灵魂，那都会令你们失望。他们在人间时也都是普通的人，到了天国更是普通的灵魂，不要在心里美化他们。两位年轻的朋友，我很感谢你们能来看我，但我今天确实同米列娃女士有事要讨论，我们预先约好的。我今天恐怕不能接待你们了，要不我们再另约时间见面？

是吗？我很尴尬，我和粼粼来之前的确没预先打招呼，正赶上他老人家有事，再坚持待下去会让他作难的，也许会令他很不高兴。那么就先告辞？我正这样想时，忽听身后响起了一个女性的声音：嗨，阿尔伯特，你怎么会让客人站在门口？为什么不请他们进客厅里坐？这可是你失礼的地方！你一忙就容易失礼！我和粼粼闻声转身去看，只见一位风度翩翩的年轻女士站在我们身后，脸上露着责备之色。

轮到爱因斯坦尴尬了，他耸了耸肩。

阿尔伯特，为何不给我和客人们彼此做个介绍？那位女士看定爱因斯坦说。

哦，这两位年轻的来客在人间时住在中国，我也还没来得及问他们的姓名；这位就是我的妻子米列娃。

米列娃急忙同我们握手，边握边说：阿尔伯特对我的介绍不太准确，我是他的前妻，而不是他妻子。很高兴认识你们，我的中国籍的朋友还不是很多，见到你们真高兴，请进去坐吧，快请进。

我急忙说：谢谢米列娃女士，爱因斯坦先生说今天要和你讨论问题，要不，我们改日再来拜访，我们来打扰爱因斯坦先生，只是为了向他求教一个问题。

既然来了就别走了，进去坐吧。我和阿尔伯特要讨论的事情其实很简单，用不了多少时间，你们完全可以先向他请教问题。

既然米列娃女士这样说，我和粼粼就不再客气，便进屋坐下了。爱因斯坦的屋里摆设非常简陋，除了床和几把椅子及一把小提琴之外，几乎再没有什么东西。

你们是不是觉得他的家太寒碜了？米列娃大概留意到了我们打量屋子的眼光。他一贯就这样，能简单就简单，对生活的舒适度要求很低，他总是把精力都集中到他正在琢磨的问题上，我当初和他同居时就发现了他这个习惯，阿尔伯特，我说得对吗？我没有丑化你吧？你认同我的说法吗？米列娃转向爱因斯坦一连声地发问。

爱因斯坦一笑，也在一把椅子上坐下：如今我已经不琢磨任何问题也不搞任何研究了，所以我决定不再看任何书，屋子里没了书，就显得空间大了，我现在每天除了拉拉小提琴，就是到外边沿着河岸散步，偶尔也去爬爬近处的几座小山。

说吧，你们今天来找阿尔伯特有何事情？我和他讨论问题不着急，我俩有的是时间，天国享域里的时间没有用完的时候，太充足了，你们先说，请先说吧，不必客气！米列娃朝我和粼粼挥挥手。

这真是最好的采访机会，我抓紧这个机会赶忙开口：我们今天来，主要是想请教爱因斯坦先生，人间的人们在生活中经常进行相互比较，这种比较给人们带了很多痛苦，有时还会因此导致心理不平衡，引起自杀、谋杀和社会动乱，人为何要不停地进行相互比较？人们这样做的原因究竟是什么？

哎呀，你们这个问题提得太好了。米列娃先开了口。我也就是在不停地与别人做比较时感到痛苦的，你们大概不知道，我和阿尔伯特婚前曾有一个女儿丽瑟尔，她一岁多就患病去世了，我现在经常想，那么多人家都有女儿，凭什么单把我的女儿早早收走？那么多的女人都当了妈妈和姥姥，为何不让我当妈妈当姥姥？这不公平。

我和别的女人比来比去，结果越比越生气。

对呀对呀，我们就是想弄清人为何总是要在生活中彼此比较，爱因斯坦先生阅历丰富，他根据他在人间的感受，一定会为我们解答这个问题。郯郯接口道。今天有了米列娃的帮助，看来采访会很顺利。

你们这可是找错了人！爱因斯坦笑了，我在人间是搞自然科学研究的，你要问我相对论和质能方程方面的问题，或让我解释光电效应，亦或是让我说明量子力学方面的发展，都可以，可你们问我关于人的问题，这恰恰是我的弱项，当初以色列首任总统魏茨曼逝世时，以色列驻华盛顿大使打电话给我说：奉以色列共和国总理本·古里安的指示，想请问一下，如果提名你当总统候选人，你愿意接受吗？我当时回答他：大使先生，关于自然，我了解一点，关于人，我几乎一点也不了解。我这样的人怎么能当总统呢？那么今天，就把我对那位大使的回话，拿来作为对你们的回答吧！

我们自然知道你是研究自然科学的，可这个问题又不深奥，你只需从你的人生经历和感受出发，说说你的看法就行，何必要拒绝回答呢？郯郯这时有点替我着急了。

就是，人家来也是看你在人间的名气大一些，这又不是啥高深的问题，干吗不说说你的看法？摆什么架子？这里是天国享域又不是人间，摆架子给谁看呢？你啥时候学会了摆架子？是你后来的妻子教你的？米列娃这时发话了。

好，好，既然你们都认为我该说，那我就说说，但我预先声明，这纯粹是一己之见，是由我自身在人间的感受说的，没经过任何科学验证。我觉得，人间的人们所以在生活中喜欢彼此比较，这首先是生存的一种本能需要。人间奉行的规则是优者可获得和掌握更多的生活资源，你在体力上比别人强，就可以在体力劳动中获得更多的报酬；你在智力上比别人强，就可以在智力劳动中获得更多的回报；你的相貌长得比别人英俊漂亮，你在择偶上就能获得更大的自由度。这就使得人们必须去学会彼此比较，在比较中找到自己的位置。再者，是社会的鼓励所致。人类社会要向前发展，动力就来自人们对现状的不满足，这种不满足从哪里来？来源之一就是比较。也因此，社会每时每刻都在鼓励人们去彼此比较。幼儿园的孩子比赛唱歌，唱得好的会得到表扬；中学生们参加考试，考得好的才能上大学；运动员们参加比赛，成绩好才能得到奖励；官员们要进行考核，干得好的才能提拔；科学家的研究对社会发展推动大的，才会得到奖赏。社会不停地在人群中进行选择和选拔，作为个人不进行比较怎么应对社会？

你认为这种比较不可避免？我紧接着问，我不能让他停下来。

是的，比较无可避免。我理解你们的担心所在。你们担心人类的很多痛苦是由比较而起的。但我觉得，要紧的不是去提倡不比较，而是要去说明怎样比较才好！

你认为怎样比才好？

我认为，要比就比两个方面，第一，比谁获得的快乐和幸福多。人活的时间不长，而且只能活一遍，这就决定了人活着的目的，不是为了获得烦恼和痛苦，那么，收获快乐和幸福的多少就成为衡量人生状态的一个重要指标，不管你的职业是什么，不管你的权力和名声有多大，不管你在物质上有多富裕，只要你感到快乐和幸福的时间短，强度小，那你的人生就不算是比别人过得好。第二，比心灵的质地。人的肉体没法比，那是父母给的，自己没有自主权；人的命运没法比，那是各种因素造成的，自己无法左右；独有人的心灵是不是保有美好这件事，可以自己完全做主，因此，这成为人生可比的指标之一。一个人，不管遇到什么情况，都与人为善，与族群为善，与自然界为善，这样的心灵的质地就好，反之，一个人为一己之利，或损害他人，或损害族群，或损害自然界，其心灵当是有污点的。两者相比，前者的人生自然比后者的有价值。

你说的这两点比起来容易吗？两者都是无形的东西，怎么比？郯郯向他提出疑问。

你问得好，快乐和幸福都是人的一种感觉，无法对其进行固定和把握，怎么比？心灵的好与坏极难显示于外，怎么比？猛一看去，这两个方面都无法比。但实际上，这两个方面的比较一直在进行。你记得吧，你们中国的皇帝，有好多都曾抱怨说：我活得还不如一个平民。他们为何抱怨？就是因为他们觉得和平民比较，他们获得的快乐和幸福并不多。还有，比我死得晚的特蕾莎修女，她一生行善，去世时自身一无所有，可全世界的人都在向她致以敬意，人们为何把自己的敬意给她，还不是觉得她的心灵美好，活得特有价值？……

丙戌

孩子，我觉得爱因斯坦先生说得有些道理，人在生活中喜欢彼此比较，那可能是天性使然，是人自爱的一种表现，人在彼此的比较中要么获得一种心理的满足，要么获得一种向前奋斗的动力。当然，这种比较可能会带来痛苦，可能会带来绝望，可试想一想，倘若人们都不再相互比较，那世界会是一个什么样子？必定会成死水一潭，各种创造都不会出现，社会就会停止发展。不过也要同时说明，这种生活中的比较并不就是在进行人生价值的比较，人生价值的比较不是人自身能完成的，它需要他者参与，要让旁观者来比较并进行评判，而且这种人生价值比较通常是在人生完成之后进行的，也就是人们常说的盖棺论定。

爸爸，对爱因斯坦先生采访结束的第二天早上，天国之神的那位女使者达雅姐姐就再次来到了我的住处。她敲门的声音很轻很轻，以至于敲到第四遍我才听见。

嗨，是不是因为邹邹女士在这儿住着，怕姐姐我知道，不愿开门了？

我开门后她跟我开着玩笑。

我笑着回道：也许有一天，我们会请你为我们主持举办一个同居的仪式呢，由天使你主持这样的仪式，该是最有纪念意义的。

好哇，你们愿什么时候办？我随时听招呼！

我一见她认了真，忙又说道：这只是开玩笑，根本没征求过薄鄰鄰的意见，我还是先讲讲我采访的情况吧。

那就不用了，有那个采访盒的帮助，我们其实也如同亲临你的采访现场了。我今天来，是给你第三批采访名单的。她说着递过来一张纸，我接过一看，还是三个人名：袁世凯、苏格拉底、薛涛。

对这三个人有所了解吗？

知道袁世凯的名字，他出生在我们中国河南，也算我的老乡；其他两位，连名字也没听说过。我老老实实地答。

苏格拉底是古希腊的思想家，薛涛是中国唐朝的诗人，我能告诉你的就是这些，他们具体的情况你可以到天国的书库里查。

明白了……

当天上午，我就叫上鄰鄰去了天国书库，我们先熟悉了他们几个人的基本情况，然后才去天档中心寻找他们各自的住处。

没想到袁世凯就和我住在同一个地方——观香角。找到他的住处时我和鄰鄰都很意外，他就住在和我相隔五家的一所院子里，我平时常从他的院门前过，也和他打过多次招呼，平日只知道他姓袁，称他袁先生，哪里晓得他竟是在人间大名鼎鼎的袁世凯。

袁先生好呀，作为你的邻居，我可是真没想到你就是人间中国那个有名的大人物！怎么一点都看不出呢？

他一脸敦厚地笑笑：什么大人物，你我如今都一样，是天国享域的一个普通灵魂，是观香角的一个普通居住者。

我说的是人间的事，当初你在人间那可是一跺脚全中国都震动的人物，我小时候读历史书的时候就知道你，史书上说你自小喜爱兵法，常常不惜重金搜罗购买各种版本的兵书战策，十三岁时就曾制联：大野龙方蛰，中原鹿正肥。显示出了楚霸王般的豪气。青年时曾作诗《言志》：眼前龙虎斗不了，杀气直上干云霄，我欲向天张巨口，一口吞尽胡天骄。你二十三岁就以"通商大臣暨朝鲜总督"身份驻藩属国朝鲜，后来你又到天津小站练兵，创立新军。再后来，又创建山东大学堂，发展工矿企业，修筑了京张铁路，创办巡警，逼清帝逊位，强调五族共和。

呵呵，都是一场空呀！

怎么能说空呢？中国的史书上可是记载得清清楚楚。

可史书上还记载着另外一些事哩。哈哈，小伙子，谢谢你给我面子，只说我做过的好事，不揭我曾向荣禄告密致谭嗣同死于菜市口的短处，不责我暗示纵允他们暗杀宋教仁，不骂我违拗民意一心称帝，不斥我喜欢女人，娶了许多小老婆。

人活一生，哪能不做错事呢？何况你是在政界里，那本来就是一个闪着刀光剑影的地方。

感谢你的理解，我还是第一次听到你这种宽容的暖心话。实话告诉你，在来天国的路上，在抵达甄域那会儿，我是真做好了把我送到惩域去的准备，说我不怕去惩域，那是假话，我心里是真怕呀！你想想我在人间的一生，哪里消停过？如果死后再把我送到惩域，那我可怎么办？感谢天国之神和他的那些使者、志愿者，能明察秋毫，说我并没有亲手杀人，尚可宽宥，只属于重秽之魂，允我最终来到了享域，我如今是真的非常知足，非常知足了。

袁先生，你有没有想过，你在人间的一生，原本是可以过得非常辉煌的？！

你指什么？

假如你就任中华民国临时大总统后，按《中华民国临时约法》行事，按照对孙中山先生的承诺做下去，不搞独裁，而是巩固国会，实行选举，严格总统任期制度，自己任满两届就交由新的民选总统接班，那中国岂不就长治久安了？哪有后来的军阀混战，生灵涂炭？你不就成了共和制下的开国总统，从而青史留名了？！

唉，我当时哪能看这样远呢？我受过的全部教育和我的全部经历都告诉我，权力一旦到手，就决不能再拱手让人，后来的一系列举动都是缘此而生。其实，那个时候，就是换另外一个人，怕也和我一样，那时的中国官场，除了孙中山之外，还没有出现能看透权力的心胸广阔之人。

恕晚辈说话直率，你后来称帝一事，实是逆潮流而动的不明智之举，它毁了你一世的声名，是你人生的最大败笔！

唉！说到这事还真是一言难尽，今天既说到这儿，那我就讲明三点：第一，在称帝一事上我确有私心，我想总统的权力终究是受限制的权力，只有皇帝的权力才是至高无上的权力，而且皇权可以世袭，能保证袁家世代荣华。我不舍得把权交出去。你太年轻，也没尝过掌握大权的滋味，那滋味实在是太好了，你可以决定一切，可以随时拿到你想要的一切，连别人的生命都掌握在你手上，那实在是诱惑无穷难以抵御呀！谁拿到了手都舍不得松开。第二，杨度、严复他们的拥戴劝进也确实起了作用。说实话，我虽然觉得当皇帝好，但事关政体，众目睽睽，终究不敢妄为，这时，杨度、严复他们反复劝我说，今日国民厌弃共和，趋向君宪，应行君主立宪制度，英日等国皆属君宪政体，是事实上的民主政体，我国应效仿之。这就让我觉得称帝也是顺乎民意，可以放心为之。第三，我儿子袁克定的暗中推动也起了大作用。克定是我的长子，他这人一心想当太子，唯恐我不称帝，他为此竟然伪造《顺天时报》，说日本也支持我称帝，这就使我坚定了称帝的决心。后来我的二儿子克文和女儿叔桢发现他们的哥哥造了假，但事情已不可挽回，我气得大骂克定欺父误国。这个逆子——

好在事情都已成过去，袁先生如今犯不着再为此生气。

是，是，看来我这颗心还是未能安静下来，凡心还在，一提起人间的往事就想动气，让你见笑了。我们家族在天国享域的灵魂很多，他们也有想来和我同住的，但我一概拒绝了，我就想独魂一个安安静静地生活，再不想我当初在人间做过的那些破事，让自己彻底断绝尘念。看来我还没修炼到家呀。

说哪里话，我怎么敢笑你？你经见的都是大事，放不下那也的确有理由。就是我这样的平凡之魂，有时想起在人间的一些遭遇，也会禁不住气上心头哩。

谢谢了。你小小年纪，倒是真的很通达，很知道怎么安慰我这个老头子，我真的挺感动，说吧，小邻居，你今天找我不单是来安慰我的吧？究竟有何事？

没有什么正经要紧的事，只是因为闲暇太多，同时也是因为好奇，就想来问问，先生你在人间活这一遍，都有哪些感受？

感受可是太多了。你们两位今天来就问这个？

是的。

这倒有些出我意外了，我还以为你们是我人间政敌的后裔之魂，追到天国来羞辱我的，我活这一生，对不起的人太多，所以，我是做好了在天国受到羞辱准备的。好，好，你既是只问这事，那我就坦率答了：假若让我重活一生，我是决不会像前一生那样活的。

就是不走仕途？

对。你想我当年从军界转入官场生活，有得意时，但那种时候都很短，也就是每次刚接到晋升的圣旨那会儿，只高兴一会儿，很快就开始战战兢兢，怕把差事办砸会丢了官甚至丢了性命。戊戌变法那会儿，我只要处理稍有不慎，脑袋就会被砍下来。慈禧太后这位老佛爷的脾气和心肠你们后人不知道，那简直是可怕之极，你只要让她有一点点猜疑，她立马可能取你项上脑袋，说实话，我每次见她，都是内心惊恐不已。当官当然也有快活的时候，比如吃喝可以随意，天底下所有好吃好喝的东西你都可以随心所欲地要；比如住房可以宽敞气派，你想住多大的房子都可如愿；再比如要女人方便，你只要看中了哪个女人，都可以弄到手，像我一生娶了一妻九妾。我知道人间很多男人嫉妒我这个，但其实在官场巨大的精神压力下，和女人在一起也没有多少乐趣，何况她们很快就朝你要这个争那个，哭这诉那的，让你烦躁不堪。再就是官场的勾心斗角，常常是你死我活，你看着他在朝你笑，其实他早恨你恨到咬牙切齿！

你听着他在朝你说着祝你身体健康的话,其实他巴不得你明天早上就死。干其他行当,当然也有焦虑有担忧的时候,但官员的焦虑和担忧却是每天都会有的,焦虑在上边失宠,担忧圈内人背叛,担心下属捅大娄子。就说过年节吧,普通百姓只要准备点好吃好喝的就行,你是官员,你就要想尽办法给各个上司送礼,而且送的礼还必须是他们喜欢的,要不然,就等于白送。本来他喜欢南海珍珠,你给他送上苏杭绸缎,那你就是在找骂。这就需要你挖空心思去琢磨上司的爱好了,咳,那份罪可真不好受!再就是官场的那份势利,你在台上红火时,人们都想围在你的身边,对你点头哈腰满面笑容,给你送这送那,称赞你这个奉承你那个,甚至亲热地叫你哥哥叫你叔叔叫你干爹,甚至想叫你亲爹,可一旦你失势了下台了无权了,围在你身边的人就像一群听到别处撒了吃食的鸡一样,一哄而散。而且避你唯恐不及,甚至用最恶毒的语言骂你,要同你撇清一切干系。你说干这个行当有何意思?

那为何中国的老百姓大都教导并希望自己的儿女去当官呢?

那是因为,其一,中国是个习惯以官位高低来衡量人生价值大小的国度,你只有当了官,当了大官,才会被人们所仰慕和称颂,才觉得你的人生很成功。其二,中国的官员尤其是正职官员,几乎掌握了所在地的所有资源,当官成了为个人为家族为亲戚谋取利益的最好途径。其三,少数人确实想通过当官掌握权力,来施展自己的政治抱负,来为国家为众人谋利益,这种人不多,但确实有。其四,中国官场的黑幕通常是秘不外宣的,场内的人因自己在场羞于说,场外的人因不了解说不出,故一般人只能看到官场华彩的一面,看不到其黑暗凶险的一面,如此才前仆后继,一批一批地向官场拥去。其实你只要仔细观察一下就会发现,那些做过官的人家,那些尝过官场苦头的人家,通常会让他们的第二代第三代,去经商而不是继续当官。

你这个分析很难说服我。我反驳道。在人间,在中国以外的国家中,为何人们也都喜欢当官?为何每逢总统、州长、省长竞选时,他们也会争得头破血流？

这恐怕就要先说到人的本性，人的本性里有一种统治欲，统治众人的欲望使得每个人在权力面前，都有一种想抓住的本能。这和动物有点相似。一个猴群，为争猴王的位置，公猴们会咬得你死我活；一个狼群，为争头狼的位置，公狼们会厮杀得你伤它瘫。然后，就要像刚才说过的那样说到人的政治抱负，有一些人获得官位的目的，不全是私心，还有想施展自己治国、治州、治省抱负的愿望。

你这些想法是在人间就有的还是到了天国享域之后才有的？

你想我活了五十七年，大部分岁月是在官场过的，我一定要等到死了之后才明白？

那你为何不选择早日退出，还要一直在官场干下去？

我刚才不是说过，官场的那份诱惑力大得出奇吗？我哪抵抗得了？一个人一旦当了官，立马可以前呼后拥，立马可以呼风唤雨，立马可以决定他人的命运，立马可以掌握辖区内所有的资源，那份舒服感、成就感、自豪感、满足感、高大感、晕眩感，实在让人陶醉。它就像鸦片，你只要吸上了，想戒掉，没门！你看看从古至今，从中国到外国，有几个官员是自愿辞职不干的？有几个是自愿交出权力的？

如果真的让你重活一生，你想怎样生活？

养牛。

养牛？

对呀，养一群牛，隔些日子卖一头，换些吃穿用之物。牛老实，不懂背叛，你跟牛在一起，再不用担心遭背叛，遇陷害，被辱骂，生活肯定会很清苦，但会活得很安全很安静很舒畅……

孩子，你见到袁世凯倒是很有意思的事。如果我将来也能去到天国的享域，我一定也要去看看他。他作为河南人，本可以让我们这些后人以他为荣，可他却让我们河南蒙羞。我很想亲口告诉他，我替他惋惜。历史给了他成为伟人的机会，可他却没有抓住。这怨不得别人，责任主要在他自己，当然中原厚土也该负一点责任，毕竟他是在中原长大的，这块土地上浸润的一些毒素通过食物和水进入了他的血液，从而限制了他的视域和胸怀，也影响了他的心性。他现在的心境我能理解，他奋斗了一辈子，也确实做了许多可圈可点的大事，但晚年的作为却把他辛苦得来的名声全毁了。看来，人的晚年很重要，晚年是可以改写人生评价的，你在青年和中年时代辛辛苦苦地前行，计划要去的终点已经在望，但晚年却让你一下子掉入了深坑，让你的目的彻底落空，让你辛辛苦苦争得的英名像云一样飘走。让你永远沉在痛苦和后悔之中。

晚年是人生长卷的最后一章，袁世凯没有把这一章写好。

爸爸，去见苏格拉底是在一个下午，还是鄩鄩和我一起去的。鄩鄩说她很想看看这个自愿喝毒酒死去的思想家长什么样子。不知是因为苏格拉底来享域时间早还是他自己选择的缘故，他的住处离我们最远，我和鄩鄩找到那个叫宇之角的居处时，黄昏已快要来临。身着享域长袍赤着双脚的苏格拉底当时正在他的院子里栽郁金香花，院门是开着的，看到我们出现在他院门口时，以为我们是来要花苗的邻居，于是高声说：抱歉，我剩下的郁金香可能也就四五株了。鄩鄩笑了，说：四五株也可以，多少钱可以卖给我？苏格拉底这时一愣，停下手中的活扭头说：把花和钱联系起来好像不太妥当吧？花是美丽的化身，钱是物质的变种，二者不能进行交换，你们身在天国为何还用人间的方式思维？

鄩鄩和我都笑了。

苏格拉底先生这才起身，知道我们不是来找花苗的邻居，摸了一下长须狐疑地问：你们是——

我们想做你的学生，今天是特意来拜见老师的，我们先帮你把花苗种完吧。我和鄩鄩随后上前，不由分说地帮他种起花来。

已经有几百年没有访客进到我的院里了,你们是怎么找到我的?

在天档中心查到了你的住址。

谢谢你们还能记得我这样一个无用的老头子。转眼之间,我来天国享域已经两千四百多年了。

可无论是天国还是人间,都还在记着你这个智者的大名。你当年在人间的市场、运动场、街头等公众场合的谈话和论辩,至今还在通过书籍流传。你的确是一个精神上的助产士,帮助人们产生了许多智慧的思想。我把我从天国书库查到的关于他的评价说了出来。

呵呵,什么智者,我当年说出的那些话,今天看来都是人人知道的普通道理。

可我听说,你两千四百多年前说过的许多话,至今仍被人间许多人用来指导自己的生活。比如你说过的:最热烈的爱情会有最冷漠的结局。

比如:我们的需要越是少,我们越近似神。

比如:想左右天下的人,须先能左右自己。

比如:男人活着全靠健忘,女人活着全靠牢记。

比如:每个人身上都有太阳,主要是如何让它发光。

比如:在这个世界上,除了阳光、空气、水和笑容,我们还需要什么呢?

比如:人可以犯错,但不可以犯同一个错——

好了,小伙子,真感谢你还能复述出我那些陈词滥调。如果我的一些话真的还能对今天的人间有一些用处,我感到无比高兴。

我从书上知道,你当年在人间时,自愿过着清苦的生活,无论严寒酷暑,都只穿一件普通的单衣,而且经常不穿鞋,吃饭也不讲究。却到处找人谈话,讨论问题,探求对人最有用的真理和智慧。我想知道,你这样做的动力来自哪里?

还从没有人问过我这个问题,问得好。你看我这人长得十分平庸,差不多可以说是丑陋,鼻子扁平,嘴唇肥厚,眼睛突出,身材矮小笨拙,如果我再不思考和言说,那我对他人、对雅典还有什么益处呢？

既然你坚信自己做的是有益于人有益于雅典的，那为何当别人控告你藐视传统宗教、引进新神、败坏青年和反对民主，并判你死刑的时候，你不反抗而甘愿饮毒酒赴死？

当时的情况是：论辩已无用，乞求赦免伤我的自尊，我能做的就剩遵守雅典的法律，一死而已。

如果我现在问你，你如今认为对人最有用的一条真理是什么，你愿意以你在人间的真实感受回答我吗？

对人有用的真理很多，很难说哪一条是最有用的，如果实在要让我做选择的话，我想说这一条：不加控制的欲望必会引来灾难！

是指任何欲望吗？

当然。

连食欲、性欲、钱欲、权欲、出名欲、不朽欲、发展欲、收藏欲、称霸欲、探索欲、探险欲，都包括在内吗？

对。

你能不能告诉我，你对自己当初选择的那种生活满意吗？

不满意！我很多时候活得并不开心。我的生活没有回旋余地，我必须不停地思考和言说，而言说有时还会引来攻击和谩骂。

这是真话？

我在内心里骗过自己，但从来不骗他者。

你说"在内心里骗过自己"是什么意思？

人有时为了说服自己长期做一件事情，要不断地在心里给自己找理由，比如我整天思考和言说，我就要在心里不断地骗自己说：人们需要我这样做。

人们也的确需要你这样做，你没有骗自己。

可我死后，人间没有了我，人们不是照样活得好好的吗？

正是因为你做出了榜样，你的身后有人在继续思考和言说，你有了继承者。

谢谢你的安慰。

以你在人间的真实感受，如果让你重新选择一次生活，你会怎样选择？

我会选择当一个种植者。种粮、种菜、种果树，做实实在在的事情，生产粮食、蔬菜和水果这些人们必需的食品。

为什么？

人只有做最基础的事情，才能最终理解人，才能真正认识自我。

还是要去认识自我？

当然，认识自然和自我是人活着的重要目的之一。如果真让我重新选择一次生活，我可能会去写出自己关于自我的思考，而不是只去说，只去让柏拉图他们记录，这样可以避免记录错误……

孩子，我对苏格拉底所知很少，但年轻时曾把他的一些名言抄在自己的笔记本上当座右铭，我记得抄录过他这些话：不要靠馈赠去获得朋友；命运是机会的影子；假使把所有人的灾难都堆积在一起，然后重新分配，那么我相信大部分的人一定都会很满意地取走他自己原有的一份；只企盼少许，才能接近最高的幸福；在你发怒的时候，要紧闭你的嘴，免得增加你的怒气。我觉得他是一个真正的智者，他的思想的确能给我们普通人带来启发，能让我们豁然开朗。他赢得了后世那么多人的尊重，没想到他对他的人生竟也不满意，这让我很意外。我很想见见他，你要把他的住址记清楚，待我到达天国享域时再说给我，我一定要去拜访他。

爸爸，接下来对薛涛的访问很轻松。她住的柳绿角离我和粼粼住的观香角不是很远，一顿饭工夫就可以飞到。我和粼粼找到她的居处时，只见她的院门门楣上写着三个字：吟颂居。我和粼粼相视一笑：果然没找错。

她可能正在作诗，是捏着毛笔来开门的，看见我俩，眉头一皱问：二位何事？

看来她也不喜欢被打扰。

粼粼先开口，笑着说：听说薛校书居此，特来拜访。

请改日来吧，我正忙着。她说得很不客气，而且跟着就要关门。粼粼显然没料到对方会如此不给面子，脸立刻红了。我见状急忙说：抱歉抱歉，我们来前，也踌躇再三，怕打扰了你，但我俩想很快合居，这在享域也算一件美事，又听说你就是当年中国唐朝的四大女诗人之一，是当年的蜀中四大才女之一，就想来向你求一首诗，将来好挂在我们的客厅里。

薛涛一听这话，才将脸上的冷淡褪去，说：那也该提前打个招呼呀。

是的，是的，怨我们考虑不周，不该今天就贸然上门索诗。我急忙再鞠一个躬。

请进吧，可惜我正写着的一首诗因为你们的敲门，写不下去了。

对不起，对不起。我拉着粼粼向屋里边走，粼粼可能还在为刚才所遭的冷遇生气，甩甩手想不进去，我暗中使了些劲，硬将她拉了进去。

看你们两个的貌相，倒是很般配的一对，在人间，该是一段好姻缘，在这享域，也是一段纯情纯谊的佳话。在她的客厅里坐下后，她的语气明显地热情起来。

谢谢你的夸奖，我俩在享域合居，主要是为了消除寂寞。我说时才注意到，薛涛虽然穿着享域女性都穿的那种衣裙，但发式却是唐代女道士式的。我想起书上说她晚年好做女道士装束，建吟诗楼于碧鸡坊，在清幽的生活中度过晚年，看来书上所记是真。

薛校书别听他瞎说，和他合居的事我还没有下决心哩。粼粼这时带了羞意反驳我。

在这事上可不要耍小性子！她开始含笑对粼粼说话，机会能有几个？失去就不再有了，我看这小伙子是个合居的好对象，甭让别的女子抢走了！

是吗？粼粼嘻嘻地笑看住我，还有女的会抢他？抢吧，谁愿要他就来抢吧！

可别说这大话，你看中的男子，别的女子也可能看上，你若不珍惜，就真有可能把他推到别的女子怀抱里，这样的事，我在人间见过的可是多了。

气氛就这样轻松起来了。

能给我们写首诗吗？我再次提出要求。

好吧，既是你们想要装点你们的合居客厅，那我就给你们写一首。她说着走到书案前，拿起刚才放下的毛笔，抽过一张桃红色的彩签，略一思忖，便写了起来：

> 那堪花满枝，翻作两相思。
> 玉簪垂朝镜，春风知不知。

写新诗需要时间酝酿，这是我当年在人间写的一首旧诗中的几句，今日抄录给你们，算是对你们的一种祝福吧。

我趋前去看，这几句诗的意蕴的确让人喜欢，而且她的行书字也写得十分了得，笔力峻激，毫无女子气，颇得王羲之之法。我和粼粼相视一笑，同时说：谢谢薛校书！

快别叫我薛校书，我并未被人间的朝廷授以校书郎的官衔，那只是韦皋先生的一番美意罢了，希望你们不要再错叫我这个称呼了。

好的好的。不过当年王建那首《寄蜀中薛涛校书》诗中写道："万里桥边女校书，枇杷花里闭门居，扫眉才子知多少，管领春风总不如。"大家就据此叫你薛校书了。你来天国后，当时的剑南节度使段文昌亲手为你写了墓志铭，并在你的墓碑上刻了"西川女校书薛涛洪度之墓"，其实，你是毫不愧称女校书的！

人间的事咱管不了，可在这享域，我不想听到这官衔名，你们叫我一声薛老师，我就很高兴了。

那就称你薛老师，薛老师，你今天满足了我们讨诗的愿望，照说我们应该走了，可作为两个诗歌爱好者，可否允许我们再同你聊聊，请教一点事情？

聊什么？一看就知道你们来天国享域不久，我在人间生活的时代和你俩中间隔着一千多年，我们能有共同的话题？

我们共同的话题就是唐诗呀，唐诗可是可以跨越时代和岁月的。郯郯抢着说了。

好吧，那我们就聊聊唐诗，你俩最喜欢唐代哪个诗人的诗？

第一个是你的诗，你那首《十离诗》中的"犬离主"，把一条狗写得跃然纸上，活灵活现，而且含着深意呀：

驯扰朱门四五年，毛香足净主人怜。
无端咬著亲情客，不得红丝毯上眠。

当面奉承可是挺让我难受的。她笑着摆手。

我急忙摇头道：这可不是曲意奉承，实在是心里喜欢。唐朝的诗人里，我喜欢的还有元稹，他那首《行宫》，写得多好：

寥落古行宫，宫花寂寞红。
白头宫女在，闲坐说玄宗。

这首五绝具有深邃的意境，倾诉了宫女无穷的哀怨之情，寄托了诗人深沉的盛衰之感。

薛涛听我说到元稹，脸上掠过一丝不自然的笑意，叹一口气道：唉，他写得最好的诗，我以为是那首《明月三五夜》：

待月西厢下，迎风户半开。
拂墙花影动，疑是玉人来。

郯郯这时开口说：还有那首《离思》——

曾经沧海难为水，除却巫山不是云。

取次花丛懒回顾，半缘修道半缘君。

这首诗索物以托情，语近思远，风情宛然，读来让人心动。

我替元稹谢谢二位了，你们能这样喜欢他的诗，他若知道，该是很高兴的。

在天国享域里，你们二位见过面吗？听说你们生前曾有过一段感天动地的爱情。我试探着说，唯恐她会生气。

所幸她没生气，只凄苦一笑道：再见何益？我听说他如今已和人间的妻子韦丛合居，唯愿他们能尽享天国的喜乐。

薛老师，你这一生，作为女子，给人间留下了那么多美丽的诗篇和传说，成为世人千古评说的对象，应该说是活得很辉煌了，你对在人间活这一遍都有些什么感受？

如今再谈这些还有何益？我的人生已消失一千多年了。

我们纯粹是因为好奇，能给我们说说吗？

人哪，活着时还是过正常的日子好啊！

你是说你有点后悔自己当初在人世时过的日子？

她连连点着头：如果能让我的人生重新来过，我是断不会像当初那样过的。

那会去干什么？

会去嫁一个普普通通的男人，为他生下一群儿女，在粗茶淡饭中享受做妻子做母亲做主妇的一份安恬和快乐，再不做歌伎兼清客，为当官的赋诗侑酒，即使写诗，也会在劳作之余，能写则写，写不出作罢，断不会整日去苦吟诗句，再不要去尝那种相思之苦，再不要看人脸色仰人鼻息。

哦？

那样的日子太苦了……

丁 亥

孩子,想不到被世人盛赞和纪念的薛涛也有难言之苦,她竟然也不想照原来的活法再活一世。我当年读她的诗《谒巫山庙》:

乱猿啼处访高唐,一路烟霞草木香。
山色未能忘宋玉,水声尤是哭襄王。
朝朝暮暮阳台下,雨雨云云楚国亡。
惆怅庙前多少柳,春来空斗画眉长。

对她佩服得五体投地,觉得她真是一个奇女子,心想做人到她这份儿上,能留下千古传颂的诗篇,那才真是活得值,活得心满意足,未料想……

爸爸,对薛涛的采访结束之后,我对郯郯说:只要使者达雅姐姐不来催,我们就给自己放放假,休息休息。整天忙着去天档中心查找采访对象的住址,去天国书库查看采访对象的资料,去四下里找采访对象的住处,去小心地接触采访对象,也真的有些累了。郯郯笑着问：怎么个休息法？在家里睡觉？去天国剧院看戏？外出旅游？

既然薛涛老师都为我们合居送了诗，我们是不是凑这个机会，把合居的事正式办了？我小心地征询她的意见。

她听后倒没说别的，想了一霎问我：你真的想好了？你只是想找个消除寂寞的伴，还是真的喜欢我？

当然是真的喜欢你。

我得提醒你，这儿不是尘世，你尽管看我长得漂亮，但那只是一个外壳，并没有真的肉体供你触摸亲吻享受，你只能和我的灵魂打交道相处，你确定你喜欢的是我的灵魂？我在人间时知道，男人想和一个女人接近，首先是因为这个女人的肉体长得美丽引起了他的兴致和欲望，然后他才了解这个女人灵魂的兴趣。

这还用你说？你没有肉体供我触摸享受，我也没有肉体来满足你的享受要求，我喜欢的只能是你的灵魂。我笑看着她，她在这事上的小心谨慎让我觉着有趣，合居在天国不是很随便很普遍的嘛！

你必须清醒地认识到，纯灵魂的亲近与既有肉体又有灵魂的亲近完全是两回事，这样你才不会在我们合居之后感到失望。

我当然意识到了，我确信你不会让我感到失望。

那么好吧。是你搬我那里住还是我搬你这里住？

由你决定，你怎么说就怎么办。我由着她。

那你就搬我那里住吧，你烦我了，再搬回原来的地方，别的邻居也不会说什么。如果是我搬到你的住处，你烦我了，赶我走，我的感觉会很不好。

不可能出现那样的情况，不过你既然有这种担心，那我就搬到你的住处。

你当初不是说想让达雅姐姐做我们合居的证居者吗？要不要给她说说？

我担心她一来，又会给我们一个需要采访的名单，那会让我总觉得有事需要去做，不能完全放松，我想在和你合居时，享受一种彻底的轻松。

好吧,那要先告诉你的祖爷爷祖奶奶吗?

我们先合居了,然后再请他们来做客吧。

粼粼点头说:行。

我是第二天早饭后把不多的一点用物搬到粼粼住处的。临走前,我在我的门上贴了一个纸条,上写:来客请去同角薄粼粼处找我。然后拉上门,就走了。在享域里,所有合居者的住处,都原样保留,以备屋主随时结束合居再返回原处。

粼粼的院子和屋内打扫得都比我的干净。我放下东西,把薛涛老师送我们的诗在客厅里贴好,然后按照天国享域合居的规矩,把一红一黄两条毛巾在院门两侧挂上,就算完成合居仪式了。

粼粼扑到我的怀里,我们长久地相拥着。看来女性的灵魂也有味道,我闻到了一股馨香之味,自来天国之后,第一次有一种温馨和幸福的感觉升上心头……

就在我们体味相拥在一起那种美好的感觉时,院门口忽然响起了一阵二胡琴声,我俩闻声都一愣,忙松开手出门去看,原来是一个面容清癯的中年男子正倚在门框上拉琴。天国里还有倚门拉琴讨东西的?我正在诧异,粼粼已高声叫着:刘伯伯,快请进屋里!

他是谁?我悄声问粼粼。

他是我的西边邻居,会拉胡琴的刘伯伯。

我看见了你们门前挂着的两色毛巾,知道咱观香角里又多了一对合居的男女,我就来拉琴祝贺了!那位刘伯伯笑着停了琴弓说。

平日喜欢听二胡独奏且能拉几曲的我,一见有相同爱好的来了,立马有了兴致,问他:你都会拉哪些曲子?

你说你想听哪首曲子吧,《闲居吟》?《良宵》?《光明行》?《空山鸟语》?还是《烛影摇红》?你想听哪首我就给你拉哪首。

嚙,刘天华的二胡独奏曲你都会拉?我很吃了一惊,你不是吹牛吧?

嗨,刘伯伯就叫刘天华呀!粼粼这才想起给我作介绍。

刘天华？总不会是那个一代国乐宗师刘天华吧？我开着玩笑。

怎么？你看我长得不像？

你真的是刘天华老师？我开始吃惊了。

你既然懂二胡，那我就先拉几曲，你听听像不像那个出生于人间中国江阴的刘天华。他说完就操起弓子，很快，优美的《良宵》曲子就从缓缓拉动的琴弓下流淌了出来。

我的天呀，这真是我听过的最美的《良宵》哪，粼粼哪，你为何不早告诉我刘天华老师是你的邻居哩？

我以为他只是个二胡爱好者，哪想到他就是二胡演奏家呢？我平时对音乐可是少有研究。粼粼笑着。

一曲终了，忽然响起了掌声，我扭头一看，才发现不少邻居都被他的琴声吸引了过来。刘伯伯兴致高起来了，又拉起了《空山鸟语》，我沉醉在那优美的旋律里，闭了眼摇头晃脑。

这当儿，忽听一个男的喊：薄粼粼，你不能与姓周的合居！

我闻声吃了一惊，睁眼去寻找声音的出处，只见一个年轻的男子从邻居们身后挤过来，走到粼粼身边说：我一来享域就到处找你，今天终于在观香角找到你了，你不能同别人合居，我们再不能彼此错过了。

粼粼先是吃惊地看着对方，随后嗫嚅着问：你……你怎么来了？

泥石流，我去台湾旅游时遇到了泥石流，不过幸亏早来了，再晚来一点，我俩就又错开了。他边说就边把粼粼揽到了自己的怀里。粼粼伏在他的怀里哭了起来。我看得有些目瞪口呆，不知这男的是从哪里来的，一时不知该怎么表态。

邻居们见状，就都悄步走开了，刘天华老师也拎了他的胡琴，慢慢转身走了。我尴尬极了，怎么也没想到会有这样的局面出现。

周宁，来，我为你们介绍一下，他叫万天行，我在人间的未婚夫；这位是周宁，我在天国享域的合居者。薄粼粼从他的未婚夫怀里挣出身子为我们互相介绍着。

我苦笑了一下对万天行说：很高兴认识你。

万天行对我挥挥手说：很抱歉，请你走吧，走开吧！这里没有你的事了，与粼粼合居的应该是我。

薄粼粼这时勃然变色，对万天行道：你怎么敢这样对他说话？谁给你赶走他的权力？！他是我自愿选择的合居对象，你和我已毫无瓜葛，明白吗？

那我咋办？万天行显然没料到粼粼会对他如此说话，也愣住了。

你等呀，等你的妻子来享域呀！

那我得等到什么时候？再说我也烦死她了，结婚之后她就开始好吃懒做，整天除了做美容美甲美发，再不关心别的事，还老同我吵，对啥都不满意，她就是来了我也不想和她住在一起。

你烦她就来找我了？你知道你当初对我的伤害吗？我走还没有半年，你就把我忘得一干二净，连我的照片都烧了，你以为我不知道？！

那都是按你的嘱咐做的呀！

我的嘱咐？

你临终前我去看你时，你握住我的手嘱咐我，要我把你的照片都烧了，要我再找一个好姑娘结婚，要我尽快把你忘掉，这些你都不记得了？

我那些话你还都当真呀？！

难道你是假意说的？！我当时为了活下去，也只能照你说的去做，要是我一直不能从失去你的伤心中走出来，我能继续活下去吗？我即使结婚后，也在天天想你呀……

真的吗？天哪……粼粼又扑到他的怀里哽噎起来。

我见状，悄步进屋抱起了自己的东西，又回到了原来的住处。爸爸，我心里当然难受，可这种局面也没有别的法子来处理，只有我退出来作罢，我不想让粼粼再为难伤心，看来他们当初在阳间是真的有过一段热恋的，如今他们难得见了面，我不能再插进去，我得成全他们……

孩子，我无法评判天国享域里的事情，你就照你认为对的做吧。尽管女人也有多偶心理，但人间的规律是，一个女人若真对一个男人动了感情，爱起来了，她的心里是装不下第二个男人的，倘她心里还能装得下第二个男人，表明她并没有真起爱意。天国没有物质利益要考量，人间的这个规律应该更能适用，若是粼粼真爱你，她最后是会去找你的。孩子，在这件事上，爸特别怕你再受伤，在感情的问题上，你受的伤害太多了。

想开吧……

爸爸，当天晚上，我没睡好，所以第二天早上起床很晚。没想到刚一睁眼，就看见天使达雅姐姐站在我的窗子外边。

我急忙穿好衣裳跑出去说：抱歉让你等了，你该叫醒我的。

她含笑摇摇头道：好好睡一觉吧，我知道了粼粼的未婚夫来找她的事，我为你感到遗憾。

谢谢，我没事。我努力对她笑着。幸亏昨天没让你当我和粼粼的证居者，要不然，也会让你尴尬的。

她说：我告诉你一个排解不快情绪的法子，凡是遇到一件不舒心的事情时，相信一定会有一件舒心的事在前边等着你。

是吗？还能有什么舒心的事在前边等着我？

我也不知道，我现在知道的就是要给你这个。说着递过来一张纸条，我接过一看，只见上边又写着三个名字：77777区石榴角的李南行、667798区丹美角的诺拉、338819区柿树角的莫扎特。

新的采访对象？

她点点头……

我望着那三个名字，只有莫扎特我听说过，前两个我一无所知。好在，他们三个的住处已经知道，不需要再费力寻找了。刚好，也不用再找粼粼帮忙了。

接下来，我去天国书库查阅他们各自的情况。

李南行原来是一个农民，会种小麦和玉米。他在人间活到了一〇三岁，是人世上中国湖北武当山里的人，年轻时曾考中过秀才。

找他未费周折。

那是一个头发、胡子和眉毛都白了的老爷爷，看见我来找他，满脸都是笑纹说：我来这享域不少年头了，你是第一个主动进我院子的。住在这天国里啥都好，就是坐一起拉闲话的邻居少，这石榴角的居住者，都愿做自己的事，不像在人间时我们那个村子，啥时候都有人愿同你说点家长里短的话。你快坐快坐。

我说：你可以找找你们家族已经来天国享域的亲人，和他们换住到一起。

他说：不找了，我在世时都让他们不高兴过，还是我自己一个人过好。实在感到寂寞了，我就打打草绳。

你也可以找找由武当山一带来的老乡。

老人很高兴地捋着胡子说：今儿个看见你，就等于看见老乡了，我听你的口音，你在人间住的地方应该离我不远。

河南邓州，离你们家的直线距离可能超不过一百公里。

说吧，找我有啥事，是不是想让我帮你打草绳，我打草绳的手艺可是顶呱呱的，打出的草绳捆啥都行！

我笑了：我不打草绳，我找你就是想和你说说闲话。我听说你在人间年轻时考中过秀才，你后来当官了吗？

没有。秀才只是通过了府县级的考试，不能直接授官，有时经过选拔，会有一小部分人可以以此出身入仕。我家里父母爷奶那时都希望我和两个秀才哥哥一起，去继续参加省一级的考试，争取考中举人，正式当官，享受俸禄。我家那时的家境不错，父亲开一个山货店，在我们那一带算是富家大户了，勉强可供三个孩子同时读书赶考。

你考了吗？

没有。我当时若按老人们的意愿继续考的话，应该能够考上。

因为我的两个哥哥后来都考上了，而他们平时读书的成绩远不如我，我家的塾师平日常夸我聪明而批他俩脑子笨。

你为何不考？

我当时想，我年纪轻轻已经得到了不少东西：一个富裕而温暖的家庭，一个健康的身体，一个秀才的名声，我应该高兴了，我该做点事也能做点事来报答家庭的养育之恩了。不能一直为自己忙下去，不能想把所有的好东西都拿到自己手里。三个儿子都去赶考，家里老人们势必得更辛苦地去挣银钱。

你后来干啥了？

给别的大户当私塾老师，每月都挣了些钱给父亲。

你父亲高兴吧？

不高兴。父亲、母亲、爷爷、奶奶都希望我像两个哥哥一样，去考官走仕途。他们骂我没出息。

你的两个哥哥后来当了啥官？

大哥任武昌府通判；二哥是武官，在武昌城里任骁骑校，都是正六品。

他们后来给了你不少关照吧？

没来得及。后来就发生了辛亥年大事变，先是二哥在武昌城与兵变的军人在战斗中战死，后是大哥在退出武昌城时被兵变的乱军打死。

哦？！那你后来就在本地结婚成家了？

我的婚姻也引起父母爷奶的反对。

为何？

当时让媒人来给我提亲的有三家，一家是襄阳城里的富商黄家，黄家的当家人黄老爹读了我在《襄阳新报》上发表的几篇文章，觉得我是个人才，就托人来打听我的情况，知道我未婚配后，便派人来为他的女儿提亲；另一家是我们附近丹江镇上姓郭的大户，这家的郭老爹看中了我会记账，就想把他的女儿许给我；再一家是我们邻村的单家，单家老爹也做塾师，家境平常，但对我了解，就也托人来做媒了。要说这三家的女儿都长得不错，我父母爷奶四个老人说，水往低处流，人往高处走，我该首选襄阳城里的黄家，次选丹江镇上的郭家，邻村的单家根本不必考虑。可我觉得，黄家和郭家都比我的家境好出许多，我若去这两家当女婿，势必得处处小心做人，很可能还会受气，而我若娶了单家女儿，则可以自由自在地当丈夫。所以后来我就同意了单家的婚事。为此，我家里的老人同我大吵了一场，好长时间都不理我。我当时就是觉得，凭什么好事都该摊到我的头上？你摊一桩好事就必要付一份代价的。没想到未过多久，就证明我的选择有点道理。襄阳的黄家因政治上投靠错了人，后来被另外的官员找理由抄没了家产，反倒成了贫民。丹江镇上的郭家，被一伙土匪瞄上，竟绑了他女儿的票，害得他们为赎女儿把家产几乎弄光，可到底也没把女儿赎回，女儿硬是被土匪们糟蹋死了。

那你的婚姻生活幸福吗？

还可以吧。我那口子人很贤慧，把个家操持得根本不用我操心，几个孩子相继出生后，她更忙了。我这时已和另一个塾师合办了一所小学校，也赚了些钱，家里的日子过得不错。

后来就一直办学？

是的。赚了些钱后，也有人包括我妻子和岳父岳母，都劝我多买田地多盖房子，气气派派当大户。可我想地多了得多操心，房多了也住不完，何必？我就拿钱把几个孩子先后送到了武汉上学。与我合办学校的那位塾师有了钱后，听了别人的劝，又买地又盖房的，后来干脆从学校退出了，回去专心打理他的田产。没想到土改一来，他被定成了大地主，被斗来斗去的。我后来把学校交给了政府，政府给我定了个中农成分，还让我继续当校长。

又当了多长时间的校长？

当了一年多后，县上就提出让我进县政府当教育局长。我的孩子们知道后都劝我去干这份差事，可我想，当局长固然可以光宗耀祖，但自己年已六十多了，再去陌生的官场操练会力不从心，还是别去要这份光荣吧。我于是便提出退休回村，刚好，有好多人想争那个教育局长的位子，上边没有强留我，遂批准了我的请求。

好事来到面前，你怎么一直在往后退？这令我奇怪。

也不是往后退，是让自己在好东西面前尽量稳住心，拿一点就行，懂得适时停住手，别总是往前伸手拿。我活了那么多年，最大的感受是：世上的好东西自己一个人不能要得太多，要多了就会有麻烦。

你那时要是当上县教育局长，就是国家的正式干部了。

我听说，后来代替我当上教育局长的那位干部，在"文化大革命"中被斗死了。

哦？

我退休回村里后，在武汉工作的几个孩子想让我们夫妻去他们身边享福，妻子累了一辈子，想去享享福，我不愿去，我怕和儿媳们闹别扭。后来她就一个人去了，走时还骂我是不知好坏的老犟筋。我在村里学着种地，种小麦、种蚕豆、种豌豆、种玉米、种红薯……

种地很辛苦吧？

要说不辛苦那肯定是假话，天旱了要给庄稼浇水，天涝了要到地里排水，刮大风怕刮坏庄稼，下冰雹怕砸坏庄稼，起早下种，摸黑收割，风刮雨淋日头晒，你都得受着，这当然是苦，可就是这份苦让我的身子骨硬朗了，身体不胖不瘦，血压不高不低，耳眼不聋不瞎，腿脚利利索索，脑子清清楚楚。可我老伴到城里后，吃得比我好，动得比我少，生气比我多，最后因心肌梗塞早早走了，种地吃苦倒让我比她多活了好多年……

孩子，这位李大爷对待生活的态度，让我想起了咱河南老家百姓们常说的那句话："见好就收"。那话的意思大概是说，你得了一点好处以后，就赶紧罢手，收起行李走人。我过去没多在意这句话，李大爷的作为让我觉得"见好就收"这句话颇有深意。其实，一般人是很难做到这一点的,好机会好事情好东西摆到了面前,没有人会不赶紧去拿去取甚至去抢的。能稳住心只取一点就满足的人,很少,恐怕我也做不到。这位李大爷是一个智者……

爸爸,接下来我去找诺拉。诺拉曾是德国的一家汽车公司的保洁女工,后来自己办了一个孤儿院,收养了不少孤儿。她是前年来到天国享域的,来时七十一岁。我在667798区的丹美角找到她时,她正在用一把剪刀和一些硬纸板做汽车玩具,她说她现在就用做这种汽车玩具打发寂寞。她说她每隔一段时间就给住在忘忧角的孩子们送去一些她做的玩具。她也送了我一个,她的玩具做得非常逼真仔细,连前挡玻璃上的雨刮器都做了出来。我问她生前在德国的哪家汽车公司做工,她说:奥迪。

我问她:奥迪汽车的标志为什么用四个圈相连?

她说:那个标志在人间是一九三二年开始用的,当初的奥迪公司是由霍希、奥迪、小奇迹和漫游者四家公司合并而成,四个相连的圈象征着兄弟四个人手挽着手。

你在奥迪汽车公司担负什么地方的保洁任务?

一家分公司办公区的一层大厅。

这个工作是你自愿选择的?

我是一个孤儿,我的父母在我八岁时死于家里的煤气爆炸,我因为在学校上学而幸免于难。我被迫辍学,因我家的煤气爆炸给邻居们造成了损失,我还面临着赔偿问题,也因此,亲戚们都不愿收留我,我是自己找到孤儿院去的,我在那里长到十八岁,我学到的知识不可能让我找到更好的工作,所以我就去应聘保洁工。在那儿工作两年后,我认识了我后来的丈夫戈尔。

戈尔也在那家分公司工作?

是的。他在装配线上负责安装汽车右边的车门。

你们相恋几年结婚的?

一年多吧。他是一个优秀的装配工,对他负责的工序所熟悉的程度,可以说超过了他的大多数工友,他甚至可以闭着眼睛把要做的所有动作都做好,当然,真正工作的时候他是不闭眼睛的。他有一次去办公区有事,在大厅一角上洗手间时突然晕倒了,我当时正要进去清扫,看见后就赶忙上前把他抱起来摇醒了,我们由此认识并开始相恋的。

你们的婚姻肯定很幸福。

当然,可惜时间很短。

很短是什么意思?

就在我怀上我们的女儿不久,他在装配线上再次晕倒并引发了事故,他的头被车体重重一撞,鲜血涌流,待我赶到他身边时,他只勉强对我说了一句话:照顾好我们的孩子……

我的天!这真是意外。

我又一次面临亲人的死亡。我怎么办?我哭得死去活来,可我还得活下去。我在公司的帮助下埋葬了戈尔,之后,我就小心地照顾我肚子里的孩子,我知道戈尔喜欢这个孩子,我一定要健健康康地把他的孩子生下来。几个月后,我顺利生产了,是个女儿。我想靠我的打工所得和戈尔留下的钱养大女儿,没想到女儿三岁以后,开始重复她父亲戈尔的那种不定时晕倒的病态,我四处求医,最终弄明白这种不定时晕倒的病是戈尔家族特有的一种遗传病,属于基因缺陷导致的,不仅治不好,而且很可能使年轻的患病者停止脑部的发育,丧失正常生活能力。我女儿病状的发展果然和医生说的一样,她的智力逐渐停止发展,变成了一个永远的儿童。

生活如此待你太残酷了。

这一次的打击更让我痛不欲生,但我不能扔下孩子不管,她是一个生命,我得让她活下来。因为要照顾她,我连原来的那份保洁工作也做不成了。没有了工作没有了工资,总坐吃山空自然不行,这时,我想出了一个主意:在社区里贴广告声明,愿意在照顾自己女儿的同时,照料更多的智障儿童。我的广告贴出后,果然有两家送来他们的智障孩子托我照料,并付给我一定的照料费用,这样,我就算又有了一份可以挣钱养家的工作了。

真为你高兴。

我照顾智障儿童有方的消息传开后,找我联系寄养残障儿童的家庭越来越多,我个人的房屋已不能让这么多的孩子正常生活,经新闻界披露了我的情况后,州政府和两位富人给予了我支持,他们专门盖了一栋楼房供我安置照料这些智障儿童,而且给了我一笔雇用护工的钱。这样,我的"美丽儿童住学中心"就正式开办了。到我病倒来天国时,"美丽儿童住学中心"里已经收留了一百二十多个智障孩子。哦,抱歉,我只顾自己说了,忘了问你今天找我的目的,你有什么事需要我帮忙吗?

没有,谢谢。我今天来的目的,就是想听听你的经历和你的感受。

我在人间的经历没有一点意思,除了灾难就是苦难,谁也别照我这样活在人间。

不,当几乎人生的所有沉重苦痛都压向你时,你还能平静面对,还能站立在那儿,这一点真了不起,而且你还没有抱怨。

谢谢你的宽慰。我知道抱怨没有用,抱怨最初可能会引来一些同情,但却会让人们收走对你的尊敬。与其抱怨自己的苦难太多,还不如对苦难大声说:来吧,你们都来吧!让我看看你们总共有多少个!这样,反倒能把一些苦难吓走……

爸爸,我原来以为就我的人生充满苦难和遗憾,就我活得窝囊和糟糕,见了诺拉才知道,造物主并不是特意对我不客气,实在是他手上拿着的苦难太多,他必须将它们分下去,很可能他对我还是手下留情给过照顾的,他要是真的再给我一些,我不也要承受住?……

儿子,诺拉的经历让我心疼。我没想到世上还有人比我们一家三口分到了更多的苦难和苦痛。我在想,像诺拉这样的,在人世上坚强面对了如此多的苦难和苦痛之后，上天能不能给她一点补偿，让她在人世上重活一遍。人世上可以重来的事情很多，为何人生就不能重来一遍？我觉得造物主在设计人生运行规则时，并没有考虑得很仔细，只讲一过性，只讲不可逆，只讲不更改，结果导致了太多的遗憾生出来。倘若修改一下法则和规则，允许像诺拉这样的人活两生，也就是活两遍，只有这样，才会让我们觉出人世的公平来……

爸爸，接下来我去找莫扎特。大约因为你和妈妈只喜欢中国民乐，没有培养起我对西方音乐作品兴趣的缘故，所以我此前对莫扎特的了解，仅仅限于知道他是音乐家，对他的家世、经历和作品都不清楚。我是在天国书库里，才知道他一七五六年出生于人间奥地利的萨尔茨堡，他的父亲奥波尔德是那座城中宫廷大主教乐团的小提琴手，是一个作曲家，他的母亲也酷爱音乐，会拉大提琴和小提琴。莫扎特是其父母的第七个孩子，三岁起就显露出极高的音乐天赋，能在钢琴上弹出他听到的乐曲片段。他四岁那年，其父跟一个朋友一起回到家中，看见他正聚精会神地趴在五线谱纸上写东西，父亲问他在干什么，他一本正经地回答：我在作曲。他的举止令两位大人相视而笑，面对纸上歪七扭八的音符，他们初时都以为是小孩子的胡闹，可当父亲细看几眼那些音符后，忽然眼噙泪花对朋友喊道：亲爱的，你快来看，这上面写的是多么正确而有意义呀！他五岁时就能准确无误地辨明任何乐器上奏出的单音、双音、和弦的音名，还可以轻易地说出杯子、铃铛等器皿碰撞时发出的音高。这种绝对音准观念，是绝大多数职业乐师一辈子都达不到的。他是一个真正的音乐神童。他从六岁起，开始在父亲的带领下，与十岁的姐姐一起开始了漫游整个欧洲大陆的旅行演出。他一生共创作了五百四十九部作品，其中歌剧二十二部，交响乐四十一部，协奏曲四十二部，还有近六十部的奏鸣曲套曲，此外还有室内乐、宗教音乐和其他的嬉游小夜曲及舞曲。他对欧洲音乐的发展起了巨大的作用。

我找到他在天国享域338819区的柿树角居处时,他正在弹钢琴,我推开虚掩着的院门,静立在院门口听他的琴声。我分辨不出他弹的是什么曲子,但我听得懂那曲子里有一种纯净的欢乐,那种欢乐让我想起我童年时和小伙伴们在草地上游戏玩乐时的醉人情景。我被深深打动了,我听得眉飞色舞忘情不已,直到一曲终了他起身来到院里,诧异地问我找谁时,我才从乐境里惊醒过来,才急忙朝他躬身施礼说:刚才从你院门前经过时听到你的琴声,情不自禁地进院来听了,你弹的真好听!

他笑道:谢谢夸奖,你很聪明,在天国享域轻易就找到了一个不买票便可以听音乐的地方,我可以向你讨要音乐会票钱吗?

我被他逗得哈哈大笑:当然可以,你要多少?

一万天币。

天国之神没发行天币怎么办?

你找他呀!

我们两个都笑得前仰后合……

我来前从他的传记资料中已经知道,他身上有典型的艺术家天性,在人间时是一个热爱生活,充满诗意,富于感情的人,他天真、单纯、总是兴高采烈;他易受感动,爱掉眼泪,具有女性般的柔情;他童心不泯,像孩子一样充满了好奇,似乎永远长不大。只是没想到他到天国后还能这样开朗幽默。他开的这个玩笑和他年轻的面孔,一下子拉近了我和他的心理距离,让我觉得他和我亲近无比,原先怕他不愿见面的担心不翼而飞。

老实说,我一直希望有中国朋友欣赏到我的音乐,我在世时,曾向我妻子康斯坦丝说过,我们争取能去中国演奏一次,半是因为交通不便半是因为我们没钱,加上命运也没有给我多的活着的时间,这个愿望就没有实现。没想到今天,竟真有一个由中国来的灵魂听了我的音乐,我很高兴。

谢谢你,我没想到你对待访客如此热情,我原以为你会摆大音家的派头。我在人间时，见过一些中国的音乐家，他们中有一些非常牛气，派头很大，你要想见他可不容易。

我想知道，你在听了我的音乐之后，最想说的话是什么？

你不应该早来天国，你应该在人间多待一些日子，那里有太多的悲苦和凄惨，你的音乐会给人们带去抚慰和欢乐，使他们的生活变得轻松一些。

我何尝不这样想？只是我们家族不知何故，一直被死亡所追逼。我的父母先后生过七个孩子，但活下来的只有我和姐姐安娜，其余五个都夭折了。我很早就觉得，我可能也活不了多长时间，果然，只活了三十五年。

你生前就明确感受到了死亡的威胁？

当然。从我和萨尔茨堡大主教发生矛盾开始，我就觉得，死亡在悄悄地向我靠近。

那是哪一年的事？

人间的一七七二年吧。那时，我结束了巡演漫游回到萨尔茨堡，在大主教的宫廷乐队里担任首席乐师，尽管我在巡演中已获得了极大的荣誉，可大主教依然把我看成一个奴仆，动不动就斥责辱骂我，甚至惩罚我，这让我感到屈辱和痛苦。他每斥责或惩罚我一次，我就会因为愤怒吃不下饭睡不好觉。我那时开始隐约觉得，我的健康状况在向不好的方向滑动，有一个黑色的影子偶尔会在我的周围一闪而过。

啊？！

一七八一年六月，当大主教又一次使用污辱的词语斥责我时，我忍无可忍，为保卫自己的人格，愤然辞职，彻底摆脱了宫廷的束缚。

好！

我此后定居在维也纳，开始靠自己的创作、演出和教课所得生活。但收入很少，为了生活也为了满足心底的创作冲动，我一方面反复研究名家的作品，一方面花大量时间思考和创作，我的生活变得很不规律，我不时感觉到自己的身体不舒服，而且，在身子周围看到那个黑影的次数明显增多了。

你这时就应该警惕呀，别再没明没夜地作曲了。

少创作收入就会更少，同时，从心底涌出的那些曲子我也不能任其消失。我结婚后，收入本来就少，加上我妻子康斯坦丝又不擅理财，我们的日子过得很艰难，有时，连吃饭也成了问题。有一年冬天，天很冷，可我们无钱买取暖的东西，家里冷得我无法拿笔写乐谱，我和妻子只好靠跳舞来取暖，待跳得身子暖和了再坐下来写。我的身体这时开始出现明显的病征，我感到浑身无力。我看见那个黑影的次数更加频繁，我知道死亡向我挨得越来越近了。

你害怕吗？

怕有用吗？谁都得死呀，不管你活多长时间都得死，都得变成一副骨架，而且，最后连那副骨架也会腐烂掉。既然不管你怎么恐惧死亡，死亡也不会饶你，还不如干脆不怕它，干脆笑着迎向它，笑着把自己想做的事情做好。对我来说，就是赶紧把自己想写的乐曲写完。

这就是你的乐曲中始终没有悲伤始终充满欢乐的原因吧？

大概是的。面对死亡，奔逃无用，跪求无用，发抖没用，哭泣没用，那咱就笑呗！

你最后写的一首乐曲叫什么名字？

《安魂曲》。

我知道那首曲子，我曾听人演奏过。

那是为死亡而作的弥撒曲。我记得那是一个阴云低垂的下午，有一个身着黑衣、神情冰冷的陌生男人来我家里拜访，我带病接待了他，我问他找我有何事，他说他想请我为他写一首《安魂曲》，我先是一愣，随后便点头答应了他。那人走后，我妻子说，你现在有病，重要的是先歇息，为何还要答应他？我告诉她，这部作品我既是为他而写，也是为我自己写的，我需要为自己写一首曲子了。我当时唯一担心的事是死亡不允许我写完。

我听说这首曲子你写到一半时,就再也握不住手中的笔了。

是的,所幸我的学生修斯梅尔把它完成了。

我听这首《安魂曲》时,没有从中听到痛苦,听到的仍是一直贯穿在你的音乐中的那种欢乐。

死,只是一个生命人间生活阶段的结束,其灵魂马上就要升入天国,开始另一种生活,当然应该感到欢乐。当死亡来到我们身边时,我们应该使用我们平日见客时常说的那句话:朋友,见到你很高兴!

莫扎特先生,你只比我大七岁,但你抵达的精神境域,比我抵达的地方要广阔许多倍。我记得你的《安魂曲》第一个部分是"进堂咏",开头几句是:主,请赐给他们永远的安息,并以永远的光辉照耀他们。上帝,愿我的赞美和誓愿,随着这祷告飘向耶路撒冷,愿你听见我的祷告,安抚死者的灵魂,接受死者的骨肉,让他们永恒地安息吧……

是的,你我如今不是在天国享域安宁安静地歇息了?

你的《安魂曲》,让我想起了爸妈特意请来的那位居士奶奶为我哼唱的内容:

放下你所有的收获,
收回你所有的期待,
忘掉你所有的失去,
抛开你所有的不快。

记住爱你的亲人,
感激帮你的邻居,
向你的朋友作揖,
跪谢养你的土地。

安息,将不舍扔开,
安息,把不甘丢弃,
安息,将不满消掉,
安息,把不安抹去。
…………

戊 子

孩子,莫扎特对待死亡的态度令我惊异。他才算真正悟透了生与死的关系。他那首命名为K266号的《安魂曲》,我去以色列访问时在特拉维夫的一家音乐厅里听过一次,我听时心境安宁平静,胸中像在凉风习习的夏夜眼望星空般旷达无比,我沉浸在乐曲所创造的意境中,体验到了一种灵魂出窍般的狂喜,恍惚间如同聆听神灵的歌咏。我当时根本不知道这是莫扎特在贫病交加死亡逼近时写出的曲子,我今天仍无法想象这是一个被痛苦浸泡的人写出来的曲子。我日后去了天国享域,你一定要领我去见见他,我要向他当面表达我的敬意……

孩子,我不知道你这样的采访还会持续多久,我只希望你不要太累,不要把日程安排得太紧。再就是你在采访中难免要听到一些令你伤感和难受的人间经历,你不应该让这些东西影响你的情绪,影响你在天国享域的正常生活……

爸爸你放心,我知道保护自己,不会让听到的人间景况干扰自己在天国的生活,毕竟这已是两个空间。我刚采访完莫扎特,达雅姐姐就来了。我原以为她又给我拿来了新的采访对象名单，未料她说：请准备一下，明天上午，我将带你去圣域，天国之神要见你。我很意外，惊问她：可是真的？

在天国享域，你见过谁还会去说假话？这儿有说假话的理由吗？

他见我干啥？

我不清楚。达雅姐姐摊摊手：可能是要亲自给你交代采访上的事情，也可能是派你去做另外的事。

他一般多长时间召见一次享域里的居住者？

在我去他身边当使者这段日子，他一般是每周随机挑选十一名享域的居住者，到他那儿作客。

怎么个随机挑选法？

就是随便在某一个住区挑一个灵魂，性别可男可女，阳寿可大可小，哪一个历史时期来的都行。

他为何要召见这些享域的灵魂？

通常是听取他们对享域管理方面的意见。有时好像就是在一起逛逛花园聊聊天，当然，也有在召见结束后允许被召见者提一个问题的情况。

任何问题都可以向他提问吗？他都愿意回答？

是的。

今天除了我还有其他十个灵魂？

我只奉命带你过去，其他的情况我不清楚。

那需要我做哪方面的准备？

把你这段时间采访的情况回想回想，万一他问起这方面的事情，你可以从容作答。

好吧。我去见他时应该注意些什么事项？他脾气很厉害？

他是一个和善的老人，你见了就会知道你不必紧张。

进圣域有些什么规矩？

那儿和享域没有什么不一样，不同的可能是更安静一些。主要的规矩是只去让你去的地方。

哦，为什么？

因为那里的许多大殿中都放着关于人间的秘密，比如"时间殿"。

时间殿？

时间是生命的别名，时间殿实际就是生命殿，那里存放的簿子中，记载着当下活着的人们告别人间的时间和方式。

哦?！据我所知，人间的医学家和很多科学家都在致力于延长人的寿命，目前已有人发现雷帕霉素可以将小鼠的最大寿限延长9%—14%，也许不久就可以研制出延长人类寿命的药物，到那时，时间殿里存放的那些数字还管用吗？还能在人间应验？

别这样发问。没有谁会去回答你。我能告诉你的是：你记住别进那些大殿就行。

从我们这儿到圣域需要飞多长时间？

两三个时辰。你明天早晨喝完汤之后，就在家里等，我会来接你。

能带其他的灵魂一同去吗？我想起了粼粼，我想告诉她这个消息，带她同去她肯定会很高兴，可她的合居者会同意吗？

不行，天国之神跟你说的话，都是天机……

第二天早上，我早早起床，洗漱完，喝了点汤，就坐在家里等，果然，不大工夫，达雅姐姐就出现在了院门口。

我高兴地向她跑去。随即就跟着她向圣域飞了。爸爸，我就要去见天国的那个主宰者了。他长的什么样子？他对我会是什么态度？他所在的圣域是怎样一个神奇的地方？他将对我说些什么？我将会有怎样一番经历？……

看见那道金光了吗？那就是圣域域界发出的光芒。达雅姐姐边飞边指着前方对我说。

看见了，横在前方那道弧形的金光璀璨夺目。

我们将在那道金光前落地,然后经域界南门进入圣域……

天国之神,我就要见到你了,但愿你能允许我问你这样一个问题并给我答案:我的父母他们何时能来天国和我团聚?……

2011年10月1日第一稿
2011年12月28日第二稿
2012年2月27日第三稿

图书在版编目（CIP）数据

安魂 / 周大新著. -- 北京：作家出版社，2022.3
（2022.3重印）

ISBN 978-7-5212-1792-6

Ⅰ.①安… Ⅱ.①周… Ⅲ.①长篇小说-中国-当代 Ⅳ.①I247.5

中国版本图书馆CIP数据核字（2022）第006630号

安魂

作　　者：周大新
责任编辑：姬小琴
装帧设计：棱角视觉
出版发行：作家出版社有限公司
社　　址：北京农展馆南里10号　　邮　　编：100125
电话传真：86-10-65067186（发行中心及邮购部）
　　　　　86-10-65004079（总编室）
E-mail:zuojia@zuojia.net.cn
http://www.zuojiachubanshe.com
印　　刷：唐山嘉德印刷有限公司
成品尺寸：152×230
字　　数：250千
印　　张：20
印　　数：10001—15000
版　　次：2022年3月第1版
印　　次：2022年3月第2次印刷
ISBN 978-7-5212-1792-6
定　　价：46.00元

作家版图书，版权所有，侵权必究。
作家版图书，印装错误可随时退换。

An hun

31290098204456 BH